深情的回眸

组织编写　中共烟台市委统一战线工作部
　　　　　中国散文学会
主　　编　红　孩　秋　实
执行主编　凌　翔

文化发展出版社
Cultural Development Press

图书在版编目(CIP)数据

深情的回眸 / 中共烟台市委统一战线工作部，中国散文学会编；红孩，秋实主编. — 北京：文化发展出版社，2021.5

ISBN 978-7-5142-3394-0

Ⅰ.①深… Ⅱ.①中… ②中… ③红… ④秋… Ⅲ.①散文集－中国－当代 Ⅳ.①I267

中国版本图书馆CIP数据核字(2021)第062931号

深情的回眸

中共烟台市委统一战线工作部，中国散文学会编；红孩，秋实　主编

责任编辑：岳智勇

文字编辑：王天立　李学平　亓　伟

出版发行：文化发展出版社（北京市翠微路 2 号　邮编：100036）

网　　址：www.wenhuafazhan.com

经　　销：各地新华书店

印　　刷：三河市金元印装有限公司

开　　本：710mm×1000mm　1/16

字　　数：280 千字

印　　张：18.25

版　　次：2021 年 5 月第 1 版　　2021 年 5 月第 1 次印刷

定　　价：79.80 元

I S B N：978-7-5142-3394-0

目 录

莱阳去看梨

红　孩

要想知道梨子的滋味儿，最好亲口尝一尝。现在，我就置身在山东莱阳千亩万亩的梨园当中。眼前是梨，身后是梨，头顶上也是梨，仿佛真的闯入梨的海洋了。虽然我从小在农场的果园里长大，对秋日里硕果累累的景象再熟悉不过了，但此刻我还是被这丰收的农家喜讯给深深的鼓舞了。

莱阳梨是梨中上品，声名遍及海内外。印象中，莱阳梨长得不是怎么好看，老百姓通常叫它歪把梨。至于我究竟是在哪年哪月第一次吃到莱阳梨，已无从知晓。

我的家居住在北京东郊一个农场，我母亲是果园职工。我们那里的果园不种梨树，只种苹果、葡萄和桃树。春暖花开时节，果园简直成了孩子们的乐园。我的小学、初中几乎都是在果园里复习功课的。秋天刚刚来到，果园里的苹果、葡萄开始成熟，小孩子们被一米多高的铁丝网隔在外面。透过铁丝网望着满树红彤彤的苹果，一嘟噜一嘟噜悬挂在枝蔓上的紫色葡萄，是那样得诱惑人。于是，有些胆大的孩子就趁着果园护青的工人不注意的时候，从铁丝网的缝隙中钻过去，然后像短跑运动员那样一阵狂跑，快速跑到果树下，三下五除二，装上一衣兜的果子又飞奔回到铁丝网。这时，外面接应的孩子便迅速地把果子接住，用手撑住铁丝网的缝隙，以使小伙伴顺利通过。这样的情景很是激动人心，以至于多年后，当同学玩伴聚会时，大家还总是津津乐道此事。为此，我曾经不止一次地问过许多朋友：你们说什么样的苹果最好吃？朋友们面面相觑，有的说国光好吃，也有的说黄香蕉、红富士好吃。我则说你们说的都不如我说的好吃——我告诉你们，偷来的苹果最好吃！你们要知道，那是经过惊险之后的收获呀！朋友们听罢，感到一片愕然。

我不会忘掉铁丝网的时代。铁丝网不仅隔绝了人与人之间的信任，它更多的记录着那个不堪回首的贫穷的岁月。自二十世纪九十年代，特别是新世纪以来，许多学校、机关跟事先商量好似的一夜之间都把过去高高的院墙给拆除了，而改换成了栅栏，有的干脆连栅栏也不用了。这似乎体现着一种高效、亲和、文明、民主、开放、平等。我没有想到的是，有相当多的果园、山林、耕田，也把昔日一家一户界限分明的铁丝网给拆除了。譬如我到过的广东高州的荔枝林，太行山区长治的枣林，包括此番前来的莱阳万亩梨园，我竟然没有看到有一米的铁丝网。问及当地的果农，他们说现在的农民生活富裕了，再好的水果也不是什么稀罕物。只要你到果园来，不管来自哪里，来的都是客，你可以尽情地吃。确实如此，在莱阳照旺庄镇闻名遐迩的芦儿港“梨树王”所在地，我就亲眼目睹了许多游客随意从梨树上摘梨痛快淋漓的吃相。当然，吃尽管吃，如果你想顺手往外带几个走，对不起，那就会有人制止了。这不是梨乡人的吝啬，实在是出于食客的不自觉。

莱阳梨自然是产自莱阳的梨。但在莱阳地区，关于莱阳梨究竟产自哪里，或移植于何处，一直有各种争论。甚至关于莱阳梨的叫法也有争论，如有的称之茌梨，也有的称为赐梨、慈梨，还有的称为歪把糙梨。在我看来，我宁愿相信胶东黄县籍著名作家石英之说，他认为莱阳梨就是“瓷梨”，意思是指这种梨掉在地上能发出瓷器般的金属之声。老百姓愿意借象声词，叫瓷梨该是不错的。不管莱阳梨产自哪里，叫什么名字，据有据可考的文字资料记载，莱阳梨至今已有四百多年的种植史，是胶东地区劳动人民在多年的劳作中不断积累经验培育出来的优质品种，这当不会有人怀疑的。

中国人种植梨的时间非常悠久，许多历史文献多有记载。北魏时期，我国伟大的农学家贾思勰在其著名的农学书《齐民要术》中，就有专门论梨的《插梨三十七》篇。所谓插梨，就是果树的嫁接技术。文中提到的汉武帝御苑中的含消梨、青田官梨，与现在的莱阳梨品质极为相似，这不能不让人浮想联翩。明代医药学家李时珍在其药物学巨著《本草纲目》中对百果之宗的梨的药用价值用了2400多字进行了阐述。如在《释名》中，将梨称为“快果、果宗、玉乳、蜜父”。在《药性》中，认为梨可治疗热嗽、止渴；切片贴烫伤，止痛不烂。同时，还可治疗中风不语，解丹石热气、惊邪，利大小便，除贼风，止心烦气喘热狂等。

就我本人而言，用梨治病最多者，当属秋梨膏了，至于是不是用莱阳梨制成的，说明书上不曾写。上网查之，发现莱阳生产一种叫作“莱阳梨止咳糖浆”的药品，功能主治：镇咳祛痰。

在我的记忆中，有一次与梨密切相关的经历。

二十世纪八十年代初，我大约十四五岁，街坊家盖新房，需要到十几里远的砖厂拉废旧的灰砖。早晨起来，我到街坊家去帮忙，由于去的晚，大人们把油饼、米粥都吃得精光。我只好空着肚子乘坐四轮马车前往砖厂。砖厂只给半天时间，下午就不让往外拉砖了。我们一共来了三辆马车，每辆车配两名装卸工。我一看那架势，就有点发虚。不要说自己的身材没有大人们高大，最主要的是他们每人早晨都吃了四五个油饼、三四碗米粥、两个鸡蛋，而我是腹中空空啊。无奈，我只好硬着头皮干。这四轮马车很能装东西，我每次弯腰低头只能捡起两三块砖头，如此循环往复，没有一个小时是装不满的。开始装二十分钟时，我觉得还可以，可干到三十分钟，我就有些吃不消了。先是感到头晕，接着恶心，最后竟然发展到眼前发黑，一下子瘫倒在砖堆旁。这下，给干活的人们吓坏了。他们连忙抬起我，要送我到医院。我说没关系，就是活儿干得有点猛了，一会儿就好。半小时后，三辆车全部装满，我借了别人一辆自行车，向半路上的一家百货商店骑去。商店里的糕点很贵，自然买不起，我把兜里仅有的九分钱拿出来，让售货员给我称了四只酸梨。在一棵白杨树下，我狼吞虎咽般地把四只梨全部吃进肚子里。几分钟后，我感到四肢有了力量，眼前也豁然明亮起来。后来我才知道，人早晨不能不吃饭，不然会造成低血糖。

关于梨的故事，历史有很多，最著名的当属孔融让梨了。我在莱阳采风期间，也不止一次听到关于莱阳梨的故事。一则说，1949年12月21日，恰逢斯大林七十岁生日。苏联政府向毛泽东主席发出了邀请函。出于多方面考虑，毛主席当即决定出访苏联。并且，他老人家对外交部准备的礼品逐一进行敲定。当时苏联最感兴趣的是中国的农产品。所以，礼品中除了闻名世界的景德镇瓷器、象牙雕刻艺术品和景泰蓝茶具外，中央特别点名要南方茶叶和山东特产莱阳梨以及潍坊的萝卜、章丘的大葱等各五千斤。从这个礼单中，不难看出莱阳梨在当时国产水果中的地位有多么的重要。斯大林寿辰之后不久，苏联就派来专家到莱阳，进驻照旺庄镇道格庄村，专门研究莱阳梨的栽培技术。看来，准是毛主席送去的莱阳梨让斯大林赞不绝口了。另一则说，梁实秋客居台湾后，在七十年代感怀其四十年前在青岛的岁月，尤其是对山东的特产情有独钟，在《忆青岛》一文中他写道："青岛不产水果，但是山东半岛许多名产都以青岛为集散地。例如莱阳梨。莱阳梨产于莱阳的五龙河畔，因沙地肥沃，故品质特佳。外表不好看，皮又粗糙，但其细嫩酥脆，甜而多浆，绝无渣滓，美的令人难以相信。大的每个在十台两以上——今之人多喜怀乡，动辄说吾乡之梨如何，吾乡之桃如何，其夸奖心理可以理解，但如食之以莱阳梨、肥城桃，两相比较，恐将哑然失笑。"梁先生的话不错，没吃过好的就不要轻易说自己吃过的是最好的。还有一则，说的是二三十年代在上海威震江湖一时的杜月笙，他有个外号就叫"莱阳梨"。据说，杜月笙早年父母双亡，独自到上海闯天下，发迹以前一直在水果行做小生意，先给别人当伙计，后来独自出摊卖水果，也到茶楼、烟馆、戏楼、赌场里叫卖。三年的水果生涯，使他混得两个绰号，一个叫"水果月笙"，另一个便是"莱阳梨"。相传莱阳梨运到上海滩，有不少烂梨，杜月笙总能想办法废物利用。当顾客来到他的摊子前，只见他用水果刀几下就能飞快地把烂梨削出形状，并能把莱阳梨特有的香味散发出来，使得在场的人不得不买上几斤尝尝。发迹之后，杜月笙还时常为自己削梨的手艺而自得，每有朋友、弟子聚会，有人会开玩笑请他削梨给大家吃。杜月笙也不避讳，乐呵呵地甘愿做之。一时成为江湖美谈。

在莱阳采风的当晚，我到一家保健中心做中医按摩。年轻的医师是个莱阳的女孩，我问她是否爱吃莱阳梨，她说当然爱吃。我又问她：你家也种梨树吗？她说不种，想种也不懂那个技术啊。我说，莱阳梨这么有名，凭你的聪明劲儿学会种植应该不成问题。女孩说，现在的年轻人有几个喜欢种树种地的，谁不想往城市里跑。我说，年轻人都往城市里跑，那莱阳梨将来不就绝迹了吗？女孩用手在我的后背猛地拍了一下说：那就不是我考虑的问题了。

从保健中心出来，外面的天气有些阴凉。抬头看着满天的星斗，它们眨着一双双眼睛似乎在问我：你是谁？你到莱阳干什么来了？

是的，我是谁？我到莱阳真的是来看梨了吗？我觉得一时还不能找到明确的答案。我从随身携带的笔记本中取出一片莱阳梨的树叶，放到鼻子前，清新泛着暗香，浑厚延长着历史。看来，我要真正地认识莱阳梨，还需要一定时间。现在，距莱阳梨文化节开幕式还有一天，谁会知道我对它是多么地期待啊！想到此，我把眼前的莱阳梨树叶又夹进我的笔记本里。我笃信，从此后莱阳梨将会留在我永恒的记忆里。

作者简介：红孩，现任中国散文学会常务副会长、致公党北京市委文化委员会副主任、中国文化报文学副刊主编，文艺评论获得第二十二届中国新闻奖，散文获得第五届全国报人散文奖、冰心散文奖。先后出版长篇小说《爱情脊背》、中短篇小说集《城市的海绵》、散文集《东渡东渡》《运河的桨声》、文艺随笔集《拍案文坛》《理想的云朵有多高》、散文理论集《红孩谈散文》《铁凝散文赏析》、诗集《笛声从芦苇中吹来》等十余部，创作完成电影《风吹吧麦浪》、话剧《白鹭归来》。

世纪冰心

周振华

能活成世纪老人，这本身就是一种伟大。

冰心与世纪同龄，生于1900年，为20世纪起始年，卒于1999年，为该世纪最后一年，于是，便被人们亲切地称为“世纪老人”。

冰心的出生，使这个世界多了一位杰出的作家。她纵观中国整整一个世纪的风云变幻，历经新旧社会的强烈对比，悠悠岁月伏案创作75载，加之处女作发表之前的童年、青少年时期的读书、学习、准备与积累，一生几乎都在与文学相拥。她爱文学，文学也眷顾她。她内心纯洁无瑕，像冰样晶莹，像玉样剔透，冰心的精神内核令晚辈肃然起敬，更让我们这些后生不尽缅怀这位文坛大师。

一

100多年前，居住在烟台的一个小女孩儿，跟随军官父亲常到东炮台来。父亲训兵，她就在一旁久久地静静地凝视着炮台前方那片汹涌澎湃的大海。间歇，父亲看她紧锁眉头便问女儿在想什么？她说：我也说不清。父亲安慰她：你现在还小！女孩儿迅回父亲：我不小了！

建于1894年的烟台东炮台，三面临海，岸线蜿蜒、水质清澈、礁石奇异、风光旖旎。正面拱门上方镶嵌着“表海风雄”四个大字。当年李鸿章说过："渤海大势，京师以天津为门户，天津以旅顺、烟台为锁钥"。他强调："山东沿海修炮台，尤以烟台为最先最要。"

一个地方，能留下作家的足迹，那是一件非常美妙而非同寻常的事情。冰心，曾在烟台这块英雄的土地生活了8年。她与烟台的这份缘分是她人生很大的收获与财富。冰心笔下的海就是炮台前方那一望无际的碧蓝的大海。

去年盛夏和今年初秋，一大批曾获"冰心散文奖"的作家，奔赴冰心童年生活过的烟台采风。这是多么令人感动的一种纪念和追思方式。作家们带着对老名誉会长的爱慕之心、崇敬之情，下沉到烟台的各地聆听，搜寻她童年的故事，抒写她所钟爱的那片大海。

那一天，我们来到小姑娘100多年前常来的地方，沿着海边前行。此时的海风很大，顺着大海的涛声，仿佛看到了海边上冰心父女俩。他们大手拉小手，有说有笑，场景温馨而幸福。冰心喜欢大海，她离不开大海，那里似乎能够满足她所有的精神诉求。她把对大海浓浓的眷恋储存起来，日后又将所有存储的记忆和信息一一释放出来，写成诗，写成文，变成一篇篇永不泯灭的文字！

冰心的文学成就是巨大的，让我们更加亲近她的是，还有一个中国散文学会名誉会长的头衔。"冰心散文奖"就是遵照老人家的遗愿于2000年设立的。旨在彰显我国散文创作的成就，不断评选出题材广泛、思想敏锐、着力表现现实生活、形式风格多样的优秀散文。目前已评选8届，今后学会将继续办好该奖，为散文作家搭好平台、建好园地、搞好服务。请老人家放心！

二

一晃冰心离开我们20年了。这位世纪老人出生在福州一个海军军官家庭。她的父亲谢葆璋是一位具有爱国思想的北洋水师军官。1904年，谢葆璋奉命到山东烟台创办海军军官学校，年仅4岁的冰心也随父母来到这个美丽的海滨城市，开始了她长达8年的童年生活。

著名心理学家卡尔·荣格说过："一个人终其一生的努力，就是在整合童年时代就已经形成的性格。"冰心的童年经历，对她的成长极为重要，铸就了她敢爱敢恨的个性，这为她成人后的文学创作铺平了道路，提供了支撑。在她童年的岁月里，对其影响最为深远的应该是她心目中的大海和父亲。

我常想一个问题，假若冰心不是那么小就跟随带兵的父亲转战南北，耳濡军营的号令，目染军人的威武；假若她来的不是烟台，而是一处灯红酒绿歌舞升平的花花世界；假若冰心无缘那片汹涌澎湃的大海，而是身处伊甸园，绿草相拥，鲜花相伴，那冰心还会是这个冰心吗？作品还会是这样的作品吗？她在《寄小读者通讯三》中曾写道："山东是我灵魂上的故乡，我只喜欢忠恳的山东人，听那生怯的山东话。"是啊！如果脚下不曾是这片土地，那她还会写出如此感动的诗篇吗？"大海呵！哪一颗星，没有光？哪一朵花，没有香？哪一次我的思潮里，没有你波涛的清响？故乡的海波呵！你那飞溅的浪花，从前怎样一滴一滴的敲我的磐石，也怎样一滴一滴的敲我的心弦。初识的海中神秘的礁石上，处处闪烁着怀疑的灯光呢。感谢你指示我，生命的舟难行的路！父亲呵！我怎样的爱你，也怎样爱你的海"——冰心《繁星》。在冰心的身上我们可以做无数个假若，但冰心的命运里注定不存在那些假若。烟台、大海、父亲这些具象是真真切切的，明明白白的。这些为她提供了创作不尽的巨大源泉和强劲的精神动力，连同一份责任、一种担当和一股正气。

三

烟台留给冰心的记忆是铭心刻骨的。

8 年的童年时光对冰心来说不算短。作为冰心，这 8 年足以将她的志向与情怀推至她人生的理想高度，这 8 年甚至提前结束了她童年的光景，使她提早进入了成人的精神世界。这 8 年给了冰心丰沛全面的精神营养，使她幼小的身心得以健康而良好的发育。她爱烟台，爱得执着与深沉。她爱山东人，其实，她所指的山东人，就是她周围的那些正直、朴实、敦厚、善良、给她以强烈印象生怯的烟台人。

烟台这块土地上发生的事情，是冰心最好的文学启蒙。那里的一草一木都寄托着冰心的文学梦。她记住了烟台，烟台令她永生难忘。烟台的由来与烟台的标志“烟台山”有关。烟台山原无名，古为荒丘，因位置在北海岸，当地人称“北山”。据明史记载，在明洪武三十一年，也就是1398年。为了加强海防军事建设和防止海上倭寇的侵扰，明朝开朝皇帝朱元璋特批建宁海卫（今牟平区）“奇山守御千户所”，同时在千户所的北山，也就是烟台山的山顶修建了“狼烟墩台”，用烽火狼烟作为军事通信工程。如发现敌情，昼则升烟，夜则举火，以为警报，简称烟台。当地还有人称“熨斗山”。清同治五年（1866年），在今“烟台山”西部建成海关码头，东海关在熨斗墩上建灯楼和旗杆，指挥进出码头船只。此后，又称烟台山为“拉旗山”。在灯塔东侧有一块“燕台石”。每年到了“八九”时节，成群结队的燕子从南方飞来，多集居于此处垒巢筑穴，繁衍后代。当地人便称“烟台山”为“燕台山”。19世纪末，“北山”“拉旗山”“燕台山”“烟台山”混称。1905年，烟台山建起灯塔，命名为“烟台山灯塔”。此后，得名烟台。

烟台，成为冰心魂牵梦绕的地方。于是她才说出了这么动人心魄的话语：“烟台是我灵魂的故乡，是我创作的源泉。我对烟台的眷恋是无限的。”在冰心幼小的心中，烟台早已经潜入她的心灵深处。再听听她又是怎样诠释的：“我对烟台的眷恋是无言的，童年是梦中的真，是真中的梦，是回忆时含泪的笑。”

父亲谢葆璋并没有把冰心当作一个孩子看待，他对冰心说：“在烟台建海军学校，是为了建设一支我们自己的强大海军，我们要从敌人手中夺回威海、大连、青岛等失地。”父亲永远不会忘记中日甲午海战日本帝国主义所欠下的血债与罪行。父亲用他的行动，言传身教，对祖国的爱是深沉而坚定的。他的那些斩钉截铁的话语，一次次打动着年幼的冰心。冰心曾深有感触地说：“在与父亲长长的谈话中，我记得最牢，印象最深的，就是‘烟台是我们的！’这一句。”父亲的爱国精神在女儿的眼里是铿锵的，充满了军人的魂魄，父亲是在用生命捍卫我们微弱的国家。在烟台，他们数次搬家，但一直都是邻近营房、旗台、炮台、码头的周围，这些成了冰心儿童时期的鲜明记忆。她在1962年创作的散文《海恋》中，这样写道：“……在清晨我看见金盆似的朝日，从深黑色、浅灰色、鱼肚白色的云层里，忽然涌了上来，这时太空轰鸣，浓金泼满了海面，染透了诸天……在黄昏我看见银盘似的月亮颤巍巍地捧出了水平线，海面变成一层层一道道的由浓黑而银灰渐渐地漾成光明闪烁的一片……这个舞台，绝顶静寂，无边辽阔，我既是演员，又是剧作者。我虽单身独自，我却感到无限的欢畅与自由。”在父亲对女儿长期的熏陶和影响下，作者很快具有了高尚的精神气质与爱国情怀，也迸发出超然的感触，其文笔的基础就是那时形成与奠定的。

四

如果说冰心对山东的热爱，主要源于她在烟台度过了8年的童年生活。那么在这8年里，大海又是她热爱烟台的博大诉求与殷切理由。她爱那大海的辽阔，爱那大海的深蓝，爱那大海汹涌澎湃的力量，爱那大海潮涨潮落的跌宕起伏。她爱父亲谢葆璋奉命到山东烟台创办的那所海军军官学校，她爱那套黑色嵌带金线的海军服，她爱那威风凛凛的炮台，她爱绵延不尽的海岸线。在她的脑海里，她喜欢晨风晓色中的大海，喜欢夕阳晚照中的大海；喜欢风雨凄迷中的大海，喜欢雪花纷飞中的大海……她曾深情地写道：“我的童年是在海边度过的，我特别喜欢大海，所以在我早期的作品中经常有关于海的描写”“每次拿起笔来，头一件事忆起的就是海”“每次和朋友谈话。谈到风景，海波又侵进谈话的岸线里……”冰心对大海的热爱，已植入冰心的心房与骨髓，她分明是那片海的女儿。

据记载，在烟台，他们最先住在市内的海军采办厅，不久又搬到烟台东山北坡上的一所海军医院。这所医院建在陡坡上，坐南朝北，从廊上东望就能看到大海。她说：“从这一天起，大海就在我的思想感情上占了一个极其重要的位置。我常常心里想着它，嘴里谈着它，笔下写着它。”父亲“穿着黑色带金线的军服，佩着一柄短短的军刀，骑在很高的大白马上，在海岸边缓辔徐行”，心里“充满了壮美的快感”。心中的海造就和强悍了冰心的性格，甚至从一位女孩子的心性中蜕变出来，坚强的像个男孩子。女孩子喜好的事情，她仿佛从来都不感兴趣。

8 年的海边生活，辽阔的大海自然常常出现在冰心的童年记忆中。大海成为她灵魂的皈依之处，给了她宽厚博大的品格。这段经历无疑对日后冰心的文学创作，起到了旷日持久的深刻影响。在冰心的笔下，大海的意义是多重的，丰盈的，饱满的，一方面是人化的自然，反映了主体的喜怒哀乐和对现实的深切思考；另一方面，汹涌的大海烘托着当下中国所历经和面临的压抑、残酷、冰冷的现实世界，这些使冰心的内心更加理性，对是非的判断起到了非同寻常的作用。

父亲谢葆璋将那么小的女儿带到烟台是有着他的用意的，这样可以在军营中时时处处历练和影响着女儿。特别是在冰心对这个世界已有了朦胧的认识和判断的时候，这种影响更具引导性，因为国难深处，无论男孩子女孩子都要树雄心当自强。

有一次小冰心随父亲在海边散步，父亲告诉女儿：“中国北方海岸好看的港湾多的是，比如威海卫、大连、青岛，那都是非常美的，可它们都被外国人占领着。虽然是我们中国的领海领土，但不为我们中国人所有。只有烟台还是我们的！”父亲的话语，深深地触动着她，从那时起冰心就将一颗理想的种子植入了幼小的心灵。在这样的环境和土壤里，她的笔下知道该开什么花，结什么果。以至日后冰心的人生观、世界观、价值观、方法论的形成均留下了父亲的影子——纯真、善良、刚毅、勇敢、正直。

五

冰心在作品里或生活中写过和说过很多经典的话语：有了爱，就有了一切。爱在左，情在右，在人生的路途上一路播种，一路收获。可见她的内心世界，有多柔软，有多善良。她说：我小时曾为一头折足的蟋蟀流泪，为一只受伤的黄雀呜咽；我小时明白一切生命，在造物者眼中是一般大小的；我小时未曾做过不仁爱的事情……她的爱是博爱，她的善是大善。巴金曾这样评价冰心：“一代代的青年读到冰心的书，懂得了爱。爱星星、爱大海、爱祖国，爱一切美好的事物。我希望年轻人都读一点冰心的书，都有一颗真诚的爱心”。冰心用她手中的笔将爱播进每个人的心田。成功的花，人们只惊羡它的明艳，然而当初的芽儿浸透了奋斗的泪泉，洒遍了牺牲的血雨。青春活泼的心，决不作悲哀的留滞。这时再看看她，有多刚毅与坚强。父亲为她铺设了一条长长的路。

父亲可望青出于蓝而胜于蓝，于是通过读书、吟诗的形式，言传身教。父亲没有因为冰心是女孩儿，就忽视她的智慧与能力，而是不断地引导、鞭策与鼓励。父亲摒弃重男轻女，这在当时是多么难能可贵。谢葆璋的开明，如海一般深邃宽容，其教诲一点点深厚了冰心的爱国情怀。她在诗文中多次描述过父亲，选择采取与表现母爱主题所不同的方法，更多的是将这样一种爱融入到对大海、对童年以及对军人士兵抒写的题材中。

冰心曾把父亲比作清晨温暖的太阳：“早晨勇敢的灿烂的太阳，自然是父亲了。他从对山的树梢，雍容尔雅地上来，他温和又严肃地对我说：‘又是一天了！’我就欢欢喜喜地坐起来，披衣从廊上走到屋里去，开始一天新的生活。”冰心始终铭记着父亲的慈爱与教诲，直至晚年还深深怀念着父亲，写下《海上》等名篇。

如果没有父亲伟大而深沉的爱，那我们看到的或许就不是和海一样沉静博爱的冰心了。

六

冰心的文学创作时空是高深与广袤的，我查阅过很多关于冰心的讯息，在她身上有几个“最”，这让我们敬佩不已。

冰心先生是中国现代作家群体中头衔最多的作家：中国诗人，现代作家、翻译家、儿童文学作家、教育家、社会活动家、散文家。

冰心是来往世界各国频率最高、涉足国家最多的作家。因此，她无愧于中国文坛的使者。1923 年 23 岁的她在日本被东京大学聘为第一位外籍女讲师。同年 8 月乘船前往美国留学，毕业后，到美国波士顿的威尔斯利学院攻读英国文学，专事文学研究。1929 年与吴文藻结婚，婚后随丈夫到欧美游学，先后在日本、美国、法国、英国、意大利、德国、苏联等地进行了广泛的访问。1949 年至 1951 年间曾在东京大学新中国文学系执教。

冰心是文学创作时间最长的作家。1919 年 8 月的《晨报》上，冰心发表了第一篇散文《二十一日听审的感想》和第一篇小说《两个家庭》，由此开始了漫长的文学创作，在晚年创造了自己文学生涯的新高潮，尤其是在她 85 岁至 93 岁之间，她连续发表了《空巢》《万般皆上品》《关于男人》《我请求》《我感谢》《给一个读者的信》等大量作品，其水准之高、分量之重令人瞩目。她将一生贡献给了祖国的文学事业。

冰心爱小孩儿，对小朋友有着很深的情结，这不能不说与她童年的经历有着密切的关系。在她童年的岁月里，那波澜壮阔的大海，那威震四方的炮台，那英勇无畏的军人，无一不在潜移默化地影响着她。她有一篇著名的文章题目叫做《小橘灯》，写的是一个小女孩送给她一个橘子做的小灯，用来照亮她回家的山路。这盏小橘灯不仅给她带来了光明，小姑娘勇敢、乐观的精神也给她带来了勇气和力量，让她始终高举着“爱”的旗帜，歌颂着世间最真最美的情感。其实冰心小时候就像那个小女孩，或者就是那个小女孩儿，她为很多人送去用橘子做的小灯，照亮了很多人回家的路。她的《繁星》《寄小读者》等经典作品，温暖着一代又一代人的心灵。

冰心走过了 99 年的人生历程，一生留下了无数不朽的著作，特别是那些写给小读者的文学作品充满了人性的光辉，被人们称为“二十世纪最伟大的作家之一”。别林斯基曾说：“儿童文学作家应当是生就的，而不应当是造就的。这是一种天赋。”冰心在天性上就有一颗童心，她在烟台的 8 年经历，影响了她的写作风格与特点。她笔下的那些关于孩子的作品，出于她真诚的爱，是发自内心的真切诉求。她儿童般的精神气质和内心的柔软，能够将自我的情感表达与儿童的阅读需求相融合，这是多么难能可贵的作家个体生命的创作本能和个人抱负。千里之行始于足下。世纪冰心一生的文学追求，得益于她童年时代打下的坚实基础，还有她脚下那片英雄的土地、大海和父亲。

作者简介：周振华，中国作协会员、中国书协会员、国家一级美术师、第三届中国散文学会副会长兼中国散文学会作家书画院院长，中国文联第九次全国代表大会代表，荣获第四届全国冰心散文奖、第五届老舍散文奖、第五届北京中青年文艺工作者德艺双馨奖。文学和书法作品发表《人民日报》《解放军报》《人民日报》(海外版)《光明日报》《中国文化报》《中国艺术报》《文艺报》《新民晚报》《文学报》《中国作家》《收获》《十月》《北京文学》《天津文学》《山花》《当代人》《神剑》《岁月》《文学月刊》《散文百家》《散文海外版》等。多篇散文作品入选全国各类散文选集、散文年选、排行榜、教材读本，并被应用于中、高考试题。已出版文学及书法作品23部。

烟台往事

范承玲

一

烟台长大了。这是我在 2020 年的初秋再次靠近她时最强烈的感受。

我第一次走进烟台是 20 年前，逗留的时间不长，甚至忘了曾经去过什么地方，只记得一下飞机扑面而来的海腥味，对我这个贵州山区出生、长大的人来说，这味道实在是很“鲜”，鲜得让人难以忘怀。更深刻的感受是烟台的小。老烟台人嘴里说的烟台，大多特指那个“巴掌大的芝罘区”。那时的芝罘区南北从海边到南山一共 6 条马路，东西一条主干道，从南大街通仲巷到金沟寨，那是一条约不用半小时就能从东走到西的马路。走过老城区几条街，就走过了烟台建城 600 年、开埠 150 多年的历史。靠近海，即可穿越 70 多年，看到叶圣陶、柳亚子、陈叔通、马寅初、王芸生、曹禺、郑振铎、宋云彬、张志让等 20 多位民主人士从“华中轮”款款走出，踏上张裕葡萄酒的故乡，伴着柳亚子先生“阔浪长风六日程，芝罘登陆见光明”的吟诵，民主党派知识分子完成了从“文人议政”向“参政议政”的转向，一路北上，最后出现在第一届全国政协会议的会场，去迎接新中国的第一缕曙光。

在我的印象里，20 年前的烟台是一个临海的小城，这个感觉像 30 多年前我第一次走进另一个小渔村深圳最初的样子，不同的是，当时走进深圳这个小渔村，除了海腥味，还有让人感受到女人分娩前的挣扎、紧迫，一种渴望新生命在瞬间长大的躁动。而烟台，则像是躺在创造过灿烂的史前文化且体态丰盈的母亲怀抱中，任由海风轻拂脸颊不想长大的孩童，在闲适、淡泊、知足中度过每天的十二个时辰。

我喜欢这种不争的、闲淡的生活。不需要太多的思索，空气中弥漫的海腥味会漫不经心地时时告诉你：这是一个靠海吃海的地方，是一个用“海腥味”书写思乡之情的地方。事实上，在烟台外的很多场合，烟台人都会说三天没点腥味吃不下饭，哪怕弄点虾米放嘴里嚼嚼，也感觉离故乡近了。

那次去烟台正值冬天，大家都缩着脖子，山东大汉都普遍矮了几分，更显这个城市的紧凑，是五个手指头组成一个巴掌的紧凑。

曾在《中国体育报》一块工作过的同事用一个故事，生动地描述他家乡烟台的小：国家女排运动员崔咏梅和国家男排运动员安家杰，因他们的父亲在同一单位工作，他们两家先后住过同一套房，结果是崔咏梅和安家杰在同一套房子里先后出生。

有烟台朋友说他刚离开烟台去大城市读书的那几年，还挺羞于说自己是烟台人。但当他去过很多不同的国家、城市之后，才发现了不大的烟台有得天独厚和独一无二的美，从此在人前很自豪地说：我是烟台人。

千禧年的第一天，我和北京一帮校友登古北口长城看日出。半夜起床赶在日出前爬上长城，久盼中一阵惊呼，依稀看到山那边跳出个大白晃晃的东西……一群人欢悦，只听同学的老公站在原地嘟囔：有什么稀罕的，我们烟台人在海边看日出早已司空见惯，太阳突然跳出海平面的那一刻才是最壮观的。

我 2001 年去加拿大采访世界田径锦标赛，从埃德蒙顿转机渥太华回国，飞机上邻座是位生活在美国的中国老太太，80 多岁的人气色不错，腰板很直。攀谈中得知她是烟台人，家住张裕公司创始人张家那条马路，她也姓张，却非张裕家人。40 年代随丈夫先去上海，后来到台湾、香港、美国，这次一个人从美国到加拿大来看女儿。老太太说烟台是世界上最好的地方，有烟台苹果、大樱桃和各种海鲜，还有全世界最好的四季分明的气候……其实，从她的经历来看，烟台有可能就只是她幼年时生活过的地方。人对食物的喜好都来自幼时的最初的味觉，如孩子对母乳的依恋。离开家乡烟台几十年的她，她口中的食物，已然不只是果腹之物，而是承载着她对逝去的岁月和故土的记忆。在异乡，最难以忘怀的就是家乡的味道。对食物的依恋，就是对故乡的依恋。心里有家乡的味道，故乡就不曾离开。

古代的文人雅士对“故乡”一词，赐予许多雅称。故乡情结，根源于童年时代对一生的影响。从某种角度说，认可故乡，与爱国精神具有相同的心理根源。心理层面的东西，本没有大小，没有贵贱，是一种最基本的人性内容。

在“巴掌大的芝罘区”，有一个更小的“巴掌”——烟台市芝罘区竞技体育学校。这所创建于1956年的体校，是全国首批、山东第一所业余体校。在北京就听烟台人说，这所业余体校是建在居民楼中间的一排低矮平房，体操房在低矮平房里，排球、篮球等训练则是在用铁丝网围着的露天场地进行。那是一块常能看到运动员到铁丝网外居民楼中去寻找被扣出去的球的球场，雨后，球场要用石碾子把场地碾干，再撒上层沙子……

后来，烟台籍的中国国家体操队主力队员邢傲伟成了名角，不少人知道了他是烟台人，还知道他就是从“巴掌大的芝罘区”成长起来的奥运冠军。

中国代表团首次夺得奥运男团冠军，邢傲伟是其中一员，他带领体操男团摘下了首枚体操男团体金牌，填补了我国体操在奥运会上零金的空白，也打破山东省奥运金牌“零”的历史。

鞍马是邢傲伟的强项。邢傲伟是驯“马”高手，修长的身材，使他在马背上的动作更有美感。邢傲伟高举着两条大长腿在鞍马上交叉、全旋，流畅地表达着力量、平衡、柔韧……在鞍马上，邢傲伟是骑手，很绅士的骑手。

邢傲伟在中国体操队一线队员中年龄最小，但却凭1.70米的身高在体操队成为“山东大汉”。

最近见邢傲伟，是在新冠期间的视频里，他带着大家居家锻炼：我是奥运体操冠军邢傲伟！4个动作，大家跟着我做腹肌训练。运动时注意节奏、呼吸……视频中，邢傲伟动作标准，紧致的身体肌肉，保持着很好的身材。退役十几年，再见仍是帅气不凡的“山东大汉”。

凡天方必地阔，凡地杰必人灵。

回看烟台的体育往事，一个小小的芝罘区，培养出篮球穆铁柱时代的神投手王德礼，姚明国家队室友、原国家队篮球队主力后卫范斌，原国手、原国家女排助理教练崔咏梅，原中国男排副攻安家杰，原国家男排主力李润铭、仲为君，田径世锦赛女子标枪冠军唐国丽，健美亚洲冠军杨新民，女子举重世界冠军刘春红……

芝罘区体校是一个出故事的地方。

原中国男排主力李润铭和更早进入中国男排队长的仲为君都来自烟台芝罘区业余体校，都出自那个在居民楼中间四周用铁丝网子围着的排球场。

李润铭是一位技术全面的二传手。2011 年作为主力二传带领中国男排参加了世界杯。他在二传位置上，在过去的两个奥运周期里出任中国男排主力。

去年李润铭前往法国打球，俱乐部特意为他保留了他在中国打球时的 6 号球衣，以解他的思乡之情。

八一男排老将、中国男排前队长仲为君，瘦瘦小小刚满 8 岁还在读小学二年级的他，被曾经是排球女将的姑姑带到排球场，从此走上了排球之路。

由于新冠疫情影响，八一男排已退出 2019—2020 赛季中国男排超级联赛。有记者问及八一男排缺席今年排超联赛一事，仲为君用标准的军人方式回答：“一切听从指挥！”

不大的烟台市，小小的芝罘区业余体校，一届国家男排出两个主力，实为一段佳话。

这次去烟台，烟台统战部帅气、知识面广的张姓小伙专门陪我去寻找那块巴掌大的场地，让我惊讶的是，那块藏在居民楼的露天训练场地还在，铁丝网还在，只是原来的土场地铺上了细软的、厚厚的沙，排球场地变身为沙滩排球场。铁丝网很结实，上面画着卡通的体育宣传画，十来位省队的沙排男子运动员正在训练 ..... 我拍下一组照片，打着赤膊的球员跳跃扣球，球场旁那些老旧的 6 层高的居民楼和远处高出老房大半个身子的现代高楼作为照片的背景呈现在镜头中。高高低低的天际线显得有点乱，还有些滑稽，但又很现实，一个城市的成长，就像培养一个优秀的运动员，需要时间。遗憾的是在马路对面原体操馆的地方，我没找到当年邢傲伟训练的体操馆，除了在楼体一角依稀看到一个五环的标志，其他痕迹已不见……

这所藏在老城区的体校，隐于繁华之中，它的身边有多少大厦拔地而起，又有多少城池倏忽不见，而它，却被温柔以待，一直在那，见证着烟台的发展。回京后我告诉在京的老烟台人，他说这真是个奇迹。

二

北京时间2020年3月24日21点15分，我从手机里看到一新闻：国际奥委会宣布，鉴于新冠肺炎感染患者数量急剧增加，决定推迟东京奥运会举办时间至2021年夏天。我之所以清楚地记下这个时间，是因为那段时间我一直在等待东京奥运会的信息，等待那只鞋子落地。

今年3月，疫情在全球蔓延，东京奥运会是否延期一直举棋不定。对于东京奥运会是延期还是取消，是那些天我和体育圈的朋友谈论最多的话题。

延期举办奥运会，所有“老”运动员都面临同样的问题：年龄增大、体能下降和伤病积累。又一轮春夏秋冬，成为拦在“老”运动员面前的最后一道横杆。荣耀与淡离，可能就差这一年。

2020年4月7日，烟台籍中国跳高名将张国伟在微博上写下：对不起，我真的跳不动了，我决定退役了。意味着从此以后，张国伟不再出现在跳高场上。他是东京奥运会延期举行后，第一个宣布退役的中国知名运动员。

就在一个多月前，在国外训练的张国伟还在表决心：“不要担心我，养伤的日子里已练就了铁铸的承受力，从谷底往上爬注定困难，摸黑爬了好几年了，现在看到曙光了，我还会怕吗？”疫情蔓延，奥运延期，对每一位运动员，尤其是年龄大的选手，都是艰难的考验。就在外界猜测张国伟能否坚持时，他直接亮出了自己的选择——退役。

疫情将他的最好成绩定格在：2.38 米的高度。

张国伟的体育生涯从烟台起步。跳跃，越过横杆，落入海绵垫，起身，扎马步，运气，推手，紧接着打出一招“白鹤亮翅”，这是来自烟台蓬莱八仙过海故里的张国伟最基本的庆祝流程。“我要越过 2 米 40 的横杆”，是张国伟的目标和梦想，也是中国人乃至黄种人未曾企及的高度。

说“我要越过 2 米 40 的横杆”这句话的时候，张国伟是郑重其事的，他为自己确定这个目标时，还是一个在烟台莱阳县体校里练跳高的一个小男孩，这个瘦弱长腿的小男孩个子并没有比同龄人高多少，他刚刚跳过了 2 米。

对于张国伟自己来说，选择体育的决定算不上认真，只是出于一个孩子的调皮，选择跳高也是阴差阳错。跳远、三级跳，教练的无心插柳，成就了一个跳高方面的天才。天赋异禀，没有刻意努力的他，三次练习下来，就达到别人一两个月、一两年都突破不了的高度，“我喜欢那种突然就进步的感觉”。这个“突然就进步的感觉”，让张国伟坚定地站在不断升高的横杆面前，这一站，就是十几年。

张国伟曾是中国跳高项目的领军人物，2015 年北京鸟巢田径世锦赛上，以 2 米 33 的高度与卫冕冠军乌克兰名将邦达伦科并列亚军，超越偶像朱建华在 1983 年赫尔辛基世界杯摘铜的成绩，同时也追平了亚洲选手在世锦赛该项目上的历史最好成绩。这时大家突然觉得“我要越过 2 米 40 的横杆”不是大话，而是这个年轻人正一步一步接近的梦想。

张国伟是一位享受比赛的运动员。每次进场，只要看到看台上密密麻麻的观众，听到给运动员加油的喊叫声，他就兴奋得手脚忍不住地抖，这抖，不是紧张，而是兴奋，这种兴奋在他跳出了一个不错的成绩时到达顶峰，他会脱掉上衣，朝看台大喊，跳“骑马舞”“白鹤亮翅”……张国伟天生就是属于这个庞大舞台的演员，剧场里的舞台太小，观众也不够多，偌大的田径场，是他上演雀跃、悲情大剧的地方。

田径项目中，我除了喜欢观看 100 米和十项全能，我还喜欢看跳高。喜欢运动员腾空而起，用身体在空中划出一道漂亮的弧线跃过横杆的姿态，这种飞翔的感觉会让人瞬间幻化成一片白云、一只小鸟，一种摆脱世间凡俗的快感……这种感觉或许是我曾从事体操运动在高低杠上下飞越时有过的。我还喜欢跳高运动员修长的身材和长得很“经济”的肌肉。跳高是一项和自己较劲的项目，不断地给自己设定新的高度，不断地突破自己的极限；跳高是一项有悲剧色彩的项目，运动员最后总是在无法逾越的高度面前谢幕，是一项永远都要面对失败，永远与遗憾相伴的运动，也正因为此，才让人如此热爱。

张国伟则喜欢从另一个角度去看待跳高，他喜欢面对未知的感觉。“每一次起跳之前，过不过都是一个未知数，然后不停地调整自己的状态，过不过就是那一瞬间，人落到垫子上，杆没有掉下来，那种感觉非常好。”

“对不起，我真的跳不动了，我决定退役了。”看到惯于搞怪的张国伟，用如此直白的十几个字，结束自己坚持了十几年的运动员生涯，离开日日相处的田径场，这里面该有多少不甘、不舍和无奈，我想象得出张国伟做这个决定时的苦楚。这次，拦在他眼前的这横杆，是怎么也越不过去了。

其实一生不应该只有一个杆，选择是每个人的权利，选择放弃是每个人的权利。

因疫情影响而选择退役的运动员还有：英国奥运赛艇冠军得主汤姆－兰斯利比利时人、奥运会男子 100 米自由泳银牌得主蒂默斯……张国伟也有这个权利。

三

再次来到烟台，是阳光正好，微风不燥的初秋。现在的烟台完全不是 20 年前我初识的样子。长大了的烟台，打通了芝罘区与南面隔绝的天堑南山，南面豁然开朗；东边通过金沟寨峡口的公路一直通到牟平养马岛，西边的盐碱地打造成经济开发区与福山、蓬莱、黄县相连，巴掌大的芝罘区遂成“大烟台”的一个核心区。“大烟台”目前人口已达 700 万，GDP 在全山东排位第三。原来巴掌大的芝罘区业余体校也长大了许多，有了新的校区，占地面积 36122m^2，有四个校区。设有足球、排球、体操、艺术体操、蹦床、篮球、跆拳道、田径、乒乓球 9 个奥运项目，学校先后有百余人入选国家队，为清华、北大、复旦等全国重点高校输送了高水平体育人才400余人，成材率高达90%。

我曾写过好几篇关于马拉松的文章，在我的心中，从没有把马拉松看成是一项比赛，更不是一场争输赢与人较量的赛事。马拉松一场是自己跟自己的比赛，它不仅仅是一项跑出去的运动，更是一种从精神上把自己找回来的哲学之旅。国际上著名的马拉松，波士顿马拉松、纽约马拉松、东京马拉松、伦敦马拉松、北京马拉松……都是这些城市闪亮的名片。

烟台历史悠久，拥有众多丰厚的历史文化遗产，拥有珍珠般的岛屿，骄人的海岸线，是举办马拉松赛事的独特资源。在我的记忆中，烟台是国内最早开展马拉松赛事的城市之一，但这些年来，鲜见大型马拉松赛事在烟台举办。这次去烟台，得知烟台体育局已决定2020年将重新启动曾经断档的烟台马拉松比赛，我相信，这场在最美赛道上举办的马拉松赛事，将以大海般的胸怀，拥抱烟台文化旅游、健康体育产业的春天。我还得知，不久，烟台要建两个3000平方米冰球馆，以填补烟台无冰球比赛馆的空白……山东是全国的体育大省，烟台是山东的体育大市，烟台体育未来的强大，让人可期。

写这篇稿子时，我仿佛看到那个叫谢婉莹的8岁姑娘，站在烟台东山的北坡上，遥望着芝罘岛上的灯塔，后来，灯塔变成冰心先生手上的那盏《小桔灯》，照亮着我和我们。当海风再起的时候，薄雾退去，看月亮老人从海底捧出晶莹的珍珠，讲述着发生在烟台的《小城故事》。

作者简介：范承玲，中国致公党中央专门委员会办公室副主任、中国致公党中央文化专委会顾问，中国作协会员、中国散文学会理事、正编审。先后任《心理月刊》杂志主编、《健康顾问》杂志主编、《世界体育周报》常务副主编、《体育大市场报》副主编、《中国体育报》记者。出版个人散文集《秋天的行走》《有些时间是用来浪费的》《体育的模样》。《秋天的行走》获第四届全国冰心散文奖，散文《风雨桥的记忆》入选“2009年我最喜爱的中国散文100篇”、散文《青岩之青》获第二届全国徐霞客游记文学奖。在中央电视台《第五频道》《北京文学》《黄河文学》《飞天》《运动休闲》及《中国文化报》等媒体发表散文数篇。

英雄之城

朱佩君

夏末初秋，又见烟台。

这里山海相拥，风光旖旎。无论是一望无垠的金沙碧浪、景观奇妙的大小岛屿，或者是闻名遐迩的蓬莱仙阁、缥缈奇幻的海市蜃楼等都是我向往已久、期待观赏的名胜古迹。这是一座让你见了第一眼就觉亲切而又难以忘怀的城市。这里是鲁菜的发源地。既有珍馐名食，又有大众美食，尤其烹调海鲜独树一帜。这里是礼仪之邦，遵循孔孟之道，受儒家思想熏陶的山东人善良质朴、厚道热情。每每踏入，我的心里倍感温暖。“做客神仙地，陶醉美酒城”“金奖白兰地，味美思张裕”这些都是赞美烟台美酒的诗句。烟台除了沙滩、礁石、小岛等自然资源，葡萄酒文化是它的城市新名片。在这里看山、观海，会使人心情愉悦、惬意轻松。轻轻地走近，慢慢地享受，渐渐地，不经意间，我竟迷恋上了这座城市。

美景、美酒、美食虽令人赞叹不已，但烟台的英雄故事更加让人着迷。

烟台，英雄之城。

眼前这波涛汹涌的大海，在我心中荡起无限涟漪……你看，海心仿佛是一个巨型水幕，它正在述说着英雄那感人的故事。

一部长篇小说《林海雪原》和一部京剧现代戏《智取威虎山》，把杨子荣和威虎山连同那一段剿匪历史炒得沸沸扬扬、家喻户晓、妇孺皆知。智勇双全，气冲霄汉的杨子荣假扮土匪，智擒座山雕的故事主要发生地海林一带，也常常被人用“林海雪原”来指代，而杨子荣更是超越了生命个体，进而成为具有文化含量的历史人物，成为一种精神指向和英雄形象代言人。

生长在60年代的我们，有几个不知道杨子荣？又有多少人没看过《智取威虎山》呢？特别是我们这些个戏曲演员，几乎人人都会表演其中片段。著名京剧表演艺术家童祥苓在京剧《智取威虎山》中，塑造了一个年轻帅气、英俊威武具有高度勇气和智慧的杨子荣形象，在人们心目中留下了永不磨灭的印象。

走入杨子荣纪念馆中，一面大型浮雕映入眼帘，我瞬间被震撼到了。革命英雄的故事镶嵌其中，偌大的纪念馆内，一幅幅珍贵的照片，一个个逼真的场面，无不讲述着英雄的故事。听着图片里的故事，我渐渐地进入情景，那些个精彩的舞台形象闪现在眼前……“穿林海跨雪原气冲霄——汉”在大型乐队豪迈激越的伴奏声中，英俊威武的杨子荣化装成土匪准备打入座山雕匪巢，肩负着人民期望的杨子荣，纵马驰骋在万里雪飘的山野，面对群山抒发着革命战士的豪情壮志：“愿红旗五湖四海齐招展，哪怕是火海刀山也扑上前。我恨不得急令飞雪化春水，迎来春色换人间。”林海雪原中策马奔腾的那套程式动作，也是戏曲演员的必修课程。在深山问苦中，“八年前风雪夜大祸从天降……”，小常宝这段如泣如诉、悲愤交加的唱腔也作为我们的秦腔教学唱段一直在传承。《智取威虎山》这出戏，也作为戏曲经典保留剧目一直立于舞台，常演不衰。除了京剧，秦腔豫剧等各大剧种也都在移植上演，舞台呈现均堪称经典。在“打进匪窟”一场里，面对着凶恶的敌人，他所以能够那样沉着、镇静，能够那样应付自如，是因为他“胸有朝阳”。“会师百鸡宴”一场，土匪栾平的突然出现，使杨子荣面临着十分险恶的处境，但是他临危不惧，完全把个人的安危置之度外。智斗栾平，出奇制胜。那段道白：“三爷，我胡彪一向不受小人欺，今天为了你才得罪这条疯狗，他才这样穷凶极恶。今天有他没我，有我没他，留他留我，三爷你随便吧！”生动的人物表演，经典的戏曲台词，我至今熟记于心，随口念来。杨子荣与土匪的黑话问答趣味盎然却又扣人心弦，“天王盖地虎，宝塔镇河妖”“正晌午说话，谁也没有家”已成为流传金句，常常出现在戏剧小品里。那些熟悉的舞台画面，那些脍炙人口的经典唱段至今都铭刻在我的记忆中。

那么在真实的历史中，杨子荣打虎上山是否真有其事？当“张三爷”成为了“张司令”，座山雕又为何躲进夹皮沟的深山老林？他的“百鸡宴”是否真如传说中的那样神乎其神？那么，让我紧随讲解员的脚步，去用心聆听英雄那鲜为人知的故事吧。

他是解救人民群众的战斗员，又是人民群众中的一个；他是鼓舞人民群众起来斗争的宣传员，又随时在受着人民群众的教育。他与人民群众的这种血肉联系，和对党的赤胆忠心结合在一起，就是他在敌人面前勇敢无畏的深厚根基。

当杨子荣的英雄形象早已高耸舞台、深入人心时，烈士生前所在部队以及牺牲地海林县对他的情况却毫无所知，因为杨子荣牺牲这么多年，他的籍贯在哪以及家中是否还有亲人，却没有人知道。时代变迁、岁月流淌，“杨子荣”却一直活在大众心里，他的英雄色彩没有变。

提起杨子荣，大家都认为他是东北人。我曾问过几个朋友，大家异口同声的回答，杨子荣就是东北人。以前我也是这样认为的！来到烟台，才恍然大悟！原来杨子荣是烟台人啊！有多少人知道这位英雄真正的身世以及他与家人的那些个感人肺腑、发人深思的故事呢？我也非常好奇，急不可待的投入这位传奇人物的故事里。其实，真实的杨子荣是一位留着络腮胡子的大叔，而且他的战斗经历比在文艺作品中更具传奇色彩。

原来他叫杨宗贵（1917—1947），宁海镇嵎岬河村人。幼年时家境贫寒，父亲染病亡故。为了生计，他十二岁起做过童工，母亲领着两个妹妹回山东老家，留他在安东继续谋生。四年后，他和老乡结伙到鸭绿江上当船工，顺水放排，逆水拉纤。后来，他被日军抓去当劳工，流放深山采矿，过着牛马生活。他饱尝了人间的疾苦和为奴的滋味，结识了不少患难与共的朋友。后来，他不忍洋人的欺凌，带头打了为洋人服务的工头，从东北跑回山东家乡。他回家以后，秘密加入民兵组织，积极参加抗日斗争。1945 年 8 月，他参加八路军解放牟平城的战斗。同年秋，29 岁的杨子荣报名参加八路军，编入胶东海军支队。10 月下旬，胶东海军支队赴牡丹江地区剿匪，11 月，杨子荣加入中国共产党。部队改编后，杨子荣编在牡丹江军区二团三营七连一排一班。部队见他是个“年龄不轻、军龄不长”的老兵，便分配他到伙房当炊事员。他经常冒着敌人的炮火，把热饭送到前线，帮助抢救伤员，关键时刻还给排长、连长出主意、当参谋，得到了指战员的赞同和支持。

当时，牡丹江地区匪患严重。杨子荣所在部队，担负着剿匪、保卫土改的重任。特派杨子荣等 30 多人，化装成便衣，先行到达海林镇。杨子荣进入有百余人枪的地主武装孙江司令部，敦促其放下武器，就地缴械。1946 年 2 月 2 日，海林镇解放。一次夜里行军，拂晓前在密林中跟绰号“姜左撇子”的惯匪遭遇。杨子荣巧逼姜的副官喊话，智擒“姜左撇子”及姜部百余人。1946 年 3 月 20 日早晨，三营在杏树沟追击李开江部李匪据险顽抗，杨子荣与营长交换了作战意见，部队正面佯攻，进行火力侦察。杨子荣带领一班人迂回到敌人阵地侧后，他示意副班长和战士隐蔽好，独自一人跃出掩体，巍然挺立在敌群中，威逼 400 余名敌人放下武器，迫使匪首李开江、张德振投降。杨子荣被评为团战斗模范。大股匪徒歼灭后，小股残匪流窜于深山老林中。部队便组建武装侦察小分队（团侦查排）消灭残匪。小分队负责人由既熟悉当地情况，又有独立指挥作战能力的杨子荣担任。小分队组建后，首先生擒了所谓许家四虎（许福、许禄、许祯、许祥），消灭了九彪李发林、马希山等惯匪，其后杨子荣带领四名战士，化装成敌人，深入林海雪原，摸清敌情。1947 年 2 月 6 日晚，他只身打入虎穴，里应外合，活捉国民党保安旅长、牡丹江一带匪首“座山雕”。东北军区司令部给杨子荣记了三等功，授予他“特级侦察英雄”的光荣称号。杨子荣驰骋在东北的林海雪原，与土匪进行着出生入死的搏斗，在杏树底村，他侠肝义胆只身入虎穴劝降敌人；大智大勇生擒座山雕。1947 年 2 月 23 日，在剿灭土匪郑三炮的战斗中，由于天气太冷，枪栓结霜冻住，杨子荣被土匪枪弹击中光荣牺牲。杨子荣牺牲后，他所在部队无人知道他确切的家乡地址，加上他又改了名字，因此部队一直无法与其家人联系。

原来，当年村里组织参军，杨宗贵在没跟家里人商量的情况下义无反顾报了名。填写报名表的时候也没有用自己的名字，而是郑重地写下了幼时村中先生给起的字…子荣。从此，在军中，只有杨子荣，而没有杨宗贵。可谁知那日一别，竟成永别。由于战事紧张，加之侦察员工作的特殊性和隐蔽性，杨子荣连一封家书也没有写过。当年迈的母亲和家中妻子再次得知他的音讯，竟是被告知，有人在东北看见杨宗贵当了土匪。村干部对讹传信以为真，于是取消了杨宗贵家的军属待遇。杨宗贵的母亲宋学芝怎么也不相信儿子会当土匪，找村干部评理，到上级部门要求查访儿子杨宗贵的下落。1952年秋天，杨子荣妻子许万亮走到了生命的尽头。在漫长无尽的等待中，这个柔弱的女人始终坚信自己的丈夫不会做土匪。她受尽屈辱，抑郁成疾。在漫长无尽的期盼中紧握着新婚时丈夫送她的那把木梳含泪死去。直到1957年，宋学芝一张“失踪军人通知书”，看到儿子的名字，她顿时痛哭流涕。一年后的冬天，宋学芝又收到一张“革命牺牲军人家属光荣纪念证”，她享受到了烈属的待遇，家庭的光荣牌又重新挂上了。可她不知道的是，当时全国凡查无实据叛变且下落不明的军人，家属都得到了同样的两张证书。杨宗贵的下落，依然是个谜。

1957年，原牡丹江2团副政委曲波创作的长篇小说《林海雪原》一问世，立即引起了巨大的反响。后来，根据小说改编的电影和革命现代京剧《智取威虎山》相继完成，几乎在全国的每一个城镇和乡村上演、放映。作品中“穿林海跨雪原气冲霄汉”“共产党员时刻听从党召唤”“今日痛饮庆功酒”等唱段，是激情豪迈、脍炙人口的音乐经典；浑身是胆、打虎上山的杨子荣，则是一代人心目中的英雄。1966年，杨子荣的母亲患了重病。弥留之际，她拉着大儿子杨宗福的手颤颤巍巍地说：“匣子（指收音机）里老说杨子荣杨子荣，是不是俺家宗贵啊？”参观到此我泪水成行，心痛不已。杨子荣舍小家为大家的大无畏精神何等令人钦佩啊！英雄的事迹感染着我，也深深地打动着我。

如今国家倡导建设和谐社会，抒写美好家园。那么，新时代需要英雄，需要脚踏实地为人民谋幸福的奉献精神，需要知难而进的勇敢和顽强，更需要有杨子荣那种“气冲霄汉”的壮志豪情。今日烟台，英雄的人物还在辈出，感人的故事还在继续。我真心喜欢上了这个有故事、有激情、有温度且很温暖的地方。就要离开烟台了，我恋恋不舍地回首张望，波澜壮阔的海域、感人至深的英雄故事、底蕴深厚的文化、流连忘返的美景、回味无穷的美味佳肴、质朴热情的烟台好人……一切都是那么美好！

作者简介：朱佩君，中国艺术研究院《艺术评论》杂志社外联部主任、中国散文学会副秘书长、小桔灯艺术团团长。曾在全国多家报刊发表《下乡下乡》《我的戏痴老爸老妈》《时光中的小院》《老旦》等文章。多篇作品荣获2006中国世纪大采风金奖、全国总工会“中国梦·劳动美”职工散文大赛一等奖、“漂母杯”华人华文散文诗歌大赛二等奖、“金锣杯”全国散文大赛二等奖。其中散文《赶牲灵的哥哥哟我来了》被收入《2016年中国精短美文精选》。散文《小草忆大树》入选“2017中国散文排行榜”。散文《幽默的邓大人》入选“2018中国散文排行榜”。著有散文集《秦腔缘》(作家出版社)，2018年获全国第八届冰心散文奖。2019年8月散文《我的监护人周明》获2018西部散文选刊年度优秀作品“特别贡献奖”。

爱恋伊，远去矣

曾祥书

参观山东安德利集团果汁生产流水线、聆听该集团果胶制造原理介绍后，我来到集团旗下的昆龙温泉森林康养基地。坐落在素有“长寿之乡”称号的龙泉康养基地，依山傍水、花竹森然，是一座以“千年道家养生，百年温泉传承”为主题的集养生、休闲、度假、生态、文化为一体的享祀祈福、扶衰疗疾的颐养场所。

依山而居，观湖而悦，俯仰之间，尽显生活本真的康养基地，南依道教全真派发祥地昆嵛山国家森林公园，北临万亩金山湾，与烟波浩渺的昆嵛湖为邻，与天然森林氧吧相伴。湖光山色之下，既有山清水秀的幽静致远，又有都市魅影的华丽壮观。置身此地，月华满衣、心清如水。难怪，1986 年 10 月，时任中共中央总书记的胡耀邦在视察烟台牟平时欣然命笔：“崑龙温泉”。

诗意栖居

沿着竹影溪韵、落英铺织的庭院小径，我来到昆龙温泉的自然山水生态文化区，在一副“文写心声欢歌舞盛世，艺传雅韵笑语乐升平”的对联前驻足。接待采访的昆龙温泉经理徐勇向我介绍说，这是融民俗文化、传统村落为一体的乡村别墅——诗意栖居。主要是满足前来度假的家庭、结伴而行的情侣及细小群体。目前的连体别墅每户只能居住4至6人，待二期类似北京四合院的单体别墅建成后，居住的人数会多一些。

借着徐勇所示方向，一排排古朴淳真、隐僻典雅、独具风格的诗意栖居别墅群掩映在苍松翠柏之中。它简约、时尚，既传承了中华传统建筑的精髓，又以大自然为皈依。它推崇儒教，兼蓄道释，崇奉风水，含隐蓄秀；它奥僻深邃，凝重孤峭，寂寥幽丽，极富民居风格。

踏着鹅卵石铺成的小道，越过一排排石凳、形态各异的花木盆景，低头迈进半月形大门，便是诗意栖居的第一个别墅。连续的拱门、回廊、挑高落地的客厅窗户，让人心神荡漾，文雅精巧而不乏舒适。门廊、门厅，南北布展了古今中外的名画，给您一份典雅、隽永。餐厅南北相通，摆设着古玩，在这里您可以追索"六朝文物草连空，天淡云闲今古同"的创作背景及那些不为人知的故事。书房、书柜林立，您可以漫步书丛，领略知识的美妙，感悟书中的慧语，在文字的世界中寻找自我、他我。

伫立在客厅的观景窗前，倚窗，观湖景微澜；推窗，随繁花入梦；凭栏，林间微雨歇，逍遥湖上亭；闭目，轻灵飘逸，沁人心脾；漫步，绿意为伍，花鸟相伴。

室内、室外情景交融，似乎，一种中国城乡风情的生活格调正在这里诞生；似乎，一种诗意栖居的经典建筑正从这里崛起。置身此居，浪漫与气质兼收、雍容与华贵并蓄。好一个静谧恬淡的诗意栖居，好一个充满爱意的温馨港湾，好一个休闲度假的风水宝地，好一个绿色健康、令人神往的世外桃源。与此景相伴，乾坤变迁，心也悠然。与此景相依，心存高远，气度非凡。

人来到世间，守望着生命的圣洁、爱恋。早在两个世纪前，德国诗人荷尔德林就一语道破了生活的最高境界：

"当生命充满艰辛，/人，或许会仰天倾诉：我就欲如此这般？/诚然，只要良善纯真尚与心灵同在，/人就会不再尤怨地用神性度测自身。/神莫测而不可知？神如苍天彰明昭著？ /我宁愿相信后者。神本人的尺规。/劳苦功烈，然而诗意地，/人栖居在大地上。/我是否可以这般斗胆放言，/那满缀星辰的夜影，/要比称为神明影像的人/

更为明澈洁纯？/大地之上可有尺规？/绝无！”。

“诗意栖居”，是人类生活与居住环境的最高境界。也代表着人类对理想生活的向往、追求。尽管我们当中部分人处在蜗居时期，大多数人的居住环境不尽如人意，也尽管有诗人感叹：“我们的生活只有诗意和远方，要想苟且，还需取得北上广深的资格。”但古往今来，人们探寻人居环境和谐的脚步没有停歇。从“采菊东篱下、悠然见南山”到“曾经沧海难为水，除却巫山不是云”；无不说明古人对美好生活的向往、追求。从这个意义上来说，“诗意栖居”是一种人与自然和谐相处的生存状态，是一种与圣人相当的人生境界，它不是表达，不是修辞，而是一种感知、自信，抑或是一种诗意的情怀。

事实上，德国19世纪浪漫派诗人荷尔德林在写《人，诗意地栖居》时，贫病交加又居无定所，即使是这样，他仍以一个诗人的敏锐和直觉，认为科学发展和工业文明将使人类日益异化，于是向人们发出寻找回家之路的热切呼唤，其创作主旨是使人们认识人之为人的真实意义，以及人应当具有的精神和心灵的终极关怀。

“在一个贫乏的时代里，诗人何为？”德国哲学家海德格尔引述了荷尔德林的这一追问。海氏所处之时代，是一个“上帝缺席”“诸神消退”的时代，是一个哲学贫困、世风日下，人文精神坠落、衰败，高品位审美贫乏和人欲横流的时代。由于自身信仰、商业文明、职业道德的缺失，社会进入了一味追求刺激与撩拨人的感官享乐、娱乐至死的时代。大众习惯了虚荣的满足，结果勤奋被贴上了狭隘自私、极端个人主义的标识，创造被引入歧途不顾社会效益标新立异。长此以往必将导致各种社会危机、人际关系紧张、道德沦丧、社会人文精神衰败……

在这样的时代里，人类将变得与自身同类都不能和睦相处，更谈不上与自然保持可持续性的和谐共生。必将导致人类对自然更加恶性掠夺和扩展，最终导致自相残杀，导致严重的生态破坏、环境污染……它加剧了人类精神领域中的情感破灭，特别是一些具有非理性特征的心理因素，如直觉、妙悟、禅悟、玄览的灵性等，被排斥、压抑和弱化。而这些非理性、超理性的因素也必将导致人在精神上的空虚，在行为上的邪恶与作恶。

我思故我在。生而为人就应当不断探寻人之为人的意义。当您既不能改变社会，也不能改变他人，只能改变自己时；是否应当为自己寻找一个精神家园，亦是寄托？正如清代学者王夫之所云：“终日劳而不能度越于禄位田宅妻子之中，数米计薪，日以挫其志气，仰视天而不知其高，俯视地而不知其厚，虽觉如梦，虽视如盲，虽勤动四体而心不灵，惟不兴故也。”

我们充满劳绩，诗意地栖居在大地之上。当我们艰辛地创造了物质财富后，是否能仰望头顶上那蕴含无限神性和诗意的灿烂星空？柏拉图也曾说过：“如果你有两块面包，你当用其中一块去换一朵水仙花。”生存是生活的前提，而生活是生存的升华，生存者并不一定是生活者。正如“筑居”与“栖居”，“筑居”是为了生存于世而奔忙操劳，“栖居”是以神性的光芒映射精神。树在、山在、大地在、岁月在、她在、我在，您还要怎样更好的世界？

少女晚浴

在诗意栖居用过晚餐后，躺在露天温泉池时，已是薄暮时分。池中袅袅腾起的水雾与天上的点点晚霞悄然牵手，如薄纱，拉开繁星点缀的夜幕翩翩而至；似蝉翼，在空中漫舞化作缕缕轻烟；像浮云，在雾中欢呼雀跃、时聚时散。“庭院深深深几许，云窗雾阁春迟”，借着朦胧的雾气、银光，冥冥中，同池一位身着泳装的少女映入我的眼帘。

她披一袭薄纱、染一缕馨香，用飘逸、曼妙的身姿把宁静的温泉水覆盖得渺渺茫茫。在风中，与自然亲吻；在雾中，与月色相随。

她影影绰绰，如墨般的黑发直泻腰际，透明的吊带裸露出圆润滑腻的珍珠香肩，细若水蛇的腰围在夜雾的挤压下袒露出纤细的弧线，更显得身段窈窕、玲珑剔透、气若幽兰。

她微带寒意，清柔松软。面对水碧复流温，相思五湖里的场景，半蹲在池边，抻了抻白皙嫩藕的手臂，低头掬起一弦清水，那表情如同掬起瑶池玉液般的神圣。玉液，浸染着她的眉梢，漫漫地从乳沟滑落，乳溪潺涓在池中留恋。池中，涟漪泛起的盈盈水纹一拢、一拢，在瑟瑟的秋风里妖娆、妩媚。俯首：用心柔柔地吻过一朵朵粉白；凝眸：池中花瓣似的波纹倒映着她粉红的笑脸；低眉：蓄一弯柔情，轻拂花儿的心蕊；注目：风儿业已将她长长的秀发、嫣红的相思缠绕成美丽的云鬓，挂在天宫，诚邀明月。

微风轻抚、热浪亲吻，越过乳白色的云纱雾团，透过网状的蚕丝胸罩，胸部浮凸的两个小圆点泛起天然的红晕。蓦地，明代诗人王偁的情诗《酥乳》在脑海浮现："一双明月贴胸前，紫禁葡萄碧玉圆；夫婿调酥绮窗下，金茎几点露珠悬。"诗人表达心中垂涎欲滴的感受是这样含蓄、婉约，远远超越小说家的赤裸。

我轻轻的、轻轻地闭上眼睛。在听，是否有细语绕耳的迷醉，哪怕是在梦里幽幽萦回，袅娜缠绵。然而、然而，她仍是那样脉脉含情，那样凝眸不语。诚然，她已进入一个无我的世界，剥离了他人的存在。我存在吗？即使存在，那也是以风的名义拂过树梢，像云的诡异映入温泉。继而以一种温柔的声音轻声说道："美女，能请你喝一杯咖啡吗？"可是，未曾发出的声音只能哽咽，不能飘荡在半空，更不能从她游动的身体掠过。

"你也住在诗意栖居吗？"我终于屏住呼吸拿出了勇气，可是话到嘴边又咽了回去。我不知道是前来探视她那一低头的温柔，还是圆一个远方的梦境。于她，这种并非帅哥的衰哥，只能是一把挂在诗意栖居墙面上的乐器，或是偶尔在风中抖动的丝弦；喟叹那曲"爱恋伊、远去矣"的淡淡忧伤……

夜雾时浓时淡，月儿时近时远，淡时，她肚脐上镶嵌的红宝石斑驳陆离，与恬淡的云霞交汇成趣，若隐若现。浓时，大雾淡泊，隐耀的潜光折射着少女羞涩神仙的胴体，耀斑点点。月光从两条炫目修长的玉腿流过，烛照着浑圆的腿根，呵护着娇嫩玉润的肌肤，映衬着身后的昆嵛山山脉。昆嵛山美得像一首抒情诗，充溢着少女的纯情、浪漫。

她面朝东方日出的天际，低头不语，任凭轻风扑面，虔诚地屹立在这片神明、柔美的温泉之中，波澜不惊地面对从眸子里滑落的羞涩。是她承受了太多的孤独需要倾诉？是她累积了太多的困惑寻求慰藉？或是有着太多的失落前来索取命运的密码？不是，都不是。她是真正读懂大地母亲体温之人，乃至飘拂的水雾像绸缎般裹挟她那羸弱的身躯时，仍不失仪静体闲、柔情绰态，仍然环姿艳逸、容色晶莹。感觉里，这冷傲灵动之态不应属于生活，属于温泉。更应属于凭吊，为之痴迷、为之所摄、为之魂牵梦萦。

面对“汤泉吐艳镜光开，白水飞虹带雨来”的景致，是探询，是关切，是问候？媚于语言、娇柔婉转之际，我自惭形秽、不敢亵渎。依稀中，她清澈明亮的瞳孔犹似一泓清水，弯弯的柳眉新月生晕，长长的睫毛如花树堆雪，薄薄的双唇如玫瑰花瓣娇嫩欲滴，白皙无瑕的皮肤时时透出微微红晕。俨然是一尊粉妆银砌、亭亭玉立的雕塑，抑或是一幅婀娜多姿的剪影，一幅冰清玉润的素颜。

今晚的镜像，注定由未曾相识开始，再到未曾相识结束。我惆怅地坐在池边的台阶，裸着思绪，抚摸驿动的心灵劝慰自己。只因在温泉中多看了你一眼，再也忘不掉你的容颜，梦想着偶然还会有一天相见，从此我不再思念。想你时，你在牟平；看你时，你在天边。不想你时，你跃上脑际；你闯入我的心田。人世间有百媚千红，唯独你是我情之所钟。貌似池中的驳岸，心情被爱恋打翻。牵手，与善解人意的人儿走过；对饮，镌写道法自然涉世未深的情缘。爱恋伊、远去矣，想你时隐情缠绕在星宿的藤蔓，如风吹云散。天宇，今夜无眠。诗意栖居，今夜无眠。

问少女？我们前世有约吗？如有，也是虚无，也是孽缘。有道是天宫的密钥难解人间的相思，在情感的沟壑面前你与我一样艰难。是可恨的昆嵛山牵走我的情感，是可怕的温泉给了视觉的发现，今生的爱情故事不会续写，也不曾改变。我愿用齿心的静默守候在你的身边，用失神的目光道一声珍重，默默地祝你静好、祝你平安。

问少女？你是否明白我的目光不会走远。你是否让我舞动纯情的画笔，把你的胴体涂鸦成爱的风月，让昆嵛山沉醉、让昆龙温泉妩媚。再为爱研磨一纸心语，寄在风中等候你的到来，哪怕是望穿秋水，哪怕是遥遥无期。

弄潮人儿

释一怀爱恋之伊，目送少女远去后，我在温泉边的一个小圆桌旁就坐，目光不由自主地向“诗意栖居”眺望，正欲望探寻创意者的心路历程时，一个既熟悉又陌生的声音从夜空传来：“这是我们董事长王安！”长我两个月的王安看上去比实际年龄要年轻得多，我想这与他长期诗意栖居在这森林康养基地，渴饮甘洌龙泉不无关系。

“斯是温泉，唯他德馨”。言及这龙泉温泉的诗意栖居创意时，衣着简朴，率真、谦卑的他向我娓娓道道来。

“我小时候爱看《西游记》《封神榜》类的神话故事，除了人物法力高超和美丽善良外，特别仰慕书中的仙境。每每把书打开，那里的山水园林、亭台楼阁，还有灵芝、仙果便一一呈现在眼前。在那个单纯的孩童时代，唯一的期盼是在某年某月的某一天，能偶遇一位仙姑，带我到天上去，哪怕只待一会儿，我就心满意足。随着年龄的增长，我意识到那是一种幼稚可笑的想法。后来，手头稍微宽松点，我便萌生了建造一个人间仙境的想法。尽管这种想法像儿时一样幼稚可笑，但对仙境般诗意栖居的爱恋始终在脑际挥之不去，它时时左右着我的情绪，使我不能自拔。不过真正迫使我下决心筹建诗意栖居的还不是《西游记》《封神榜》类的神话，而是德国荷尔德林的一首诗，在这首名为《远景》的诗歌中，诗人描述道：

> “当人的栖居生活通向远方，/ 在那里，在那遥远的地方，葡萄闪闪发光。/ 那也是夏日空旷的田野，/ 森林显现，带着幽深的形象。// 自然充满着时光的形象，/ 自然栖留，而时光飞速滑行。/ 这一切都来自完美；/ 于是，高空的光芒照耀人类，/ 如同树旁花朵锦绣。”

而同是 19 世纪的英国著名小说家伍尔夫也曾提醒人们，要心想事成，至少得有“一间自己的屋子”，或许说明得更具体。由此不难理解，诗意地栖居亦即诗意地生活，而诗意则源于对生活的理解与把握，尤其是内心的那一种安详与和谐，那是一种对诗意生活的憧憬与追求。

书中自有黄金屋，书中自有颜如玉。一本书、一首诗、一个故事、一种人生，书写着王安从一个农民到企业家的嬗变。从诗歌中寻找经营模式，从诗歌中寻找经济增长点，是机遇偏爱有准备的头脑还是诗性使然？

假设是诗意使然，那么饱读诗书、屈心抑志的文人岂不人人都是儒商。从秦文中我们学会了犀利，从汉赋里学会了张扬恣肆，从唐诗中学会了激情飞扬，从宋词中学会了哲理与缠绵，从元曲中，我们又学会了一唱三叹。你学会了经济增长模式，学到经济增长的秘笈了吗？绝无。是商人与文人的眼光不同，还是伟人与凡人的差别我不得而知。但有一点可以证实的是，凡人在一粒水珠中也能发现大海的浩瀚，而伟人却能从一个苹果的坠落中探索可能是地球某种力量吸引的结果。

“我没有您说得那么好，当我完成资本积累后，最朴实的想法就是建造一个诗意栖居，而建造诗意栖居的目的是‘给心安个家’。”

“给心安个家？”家在哪里？心就在哪里，我心永恒、我心无悔，是王安做事的风格。给心安个家，是王安的初衷，抑或是他的经营策略。

出生农民家庭的王安，种过地，跑过水产销售，当过度假村的经理，但赚取人生第一桶金是他的果汁生产。用他自己的话就是不忍心看到乡村们辛辛苦苦种的苹果烂在地里。而创办温泉森林康养基地的想法则是给心安个家。

给心安个家，是王安的家国情怀，是他的超前意识，是他的社会责任感使然。伴随着我国经济持续稳定发展，不胜枚举的小城故事演绎着太平盛世的辉煌，见证新中国成立以来尤其是党的十八大以来的巨大变迁。城市建设突飞猛进，城市面貌日新月异，城市品质跨越式提升，城市群格局基本形成，在时光荏苒中，我们经历了世界历史上规模最大、速度最快的城镇化进程。一方面，城市承载着无数的人梦想与希冀。另一方面，人们在解决物质的温饱以后，精神日愈失落，心灵无家可归，内心苦恼、紧张、空虚、烦躁、不安，甚至消极厌世的现象较之以往加剧……谁来关注小康之后人们的精神变化、心灵慰藉，就变得十分突出和重要，在这样一个全新的时代里，在这样一个转型期社会，人们应当寻求什么样的“存在”？人们应该怎样去构建自身的精神生活和精神家园？或许，这就是王安执意打造康养基地、诗意栖居的精神力量。

在王安看来，当下人们在物质生活方面已基本获得了温饱，获得温饱后的人们不应该无止境地追求物欲，无止境的物欲追求必将导致人成为非人。而人与动物最大的区别在于人有精神需要，这是人的自然属性和社会属性，不要说当前我们只是处在一个物质温饱阶段，就是物质极大的富足，也应当关注自己的精神家园建设，通俗地说就是应当关注人们自身的精神健康和心理健康的构建，这才是当前人们最根本、最本质的需求所在。

“有人认为，健康养生产业，或者说诗意栖居、温泉、洗浴中心，是少数人的享受乐场，或是大多数人嫉妒、追逐的名利场，是一个地地道道的贵族化而非大众化的场所。对此，您怎么看？”

“恰恰相反，我们的健康养生基地、诗意栖居、温泉洗浴及所有项目，面对的就是大众人群。这是因为，这类人群的烦恼、痛苦、挫折、不幸、打击、遭遇较之社会精英、成功人士要多一些。为这类人员提供一个休闲、释怀的场所从某种意义有一种普度众生之感，休闲、养生是一种释怀，在苹果园中哭泣也是一种释怀，哭泣伤身，与养生相悖。而我们的诗意栖居，就是建立一个有诗意的栖身之地，使置身此居的人更接近抱负、理想，它如同桃花源，有宫殿、城堡，而这些又是人们空想而难以抵达的家园。人能否将窘况转化为一种诗意的体悟，提升到用诗意的审美的心态去应对人生的遭遇和经历，这是我们‘诗意地栖居’所倡导的核心价值所在。从商业模式上来讲，我们的诗意栖居可以年租、月租、周租与天租，辛苦一年的人们来这里休闲一天是岁月静好，我心悠然。”

“听陪同我采访的副总经理孟相林说，您在上这一项目时力排众议？”我问。

“在策划这一项目时，也有人公开反对，建议我盖一个‘大众’食堂，在食堂中设土炕、土桌，让人们吃忆苦饭，甚至让我收集解放前的破旧衣服让他们穿，其目的是让见惯了繁华与喧闹的城市人们回归自然，唤醒他们的‘乡愁’记忆。我想了想，这不太符合当下人们的需求，更不是市场所需。毕竟我们告别了那个‘半边烂瓢舀风沙’‘一床破被像渔网’的年代。在党的第十八届中央委员会第一次全体会议上，新当选的中共中央总书记习近平指出：‘人民对美好生活的向往就是我们的奋斗目标。’党的十九届四中全会提出：‘坚持和完善统筹城乡的民生保障制度，满足人民日益增长的美好生活需要……’这些都说明我党越来越重视民生问题。”他说。

我们解放了这块土地，又不知道这块土地的秉性，我们建设这块土地，又不知国民幸福指数为何物。当生产总值指数 ×a%+ 社会健康指数 ×b%+ 社会福利指数 ×c%+ 社会文明指数 ×d%+ 生态环境指数 ×e% 的公式摆在我们面前时，部分人失语了。当 a，b，c，d，e 分别表示生产总值指数、社会健康指数、社会福利指数、社会文明指数和生态环境指数所占的权数时，我们又不知道具体权重的大小取决于各政府所要实现的经济和社会目标。用一句土豪的话就是：“什么指数不指数的，还是村村点火、户户冒烟实惠。”

黑暗中有光影的存在，困顿中有诗意的栖居，在吟咏中摸索远去神灵那有形无形的踪迹。在迷失中道出光明的神圣；哪里有贫乏，哪里就有诗性。我常想，美好生活的内涵是什么？是物质，亦是精神。艺术世界是什么？是人类超越了无情世界的美好意境与思想结晶。能够走进这样的世界，是上天的福泽，是缪斯的青睐。曾记得 18 世纪英国著名的哲学家大卫·休谟曾说过：“最能改善人的气质的莫过于对各种诗歌美、绘画美、音乐美的研究，她使人产生一种怡人的忧郁感，这种情感最能与他人为善，与他人为友。”诗意地活着。也就是说要赋予生活艺术化。或许，这就是王安打造诗意栖居的意义。

读遍天下诗书，尽赏人间美画，聆听经典名曲，便是走向诗意人生的最佳途径。这是灵魂与灵魂的完美交融，古人与今人同喜同悲，历史与现实的时空交错。当我们站在罗浮宫《蒙娜丽莎》画像前，当我们站在中国美术博物馆罗立中所画《父亲》油画前，默默地流着泪，感动、幸福、沉思着，我们读懂了作者的情怀，我们自然醉了。当我们在夜深人静的时候，打开电脑，音箱里飘然而来的是《云门夜雨》那略显忧郁的箫声，《春江花月夜》缠绵的琵琶弦响，《高山流水》高雅的古琴韵语，这样的日子，一刻千金，一梦千年。

人怎样诗意地栖居在大地上？就在于读懂了自然的真，读懂了人情的善，在于体味到了艺术的美。诗意从何处寻，宗白华已经告诉我们："……从细雨下，点碎落花声。从微风里，飘来流水音。从蓝空天末，摇摇欲坠的孤星。"王安已告诉我们："诗意栖居就是给心安个家。"

握别王安后，望着他远去的背影，我在想这个农民出身的企业家，应该是哲学家、诗人、教授、博导的身价。囿于那个普通人家读不起书的年代，未曾受过高等教育的他与这些职位失之交臂。他有过当宇航员遨游太空的理想，有过当影视演员走上银屏的愿望。然而，当命运的罗盘将青春的一叶小舟指向商业领域时，他没有喟叹宿命多舛、世味凉薄，而是用执着、坚毅书写人生的辉煌，用达观的性格屏蔽所有强加在他身上的苦难，用超然的姿态诗意地栖居在这片国土之上。

作者简介：曾祥书，中国作家协会会员，国家二级编剧。著有报告文学集《万里家风万里扬》《中华第二国门的守卫者》《万里长江写忠诚》《北京，今春没有沙尘暴》《一个指挥部与两个阵地前沿》，话剧剧本《守水人的故事》《国旗卫士》，歌词集《军营梦恋情》，共出版文学作品八部。《中华第二国门的守卫者》获武警文艺大奖一等奖，《北京，今春没有沙尘暴》获"黄浦江源"全国文化大奖关注森林文化艺术奖一等奖，话剧《守水人的故事》《国旗卫士》获武警文艺大奖二等奖、团中央"五个一工程奖"、中国人口文化奖二等奖，散文《叩拜塔里木河》获第六届冰心散文奖，《母亲的肤色》获徐霞客散文奖。其他作品分别获国内多种奖项。

自南向北流淌的河

陈 晨

没去烟台之前，早就知道了烟台这个地名。有一度，几乎天天有人在我耳边念叨“烟台烟台”。他是跟我同一个办公室的同事，姓初，烟台牟平人。平时，他都在低头码字，香烟一根接着一根，换烟的间隙，他会抬起头来跟我闲聊几句，聊着聊着，话题就转到了他的家乡烟台。于是，那个“仙境海岸，鲜美烟台”就在他制造的浓雾里若隐若现。

听小初说得最多的是烟台的“山岛海河泉”。

小初说，山是昆嵛山，岛是养马岛，海是渤海，河是鱼鸟河、沁水河、辛安河，泉是龙泉温泉。这“山岛海河泉”样样有来历，就说这三条河吧，一般河流都是由西向东，但它们不是，是自南向北流入大海。

我深觉诧异，自古都是“大河向东流”“百川到东海”，为什么到了烟台却变成了自南向北？

小初说，原理很简单，这三条河都发源于昆嵛山，昆嵛山地势高，河流顺着地势流淌，就成了自南向北流向大海。

好吧，这是地理学上的解释，但我对这样的解释总有些不甘心，自南向北，这么奇怪的流向，就不能是其他原因造成的吗？比如，因为河流的某种执念，某种情怀，或者某种理想？

小初看了看我，说，你想多了。

一

小初是个作家，写小说，写剧本，偶尔也写散文。2018 年，他的一篇散文获得了第八届冰心散文奖。

说起来，他写这篇散文跟我还有点小小的关系。2017 年，临近“七一”，《中国文化报》副刊主编红孩老师向我约稿，让我写一篇跟上海的“一大”会址有关的散文。我当时正在写一部长篇非虚构，写散文的事就今天拖明天，明天拖后天。某天凌晨，我突然想起，糟了，今天就是约定的交稿时间，稿子还没写，而且一点灵感都没有。咋办呢？如果因为我爽约，造成报纸开天窗，那我以后怎么见人啊？我急得在房间里转了三圈，真想大喊一声：“哪位才高八斗古道热肠的大才子，快来救个急！”看看时间，已是凌晨三点，估计“大才子”们都已睡了。扳扳手指，这个点还没睡的，估计只有小初，他跟我一样，都是夜猫子。

我病急乱投医，叮咚一下就给小初发了个微信：“睡了吗？”

“没呢，在写作。”

“《中国文化报》约我写篇有关上海‘一大’会址的散文，天亮就要交，你出手快，能不能帮我写一篇？”时间紧迫，我顾不上寒暄，直奔主题。

“‘一大’啊……”小初在那头沉默了。

我看他不响，不由得忐忑起来，想想那么匆忙抓一个山东人写上海“一大”，是不是有点为难人家？

但小初并没有让我忐忑很久，回复我说：“我们家祖辈 1920 年代还真在上海法租界生活过，跟参加‘一大’的那批人，还有邵力子他们有过交集。”

我喜出望外，连忙说：“那太好了，你赶紧写！”

我放心地睡了三个小时，醒来看见小初已经把写好的散文《父亲的“一大”情结》发到我微信上了。我一读，不禁拍案叫好。要知道，写这样的宏大题材，如果没有一个好角度，往往会流于空泛。但小初的散文妙就妙在把家族往事与建党伟业交织在一起，短短两千字的散文，通过时空的转换，梦境与现实的映衬，写得有血有肉，情感饱满。才思之敏捷，出手之迅速，构思之精巧，让我不得不折服。

稿子交给红孩老师，很快就在头条位置发表了，第二年，又成功斩获第八届冰心散文奖单篇散文奖。

小初获奖后，笑着对我说："姐，谢谢你给我带来了好运。"我得意地笑，大言不惭地说："那是那是，如果我不叫你帮忙，你怎么可能想到写一篇跟上海'一大'会址有关的文章呢？"

说是这么说，心里却在为他暗暗点赞："到底是山东人，仗义！"

二

小初获得冰心散文奖后，他的家乡很重视，烟台电视台给他做了一个专访。

我当然也为他高兴，但小初的主业是写小说和剧本，一篇两千字的散文，与他数百万字的小说创作量相比，轻如鸿毛，我觉得他更应该得个小说奖。

但小初不这么看，他说，烟台人对冰心先生有一种特别的感情，她曾经在烟台生活过八年，我们把她当成我们烟台的骄傲，能够获得以冰心先生的名字命名的散文奖，多有意义啊。

我由此知道了冰心先生与烟台的渊源。冰心先生 1900 年出生于福建，三岁时，跟随父亲来到烟台，在烟台度过了潮涨潮落的八个年头。1911 年，她离开了烟台，但她的心一直没有离开过烟台，在她的很多文章里，她都写到了对烟台、对大海的眷恋与思念，她把烟台称为"灵魂的故乡"，说"烟台的大海是我童年的摇篮。"她在《忆烟台》中写道："一提起烟台，我的回忆和感想就从四方八面涌来……"

冰心先生一生游历很广，曾经出国留学，也曾在福州、上海、北京等地生活过，可为什么会对烟台最有感情，把烟台称为"灵魂的故乡"呢？

冰心研究会的名誉会长舒乙这样解释："烟台给了冰心终生的快乐和自由。"

冰心的女儿吴青说："妈妈太爱烟台了，甚至胜过爱她的故乡。妈妈说大海在她的思想中占有很重要的位置。正是在烟台，妈妈认识了大海，认识了大自然。我曾经问过妈妈，问她为什么喜欢海，妈妈说大海使人心胸开阔、包容一切，大海给予别人的都是爱。”

是的，因为这片海，才会让冰心对烟台一辈子念念不忘。

人们把冰心先生称作“美与爱的使者”，她对美的最初感知，她对世间万物的博爱，也许就是起源于烟台的这片海。烟台湛蓝的天空赋予她澄澈的眼睛，无垠的大海赋予她宽广的胸怀，澎湃的海浪赋予她爱的力量。

我后来常常会想，让冰心终生眷恋的海，到底是什么样的海？一个被称为“灵魂的故乡”的地方，到底有着什么样的魔力？

三

2019 年 7 月，我终于有机会踏上了烟台这片土地，见到了烟台的海。

迎接我们的是烟台清爽的风和烟台人诚恳的笑脸。我们的车在满目苍翠中一路驰骋，我无意间转头看向窗外，一大片湛蓝便毫无防备地闯进了我的眼帘。那是怎样的一片蓝啊，纯粹，晶莹，坦荡，似乎剔除了所有的杂质，让你一眼就能看到天空和海洋能够给出的所有诚意。我屏住呼吸贪婪地看着一片海，忘记了赞美，忘记了欢呼，只有一曲碧蓝的旋律在心头荡漾。

说起来，我出生在东海边，对大海并不陌生。但我们家乡的海，海水是浑黄的，裹挟着很多泥沙，我们的大海也没有美丽的沙滩，亲近大海需要走过一段芦根丛生的滩涂。小时候，我以为海的模样就是东海的模样，何曾想过，原来，海与海，竟然像人一样，各有各的品貌，各有各的性情，有的粗犷浑浊如大汉，有的清灵婉约如仙子。

此刻，一个从小在海边长大的人，在这一片初次相见的大海面前，轻易地移情别恋，爱上了异乡的海。

此刻，我似乎也隐约明白了冰心先生对烟台的情感。与这样的海朝夕相处了八年，怎么可能忘却？那一朵朵浪花一定是深深镌刻在生命里的，不管去了哪里，枕畔回响的永远是烟台的涛声。

四

这样的大海，也值得让人用生命去守护。

那次烟台之行，我们是应邀参加烟台统一战线采风活动，同行的有来自全国的30多名散文作家。

分配给我的任务是写位于牟平的雷神庙。牟平是小初的老家。

远远地看雷神庙，大门素朴，围墙简陋，被几条土路包围着，沉默而隐忍，一如胶东农村历经沧桑却沉默少语的老人。

但这不是一座寻常的小庙，这是打响胶东抗战第一枪的地方，80多年前，这里曾经进行过一场艰苦卓绝的鏖战，司令员理琪就是在这场战役中光荣牺牲的，年仅31岁。

走进雷神庙的展厅，迎面就是一幅巨幅油画。画上，一名长相英俊的青年男子，身着浅蓝色长衫，头戴礼帽，左肩搭着一个黑色的包裹。他的身后是苍茫的山，头顶是阴沉的云，脚下是崎岖的路，清俊的脸上不苟言笑，冷硬坚毅的目光看着远方，他在为山河破碎、满目疮痍的祖国忧虑，他在为救民于水火奔走。他的右手紧紧握着拳头，引而未发的力量凝结在指尖。

画中的人物就是理琪，生前曾任中共胶东特委书记，1938年2月在雷神庙壮烈牺牲。

雷神庙革命遗址纪念馆的张馆长带着我屋前屋后地走，告诉我当时敌人是怎样进攻的，我们的战士又是如何还击的。他指着一块落满弹孔的铁皮雨搭子，告诉我，这块铁片0.8平方米，上面留下的弹孔是138个。他指着后花园的一角，告诉我，理琪同志当年身负重伤后，就是躺在这里的高粱秆里。他把身上的枪拔下来，交给战友，让同志们不要管他，继续战斗。那天是正月十四，前一天刚刚下过大雪，寒气刺骨，理琪流下的血很快结成了冰。张馆长站在庙门前，告诉我，当年，这里是大片农田，理琪的战友们抬着奄奄一息的理琪，穿过农田中间的小路，离开了雷神庙。

张馆长不会讲普通话，他讲的胶东话我只能听懂两成。但从他的神情里，从他的手势里，从展陈的遗物无声的诉说里，我听懂了1938年2

月 13 日在雷神庙鏖战的激烈场景，听到了 80 年前的枪声仍在耳边回响。

理琪是河南人，但他把鲜血洒在了烟台的土地上，他用生命守护着这片土地。

五

2020 年 7 月，我再一次踏上了烟台的土地，有幸登上了昆嵛山。昆嵛山，属长白山系，崂山山脉，绵延方圆百里，雄跨烟台牟平、文登、乳山三区市，自东汉时期便被奉为“海山仙山之祖”。

据史料记载：金大定七年（1167 年），陕西咸阳道士王重阳，自终南山云游东下，聚徒讲道于烟霞洞中，创立了道教中的一个新的宗派——全真派，并收丘处机等七个弟子，后称海上“七真人”。“七真人”中以丘处机最为有名，被元太祖成吉思汗封为国师，尊为“神仙”，成为统领全国道教的一代宗师，使全真教得以在全国盛行。我单位附近的白云观中有一座丘祖殿，殿内供奉着丘处机的塑像。殿门口有一副对联，为乾隆皇帝所题，上联是：万古长生，不用餐霞求秘诀，下联是：一言止杀，始知终世有奇功。

我年少时酷爱阅读金庸小说，《射雕英雄传》曾是我的枕边书。来到全真七子当年的修道之地，见到他们的塑像，便如见到故人一般亲切。我恭恭敬敬地朝着他们的塑像行礼，饶有兴趣地参观了他们当年的修炼之地——“烟霞洞”。仙人早已驾鹤西去，但关于他们的传说，已成为昆嵛山风景的一部分，传颂至今。

山中寂静，古木参天，鸟鸣声在林中回响，顿觉喧嚣静止，尘世遥远。我静静地伫立在一棵古树底下，眼前仿若看到了全真七子当年在山中修道的场景。修道，是修炼什么？古往今来，不知有多少修道之人，为什么唯有丘处机享有万世景仰的殊荣？他“一言止杀”，是因为心怀苍生，他的慈悲仁厚，是出于烟台人的天性，还是因为在烟霞洞中修炼而来？

山中的道长告诉我们：“道家教人无为，佛家教人心静，儒家教人诚意，本质上都是教人净化去除杂念，净化心灵。”道长梳发髻，打绑腿，风骨清疏，谦逊恬淡，白衣白裤一尘不染，疏眉朗目间蕴藏着昆嵛山的天地灵气。

六

这一次烟台之行，又是匆匆来匆匆走，没有来得及细细欣赏烟台的美景，没有来得及细细品味烟台的海鲜。

但说来奇怪，即便是匆匆来去，走马观花，我对烟台的爱恋却一次比一次深。我由此想到我的同事小初，想到冰心，想到理琪，想到全真七子，他们有的生于烟台长于烟台，有的从自己的家乡来到烟台，只要与烟台的这片海有了关联，他们的血脉里就终生澎湃着蔚蓝色的海浪，他们的心胸也会像这片海一样，宽阔、广博、仁爱、深沉。

离开烟台前，烟台作家綦国瑞老师为我们送行，他曾经是中国社科院的研究生，这在当年，是了不得的高学历，他的很多同学都留在了北京，有的当了大领导，有的成了大学者。但他，默默地回到了家乡烟台。他说，烟台人大多不愿意离开家乡，走到哪里还是觉得自己的家乡好，这片海对我们有神奇的魔力。

听了他的话，我瞬间理解了那三条自南向北流淌的河，它们坚持自己的流向，或许也是因为生生不息的爱吧。

作者简介：陈晨，中国作家协会会员，全国公安文联理事、散文分会副主席，全国公安作协签约作家，鲁迅文学院第三十三届中青年作家高研班学员，上海市警察协会副秘书长。近年作品散见于《人民文学》《美文》《延河》《诗歌月刊》《草原》《读者》《海外文摘》《作家文摘》等报刊。多篇作品入选各类年度排行榜及年度选本。曾任《中国公安文学精品文库（1949—2019）》（散文卷）副主编。曾获第七届冰心散文奖、第十四届金盾文学奖。已出版《我的战友帅哥》《我的大海》《在稻田里踏泥修行》《新渔阳里六号》。

珠玑路 12 号

申瑞瑾

一

在早秋的蒙蒙细雨中，我走进位于烟台市芝罘区珠玑路 12 号的富野机械集团老厂区。老厂区说是有五万平方米，但肉眼望去，似乎丈量不出。一栋栋沧桑的老厂房整整齐齐，在依旧鲜活的行道树里若隐若现。

1964 年，原烟台钢厂的维修车间改建成崭新的烟台拖拉机配件厂。管理人员、工人、机器设备均从市中心瀛洲街 30 号、北马路海港路等处迁入，随即给珠玑路 12 号带来了前所未有的人气。

我站在老厂区的大门口，往历史的深处张望，仿佛望见当年热火朝天的工厂景象……最初那批工人不知尚有多少在人世，但厂房仍在，法国梧桐仍在，一些机器设备仍在，一些老工人的后代仍在。

进门左侧是一幢四层的办公楼。有了岁月痕迹的筒子楼，每间办公室都窗明几净、朴素整洁。我并没开口问陪同的公司刘迪安主任办公楼有多少年历史，我似乎更想打探那些老厂房。

进厂区马路右边一栋三层楼房，起初肩负何种使命我也没问。几级台阶上去是紧闭的木门，上头写着“乒乓球室”四个字。二楼重新装修过，窗子是铝合金的，只有三楼和旁边那一长溜两层楼都还是木窗。再往前走，一道卷闸门紧闭，也尘封了屋内的往事。原本土黄色的外墙露出灰扑扑的水泥色，老旧的木窗显得有些残破，一些窗户没了玻璃。楼前的绿化带却生机勃勃，修整得格外整齐。我把目光投向它的对面：绿树中隐隐望见篮球架，电线杆与路灯有着同样的时代烙印。再往里走，是最右边的厂区马路，好似得通过一道由两边行道树合拢成的天然“拱门”，才能走进富野集团的岁月深处。

紧挨着的一溜平房，上书繁体字“餐厅”字样。两扇铝合金门大敞着，并不在意外人探身或者张望。红砖被岁月的风雨洗涤成几种颜色，上半截类似于土墙色，下半截黑黑红红。屋顶是斜斜的老旧红瓦，当然，那种红早已被岁月掠去了最初的鲜活。一株长斜了的松树掩饰不住它的年龄，也许从厂子建起，它就在这里了吧？它日夜注视着上下班的工人，进进出出的车辆，可树干为啥长斜，只有它身后的平房心知肚明。

再往前走，就见到了厂房。从侧面看，褪色的红绵墙，齐整的三扇铝合金窗，人字形的屋顶，褪色的红瓦，很有年代感。厂房正面掩映在法国梧桐的树影里，影影绰绰，欲说还休。铝合金窗一扇挨着一扇，每扇窗上方都顶着一扇副窗。法国梧桐的个头远远超过厂房的高度，斑驳的树干老态龙钟，上头嵌着许多双浑浊的“眼睛”。树干是老的，枝丫也是老的，唯树叶是新的。车间门口都立着牌子，我注意到其中一块：“烟台富野机械有限公司五分厂模具车间”，厂房内挂着横幅标语：“扎实开展质量专项整治活动”。吊扇在机器上方的天花板上慢悠悠地转动，着工装的工人在各自的工作台前有条不紊地忙碌，我上前一问，他们大都在厂里干了很多年。

也有厂房穿着水泥与沙土混织的“灰色外套”。灰色外墙上镌着毛体“为人民服务”。有间厂房内拉着“人人齐努力，创造好品质”的横幅，与按部就班的工人及机器相得益彰。车身矮长的运输车屁股正对着仓库的大门，预备装运货物。仓库里码着一卷卷黑色或者黄色的“履带总成”。刘主任说，富野的产品统称“四轮一带”，即支重轮、引导轮、托链轮、驱动轮及履带总成。主要用于挖掘机、推土机等工程机械底盘。

我似懂非懂，毕竟隔行如隔山。

尽管厂房旧，每个车间都还在生产。工人似乎稀疏，有看起来五十来岁的，也有三十来岁的。在五分厂，我看见一位戴眼镜的女工，说她技校毕业到厂里工作了十几年。隔壁车间着蓝色短袖工装的男工，也戴着眼镜，最多不超过三十岁，一问，也是技校毕业到厂里来的。我笑问，你这么年轻，安不安心在厂里工作？他说，挺好的，每天上班下班，也挺充实。

老厂区共三列厂房，两条笔直的厂区公路。厂房与厂房之间，四通八达。厂房外围被一些同样陈旧的建筑包围着，那里肯定崭新过，也许是车间管理人员的简易办公室，都像忠心耿耿的老护卫，默默保护着中间的三列厂房。厂区马路两旁的法国梧桐，右边的梧桐叶明显比左边的黄得早。一幢旧楼门口的石榴红了，它们挂果了多少回，大概只有退休的老工人才数得出。可是工人里，最年轻的即便健在，也都是白发苍苍了。我不知道会否有老工人回厂寻梦，散落在厂区角角落落的欢歌笑语里，毕竟重叠着几代人青春、壮年的回忆啊！

刘主任说，我们在工业园有了新厂区，老厂区最迟明年腾出来。我不解地问，新厂房为啥不在原址重建？他说，这是政府要求的。前几年，烟台采取集约布局、产业融合的工业经济发展战略，建成一批工业园区，出台企业“退城进园”优惠政策，芝罘区的工厂都得往工业园搬。老厂区可以拆，但不能再建新厂。

新厂区在烟台市莱山区飞龙路边，即荣乌高速的南边，离烟台南站也不远，外夹河的东边。而外夹河与内夹河一路北上汇成夹河入黄海。老厂房，也在夹河的东边。

新旧厂区之间，大概四十分钟车程。

二

在新厂区迎接我的是分厂厂长，他是典型的山东大汉，说一口我不太听得懂的烟台话。轰隆隆的现代化车间，跟电影电视里常见到的大型工厂没啥两样。他一项项地跟我介绍这是什么设备，那是什么设备，我听得云里雾里，怎么记也记不住。参观车间的时候正值中午，走到车间尽头，往左拐，左角是简易厨房与食堂，工人正排队打饭，有馍馍、米饭、荤菜素菜。小食堂餐桌前围坐着工人，满满一屋子，小伙子明显比老厂区多一些。有些工人从家里带了菜，正埋头吃着。分厂厂长说，绝大部分工人家住芝罘区，每天上下班厂里有班车接送。原来在老厂区干活，离家近，新厂区离家远，但这是大势所趋，慢慢就习惯了。我问餐桌上一小伙：你每月能挣多少？他笑着说，这说不准，都是计件。分厂厂长补充，熟练工干得快，就拿得多。多的小一万，少的三四千吧。厂里有五险一金，待遇还可以，愿意进厂的年轻人也是有的。老工人在厂里干了一辈子，退休了后早在家享天伦之乐了。我后来又向刘主任打听工人待遇的问题，他说，老一辈从原来国营厂工人变为民营企业工人，工厂效益比当年更好，挣得比以前多，工人都挺安心的。

新旧厂房对比下来，可以想象，在现代化的车间产能自然更高。莱山厂区总规划建筑面积 $53000m^2$，目前只建设了一期 $12000m^2$ 的生产车间，它已经像一匹骏马拉着富野开始了新的征程。据说，若非疫情影响，今年年底都会搬到新厂房来，但疫情一闹，最早也得明年这时候，才能全部搬过来。

说起烟台富野，就得好好梳理一下这个民营企业的前世今生：1948 年，中国人民解放军 100 师兵工厂（国华铁工厂）迁往烟台。1952 年 8 月，公私合营，它与军工大轮铁工厂、烟台最早的私企复兴铁工厂以及海员铁工厂联合成立了地方国营烟台实业公司机器制造厂。1954 年，开始生产拖拉机履带总成及行走部分配件。1956 年易名山东烟台机器制造厂。生产和维修的项目不少：部队枪械、制网机、水泥搅拌机、维修渔轮汽船、对外配套维修大型锅炉、柴油机、汽轮机等。

1960 年工厂已成烟台第三大机器厂，拥有千余名职工、三百多台设备。当年 11 月，原生产拖拉机履带总成和其他行走部分配件的相关车间及部分管理人员另立山头，成立地方国营的山东烟台拖拉机配件厂，隶属烟台地区农机局。那是富野集团真正的前身。1962 年，“前身”被转交山东省机械厅直管。而之前的山东烟台机器制造厂下放省三线，改为山东省济宁机器制造厂，即原山东推土机总厂的前身。

珠玑路 12 号，从 1964 年开始见证富野的峥嵘岁月，见证富野的分分合合，也见证 1999 年的改制。那些法国梧桐，可能当时新植；那些厂房，有些是新建，有些是改建。总而言之，那时的珠玑路 12 号，是焕然一新的。

1970 年 2 月，工厂再一次下放烟台地区重工业局；1976 年，重工业局一分为三，工厂隶属烟台地区机械局。

1981 年 5 月，工厂企业生产任务严重不足，部分转产自行车零配件，由新建的烟台地区自行车工业公司领导。自行车行业不景气后，又恢复老产品，工厂回到机械局的怀抱。

因外形美观、内质好、承受负荷能力大、使用寿命长等优点在国内处于领先地位的工厂拳头产品“链轨总成”，从 1968 年起先后出口阿尔巴尼亚、坦桑尼亚和越南等国。1979 年，“TH100 链轨总成”被山东省机械厅评为优质产品，1981 年先后被山东省经委、国家农机部评为优质产品。1980 年 10 月，工厂注册“烟配”商标；1988 年，商标更改为“Y 字牌”；2010 年 12 月，公司对“富野”的文字、字母及产品变形图片再进行商标注册……

珠玑路 12 号，始终沉默地接受命运的安排，工厂名称改来改去，工厂主管部门换来换去，工厂的拳头产品一直是“链轨总成”，它养活了改制前的国企工人，也养活了改制后的富野员工。

三

见到王永才董事长之前，我问过刘主任，你们董事长多大年纪？他说，快六十了吧？我心想，那是个小老头了。刘主任说，我们王董非常低调，很少做宣传的。我赶忙说，这回是烟台市统战部安排的，说你们厂值得写一写。

其实我是忐忑的，我问过烟台市委常委、统战部部长金志海，你们希望我写富野的什么？

他想了想，吐出两个字：情怀。

刚跟王永才董事长打照面时，我并没把这位面容酷似港星周润发的男子跟想象中的富野老总挂上钩。这位气宇轩昂、高大精壮的男子看起来不过五十来岁，一问年龄，属虎，五十八岁。北方人都说虚岁，说快六十并没有错。

王永才是东北人。1988 年 6 月，烟台市面向全国招聘，当时好多企业缺学财会的大中专毕业生。在烟台工作的王永才的叔叔将这个消息告诉了远在哈尔滨的王永才。烟台各种环境都比东北好，王永才和妻子是财会中专同班同学。妻子毕业后分在当地政府，而他进了一家省属林业企业。当时东北经济不算发达，比较闭塞，王永才的确想到烟台来看看市场。加之他和妻子在东北每个月都只能拿一百多元的工资，而若人才引进到烟台，每月能拿到三四百元。更有吸引力的是，如果过来，他们还能享受福利分房。这对于刚满二十六岁的王永才来说，不能不算一个很大的诱惑。

他决心带着妻子来烟台应聘。招聘单位领导将他俩的简历看了看，觉得他俩都是企业需要的人才，就进一步细问他：你在原来的企业干的是工业会计还是商业会计？王永才如实回答，是工业会计。领导更满意了，他们正缺工业会计啊！领导接着问，你们原来企业的规模多大？王永才答道：我们是大企业，有 15000 多名员工呢。

经过面试，他们夫妻双双被人才引进到了烟台，都进了同一家工厂，都分在财务科。财务科有十几名财务人员。刚开始他做成本会计，其妻当材料会计。三年后，因出色的工作能力，王永才被提拔为财务科副科长，很快又当了科长。

王永才毕竟是从大企业到小企业来的，他早早敏锐地看到了工厂的优缺点：技术方面都很成熟，管理却比较薄弱。1999 年改制，时任总会计师的王永才已成长为一位成熟的管理者。当地政府考虑到他所在的工厂历史悠久，遂按国家方案将工厂作为烟台市国有企业改制的试验点，即烟台市第一批改制国企。改制改得比较顺利。王永才被股东选为副董事长，分管财务。2001 年经股东大会选举为董事长。

改制以前，每来一届领导，都干不了几年，领导更多的是求稳定，只要任上不出乱子就万事大吉，基本都不注重抓生产。在工厂管理层干了多年的王永才深刻认识到，这样的管理对企业发展极其不利。改制后，领导层稳定了，管理模式就完全变了，人事上终于能自己说了算，可以大刀阔斧地干了。而之前国企人浮于事是普遍现象，他们工厂自然不能幸免，包括员工、中层干部，很多都是关系户。改制后，董事会首先重新调整管理层，能干事的用，一批年轻的大学生脱颖而出。第二，开始抓市场。公司不仅得考虑设备投入、人员管理，还得考虑市场开发。

王永才深知，市场能拓宽，跟体制有很大关系。体制决定企业的发展，产品质量好，决定了去向。但是企业做得再好，没有市场不行。他开始带着部下全国各地跑市场。工厂原来的市场很小，做得也很少，如今，像三一重工、中联、徐工集团这种大客户都是富野的主要客户。

二十一年打拼下来，富野公司在市场开发上力度大，人员思想新，创新性强，凝聚力也强，年利润虽然没上千万，但也逐年稳步发展。王永才感慨道，这么多员工等着我养活，我哪里停得下来！

于是我想起我姐所在的省属国营大厂，多年来一直坚挺在沅江畔，解决了无数当地人的就业问题，但是前两年，说破产就破产了——我的同学、我的表弟，拿着十来万元下岗安置费，转眼间彻底被动告别了工厂。而当年在县属企业的同学，好些年前就尝到了下岗的滋味。但是那些工厂、企业到了私人手上，又都被盘活了。

我不由得对眼前这位东北汉子肃然起敬。他带着富野集团在市场上稳打稳扎地求生存求发展，劳心劳力，为国家创造利税，也为自己创造财富，更为所有的工人谋着生路。

我也向他提及老厂房将来的出路：明年搬迁过来，你们打算怎样改造老厂房？他微微一笑：金部长去年初走马上任，先是到我们新厂区走访。我说，部长，您到我们老厂房再去看一看，帮我们出谋划策吧！

有文人情怀的金部长到老厂区转了一圈，笑了，说：这个老厂区，完全可以试着仿效北京 798，修旧如旧，在烟台也弄个文化产业园，反正老企业只能拆迁不让建设呀！

听部长这么一说，王永才如醍醐灌顶。他虽非烟台土生土长，也深知烟台厚重的历史人文。他看得很长远，随着城镇化发展，目前烟台市主城区之一芝罘区的一些工业企业仍然混杂在居民区和商业区，形成了环境隐患和环境安全问题，作为烟台市人大代表，他也曾在 2019 年烟台两会上，提议继续实施“退城进园”政策。若旧厂房能为烟台的历史文化建设做点贡献，他觉得是值得的。尽管明眼人都知道厂子拆建成商品房，可能来钱快，但他有情怀，明知烟台只是三线城市，目前招商会很困难，做文化产业利润非常薄，但他愿意为了烟台的文化建设，试着做一做文化产业园。他说，这当然还只是计划，得政府批准。将来老厂房只需简单地修整一下，尽量保持工厂原貌。

我的眼前不由得又浮现出芝罘区珠玑路12号。那见证过六十多年工厂兴衰沉浮的老厂房，在不久的将来也许真能像北京的798一样，成为珠玑路上名副其实的“珠玑”，一张颇有分量的烟台文化名片。倘若有机会再去烟台，我一定再去探访珠玑路12号，看看法国梧桐，看看老厂房，看看老厂房重新承载的烟台的前世今生。

作者简介：申瑞瑾，全国公安文联理事兼散文分会副主席，全国公安文联全职签约作家，湖南省散文学会理事，怀化市作协副主席。作品散见于《北京文学》《天津文学》《湖南文学》《四川文学》《朔方》《美文》《文艺报》等报刊，出版散文集《尘世间的旅行》《半池荷香》《美丽潇湘·茶事卷》《到哪里寻找心中的海》《花事于人渐有涯》等，曾获第七届冰心散文奖，第三届中国徐霞客游记文学奖一等奖，首届湘江散文奖等。

胸中海岳梦中飞

梅雨墨

在山东半岛东北部，渤海岸边，有一座古老而又年轻、神奇而又美丽的城市——烟台。烟台在古代被称作“芝罘”,“芝”是灵芝的意思,“罘”是屏障的意思，指这里像一枚巨大的灵芝仙草，又似一道天然的屏障，护卫着身后的沃土。

2020 年 9 月 6 日，我应邀再次来到了烟台。一切都是那么亲切，那么美好，我仿佛是一个回到家乡的游子，尽情地享受着秋光中的美景，感受着烟台人民的豪爽和热情。

在烟台养马岛的一隅，我又一次被烟台的大海所震撼。

站在高高的观景台上，你可以看见远处的海浪犹如天边草原上飞驰的一排排骏马，白鬃翻飞；又好似逆风而行的万千条蛟龙，迅猛热烈，一直冲到嶙峋的岸礁上，发出一声声震耳欲聋的巨响，翻涌的巨浪拍击到礁石上，在空中飞溅出无数个浪花，在阳光下，反射出一道道令人迷醉的光芒。前边的巨浪迅疾而过，后边的巨浪又随后赶到，再次拍击岸礁，惊涛裂岸，浪花喷涌，前赴后继，一往无前，让人深刻感受到大海的壮阔与激情，还有那种心向目标、至死不回的气概。

去年 7 月，我应邀来到烟台，写了烟台的抗日英雄郑耀南，还有他亲手创建的北海银行。如今，英雄远去，山河无恙，烟台新时代的创业者们又接过了前辈们的大旗，用自己的实际行动，诠释了这片海疆孕育出来的儿女是多么英勇无畏，敢于担当，他们用自己的青春与梦想，描绘着祖国一幅幅绚烂多姿的图画，用自己的热血与汗水，谱写了一篇篇改革开放、奋发图强的壮丽篇章。而今天我要给大家介绍的烟台飞龙集团，就是众多烟台创业者们奋力打造的优秀企业中的一个杰出代表。

飞龙集团在烟台可谓是家喻户晓，这家创立于 1984 年 11 月，最初在烟台芝罘区初家镇前七夼村注册，创业之初仅仅有着 17 间小平房的建筑企业，如今发展到拥有占地 300 多亩，建筑面积达 20 多万平方米的南北两个工业园，已经整整走过了 36 个年头。

36 年来，飞龙集团从深耕齐鲁大地，到谱写海外新篇，门窗与钢构制品畅销澳洲、美洲、欧洲等十五个国家和地区；从村办集体企业，到拥有十大控股子公司的综合性企业集团，拥有员工 3000 多人，年产值 20 多亿元，年纳税近 2 亿元，年施工可达 100 万平方米以上，以傲人的业绩跻身大型建筑企业集团行列。

飞龙集团，犹如飞龙出海，一飞冲天，傲视群雄，无往不胜。那么，飞龙集团是如何在众多企业中脱颖而出的呢？

在飞龙集团总部和各个分公司里，你最常见的是一个图案，那是飞龙集团的 LOGO。这个图案展示的是一条巨龙昂首欲飞，盘旋的龙身中间有一个巨大的龙珠，在飞龙集团，这个标志被称作“飞龙得珠”。飞龙图案很好理解，代表着飞龙集团本身，那么这个龙珠代表着什么呢？经过采访和思考以后，我想，应该是飞龙集团的人才。飞龙集团正是因为得到了八方人才，才会有飞龙集团的今天。正是因为有一大批优秀的人才苦干加巧干，才托起了飞龙集团的辉煌。

飞龙集团留住人才的关键是什么呢？我想，最关键的一点应该是留住人心。而留住人心的关键又是什么？那一定是有共同的道德观和价值观，只有共同的理想和信念，才是凝心聚力的不二法宝。

在飞龙集团一面高大的墙上，我看见了飞龙集团员工嘴里经常提到的《飞龙公约》。飞龙集团现任总经理宋健告诉我，这是飞龙集团创始人、老董事长宋明志从飞龙集团创业开始就起草制定的，后来还根据形势的发展和国家的要求，不断地修改和完善了这个公约，使公约始终与时俱进，充满了时代感。《飞龙公约》不仅是飞龙集团全体员工共同的价值追求，也体现着飞龙集团的管理理念、企业方向和做人准则，是飞龙集团企业文化的核心价值和企业发展的总纲领。《飞龙公约》的文字大气磅礴，充满激情，真诚豪迈，感人肺腑。现将全文给大家抄录如下：

企业至上，工作第一。尽职尽责，天地可鉴。
相互协作，积极配合。凝聚向心，振兴企业。
诚实勤奋，求知上进。以德示人，工作垂范。
以人为本，关爱职工。优化组合，人尽其才。
不贪为宝，慎独自重。清正廉洁，留名社会。

短短80个字，贯穿了飞龙集团管理的全部内容，也明确地提出了作为飞龙集团的每一个员工，应该做什么，不应该做什么，今后努力奋斗的方向又是什么，《飞龙公约》成为了飞龙人的行为规范。

提到飞龙集团的人才建设，那就不能不提到一个人，这人名叫陈全增，原来是飞龙集团下属飞龙建筑幕墙门窗公司的总工程师，如今，他已经永远地离开了他一生为之奋斗的飞龙集团整整三年了。我到飞龙集团采访的时候，接待我的总经理宋健深情地对我说："陈全增总工教了我许多知识，不仅是技术上、管理上，还有为人处世上。他不仅仅是老董事长宋明志的亲密战友、无话不谈的朋友，更是全体飞龙人努力的目标和学习的楷模。虽然他已经离开我们三年多了，但是我们大家都很怀念他。"

陈全增年少时失去双亲，饱尝生活的艰辛，但命运并没有阻止他求知的渴望和上进的决心，年纪轻轻他就熟练地掌握了木匠和土建施工的专业技能。而关于陈全增如何来到飞龙企业的，还有着这么一个小故事。

1985年12月22日这天，天气寒冷，陈全增原本答应了烟台二建的工友去清泉建筑公司上班的，那天他骑着车子偶然从飞龙建筑公司门口经过，一眼就看到了飞龙公司院子里写有"振兴企业，为民致富"的招牌。陈全增心里想，这个企业老板不一样，他振兴企业不是为了自己发财，而是为了百姓致富，这样的老板我得去会会，看看是不是真的是这样想的。于是，他找到了老董事长宋明志，一谈，还真是这样想的，而且他还被宋明志和善安详的心态和富有激情和文采的魅力所深深折服，直接投入了宋明志麾下。这一投就是32年，陈全增加入了飞龙就再也没有换过单位，直至工作到生命的最后一刻。

陈全增自打入职飞龙公司以来，历任飞龙建筑公司木工工长、经营副经理、生产处长、钢模板租赁处处长、门窗厂厂长、门窗公司总工程师职务，他从最低的工长干起，踏踏实实，问心无愧地一直干到总工程师，在飞龙集团的 32 年来，陈全增凭借着自己的努力和天赋，参与和主持了飞龙集团全部类型的民用及工业建筑施工，成为建筑行业的专家。1992 年，43 岁的陈全增毅然挑起重担，带领十几个非专业员工，用当时仅有的几台简陋设备，在几十平方米的简易厂房中，开启了飞龙门窗的创业之路。

除了教给门窗公司的员工们管理经验和技术外，陈全增真是把自己公司的员工当成了自己的孩子，为了他们的进步操碎了心。飞龙门窗公司的车间主任田一民提起陈全增至今还是充满敬佩。田一民对我说：“我是 2002 年进的门窗公司工作，当时才 18 岁，什么都不懂。我在家是独子，父亲长年患高血压病，身体不好，我也没有什么高学历，但是我一进厂，陈总就把我当作是自己家的孩子，不论是工作还是生活，什么事都操心。陈总常常对我说，没有威信不可怕，只是不能没文化。技术上他手把手地教我们，还教我们怎么去管理，怎么去合理调配各道工序，陈总说，你们都是飞龙的宝贝，以后都是要走上领导岗位的，不学这些可不行。门窗公司就像是一个大家庭，陈总就是我们的家长，他在生活上更是对我们无微不至地关怀，我父亲高血压，他多次跑医院协调，给我父亲看病。我结婚都是他亲自操办的。对于像结婚这样的事，从董事长到陈总都是当作大事办。董事长怕我们结婚花钱又操心，就在飞龙公司专门成立了一个婚庆服务组，还给我们红包，陈总也是这样，忙前忙后的，比家里人忙得还狠。我们在厂里都不喊陈总厂长，都喊他师父，这样的称呼我们觉得特别好，既是师又是父。”

飞龙门窗公司的办公室主任孙军帅是 2008 年入职飞龙门窗公司的，孙主任对自己怎么来飞龙公司的过程，如今说起来我觉得还是很有意思。孙主任说：“我 2006 年高中毕业，因为家里比较困难，就利用暑假来飞龙门窗厂打工。看见陈全增厂长每天早上开例会，印象特别深。当时所有的员工大约有五六十人吧，都搬个小凳子坐着听陈厂长讲怎么组装，怎么下料，来晚的人就直接坐到地上，陈厂长说得可细致了，大家也听得认真，我就觉得飞龙公司和其他公司不一样。2007年，我上大学放暑假期间，又跑到飞龙门窗公司来打工。我认真琢磨厂里的方方面面，然后看到了一些问题，就写了一个合理化建议，交给了陈厂长。他看过后非常开心，说，你小子写得不错，以后毕业了就到咱飞龙门窗公司来上班吧，我现在就可以答应你，飞龙公司的大门永远为你敞开。看见领导对我那么认可，我觉得这样的公司才是干事创业的公司，才是年轻人可以尽情施展才华的地方，所以大学毕业后我就义无反顾地来到了飞龙门窗公司。到了公司以后，陈厂长对我说，你要先到第一线去干，咱们是干技术的活，所有的员工都要懂技术，这样说出来话才不外行。干了有大半年吧，陈厂长看见我文字好，就给我调到了办公室工作，后来又做了办公室主任，我觉得在这里实现了我人生的价值。而且，飞龙公司的工薪在同行业中也是最高的，现在我的工资有8000多，效益奖金在1.2万到1.5万之间。老董事长宋明志确定的企业宗旨就是“振兴企业，为民致富”，还提出了让飞龙员工“高工资、高生活水平、高福利待遇”的三高标准，就是单身宿舍都配备餐桌、橱柜和书桌，现在大部分职工都买了私家车上下班，在飞龙公司只看工作，不看关系，对任何员工都能够做到公平、公正，只要是我们按照《飞龙公约》要求的那样去做，就没有什么可担心的事情。”

如今，飞龙集团门窗公司的总经理叫陈敏杰，他不仅是门窗公司的当家人，还是陈全增的儿子。其实，陈全增的儿子这个身份曾经让他很苦恼。因为父亲的光环太亮了，亮到你是他的儿子就不能装孬，就不能认熊。

陈敏杰告诉我，他是1996年中专毕业的，毕业后在烟台市外贸局上班，那是一个非常不错的工作，但是自己总觉得干的没劲儿，整天无所事事的，觉得很郁闷。正好这个时候飞龙门窗公司缺人手，父亲找到老董事长宋明志说，让孩子到飞龙公司来吧，也正好锻炼一下意志，省得荒废了。就这样，陈敏杰来到了飞龙公司。但是，人虽然来了，但是自己并没有因为是陈全增的儿子而获得任何照顾，相反父亲对他更加严厉。陈敏杰从最基层的安装工干起，有时候夜晚加班，一干一个通宵，累狠了就直接睡到工地上，由于踏实肯干，慢慢地，陈敏杰从安装工干到了车间小班长，后来干到了车间主任，这样一直到了2004年。这天，老董事长宋明志开会，说有一个开发区的工程“碧海云天”想让飞龙公司干，但是工期要求紧，而且合同也苛刻，晚一天要罚10万元，晚两天罚20万元，大家看看接不接。听到这么苛刻的要求，大家都不吱声了，工程那么紧的工期谁敢保证呀，万一不能按照要求完工，不仅不能为公司取得效益，到时候还会造成巨大的损失，那可不是好玩的。陈敏杰当时年轻气盛，心里想，自己一定要做出点什么，好让父亲对自己刮目相看，因为在他的心里，最崇拜的还是他的父亲呀。

陈敏杰认真地琢磨了一下这件事情，然后悄悄地去工地观察了一番，心里有数了。他找到了父亲，说自己可以保证完成这个工程，然后就义无反顾地接下了任务。陈敏杰带着一班人吃住在车间，每天夜里加班，上半夜安排10个人，下半夜安排10个人，第二天白天不休息照常干活，就这样，半个月他就瘦下去15斤，人整个都瘦脱形了，但是却提前了十几天完成了工程任务。甲方开心地拿出5000元钱奖励给陈敏杰，董事长宋明志也是大吃一惊，觉得陈全增这个儿子还真是有股子虎劲，有他父亲陈全增干工作的样子。就这样，陈敏杰在2005年被提拔到门窗公司的副总经理的职位上，2008年，飞龙集团总经理宋健亲自安排把陈敏杰送到北京大学学习MBA，希望他增长见识与才干。2009年，宋健又要送陈敏杰去清华大学学习，这次陈敏杰却拒绝了，因为公司里太多业务需要自己把关，他已经抽不开身去充电学习了。

陈敏杰告诉我，自己在飞龙集团干了20多年了，有时候累狠了，晚上躺在床上就想着打退堂鼓，想不干了，但是第二天大清早起床就什么都忘记了，浑身就跟打了鸡血一样，又投入到飞龙集团的事业中去了。

车间主任田一民对我说，陈敏杰老总和他父亲一样，都是对员工真心实意的好，有一年八月十五，因为工作太多需要加班回不了家过节，想家想得不行，直掉眼泪。陈敏杰老总看见了，给我们大家买来了月饼，陪我们过节。员工们的生日他都记得清楚，到了那天他就会买来蛋糕，和大家一起为我们庆生，还写上“世界因为有你而精彩，飞龙因为有你而充满活力”，大家都非常感动。每逢母亲节、父亲节什么的，他还以书信的形式写给优秀员工的家里，感谢他们为企业培养了这么好的人才。如今，咱们门窗公司在陈敏杰的领导下，产品远销澳大利亚、新西兰、美国、加拿大、巴布新几内亚等国家，世界人民都喜欢飞龙的产品，像咱们这么有实力的公司，没有人相信公司的老总是从一个小工成长起来的。

听到这些话，我非常激动和感动，陈全增、陈敏杰，父子两代人，为了飞龙集团的事业，呕心沥血，披肝沥胆，他们正是受到了飞龙集团老董事长宋明志和现任董事长宋勇、总经理宋健人格魅力的感召，才一心一意、全身心地投入飞龙集团的事业中去的。

为了让全体飞龙人永远地缅怀陈全增的事迹，继承他严格技术把关的精神，宋健总经理专门收集了陈全增历年来在飞龙的发言稿，编选成书，书名就叫《创新典范，工匠楷模——陈全增文稿精选》，并发放给每一位飞龙员工，并亲自为这本书作序。

在序中，宋健总经理这样写道：这些文稿是陈总工一生思想的精华，是心血和汗水的结晶，是智慧和力量传播的载体，是企业宝贵的精神财富。我思谋良久，决定把陈全增总工在公司会议上的发言编选成书，这是对陈总工的切实纪念，更是为了广泛传播陈总工对工作难以割舍、退而不休、竭尽全力、拼命工作的敬业精神，为年轻人提供精神指引。希望更多的有志青年能参透其中的奥义，传承和发扬陈总工坚定、执着、追求极致的工匠精神，为企业、为社会贡献自己的一份力量！

2019 年 1 月 3 日上午，飞龙集团第一届“美味进万家，厨艺大提升”职工家属厨艺提升班顺利开班，10 余名集团职工家属报名参加培训。从“三高政策”的提出到“人文飞龙”理念的确立，飞龙集团“以人为本，关爱员工”的初心始终如一。飞龙集团后勤处处长戚湘精心筹划，培训师认真准备，先后教授了辣白菜、炸蛎黄、拔丝地瓜、鱼香肉丝、蒸大米丸子、宫保鸡丁等菜品；以及翡翠香酥饼、家常饼、花纹小饼、菜片片、蒸饺、素馅包子等多种面点。为了职工的幸福生活，飞龙集团已经把工作做到了这个份上，有这样一心为员工的企业，哪里还会有职工想离开飞龙集团的呀。

在飞龙集团现代化的大型标准化厂房前，飞龙集团办公室主任吕昌梅对我说：飞龙集团特别重视企业文化发展，把打造文化自信作为企业自觉的行动。您看，咱们车间的每一个大门上都是一副对联，还分别对应着一个主题。咱们车间的西大门的主题思想是：继承发扬优良传统，上联是：振兴企业，为民致富，德善启首。下联是：齐心协力，艰苦奋斗，仁贤领先。这副对联也是公司创业之初大伙儿热火朝天工作的真实写照。咱们车间的南西门的主题思想是：展示当下，上联是：政通人和，举士纳贤，续谋发展。下联是：业兴我荣，凝心聚力，再铸辉煌。而南东门的主题思想则是：启示未来，上联是：老中青，仁爱，传帮带，名扬四海。下联是：产学研，质优，比赶超，誉享九州。东西山墙上还各有二十个字，西山墙横幅主题是：注重学习修德，“读圣贤书，立强国志，谋富民策，遵道守信行社会义”。东山墙横幅主题是：注重工艺与创新，“集实践经，利精适器，练严谨功，创新研艺，赢产业兴。”

在现代化的钢结构车间，我还看见了一个文化大厅，飞龙人用一个个差不多一平方米大小的红塑料字，排列成一个个文字的方阵，分别是飞龙集团的企业宗旨：振兴企业，为民致富；企业文化理念：以诚立德，用爱铸心；企业管理原则：以管理者的以身作则为榜样，以管理者的人格魅力为动力。以“飞龙公约”为准则，团结拼搏，锐意进取，树百年品牌，创优质高效企业。在这一片红色的海洋里，你会感觉到一种巨大的精神震撼和扑面而来的精神力量。而飞龙门窗公司却仅仅是飞龙集团十大控股公司之一，窥一斑而见全豹，它的发展无疑是飞龙集团发展的一个缩影。

看着飞龙钢构车间的这些对联、横幅和标牌，看着飞龙集团的道德讲堂和荣誉室，我突然觉得，飞龙集团已经不单单是一个现代化的企业集团了，它已经成为一座教书育人的大学校，成为了中国优秀文化的一方净土。

飞龙集团总经理宋健还给我说了一件事情。他说，飞龙集团开发的金滩花园在交房的前几天，老董事长宋明志专门让宋健陪着自己在小区里四处转了转，这里摸摸，那里看看，有时候点点头，说一声不错，下心思了。最后，老董事长什么都没有多说，只是说了一句话：“宋健呀，你再仔细地检查一下，如果有个差不多就抓紧交房，不要让人家等得太久，埋怨我们飞龙集团房子盖得慢，买房子的人都等得心焦呀。”宋健回答说：“您放心吧，咱就准备交房了，咱们比合同提前了好多时间呢。”“那就好。”老董事长宋明志没有再说什么，望着那一大片楼群，若有所思，也许，他在想着飞龙刚创业那会儿的艰苦和现在飞龙集团倾力打造的金滩花园的辉煌吧。

飞龙集团干一个工程，创一个优良，交一方朋友，开一方市场。这么多年来，飞龙集团一直坚持“四个一分不欠”，那就是：交给国家的税款一分不欠；供应商的材料款一分不欠；农民工的工资款一分不欠；合作银行的利息款一分不欠。飞龙开发的房地产项目不卖期房，不预售楼盘，全部实行现房销售，从未有过弄虚作假现象发生，而从未欠过供应商一分钱，也使得飞龙公司结交了无数高质量的企业朋友，赢得了他们的尊敬和信赖。

2020 年，在中国人民抗击新冠疫情的伟大战役中，飞龙集团主动请战，董事长宋勇于 2 月 1 日向烟台市疫情防控领导小组递交请战书，表达了为支援全市疫情防控工作，飞龙集团时刻做好准备，充分发挥自己的建筑优势，全力驰援疫情防控建设。飞龙集团在递交请战书后，又悄悄地向烟台市红十字会捐款 200 万元，用于医疗机构、医务人员、困难病患者的抗击疫情救助工作。2 月 16 日，飞龙集团在得知烟台开发区应急管理部各项医疗救助资源需要补充，又捐款 50 万元，助力烟台开发区抗击疫情；2 月 18 日，飞龙集团在了解到滨州医学院烟台附属医院 5 位医护人员前往湖北一线驰援，再次捐助 10 万元，为援鄂天使送去后方的支持和鼓励。

飞龙集团按照全市疫情防控领导小组的部署，仅仅用了 10 天，把一座含有门诊室、输液室、X 光室、候诊室在内的 280 平方米的发热门诊交付使用，以难以置信的速度建成了烟台的“火神山”医院——八角医院。奇山医院作为烟台主要疫情定点收治医院，急需在病房内进行隔断。在接到紧急援助任务后，飞龙集团立即申请行业主管部门准许门窗部分员工回厂加班制作生产，3 天时间，就为奇山医院顺利安装 300 多平方米的铝合金门窗隔断墙，为收治病人赢得了时间。飞龙集团在大灾面前，以自己的敢打硬拼精神，向祖国和人民交上了一份满意的答卷。

作为民营企业，飞龙集团深知义、利的内涵，用心践行着社会主义核心价值观，在对正当、合法利益的追求过程中，不忘服务社会、报效祖国。富在物质，更在内心。2020 年 7 月 22 日，烟台大学图书馆专业分馆——建筑学院飞龙智慧图书信息中心在建筑馆二楼揭牌成立。飞龙智慧图书信息中心是由飞龙集团爱心捐助近20万元建成的新型图书信息中心，它的成立实现了建筑学院专业资料室与校图书馆的一体化管理，有利于实现文献信息资源的共建与共享，为全校师生提供更加便利的信息获取服务。

厚德载物，恒久百年。自1995年以来，飞龙集团投资300多万元为莱阳万第镇西诸麓村修路三条、建桥两座，为500多户村民通上了自来水，修建了健身广场，配套了体育器材。2000年，为莱山一中投资60万元修建了体育看台，2012至2013年间，又先后投资1800多万元建设莱阳万第镇中小学两座教学楼、食堂餐厅、体育场主席台等，还在学校设立了教育奖学金。

多年来，飞龙集团积极爱心捐助，在抗震救灾、新农村建设、见义勇为、教育卫生、安置下岗职工等各项公益慈善事业上也有着大海一样的胸怀和澎湃的激情，累计捐款达4500多万元，被授予"捐资助学'功德杯'奖单位""烟台市捐资助学先进单位""烟台市民企联村先进单位""烟台市最具爱心捐赠先进个人""烟台市见义勇为先进集体""烟台市抗击疫情突出贡献单位""全国文明单位"等多项荣誉称号。

我因为获得冰心散文奖才与烟台结缘，后来才知道冰心先生与烟台更是有着不解之缘。冰心先生在3岁时随父亲谢葆璋迁居山东烟台，此后在长达8年的时间一直生活在烟台的大海边。曾经在一个夏天的黄昏，冰心随父亲在海边散步，在沙滩，面对海面夕阳下的满天红霞，冰心要父亲谈谈烟台的海，这时，父亲告诉小女儿：中国北方海岸好看的港湾多的是，比如威海卫、大连、青岛，都是很美的，但都被外国人占领了，"都不是我们中国人的"，"只有烟台是我们的！"父亲的话，深深地印在幼小冰心的心灵。冰心先生在《烟台的海》这首诗作中饱含深情地对烟台说："大海啊！哪一颗星没有光，哪一朵花没有香，哪一次我的思潮里，没有你波涛的清响？"

20世纪20年代，冰心先生赴美留学之前，曾托表兄刘放园请梁启超为自己题字，为龚自珍的《己亥杂诗》中的两句："世事沧桑心事定，胸中海岳梦中飞"。这副对联，一直悬挂在她的客厅，对联的上联言说自己不为功名所动的志向，下联阐明梦飞大海、神驰山岳的胸襟，以及对生活的热爱和对祖国的深情。所以，在我了解了飞龙集团那么多的事迹后，我觉得“胸中海岳梦中飞”特别合适拿来作为这篇文章的标题。

如今，我们的国家在中国共产党的领导下，从站起来、富起来到强起来，帝国主义列强再也不能在中华大地上为所欲为，当前，我国正处于第二个百年奋斗征程的开局起步，世界百年未有之大变局持续深化，新一轮科技与产业革命加速拓展的关键时期，愿飞龙集团胸怀“两个大局”，找准企业定位与奋斗目标，把企业发展融入时代发展大局，做“十四五”时期的奋进者、开拓者和建设者，犹如那翱翔天际的飞龙，立足烟台，走向世界，拥有海纳百川的胸襟，发挥一往无前的大海精神，汇聚万人一心、众志成城的合力，跑好中华民族伟大复兴接力赛，开创更加辉煌的明天。

作者简介：梅雨墨，中国少数民族作家学会会员、中国散文学会会员、安徽省作家协会会员、中国西部散文学会副主席，淮南市作协副主席，《西部散文选刊（原创版）》执行主编，著有散文集《飞雪千年》《华美的爱情》。作品发表于《中国文化报》《教师报》《安徽文学》《山东文学》《奔流》《青海湖》《散文选刊》《西部散文选刊》等报刊，作品入选《2018年中国散文排行榜》《2019年中国散文排行榜》《中国散文大系》《中国散文精选三百篇》《中国最美散文》《这片海，汹涌澎湃》等书籍，荣获第八届冰心散文奖、中国散文学会当代最佳散文创作奖、安徽省作家协会首届散文大奖赛“淮河散文大奖”和淮南市人民政府首届“淮南子文学奖”等各类奖项数十项。歌曲《鸿烈》词作者。

烟台山

秋　实

烟台山像一只巨鳌，鳌头伸向大海，背负着厚重的历史和百年的沧桑，为烟台的人民祈福。所以，烟台这个地方冬无严寒、夏无酷暑，这里的人们过着文明而又富庶的生活。

因势而建的外国领事馆别墅群，独占鳌头，掩映在绿树丛中，荡漾着异域文化风情的色彩，镌刻着百年以来烟台乃至中国的历史沧桑。烟台山的美丽有其自然的风光，也有其历史人文的代价。但很少有人会在赏景和赞美之时，触景生情，想起过去殖民时期的苦难。

清咸丰六年，第二次鸦片战争爆发后，就有两个强盗觊觎烟台这个京津的重要门户。这两个强盗，一个叫法兰西，另一个叫英格兰。清咸丰十年，强盗法兰西公然占领了烟台，强盗英格兰接踵而至，并经烟台闯入了北京，将世界级的艺术博物馆圆明园中的稀世珍宝抢劫一空，又点上了一把火，使堪称世界建筑艺术殿堂的圆明园付之一炬，毁于一旦。这就是震惊中外的“火烧圆明园”。随后美、德、日、俄、意、奥等十六个强盗蜂拥而至，竟把巢穴安在了烟台山上，居高临下，作威作福。于是乎盛气凌人的称自己是“琵琶琴瑟八大王，王王在上”。岂有此理，恬不知耻，分明是“魑魅魍魉四小鬼，鬼鬼犯边”嘛。它们迫使清政府开放登州、烟台等口岸，掌握着烟台通商大权，管辖着潍坊以东三十多个县的商务，垄断着市场，掠夺着资源，从事着宗教和文化的渗透。并在烟台山一带的朝阳街、海岸街、顺泰街、滋大路等处建立了领事馆官邸、教堂、公寓、医院、学校，以及仁德、太古等十几家商号洋行。

每每走进烟台山，拾级而上，总会想起这段历史。历史的是非曲直固然是不可忘记的，然而也是不能总是耿耿于怀的。但眼前这些漂亮的开放式的建筑，总不免会使我浮想联翩：我国的边疆，那里的房屋也是开放式的，并且是多姿多彩的，充满文化和艺术的魅力，还有她们的服饰、她们的歌声。这些都反映了那里的人们对待生活的态度，是那么得乐观、那么得热爱。她们不求拥有、不求获取的生活方式，把自己融入广袤而美丽的大自然，以牛羊为伴，以多样的生物为伴，过着游牧田园式的生活，完全是大自然生物链上的一个结点。自己的一切都是自然的，自然的一切也就属于自己的。

而汉族人的房屋则有点相对封闭，不像少数民族的房屋那么开放，传统的汉居总是封闭式的四合院，还有一扇紧闭的大门，色彩单一而厚重。这种深居式的生活方式，成为禁锢人们处世思想的樊篱，只能是墙高院深，赖以安居，当被破门而入时，则会骇然，“一尺之墙三尺法”，怎么会如此？八达岭长城正是这种思想樊篱的物化。一段历史必然有一段历史的特征。19 世纪是一部侵略者掠夺的历史，我国闭关锁国，最后被迫打开国门，烟台是也，天津是也，北京亦是也。我很推崇历史上的一位皇帝“寇可往，吾亦可往”的雄才大略。敌人可以入侵，我们为什么不可以远征呢？为什么不可以讨伐呢？为什么只是筑起长城、日夜巡逻呢？为什么只是筑起烽火台，以狼烟传递信息以报警呢？大海本就是一道天然的屏障，又在海的岸上再加一道高墙，那也只能是聋子的耳朵。波涛汹涌的大海尚且阻挡不住，一堵墙何堪一击矣？

历史毕竟已成为历史，漫步烟台山品味一下历史、咀嚼一下文化，放飞一下思绪，游一席之城观三国之风情。既可以以史为鉴，也可以一怡心神。英国领事馆那“外廊式建筑风格的设计，有单、双回廊及环廊，简洁、朴实、休闲，具有浓厚的异国情调；美国领事馆则是四坡式建筑形体，屋顶中间为玻璃平顶，下接二层室内吹拨共享厅，顶部设有阁楼，楼体有双面外廊，室内均为曲线式木质装饰，具有欧洲古典主义的遗风；丹麦领事馆整体外墙是粗犷的咖啡色花岗岩毛鼓石墙面，边角无砖垛，护栏为石柱，看上去却像一个碉堡，具有欧洲古老的城堡建筑风格。林林总总的建筑，堪称近代建筑的大观园”。走进每一座别墅楼都会感觉十分舒适，尤其站在窗户前或露台上，树叶、花草伸手可拈，十分悠闲。

登上灯塔，那就是烟台山的最高处，历史、文化、自然，沧桑与繁荣都尽收眼底。北望芝罘岛，西眺蓬莱阁及海上仙山长山列岛，东望崆峒岛，接渤海而襟黄海，扼京津之门户，是重要的战略要地。因此，曾在山上设狼烟墩台，就这样人们便称其为烟台山，然而这种解释，使烟台山的美丽大为逊色。其实“烟台山”的名字很美，美有其美的内涵，美有其美的渊源。烟台山之名有许多美丽的、令人充满幻想的来历。这里山海相连，山上烟雾缭绕，太虚般的平流雾，可谓之烟台；海上烟波浩渺，仙境般的海市蜃楼，可谓之烟台；历史上秦始皇“五岳寻仙不辞远”，三次东巡觅求长生不老药，站在山上望着茫茫的大海，发出“烟波微茫信难求”的感叹，可谓之烟台；白居易诗云：“忽闻海上有仙山，山在虚无缥缈间。楼阁玲珑五云起，其中绰约多仙子。”可谓之烟台；苏轼诗云：“东方云海空复空，群仙出没空明中。荡摇浮世生万象，岂有贝阙藏珠宫？”可谓之烟台。这都是烟台或烟台山美丽名字的佐证。何为不用，偏用那段不愉快的历史来命名呢？

站在烟台山上，远眺山下风波不涌的太平湾，依然连着波涛汹涌的大海，进进出出的船只仍然飘扬着各色的旌旄，中西文化的交融已进入了一个新的时代。只有那烟台山脚下的礁石和大海还在唱着旧时的歌，友好地交互着颈项，偶而“噗嗤”地笑出声来，卷起一堆雪浪花，自古至今永恒而变幻。人们坐在礁石上，靠着大山，望着大海垂钓；或卷起裤腿，俯身拾海，享受着大自然的恩赐。这些都从没有给人带来悲伤和失望。当你失意时，坐在海边的礁石上，望着大海发呆的时候，大海却会惹你快乐，让海浪花溅到你的脸上，沾湿你的衣裳，送给你清凉，使你恍然大悟，哦，原本世界是这样的，有风平浪静，也有惊涛骇浪。

山不在高有仙则名，群仙出没的烟台山，充满了灵气，是一块风水宝地。这里沉淀着多个民族异彩纷呈的文化，洋溢着一个民族不屈不挠的精神。历史已往，世纪更新。烟台山已成为百年商埠的明证，站在山巅可俯仰改革开放崭新的一页。

作者简介：秋实，原名金志海，中共烟台市委常委、统一战线工作部部长。

厚德载物铸金桥

杨曙明

天行健，君子以自强不息；地势坤，君子以厚德载物。

——题记

烟台开发区有“座”“金桥”，这“金桥”既不是地名也不是坐标，而是金桥集团责任有限公司的简称。

说起“金桥”的当家人彭德洲，与他相识的人大都会情不自禁地流露出敬佩的神色。他是全国工商联执委、山东省政协常委、山东省工商联副主席、烟台市人大常委、烟台市工商联副主席、烟台市慈善总会荣誉会长，至于其他兼职，因为实在太多，就不一一罗列了。

一

出生于1960年的彭德洲，是一位土生土长的烟台人。他生于斯，长于斯，至今仍生活在那里。作为一名企业家、社会贤达之士，一辈子与故土不离不弃，实在难得，实属难得。

彭德洲兄妹五人，他排行老三，上有两个哥哥、一个姐姐，可即便是这样，在16岁那年，因为家里生活困难，品学兼优的他不得已放弃了学业，无奈地挑起了生活的重担。每每说起当年这些往事，彭德洲至今仍会情不自禁地流露出心酸而又欣慰的神情。

下学之后的彭德洲，养过猪、种过菜、捕过鱼、赶过蛤、卖过菜种，干过装卸工，还当过商场的业务员，生活之艰辛只能用“非常”来修饰。也正是由于这种艰辛付出，让他在改革开放不几年，就成了小有名气的“万元户”，为他日后铸就“金桥”积累下了宝贵的经验。

1995 年 3 月，金桥建筑安装公司因为资不抵债而准备转让，彭德洲得知这个讯息后，看准了房地产业即将到来的巨大商机，毅然决然地买下了“金桥建安”。或许是体味到“金桥”这个词语的美好寓意，也或许是“金桥”这个词语寄托了彭德洲的希望，重打锣鼓另开张时，他没有给“金桥”改姓更名，而是沿用原名，来借用“金桥”架“金桥”，开始书写“金桥”美好的历史篇章。

二

翻阅彭德洲的人生经历，他能够创业进取且事业有成，完全是凭着自己的忠厚品德、精明强干的毅力。从 1995 年算起，“金桥”已经走过了 25 年的发展历程，从无到有，从小到大，并在 2009 年发展成为企业集团。时下的“金桥”，辖有金桥建安、金桥置业、金桥银通、金桥思科达、蓬莱海洋生物等 8 个子公司，横跨房地产开发、建筑建材、生物工程、金融等多个行业，2018 年营业收入达到 12 亿、税收过亿，企业注册资金从最初的 200 万元增加到时下的 5.6 亿元，企业资产从最初的几万元增加到时下的 24 亿元。要知道，“金桥”是名副其实的民营企业，能取得今天这样的成就，彭德洲的确让人敬佩。

说实话，金桥集团能够发展壮大到今天，固然是上靠党和国家的好政策，下靠“金桥”员工的共同努力以及社会各界的支持帮助，但毋庸置疑，更重要的还是彭德洲的厚德和精明。他的精明就体现在创业过程中，用现代化管理模式，以质量创品牌，以品牌促发展。

作为民营企业，“金桥”最初也曾有家族管理的痕迹。彭德洲任经理，公司骨干大都与他沾亲带故。可是，随着企业规模的不断扩大，家族管理的弊端日渐显现，并影响到了企业的发展。怎么办？痛定思痛之后，彭德洲毅然决然地痛下“杀手”，在吸引管理人才的同时，将亲属逐一辞退。如今的“金桥”，如副总经理、财务总监、销售总监等重要职位，无一不是他不拘一格引进的管理人才，即便是他的亲侄、副总经理彭义强，也是被“挖”到金桥的。在集团下属的“金桥建安”“金桥置业”等子公司中，担任总经理职务的，也都是与他不沾亲、不带故的外姓人。这些管理人才，虽然来自五湖四海，但个个都是行家里手，也正因为如此，“金桥”才有了这些年间的发展、进步、壮大。

ISO9001 质量认证体系，是国际质量管理和质量技术协会制定颁行的相关质量管理的国际标准。这个标准要求高、要求细、要求严，而且还是“现在进行时”。也正因为如此，我国的多数企业，尤其是民营建筑企业，对此多是望而生畏。可是，早在 2002 年，彭德洲就知难而进、知难而上，率先带领金桥集团通过了认证，此举不仅极大地提高了“金桥”的管理水平，更重要的是让“金桥”的质量管理与国际标准接轨，为日后开拓市场抢占了“高地”。

“创建传世精品，构筑美好生活”，这是“金桥”的主旨，也是彭德洲最核心的管理理念。将这个企业主旨和管理理念落实到具体工作中，按照彭德洲的说法，就是以“质量是企业的生命”为抓手，大处着眼，小处着手，常抓不懈，时刻不能放松。

建筑施工是“金桥”的主业。在项目施工过程中，彭德洲不仅经常听汇报，而且还经常搞突然袭击，深入到工地现场巡查，发现问题现场解决，绝不容许有片刻拖延，更不允许有任何推诿。在“金桥”创业最初那几年，他经常吃住在工地，压根儿就没有个“总经理”的样子。有时候看到员工们忙不过来，他或是主动给人“打下手”，或是到食堂去“帮炊”。如今说起这些往事，“金桥”的老员工无不透出敬佩的神情。

按照“金桥”的规定，每个项目结束之后，都要安排专人到建设单位、监理单位进行回访，当面征求人家的意见和建议。如果接到业主投诉，在烟台市境内的，有关人员必须两小时之内赶到现场了解情况，尽快协调解决问题。这些年来，“金桥建安”先后承建了开发区留学生创业园、新时代健康产业园、福莱山公园、开发区政务中心、长岛旅游服务中心、荣昌制药迈百瑞研发中心、华圣国际学校、瑞银信金融广场等200多项工程，总施工面积超过300万平方米。在这些工程中，5项荣获“泰山杯”，20多项荣获“省优”，80多项荣获“市优”，一次交验合格率达到100%。这些数据让“金桥”赢得了极好的口碑，也让“金桥”荣获“全国守合同重信用公示企业”“全国质量服务诚信示范单位”“山东省AAA特级信誉企业”“山东省文明诚信民营企业”“烟台市优秀房地产开发企业”“烟台市消费者满意单位”等荣誉称号。

1997年，“金桥置业”应运而生，这是彭德洲实行多元发展的尝试。当时，面对社会上住宅建设工程质量乱象丛生的状况，他在员工会议上说：“我们要追求效益，但更要追求质量。作为有良知的开发商，首要责任是要为老百姓建造住着放心和舒心的房子。”他还告诫员工说：“老百姓用一辈子的钱买套房子不容易，我们如果不把房子建好，对不起老百姓啊！”这些年间，“金桥置业”独立开发完成了碧海绿洲小区、德蚨家园、澎湖湾等十多个项目，并参与了金鑫家园、静海小区等项目的建设。在独立开发的项目中，从没有发生业户与“金桥”对簿公堂的情况。而在参与的项目中，业户选购住房时，在相同情况下，会优先选择“金桥”承建的，因为他们信任“金桥”。

如果说开拓是“金桥”发展的动力，那么稳健则是“金桥”进步的阶梯。今年60岁的姜桂平，来到“金桥”已有20多年，他对彭德洲的评价是：“德、诚、上、止、正。”“德”是品德厚重，“诚”是诚实可信，“上”是创新向上，“止”是适可而止，“正”是一身正气。当年“金桥”凭着优异的建筑质量，获得了很高的声望，很多单位主动找上门来。对“送货上门”的工程，彭德洲不像有些人那样大包大揽，而是极为慎重的“挑挑拣拣”。不过，他的“挑挑拣拣”不是挑肥拣瘦，而是根据“金桥”的实力有所选择，也就是量力而行，适可而止，有多大的荷叶包多大的粽子，绝不接没有把握做好的工程，绝不接超出自身能量的项目。看着送到嘴边的“肥肉”捞不着吃，个别公司高管曾经很不理解。彭德洲对他们说，我们如果接了做不好，还不如不接。因为那样做，不仅砸了“金桥”的牌子，也对不起人家的信任。彭德洲的“挑拣”，不仅没有得罪“送货上门”的人，反倒赢得了他们的信任，赢得了诚信的声誉。

三

知识就是力量，创新才能进步，彭德洲深谙其中的道理。“我边工作边学习，从读电大、上夜校，直到读完了青岛理工大学的本科课程。实践让我感到，知识是创造财富的源泉，更是获得财富的途径。”对于事必躬亲、忙忙碌碌的企业家，这其中的辛苦可想而知。

学历学习和职称进修，只是他人生经历的“片段”，读书则是贯穿他人生经历的“全篇”。学而时习之不亦乐乎，他喜欢读书，虽不是嗜书如命、书不离手，可在他的办公室、休息室、卧室，摊开的书籍随处可见。数量既多，内容涉猎也比较广。学而不思则罔，思而不学则殆。彭德洲不仅爱读书，还善于思考、乐于交流，他的讲话、发言材料大都是他亲笔撰写，内容实在、条理清晰、语句简练。即便是别人为他起草的材料，他也会“三改其稿”。

彭德洲自己爱读书，也鼓励员工多学习。在“金桥”的管理规章中有这样的内容：员工若是参加职称、岗位培训和考试，费用由公司负责；员工在职参加相关的自学考试，教材及考试费用由公司承担；员工外出参加集中培训和考试，按照实际出勤予以记录。同时，他还经常根据岗位需要，定向选送员工到大专院校进行脱产、半脱产的专业培训。也正是因为这样，“金桥”的员工大都特别注重学习，特别注重不断提高自己的职业素养，这也是“金桥”员工喜欢“金桥”的重要原因之一。

“金桥”有份自办的期刊，名为《金桥》，是彭德洲力主创办的。这份期刊中，既有“图说金桥人”“职场心声”“专业策划”“员工天地”等专业栏目，也有“随笔”“悦读”“游记”“好书推荐”等文学栏目，特别是“好书推荐”栏目，让我感到格外亲切、温馨，从中可以看出企业文化在“金桥”的发展脉络，可以看出彭德洲对发展企业文化的理念。虽然只是内部刊物，但却很得“金桥”人的喜欢，是金桥人的学习园地和交流平台。

“发展企业文化，就是要为文化大市建设添砖，为文化大国建设加瓦”，这是彭德洲的文化理念，也是他的实际行动。2012年岁末，由“金桥”投资拍摄，中影集团发行公映的电影《桃枝的桃》上映。这部电影档期横跨圣诞节、元旦，上映后备受好评，而凭借这部电影的成功拍摄和发行，“烟台电影，金桥出品”赢得了如潮的好评。

四

“穷则独善其身，达则兼济天下”。在金桥集团的荣誉室里，陈列着“山东省善待农民工和谐企业”“山东省就业与社会保障先进企业”“山东省文明诚信民营企业”等诸多奖牌，折射着彭德洲对员工的关爱之情。

姜忠禹是“金桥”的老员工，他从1992年就跟着彭德洲从事仓库保管工作。按照他的说法：“彭总待人很厚道、很热情。我虽然只是个仓库保管，可彭总每次见了我都要嘘寒问暖。有时他路过库房，还会进去看看我，与我说说话，拉拉家常。正是因为这，我才在‘金桥’干了这么多年。”

“什么是和谐？和谐就是要让员工认可你，愿意和你共事。可要让人家认可，你自己要做正经人，干正经事，走正经路。有了这个前提，你就会自觉不自觉地忽略自己的利益，更多地想到大家的利益，想到社会的利益。”彭德洲是这样说的，也是这样做的。他领导下的“金桥”，十分注重和保护员工的切身利益。这些年间，凡是员工因病住院，公司领导必定会去探望；凡有员工乔迁新居，公司领导肯定会去庆贺；凡有员工新婚大喜，公司必定会送上一个大红包。每天的免费午餐，每年的免费查体，每逢佳节发放礼金和礼品，早已经成为“金桥”对员工的“规定动作”。如果员工家中遇到临时性特殊困难，公司可以为其提前预支数月工资。如果员工购买“金桥”开发的房产，彭德洲直接给出了让人眼红的12%的优惠折扣。在“金桥”，员工的工资、奖金每年都是以10%以上的速度递增，并始终居于同行业的上游水平。2008年国际金融危机期间，彭德洲明确告诉大家，公司再困难也不会裁员。今年疫情期间，员工们虽然都奉令“窝”在家里，可工资照发，且分文不少。

对“金桥”的员工们来说，公司就像“家”。彭德洲常说，“企业要让员工以厂为家，首先就得有个家的感觉。企业像个家，员工才能把它当家。”有员工的孩子得了重病，彭德洲不仅批假让他好好照顾孩子，而且还从公司拨付专款帮助他解决困难；有员工的妻子患病，彭德洲不仅自己捐款资助，而且还动员员工共同捐款。正是这种种关爱，让“金桥”员工热爱“金桥”、关心“金桥”、留恋“金桥”。在“金桥”的 500 多名员工中，工作十年以上的达到 40% 以上。

建筑施工是高危行业，对彭德洲而言，安全生产格外重要，他常说：“安全是职工的生命，容不得半点马虎。”“保证安全生产，我们要舍得花钱，决不能因为心存侥幸而图省钱。”彭德洲认为，建立健全管理制度固然重要，但更重要的是抓好监督，抓好落实。为此，他经常到工地去巡查。这些年来，“金桥”的建筑施工从未发生过重大安全事故，这与彭德洲的高度重视密切相关。更让人感动的是，为了保障工人的健康，“金桥”还有个不能让工人喝生水的规定，并纳入了绩效考核，因而“金桥”的建筑工地，随时都备有开水，高温季节还有绿豆水和防暑药品，彭德洲对员工的关爱，由此可见一斑。

时下拖欠农民工工钱的事时有发生，但在“金桥”，从没发生这样的事情。近些年间，从业于“金桥”的农民工每年都有两千多人，为了防范欠薪问题，彭德洲特别叮嘱施工单位要保证给农民工足额、按时发放薪酬，并要求集团的财会人员和各个子公司对此加强监督，如有发现，从严处理。

彭德洲是位无党派人士，但他对中国共产党却有着挚爱的感情。他常说，我们要走正路，就是要跟党走。为此，他十分重视党组织在企业中的发展。1998 年 5 月，金桥集团成立了工会；2001 年 5 月，金桥集团又有了党支部。此外，金桥集团还成立了女工委和青工委等组织。对于这些党团组织的工作，彭德洲始终给予大力支持。需要场所建设场所，需要资金拨付资金，需要设备购置设备。健身房、娱乐室、党课教堂等，在“金桥”都有自己的固定位置。至于员工运动会、知识竞赛等文体活动，已经成为“金桥”常有的安排，为“金桥”的发展增添了动力和活力。

五

彭德洲常说：一个成功的企业家应该有两颗心。一颗是事业心，就是要把企业做大做强；另一颗就是感恩的心，就是要用积累的财富去回报社会。他是这样说的，也是这样做的。

2000年，彭德洲到济南出差期间，闲暇中去逛书店，在书店里看到一本书名为《撑起生命的保护伞》的书籍，内容是教导学生如何进行自我保护的。他看后觉得这本书很实用，就一下子买了2000册，分赠给“金桥”驻地附近的几所学校。2003年春，彭德洲从新闻中得知，驻地附近一所小学有一名学生因家境困难面临辍学。他感同身受，特意赶到学校了解情况，在得知该校还有30名学生面临同样困境时，当即决定每年出资万元，资助这些学生继续学业。2006年，他无意间从一份调研报告中得知，八角街道辖区内有所学校的教室属于危房，为此，“金桥”毅然决定出资帮助该校翻建危房，为孩子们提供安全又明亮的教学环境。2009年，在彭德洲的提议下，“金桥”出资捐建了一所高标准学校。这所名为金桥小学的学校于2010年9月落成，可容纳20个班，1000名学生。2008年5月，汶川地震发生后，正在江西井冈山青年干部学院学习的彭德洲连夜赶回烟台，通过团中央向灾区捐款70万元。2016年，为了促进校园足球发展，“金桥”捐资15万元；2017年，为了助力“鲁慈爱心图书室”，“金桥”又捐资10万元。这些年间，每逢六一儿童节，彭德洲都会亲自到华颖幼儿园、SOS儿童村等看望小朋友们，同时带去经济上或物资上的资助。

致富不忘共产党，幸福不忘乡里人。出身于农家的彭德洲，是个有着浓浓乡愁的汉子。2005年6月，开发区管委号召企业与所辖乡村结对子，更好地进行帮扶。彭德洲积极响应号召，带领“金桥”与大季家街道的房家村结成对子。“对子”结成之后，“金桥”立马捐资20万元，对全村街巷进行了全面整修。2007年，“金桥”又与八角街道的青上村结成帮扶对象，并先后捐资20余万元，帮助其整修街道，建设营业网点，为其增加集体收入和村民致富创造了条件。2009年，“金桥”又投资2万多元，对大季家街道张家村里的老年活动室进行了整修、装饰。

这些年间，“金桥”还参与建设开发了几个旧村改造工程，其中的澎湖山庄小区，更是以其精工品质，成为旧村改造中迎风飘扬的旗帜。这个项目总建筑面积达38万平方米，总投资近11亿元，用于优先安置村民的多层“洋房”，面积达13万平方米。这些年来，为了帮助更多的村民致富，“金桥”在录用农民工时，还明确规定优先录用失地农民等相对困难的就业群体。

彭德洲没有当过兵，但他心中却有着一种挥之不去的军人情结，这种情结经过长时间的积淀升华，便化为他拥军的实际行动，并由之让他成为“关心国防建设的优秀典型”。二十多年来，每逢“八一”建军节，彭德洲都要到部队去走访慰问，同时，出资为边防大队兴建了生态园和蔬菜大棚等，为金沙滩边防派出所装修了办公场所及宿舍，为八角边防派出所建设了餐厅和车库。想部队官兵所想，帮部队官兵所需。福山预备役炮团地处偏僻，部队子女们上学路途较远，彭德洲得知此情后，主动找到部队领导，出资购买了一辆“金杯”面包车，部队首长为此十分感激，称他为“人民子弟兵的贴心人”。

2010 年 2 月，彭德洲到栖霞县亭口镇考察项目时，看到镇上的主干道因为年久失修而坑洼不平，经过与当地政府协商，由“金桥”出资 300 万元重修这条路。经过 5 个月紧张施工，这条 30 米宽，600 米长的道路竣工了，这就是如今记录在史册的“金桥大道”。

在 2000 年的一次董事会上，彭德洲说：“我们这帮人走到一起来，既要追求财富，更要履行社会责任，为社会多做些好事。”也就是从那年起，“金桥”在每年的年度预算中，都会列支公益事业资金，至今累计支出已有千万元以上，“金桥”因此被评为“烟台市捐资助学先进单位”“山东慈善奖最具爱心企业”，彭德洲本人则被授予“烟台光彩事业奖章”，并从 2009 年 8 月起担任烟台市慈善总会的荣誉会长。

今年全国抗疫期间，“金桥”先后为烟台市的 68 个监管站，送去了 100 台饮水机、150 台微波炉、100 套折叠床、680 箱矿泉水等，而后又向烟台红十字会捐赠了总价值 50 万元的抗疫善款。同时，考虑到疫情对实体商户的影响，他们还对澎湖湾广场、澎湖山庄的 108 家租赁商户，减免了 2 月份的租金，减免数额达 70 万元。

六

彭德洲的好口碑，不仅让他荣获“山东省劳动模范”“全国优秀民营企业家”“中国特色社会主义事业优秀建设者”等诸多荣誉称号，还光荣当选政协委员和人大代表。

每年“两会”前，他都会精心准备、认真撰写需要提交的议案或提案，为国计民生建言献策。早在1999年，针对长江社区马家村村民出行不便的问题，他向烟台市政协会提交了“让21路公交车西延至长江社区马家村”的提案。此后，为协助公交部门落实这个提案，“金桥”近乎无偿地拿出了2000平方米的土地作为公交场站，使得这一难题得到了圆满解决。2004年，针对开发区市民出行南郊乘车不便的问题，他又提交了增开公交线路的提案，并很快得到了公交公司的积极响应，开通了23路、26路、27路、28路公交车的相关线路，极大地方便了市民出行。2006年，他撰写的《关于“做大做强烟台市建筑业”的提案》，被烟台市政府评为优秀提案，并予以表彰奖励。2008年，有市民向他反映夹河受到严重污染的事。他经过实地考察和调研，撰写了《关于对市区湿地——夹河实施重点保护、建设夹河公园的提案》，引起了烟台市委市政府的高度关注，并将此提案列为重点提案予以督办。2011年3件，2012年2件，2013年3件，2014年2件，2015年4件，2016年3件，2017年3件，2018年2件，2019年2件，这些提案是彭德洲为履行政协委员和人大代表职责，当好名副其实的百姓利益代言人所做的努力。

这就是彭德洲，一位艰苦创业、事业有成的民营企业家，一位甘于奉献、敢为人先的公益楷模，一位心胸坦荡、有情有义的正人君子，他用自强不息的进取精神成就了“金桥”，他用厚德载物的高尚品德谱写了人生的光华。

作者简介：杨曙明，中国作家协会会员，曾任历下区作家协会主席。出版有《岁月无痕》《流年似水》《心路不觉远》《凝固在记忆里的时光》《光阴的印记》《我的父亲母亲》《历下名士寻踪》等九部散文集，《有话明说》《话由明说》两本时评专著；曾为《齐鲁晚报》“有话明说”的专栏作家；主编有《济南的味道》《历下倾城》《诗意历下》《历下民间故事》等书籍；曾获得过冰心散文奖、齐鲁散文奖、泉城文艺奖等。

用美写成的神词牌

纪福华

认识烟台，是打两个词开始的。

第一个词是“芝罘”。那是在 1991 年 4 月初，我们葫芦岛专利考察团一行六人到龙口考察，当年全国专利搞得风生水起的地方有两个，一个是龙口，一个是武进。

在烟台火车站附近逛街时，我被人逮住了，她指着街上的牌子问我：“这个‘芝罘’怎么读呀？是啥意思？”我立马变成了大公鸡，红着脸不知所以，同行的人脑袋也摇成拨浪鼓。

那时还没有手机，可以用一个闪电查到答案。我们溜进了新华书店，才给“芝罘”安上正确的读音，而且确定是因为“芝罘岛”而命名的，但为什么不叫“芝罘”岛？

《新华字典》的知识量和它的脑袋一样小，它也不晓得。

第二天我们到了龙口，考察之余问起陪同的科委同行，她讲了一个传说。她说烟台海北的那座海岛叫“芝罘岛”。那是秦始皇时的文人方士的“杰作”——此前芝罘地面被称作“转附”，虽然有说“春秋时期古芝罘就是当时中国五大港口”，但想来那时“转附”也就是个在海上运输不多的“转运”之行必须在陆地上“附着”休息集散货物的港口之一吧。秦灭六国一统天下时华夏的政治经济中心都在中原，甚至西北一带，烟台（“转附”）乃“东夷”之地，这里的小小港口怎会成为“五大”港口？因为秦始皇要寻长生不老药、要寻蓬莱仙岛，所有才屡屡来到当时的芝罘岛。

文人方士们一来，地名也雅致起来：一个神一样原因让文人方士们的眼睛一亮——如果把自己想象成一只鸟飞过这座岛，突然发现这座岛像仙界才有的一个巨大的灵芝！于是一个神一样的名字——“芝罘岛”诞生了，也就有了烟台最美的乳名——“芝罘”。

但我一直怀疑，两千年前没有飞机，人也变不成鸟，莫非真有仙人经常在“芝罘岛”上飞来飞去，才看清该岛的真容？

第二个词是“昆嵛山”。这次是在2017年暑假，我们学校40人打上海到烟台疗休养，一群授业解惑的师长竟然都把“昆嵛山”读成“昆仑山”。但是，当我要输入“lun”字时，我的手机却不认，此时才想起查“嵛”的音。

昆嵛山，地处胶东半岛东端，横亘山东省烟台、威海两地，主峰泰礴顶海拔923米，是胶东半岛第一高峰，方圆百里，峰峦绵延，林深谷幽，古木参天，多有清泉飞瀑，遍布文物古迹，是国家4A级森林公园，是中国道教全真教的发祥地，素有“海上仙山之祖”美誉、“海上仙山属蓬莱，蓬莱之祖是昆嵛”之说。

想到全真七子，就想到《射雕英雄传》，郭靖的师父。其实历史上他们大有名气，他们清修于此，吸引了无数文人墨客，留下无数诗词歌赋。烟霞讲道，坐无虚地，道观、洞庵乃至每一棵松柏，都述说着烟台在历史与文化的长河里留下的浓重色彩。

昆嵛山吸引人的还有它独有的树木——有南方的杉木、东北的红松、落叶松、美国火炬松、山东最大的“活化石”水杉，还有颇具欣赏价值的马褂木、华山松、辛夷花、火炬树和千年树龄的银杏、杜松及300年树龄的北方玉兰王，共有木本植物328种，草本植物600多种，可供观赏的花卉348种。

这是烟台写下的最美的诗。他们通过营造混交林，搞综合防治，促进了生态平衡，25年没施化学农药而无虫灾，经专家鉴定达到国际先进水平。

还有昆嵛山的溪水、瀑布、清潭、山泉为主的水体景观，长年不枯，且无污染，九龙池瀑布被称为“人间仙境”。昆嵛山由于特殊的地形地势形成了许多天象奇景，著名的有“泰礴日出”“山市蜃楼”“古洞烟霞”“昆嵛叠翠”等。

昆嵛山有众多的古迹遗址、名人史料、碑碣石刻等人文景观，如道教的全真教发祥地烟霞洞，胶东第一古刹无染寺，名扬全国的岳姑殿、九龙池、龙王庙、齐王坟及无盐王后墓葬，王母娘娘洗脚盆，抗日英雄于得水洞。

烟霞洞内有元、明朝的圣旨碑、“铜碑”、丘处机手书石刻，无染寺中唐昭宗光化四年无染院碑、清光绪年间重修无染禅院碑等。这些人文景观与自然景观融为一体，进一步体现了“秀”“古”“奇”“俗”“幽”的特色，更体现了昆嵛山悠久的历史文化。

无染寺，坐落在昆嵛山主峰泰礴顶南麓，是盛极一时的胶东第一古刹，始建于东汉桓帝永康年间。据《宁海州志》记载，早在战国时期曾建有一座庙宇，取名“无染院”，为“居之者六根清净，大得解脏”的意思。无染寺建成后几经修葺，殿宇宏伟壮观。唐代的《无染寺碑》记载：“松蔓森邃，崖谷幽奇，大川激沧海之浪，极顶峭虚危之宿，院额无染，堂房四匝间松挂，张凤翅以翰翔；殿宇一基架梁椽，砌龙鳞而偃骞。僧延冬夏，实为养道之方，额清节庭，永晴高峰之势。”意思是无染寺如龙盘凤展，这里冬暖夏凉，是修身养性的清静之地。

到达无染寺，过了一座石桥，高高的石舫上“无染寺”三个大字映入眼帘，进入景区，只见道路的右边有两块长方形的巨石，一块上刻着“山东昆嵛山省级地质公园 / 无染寺景区”，另一块刻着“红色旅游景点 / 无染寺”。一座宽敞的院落，西边是一棵有着传奇故事的古木瓜树，中间是一棵百年历史的古银杏树，银杏树后是历史悠久的无染寺古遗址、院碑。院碑石刻共 9 行、75 字，刻于一形如香炉的石上。正面刻着人马山水，工整精致。石窝深尺许，碑记文循古法，辞约意深，是昆嵛山文化的精髓。如今，无染院碑犹存，碑文仍依稀可见。“昆嵛山”之名最早也就源于此碑：“大唐登州牟平县昆嵛山无染院……其山乃号昆嵛。”

院落正中的房屋是昆嵛山革命时期“一一四暴动”指挥部旧址——1935 年 11 月 29 日，中共胶东特委在昆嵛山领导了“一一四武装暴动”，指挥部就设在昆嵛山无染寺。这场暴动因发生在农历十一月初四，故称“一一四武装暴动”。昆嵛山，有着“胶东的井冈山”之称。

指挥部旧址院中还生长着一棵有着340年树龄的江北玉兰王，每年的四月，叶未发而玉兰花满枝满树，一树花开，满树清喜。玉兰花开时，幽香弥漫山谷，春风拂来，清香远袭，沁人心脾，似蓝天上飘逸的云朵降临，洁净高雅，光芒四射，不染凡尘，古老的玉兰树焕发出勃勃生机。传说此树为天宫一名叫玉兰的仙女化成的，相传王母娘娘带七仙女下凡来到昆嵛山，遇见一位英俊的少年石娃，仙女玉兰与石娃一见钟情，在王母与七仙女回天宫的路上，玉兰偷偷返回到石娃身边，并与石娃结为夫妻，两人相亲相爱过着美满的生活。隔日，王母知道此事后，便下令要玉兰立即返回天宫，而玉兰留恋人间生活执意不去。后来，王母一气之下用手一点，玉兰变成了一株玉兰树，石娃扑向玉兰树，再也没起来……

齐王古墓——“田氏代齐”之后，传说齐康公被田氏放逐东海岛，死后葬于此地。墓上屹立着一棵青松，苍润、遒劲、古朴，形若蛟龙，故名为龙王松。齐王墓北，是李龙文化广场，塑有一尊高20余米的李龙王神像，神像后方东西庙墙上各塑有一条20余米长的神龙，腾云驾雾，翘首飞舞。庙内墙壁上布有“李龙王传奇画卷”24幅，色彩艳丽，栩栩如生，画面生动再现了李龙王流传民间的传奇故事。

如果看到人沸腾了，那里一定是无染寺最著名景点——王母娘娘洗脚盆。景点旁矗立一块会讲故事的牌子：王母娘娘在一次蟠桃会上，酒过三巡后，一时兴起，便问众仙：下界可有佳境一游？吕洞宾马上对王母说，下界昆嵛山，乃风水宝地。王母与众仙随即来到昆嵛山，只见青山巍峨、奇石林立，王母缓步来到一潭碧水旁，潭边绿色掩映、奇花盛开，便脱下鞋袜把脚伸入水中，顿觉浑身清爽疲惫尽除，从此，王母便常来此沐浴，时间久了，人们便把此处称为“王母娘娘洗脚盆”。跟随王母的仙女们便在上面的一个潭水中洗浴，是为“仙女池”。

圣母宫——圣母宫中供奉有华岳三圣母的塑像，人们到此烧香祈福，圣母宫前的树上系满了祈福的红色彩带。穿过一座桥，前面的山石愈发陡峭，硕大的巨石浑圆、光滑、细腻，想必是年复一年的流水冲刷而成，这里溪床狭窄，清澈的溪流从幽深的石涧奔流而出，淙淙作响，回旋翻转，一路欢歌奔向前方，那生动的韵律，在这个酷热的仲夏是何等得清脆悦耳！一块耸立的巨石上书写着“玉翠屏”三个字，聆听着山涧欢快的歌谣继续前进，绕过道路上的巨石，前面是断谷，断谷上设有吊桥，摇篮一样可以前后左右摇荡，别致有韵。

汉魏摩崖神龛——只见凹凸不平的三层巨石，中间的一层上刻着大小几乎相同的11个正方形小窗口，神龛又被当地人称为“石窗”，据传汉魏年间，当地僧人在此坎石礼佛，诵经祈福，而今，当地人认为这些佛龛已经富有了灵气，每逢到此处，便会取出一枚硬币投向神龛，如果投中，就此许愿，定能心想事成，好神奇的摩崖神龛啊！

烟台还有一个如神的词牌一样的去处养马岛——在牟平区，古称“莒岛”，又名象岛。相传春秋时期有莒国人流亡至今大窑镇之莒城村，故名莒岛。注意：莒国是东夷最老的古国，也曾是山东东夷中最强的国家。齐桓公为公子时，曾到莒国避难，留下“勿忘在莒”的典故。公元前431年莒国为楚国所灭。后疑似复国，最终为齐所灭。公元前284年燕将乐毅联合五国攻田齐，占领齐国大部，田单辅佐齐襄王就是凭借莒、即墨二城复国的。这里的古人信奉太阳神也来自莒国。

“养马岛”之名的由来有两种传说。一是公元前219年秋，秦始皇东巡，经芝罘沿海东进。一天正午，人马来到莒岛对面，只觉人困马乏。突然，一阵风送来阵阵馨香、嘶嘶马鸣。众人放眼望去，只见岛上峰峦叠翠、草木葱茏，一群骏马在岛上嬉戏。秦始皇情不自禁赞道：“好一个养马宝岛！”遂封此地为“皇家养马岛”。并下旨各地送马派员，进岛驯马，专供御用。后百姓不满秦始皇的统治，故去掉“皇家”二字，直呼为养马岛。

二是明朝初年，倭寇骚扰沿海一带居民。为了避倭，莒岛居民大量迁往内陆，一时土地空闲。因土质肥沃，防倭将士就利用此地养马，因而留下养马岛之名。

俯瞰海岛，大自然的鬼斧神工，雕琢出这片仙山琼岛的空灵与俊秀：岛前海面宽阔，风平浪静；岛后群礁嶙峋，惊涛拍岸；东端碧水金沙，是优良浴场；西端水深浪小，成天然良港。透过观澜亭明丽的窗口，向四周眺望，只见海天一色，浑然天成，苍茫的水面上渔帆点点，千舟竞发犹如进入世外桃源。岛上有一个巨大的白马雕塑，凌空腾飞、巍耸于30多米高的铁塔之上，这是养马岛的标志性建筑，周围是占地7.2万平方米的白马广场。广场四周松柏翠绿，花团锦簇；水景墙瀑布流泻；12 生肖玉雕惟妙惟肖，栩栩如生；巨大的秦皇雕塑，让人依稀可见当年始皇帝的雄风。

岛上丘陵起伏，草木葱茏，山光海色，秀丽如画，海岛呈东北西南走向，地势南缓北峭，岛前海面宽阔，风平浪静，岛后群礁嶙峋，惊涛拍岸。

烟台的美景比星星还多，俯拾皆是——蓬莱阁、八仙渡、三仙山、南山、长山列岛、烟台山、天崮山、芝罘岛、塔山……；烟台的神话传说比文字还多，无以计数——先民崇拜太阳的传说、秦始皇三次东巡的故事、八仙过海神话，著名人物徐福、丘处机、戚继光的故事，还有蓬莱阁苏轼的题字、戚继光的豪言、南洋富商张弼士创建张裕葡萄酿酒公司的故事……烟台是用美写成的神的词牌。

作者简介：纪福华，宝山区作协会员，民进会员，诗入《中国文艺家》百余种集刊。作品在 2019 年香河荷花节、放歌吴中经开区、石油情百湖风等活动上获奖。2020 年作品在大美罗平、大别山精神杯、“三湖杯”全国诗词楹联新诗散文大赛、汉皇故里首届“金蝉杯”诗词散文大赛、我心中的扶贫故事、“深圳杯”第三届全球华人诗词大赛、第三届“龙母杯”诗词联赋征文大赛、海誓山盟遇见蓬莱阁七夕情话大赛等获奖。

一座城市的温度

王　韵

云海开始翻涌，浪涛开始澎湃，昆虫的小触须挠着全世界的痒。你无须开口，我和天地万物便通通奔向你。

——题记

海上日出

早早起来，漫步海边。昨日冒雨而来，此刻海上依然一片昏黑，只有远处澎湃的涛声。遥望东方，沿水平面露出一丝鱼肚白。再上面是湛蓝的天空，挂着一弯金弓般的月亮，光洁清雅。远处的灯塔，在海陆之间不停划出一轮轮白色的光环，指点着航帆的归程，照亮了夜行人的迷茫。一会儿，晓风凛冽，掠过黑青色的大海。夜幕从东方次第揭开。微明的晨光，踏着清白的波涛由远而近。海浪拍打着岸堤，越来越清晰可辨。晓月不知何时由一弯金弓化为一弯银弓。蒙蒙天空渐次染上了清橙的微黄。银白的浪花和黝黑的波谷在浩渺的大海上明灭。夜梦犹在海上徘徊，而东边的天空已睁开眼睛，渤海湾的黑夜就要消失了。

这时，太阳升起在洁净的天空上，月亮还仿佛迟迟不愿离去。他们如同一对兄妹，在辽阔的海上相望着。这是一对不能常见的兄妹，一个苍白而蔚蓝，一个金黄而火红。一个是黑夜的皇后，一个是白昼的君王。这两个金黄和银白的圆盆分别高悬于天空的两侧，一个是黑夜的明灯，一个是白日的火炬，一起在晨光中的这一片海上闪烁，构成一种最奇异独特的景象。然而，月亮的光辉毕竟难以与太阳匹敌，便渐渐隐退了，消失了，在天空中只留下一片迷茫的灰色。海平面上出现了一道金色耀眼的光辉，照在一篇翻滚的云彩之上，无数云朵如同脚下波涛起伏的海水，泛着泡沫，滚向遥远的远方。这时，曙光如鲜花绽放，如水波四溅。天空，海面，一派光明，海水渐渐泛白，东方天际愈发呈现出黄色。晓月、灯塔黯淡下来，终于寻不到了。一群海鸥宛如太阳的使者掠过海面，万顷波涛仰望东方，发出期待的喧嚣——于无形之中涌现四方。

五分钟，十分钟。东方迸射出夺目金光，海边泛出了一点猩红，多么迅疾，让人无暇想到这是日出。屏息凝神间，海神已高擎手臂。之间红点出水，渐次化作金线，随后，旋即一摇，摆脱了水面。红日出海，霞光万道，朝阳喷彩，千里熔金。大海之上，长蛇飞动，直入眼底。面前的渤海岸边顿时卷起金色雪浪。

柔和的阳光从东方喷薄而出，沾着湿润的晨雾，便化作七彩的颜料泼洒开来，洒在起伏的波涛上，洒在翠绿的树木上，洒在沙滩、青草、鲜花上，皴染出一幅极淡雅的山水画。升腾变幻的雾气，仿佛是宣纸上尚未洇干的墨迹，以缓慢的速度变化着造型，大海微波掩映在朦胧的云雾怀抱之中。画的层次感极强，近处的叶片纤毫毕现，远处云雾缭绕，由近及远，一层一层模糊下去。金色的阳光笼罩着葱郁的林海，远远望去，绵延的防护林在风中就像绿色的堤坝，翻涌着一轮轮波涛，汹涌起伏中蕴含着雷霆万钧。沿海防护林松峦蜿蜒，宛如泼墨，顺着海边挥洒浸染开来。侧耳细听，远处海浪的喘息声隐约可闻，海边数公里长的海岸，坡缓滩平，细沙如金，在阳光下熠熠闪光。

万亩松林

沿着森林公园信步走来，那片葱茏葳蕤的森林，以一种并不喧哗的姿态，沉静地与渤海相望。雾中温和的树林静静的，如一株亭亭的尖荷，而渤海，就是将这一池碧荷轻轻托起的铺开的荷叶。那静谧幽雅的唯美，波澜不惊。海岸绿树成荫，鸟语花香，“明月松间照，清泉石上流”的意境悠然自心头划过。漫步在林中，阵阵微风吹过，植物特有的清新的气息沁人心脾，远处海浪翻涌，而脚下的草毯绿意点点。

在莱州湾畔的黑松林，沿着海滨广场、防潮堤，一路走过槐花路、黑松路、雪松路——它们密布在道路两旁，以最汹涌澎湃的绿，将路和人席卷在它的怀抱。林场总面积 12000 亩，森林覆盖率 78%。种植有黑松、水杉、麻栎、刺槐、紫穗槐等 170 余个树种。

不远处海浪的喘息声依稀可闻，湿润的海风穿过丛林却怎么也盖不住世事的繁芜。这是一篇广袤的海滩，多年前，这大片的盐碱地却是不毛之地。大风袭来，尘土飞扬，风挟裹着细沙、尘土，钻进沿海的千家万户，无孔不入。而今，三十个春秋悄然而去，当初风华正茂的那批青壮年，用汗水和着雨水浇灌着海岸线上这数万顷的树林茁壮成长。然而岁月无情，韶华易逝，如今他们已到了垂暮之年，有的已然逝去，就栖身在这苍松翠柏之中，与先人相伴，以大海为邻。

只有那些松树是忠诚的守望者，阳光倾泻在枝叶上，森林里空寂宁馨，那一排排一行行的松树，整齐划一，如将帅布兵列阵，用一生的时光厮守着这方土地。他们或粗或细，姿态不一，周围空间大一点的，长得有一人合抱的样子，高度达二十余米；密度大一点的，也有胳膊粗细，高十多米；树冠大的层层叠叠，像一把打开的罗伞；空间狭小的扭曲着脊梁，在密林里探索日光的温暖，它们无一例外向往苍穹，见证着一方土地的寒来暑往，云卷云舒。树林里静悄悄的，只有夏虫在呢喃，偶尔也会传来几声鸟儿的啾鸣，调皮的松鼠在松枝上跳跃，松树间结有许多蜘蛛网，那种不知名的蜘蛛个头较大，黄色的背部有黑线相间，龟壳一般，后腹部呈紫红色，神态自若地趴在网上，唱着“空城计”，耐心地等待猎物来自投罗网。黑松林的地上落了一层松针和三三两两的松花，飘散的松籽便在父辈生活的土地上落地发芽，虽然不能长得很高大，却也继承了父辈的那种隐忍与执着。灰褐色的树皮分崩离析，喻示着每一次成长，就要突破一次束缚；每一次成长，都要打破一次自我。那么顽强地生长，可是为了眺望？眺望梦想中的远方。阅尽沧桑后，已然成就了它儒雅孤高的性格。松树的内心同样是一片安宁的世界，春天的狂风，夏天的烈日，秋天的露霜，冬天的冰雪，不会让松树惊悸而黯然失色。枝干倔强地撑起一片蓝天，“任尔东西南北风，我自巍然向天擎”。它用最沉默的力量对抗苦难，在岁月的长河里，默然包容。

绿色堤坝

继续前行，走到莱州海边的森林广场，两边是高大笔直、绿意葱茏的水杉。记得在中学读书时，课本上介绍它是活化石，植物界的大熊猫。水杉腰杆笔直挺拔，根系发达如触角，向着黑夜中的水分，不停扩张与突围。乳白色的观光车像一艘快艇，划开水杉的绿色波涛，一会儿被托举上浪尖，一会儿沉降到谷底。就这样，在渤海之滨，与水杉猝然劈面，惊艳相遇。

树与树横平竖直成一条线，之间保持着一定的距离。杉树的树冠呈塔形，有着塔的形状的水杉，在整个乔木家族，无疑是树中的美男子。抬头仰望一棵棵水杉，身高足有 30 多米，直入云天。碗口粗的树干上，枝条密集飘拂垂下，宛如这树中美男子的虬髯。

水杉叶子条形柔软，左右对称，排成两列呈羽毛状。叶子是树的羽毛，用在水杉身上再恰当不过。浅绿的叶子次第生出，活脱脱一片片羽毛。许多根枝条长在树上，旁逸斜出，那每一根枝条便是一只鸟儿。是浑身鲜绿，青翠欲滴的翠鸟。数不清的翠鸟聚集在树上，借各种鸟灵巧的舌头，唱出了一树缤纷。海风吹过，满树羽毛在飞，带动得整棵树也像要拔起自己，振翅飞翔。阳光从最高的树梢纵身跳下，穿过枝与叶，叶与叶的缝隙就像捂不住的时光，垂直地滴沥在地，花花点点像搅碎了一池春水。一簇一簇的叶子被镀成了金黄，闪烁着金灿灿的光芒。

再看根部，水杉灰褐色的树皮裂成条片状，脱落下来，亮出火红的肤色。有的生了新枝，嫩叶纷披，仿佛细细的睫毛。地下，发达的根系左右突围，四下扩张，像山坡上的红薯，当它想要逃出黑暗的地牢晒晒太阳时，就会拼命向上生长，撑裂了泥土，顶出半个身子。

这种与生俱来有着抗盐碱地能力的乔木，以自己不断进取向上的挺拔，与黑松、刺槐等一起，手拉手筑起另一道防潮坝，塑出莱州人面对风沙、海潮与海风侵袭的坚毅形象，这是真正的“活化石”，一种永远的精神“活化石”。勇于抗争，不只是树，也是莱州人的精神信仰。就这样，人类赖以生存的土地就像一页页稿纸，被植入了绿色的种子，破土发芽，伸出手掌讨要春天。长成一行行绿油油的诗句。

观赏林木，不能从向阳处，而必须从背阳处。还有比树枝上闪烁着的光线更美的阳光吗？枝叶和阳光彼此恋慕所闪出的光的戏谑，吸引着我，使人坠入无我的境地，即使不闪光，阳光透过树叶所呈现的浅黄透明的亮色，也是令人振奋的色彩。

仙境海岸

不知你是否察觉到，每一座城市都有它自己独有的温度。一方水土一方人，人是一座城市的灵魂，是城市温度的光源。

滨海城市古邑莱州，有着厚重的古老文化底蕴，兼具鲜亮明快的时代特征。走进莱州，正如日月的交替、四季的转换，一切自然而顺畅。

如沐春风的感觉，带来的是融入后的惬意。这份惬意来自于金沙漫步的浪漫、碧波万顷的雄浑、琼楼玉宇的真实和海市蜃楼的梦幻，还有蓝天白云的清新与悠然。这些理性的认识，远远不足以拨动人内心最柔软的琴弦。

走进素雅洁净小巷，与你交织的是老者慈悲的目光；走进幼儿园，迎接你的是孩子们纯净的笑脸；车流川息间，井然有序；街市熙攘中，笑声不断；走进写字楼，走进办公间，服务热情周到，办事高效廉洁——扑面而来的，是最感性的温暖。

城市的文明，让钢筋水泥不再冰冷；文明的城市，能让一座城市变成热点。无论投资、置业、生活和休闲，大美莱州，厚德莱州，都以人性的高度散发着最令人舒适的温度。

身处城市这个由水泥包裹、日日陀螺般高速旋转的丛林，能抽出时间到海边喘口气、歇歇脚，颇有“久在樊笼里，复得返自然”的意味。从水泥丛林走向仙境海岸，不仅应当成为每个人找寻自我的行程，也应当成为文艺创作的足迹，正所谓“返璞归真”。文化被保护的现状，预示着文化活力的降低、文化创造力的稀释。跳脱水泥丛林的束缚，我们的生活本该拥有更广阔的施展空间，对文化发展起到更重要的作用。就如这胶东湾畔的大美莱州一样，只有在保持生物多样性，孕育优良生态环保的前提之下，才能最大程度还原生命的多样、多彩、多变。

海洋中孕育着富矿，不仅指自然资源，更是文化资源，海洋本身所涉及的丰富的学科知识，具备多样化塑造与演绎的可能，使之成为了文艺创作中不可忽视的“潜力股”。而且相较于浮躁、功利气息浓厚的城市文化，海洋文化更能够推动人与自然的和谐相处，加深人与人的平等友爱，以及向心力、凝聚力、归属感，进而滋润世道人心，积蕴力量，告诉人们即使身处城市，也要心向自然。

换一个角度来看，“海洋文化”对于每个渤海之滨的生活者来说，都具有无可替代的启示意义。从城市步入海洋，不仅是创作题材的下沉，更是书写心态的下沉——无论是创作的心态还是艺术表达，都需要不断地观察积累，以及时间的涵养。“十年树木，百年树人”，在自然面前，有太多秘密亟待解开。唯有静下来、慢下来，才能有不竭的思路和灵感。唯有读懂我们面前这篇最熟悉而又最陌生的海洋巨著，才能引领实现莱州经济未来发展的重要历史使命。

作为东方滨海小城，莱州丰富的城市气质和精神内涵，使她成为一个更具魅力的城市。港口、交通、生态、旅游，这座美丽的滨海城市处处洋溢着青春的活力。

进度的时间表在疾走，在推进。我们读出了她的点点滴滴，过去与现在，以及她必将愈发璀璨的未来。

还有那些生活在这渤海之滨的幸福居民，行走在洁净的沙滩上，沐浴着灿烂阳光，活力满满，笑声朗朗。这是莱州湾畔先声夺人的气势、厚积待发的潜力以及她所承载的莱州未来发展的伟大使命，让她具备了我们对她美好期许的全部。所谓未来，并不在想象里，它近在咫尺，就在我们生活的这片澄净而丰富的海域。

山蕴仁，水润智，山海相依，环保天然。大美莱州，仙境海岸！

作者简介：王韵，中国作家协会会员、九三学社社员、山东作协签约作家、山东作协散文创作委员会委员、山东省新联会自由职业分会副秘书长。先后获冰心散文奖、中国作协抗战征文奖、《人民文学》游记奖、新语丝散文奖、山东首届齐鲁散文奖等省级以上文学奖项30余次。作品散见《人民文学》《文艺报》《人民日报》《光明日报》《美文》《莽原》等多家报刊，出版散文集四部，出版、发表文学作品200多万字。多篇作品被《散文选刊》《散文·海外版》转载。作品入选中国作协定点深入生活项目、山东作协重点扶持项目、山东作协文学鲁军新锐文丛。

胶东女人

胡　烟

想着给我妈画幅肖像。脑子里跳出三个画面：等船、骑摩托、蒸馒头。

先说等船。等船是渔妇的命。我妈嫁给我爸，自然成了渔妇。出嫁前的姑娘，不管多腼腆，到了我们半岛，就都成了渔妇。没过一年半载，经受了海风吹，听惯了出海汉子的吼，扎人堆里跟鱼贩子讲几句半黄的段子，也都彻底熟了，熟成了泼辣的渔妇。

我妈在等船。下午三四点，日头还烈，海滩上撮堆坐着头戴各色围巾的渔妇。那场景很好看。像什么呢？像沙漠里结了五彩的果子。她们闲聊，有一搭没一搭。听见远处马达声响起来了，不时伸着脖子，起身，右手在额头搭个凉棚，看是不是自家船。渔妇们眼力好，老远就认得自家船，看不清船号，却能认得船头的旗子，是红旗，是黑旗，还是紫旗，是朝什么方向按什么顺序摆放的。再近一点，就能认得出在船头站着的自己男人或者渔民伙计。更近一点，看船身吃水的程度，便大概知道了收成多少。船若是漂着来的，大抵是空着舱。倘若船开得慢，又是稳稳的架势，那渔妇的脸上，可都更好看了。

我爸的船来啦！近了，近了，我妈先是观察我爸脸色。看我爸气定神闲站在船头抽旱烟，我妈心里有了底，嗓门更亮了。“来来来，腾个地儿，船来了啊——贩子，有贩子吗？船来了！”鱼贩子们闻声，呼啦围上来！

秋天拉拖网，收成杂。船一靠岸，渔民伙计们轮番把收成搬上海滩，齐齐摆成两排——虾爬子两箱、八爪鱼两箱、梧桐花（小乌贼）一箱，牛舌头鱼、海螺、对虾、红缨虾各半箱。螃蟹三笼，两头尖的梭子蟹、圆壳黑脑袋的大红钳、扁壳的花蟹各一笼，小杂鱼装在大扁篓里，辫子鱼、黄花鱼、针良鱼……各有各的价，都在我妈脑子里装着。半斤以上的一个价，不足半斤的一个价；活的一个价，死的一个价。一天一个行情，东海滩一个价，西海滩一个价。船来得早一个价，来得晚另一个价。鱼贩子多时一个价，少时一个价。包圆一个价，零卖又是一个价。生人高价，熟人低价。

这么些名头，全是我妈说了算。

不光这，卖鱼还抢时间呢，一磨蹭，一箱子的八爪鱼控干了水，80斤只剩下65斤了。

一家一摊子。一拨一拨的鱼贩子围上来，串门打听价的、城里看热闹的也都围上来。没点眼力见儿、精神头儿，连自家的秤杆子都看不住，丢一筐子鱼，少收一样的钱，都是常有的事儿。我妈记性好，“红缨虾多钱一斤？”“20，少20不卖！”一抬头，“上回就是你，把俺家剩的小杂鱼都包了吧？多亏了你，给你便宜两块吧，旁人买就是20。”看见穿皮鞋的，准是城里买着自己吃的散客，“这大螃蟹，是给你老丈杆子祝寿吧，面子上好看。再少添两个钱，把这软皮蟹捎上吧。别看模样不咋样，挑点黄酱一闷，味儿比大蟹子还好。”

我妈嗓门大，剩的杂七杂八的小鱼小蟹子，经她这么一吆喝，也能把鱼贩子招来。旁人卖不出去的，我妈能卖出去。旁人卖7块5一斤的八爪鱼，我妈能卖到8块。有的鱼贩子是大客户，当时光记账不给结现钱。讲好了螃蟹20块一斤的价儿，第二天结账，听见有卖到22块钱的，我妈就叫贩子照着22块结账。“你老婆跟我娘家是一个村儿的，哪能自己人亏了自己人呢。”鱼贩子嘿嘿一乐，居然吃她这一套。

一样的收成，会卖和不会卖，一天能差出好儿百块钱。我妈会卖，我爸省了心。每回在一旁看我妈卖鱼，我手心里总是捏着汗，觉着紧张。我妈说我是书呆子，顶没用的，两眼无神，连个秤砣都看不住。

收成卖完了，紧接着回家做饭。我爸在先头走，伙计们跟在后头，又饿又乏。出海时都在船上凑合着，开船撒网收网，常常顾不上吃，饥一顿饱一顿，一天就指望着晚上一这顿囫囵饭。

我妈做饭口味好，又麻利。姥姥在村里是第一把大勺儿，张罗大席的。四个闺女，只有我妈一人继承了这手艺。

我妈一到家，二话不说先开火。啥也没有，怎么就开了火呢？只见她剥葱、切丝、拍蒜，三两下就得了。油一热，就下了锅。肉丝儿都是先前切好的。十来分钟不到，四个菜就上了桌。我给我妈打下手，剥葱捣蒜，处理那些卖剩的鱼虾螃蟹，慢了就该遭数落。她但凡要是能忙得过来，是不用我的。跟卖鱼一样的劲头儿，我妈这边煮着，那边蒸着，手里还掂着炒勺。

我爸在风浪里摔打了一天，正盼着下酒菜呢。菜一上，我爸吱拉吱拉续上两口老白干儿，一天的乏就解得差不多了。有几个渔民伙计嫌旁人家饭不好，冲着我妈做饭的好手艺，就跑到我爸船上了。

我爱看我妈骑摩托，顶威风。

我妈大概是半岛第一个骑大摩托的渔妇。半岛地势北高南低，去往北海，是个大上坡。我妈骑摩托车，跟男人一个架势。我妈一发动摩托车，突突突，一溜烟地跑起来了，往北海的方向去了，马路两边乘凉的老太太们眼神跟着摩托声走，一直望着我妈的背影消失。不知她们心里想什么。

我猜，我妈要是条汉子，在船上肯定是把好手。

我妈去北海，有顶重要的事儿要办。海巡队、空军部队、海军部队，都在北海。海巡队相当于边防派出所，船上的伙计们登记上户口，或者打架斗殴闹起了纠纷，都归海巡队管。海巡队的工作人员都不是本地人，我妈经常往北海去，一来二去，都熟悉了。空军部队、海军部队采购海鲜，常常找我妈。

我妈开朗，又是热心肠。

那次，海军部队搞一个月的军事演习，需要渔船帮忙运送武器，每天给不少报酬，就请我妈帮忙找船。这可是个美差，很多渔妇都来讨好我妈。

谁都知道，卖鱼卖高价儿，会做买卖又能干的，都是人精。人精这词儿，听起来像是夸人，仔细品，却是个贬义。净占便宜不吃亏，就是人精。

我妈差点儿就成了人精。差在哪点呢？

我妈爱给人送东西，这一点兴许是遗传了我姥姥。三舅新压的面条儿，刚送来，三舅一走，我妈扭身就送邻居了。煮好的螃蟹，谁家没有船的，这家四只那家四只，都分了吧，咱家明天还打新的呢。

跑腿的活都是我干。我犯懒，“干嘛老给人送东西呢？”“咱欠人家人情。”“啥时候欠的？”“那天你爸船下水，人家在海滩上抽烟，二话没说就帮着推船去了。”“上回你爸船上发动机漏油，就是人家来报的信儿。”“前天咱家丢了一个鱼箱子，就是他闺女帮着找回来的。”……

夏天买西瓜，我妈一次买500斤。照壁底下堆成山。渔民伙计吃完饭，“抱个西瓜上船吧，省得喝水了。”买的新渔网送来了，“切个西瓜吃吧，大热天还送渔网呢。”送牛奶的来了，“吃牙西瓜再走吧”。

半岛的渔民，没几个脾气好的。船上都是急活。马达突突地响，风浪声也大，我爸在船头掌着舵，对着船尾的伙计喊话，常常是听不见。听不见就急了，哪个环节弄不好都要出漏子。急了眼，我爸就跟伙计们没有好脸色。伙计们本身累，又挨了数落，心里自然憋屈了。

靠了岸，哪个伙计脸色不对了，我妈都能看出来。吃饭时多加个肉菜，吃完饭再塞两盒好烟。把伙计们哄高兴了。

半岛的渔民最怕渔政。渔民们常在休渔期捕鱼，渔政的快艇巡海，逮着了一个，就往死里罚款。把几天的收成都能罚回去。罚款不交现钱，跟交警似的，开票，把船行驶证拿走了。交了钱，再把行驶证赎回来。赎证的事儿，都是我妈去办。我妈骑上大摩托，突突突，很有信心地出发了。我妈跟渔政关系好，第一回交罚款，就唠嗑，甭管姓孙的姓李的，三竿子五竿子，都能叫我妈攀上亲。下回碰见渔政的买鱼，有三只对虾半斤海螺，零散的稀罕物儿，直接送给人家了。几回下来，渔政见了我爸的船，都不好意思开单子了。

我到外地上学，临走时，我妈装一箱子对虾，“送老师吧，咱渤海湾的对虾最鲜。”我不耐烦，干嘛总给老师送礼呢，叫别的同学瞧不起！我妈说，你学习好，都是老师的功劳，应该的。

我当时在北京广播学院（现在叫中国传媒大学）读书，读的影视艺术专业。我妈不懂我具体学的什么。只知道，有中央电视台的摄制组到我们半岛拍纪录片，我妈把摄制组的人请到我家吃螃蟹宴，临走时还打包。一来一往，摄制组的大哥回京后主动联系了我，不忘念着我妈的好，顺手帮我介绍了实习单位。

我妈就是这样风风火火，骑上大摩托，来来回回，忙着男人们插不上手的大事儿。

还有一个叫我不能忘的场景，是我妈揉面，蒸馒头。

夏天，顶热的三伏天，我妈围在大锅台前，一天一锅馒头。那会儿半岛还没有馒头铺。蒸馒头全靠手工。不管前天晚上多累，睡前都发好一大盆面。凌晨三点，男人出海去了。天大亮，渔妇们去菜市场，置办肉、菜。早饭过后，便开始蒸馒头。船上三个伙计，都是二三十岁的壮汉，饭量惊人。面条一人一顿能吃五六碗，馒头三四个。

这可苦了我妈。早饭过后，开始忙活。她把发好的面倒在面板上，灶台那么大的面板，刚好容得下。

我妈喊我来揉面，我当时十岁左右，踩着小板凳，那么一大坨面，一动不动，一点力气也使不上。我妈便不再用我了，自己来。碱面馒头，最怕碱揉不匀，不匀的话，馒头表面会有黄点子。像是人长了满脸麻子，不好看。我妈好面子，当然要做最好的馒头。她肯用力，揉两三分钟，就要拿一条白毛巾，满头满脸擦汗。

我妈蒸馒头，常在锅里放一碗拌好了花生油和姜丝的鱼酱，还有一碗五花肉一同蒸。大柴锅，热气顶着房梁走。一掀锅盖，馒头表皮漂了五花肉的油星，饱满锃亮的。一股鱼香，肉香，麦子香，飘了满院子。刚出锅的碱面馒头微黄，趁热抓一个，蘸着鱼酱吃，香极了。

记得我十二岁那年，我们家改造房子，我爸打渔攒下了不少积蓄，便买下了房南的菜园子，改造成新房，而且搞起了装潢。当时，半岛刚开始流行装潢，我们家请来了手艺最好的木匠。他们平日住在木匠铺，但一日三餐，是在主顾家里吃的。三个渔民伙计，加上三个木匠，都是壮劳力。每天上午下午，我妈要蒸两锅馒头。我印象很深，她伏在灶台，用力地揉面，使出浑身气力，没一句怨言。她身上有一股劲儿，似乎是，一定要撑起我们家红红火火的日子。常常是下午馒头刚上了锅，她让我看着灶台烧火。自己赶忙扛起秤杆子，要去等船了。

装潢好的新房子相当华美，常有乡亲来参观，爸妈的脸上，都是喜滋滋的。可惜，新房住了没三四年，我家便搬进了二层楼房。搬家时，我是伤感的。想起我妈三伏天围在灶台蒸馒头的场景。这栋房子，花费了父母多大的心血呀。

如今，他们岁数大了，我爸的船也歇了。我妈不再劳碌，却仍是那么兴致高昂着，似乎生活中有很多令她可以使劲的地方。比如，每次来北京看我，不论我怎么叮嘱，她都会置办三四个保温箱，鱼虾螃蟹都搬来。还有老家的苹果、磨好的玉米面。有一次，还拎了大桶的醋。我恼了，北京没有醋卖吗？我妈说，老家的醋好吃。我做生鱼片给你吃，必须得用老家的醋。我说你累不累？我妈摇摇头，都是顺手的事儿。

写下了这个题目，很想念我妈。想起了以上几个画面，琐琐碎碎的写了这么多。我爱我妈，我爱胶东女人。

对了，忘记交代了，我们半岛叫屺㟂岛，一个很美的渔村。在龙口。

作者简介：胡烟，原名胡俊杰，山东龙口人，毕业于中国传媒大学影视艺术学院，文学硕士。中国散文学会会员，鲁迅文学院第27届高研班学员。散文、小说作品散见于《中国作家》《散文选刊》《青年文学》《北京文学》《山花》等刊物。曾获冰心散文奖、三毛散文奖、《广西文学》年度散文奖，出版有散文集《哭泣的半岛》。

英雄母女

滕振贤

烟台张裕葡萄酿酒公司张氏家族，可称得上是远近闻名的名门望族，爱国世家，地位相当显赫，社会影响也非常大。而出身于该家族第三代人的张世禄，就是驰名中外的张裕公司创始人、著名爱国华侨和实业家张弼士先生的亲孙女，其父亲张巨烺更是在抗战前就担任公司总监理，社会声望非常之高。他的妻子李德贞早先是一名乡下姑娘，后随在南山路开茶水炉的父亲来到烟台。在胶东抗战期间，张世禄和母亲李德贞可谓是前赴后继，舍死忘生，共同为党的情报工作和烟台市的收复做出了特殊贡献，被公认为“女中豪杰”和战火中的“英雄母女”，被正式写入烟台革命史册。

一

1938 年 2 月 3 日，日本侵略军占领烟台市，张裕公司被霸占，以进行垄断性经营。后因该公司总监理张巨烺多次拒绝与日军合作制造军用酒精等军用产品，遂被剥夺所有权力，一家数口也被赶出豪宅大院，沦为贫民。此时，年仅十一岁的张巨烺大女儿张世禄因失学流浪街头，处境艰难。最困难时，她只能带领妹妹以拣煤核换钱来帮助维持一家人的生计，所受煎熬可想而知。后来，经别人介绍，她去到伪电话局当了一名临时接线员。但因报复伪职人员在电话里不断调戏与谩骂，她故意弄坏了接线机而被开除，一家人的生活越发雪上加霜，难以支撑。

1942 秋天，中共胶东区委统战部派地下工作者牟德海前来烟台市秘密开展党的统一战线工作。他来到烟台后，先后在建昌街其岳父家和烟台山下进德街姨母家建立了两个秘密联络点，曾介绍张世禄去伪电报局当接线工的正是牟德海的这个姨母。这时，她见张家的生活实在难以维持下去，如不尽快帮他们一把，肯定会出现难以想象的后果。于是，她很快就把这一情况告诉了牟德海，希望他能伸出援手，帮张家解救这一燃眉之急。牟德海得知情况后，顿感事关重大，机会难得，要是能趁此机会把张家人引上抗战道路，必将会产生重大政治影响。想到此，他立即向胶东区党委统战部作了汇报，并提出自己的想法。统战部领导听后十分重视，表示支持牟德海这一打算，以此加大对张家的争取工作，进而为更好开展烟台市的统一战线工作铺平道路，打下基础。

返回烟台市区后，牟德海为稳妥起见，首先从李德贞身上做工作。当面鼓励她要树立信心，坚定立场，积极响应共产党和八路军的号召，带领一家人坚决走抗日爱国道路。李德贞听后非常兴奋，首先要求解决大女儿的生活出路问题，剩下来的事情再另作考虑。牟德海见时机已到，当场答应尽快送张世禄去胶东抗日根据地，不但生活上有保障，而且还可以参加抗日队伍，正式成为一名八路军女战士。这也让李德贞倍感意外和惊喜，在千谢万谢之后，很快就把张世禄带到牟德海面前，并高兴地让她直呼牟德海舅舅。这样，经过紧张准备，1943 年春天，牟德海坚守承诺，亲自带领张世禄秘密去往胶东区委驻地报到，区委统战部领导亲自接待了她，而后就派她去胶东公校学习，以重点培养，帮助成长。

见女儿的生活果然有了着落，李德贞不但十分高兴，而且不久后还从女儿的来信中了解到不少抗日知识和根据地大好形势，更被那里的新生活深深吸引。于是，她再次想法找到牟德海，迫切要求自己也要去根据地，为抗日斗争做贡献。不想，李德贞的这一要求很快就得到胶东区委统战部批准，并让她到根据地农村从事抗日文化工作。为减轻自身负担，放开手脚去根据地工作，李德贞干脆忍痛割爱将刚满两岁的儿子送到烟台恤养院孤儿所寄养，自己则带上二女儿张世青和一个正吃奶的孩子，秘密去往栖霞县某农村教学，兼做抗日宣传工作，其上线领导人就是牟德海。从此，张家人一分为三，家里只孤零零剩下张巨烺一人，可见他们一家对抗战事业的担当精神。

更为让人难以置信的是，此时的李德贞彻底放下阔太太身份，处处容身于农村斗争生活中去。推磨、拉碾子、上山下坡，脏活累活，她样样都不肯被落下。即使到了晚上，她也很少休息，还要面对面教群众识字、唱抗日歌曲，或是发动参军支前等活动，再苦再累也不肯低头。有时实在忙不过来，特别遇上抄抄写写的事情，她也会让二女儿张世青来帮上一把。她的积极表现深受当地人认可和赞扬，被亲切地称为“贴心老大姐”和抗日模范，同时也多次受到上级党组织的表扬。

二

1945 年春天，随着国际反法西斯战争的最后胜利，中国的抗战也开始转入全面战略大反攻阶段，形势令人鼓舞。此时，张世禄在胶东公校经过两年学习，现已正式毕业，遂被党组织留在区委统战部，专门从事报情搜集和管理工作。同年 5 月，经邹大鹏等人介绍，她正式加入中国共产党，工作经验和工作能力也愈加成熟。这时，胶东战场已发生深刻变化，各地的八路军部队正快速向各中心城市外围集结，烟台市的收复也被列为首要作战目标，胶东地区的战略大反攻作战即将全面开始。

为更好加强烟台市的地下情报工作，以迎接该市最后收复，上级党组织当即做出决定，让张世禄趁烟台伪警察局招考女警察之机，以学生身份秘密打入其情报机关，以此更多地掌握敌人的内部情报，为更好开展对敌斗争和收复烟台做准备。

接受任务后，张世禄经过烫发等一系列化妆和办理了相关假手续等各项准备工作以后，瞒着身边所有人，包括她的父母和妹妹，以在外地上学归来的名义，顺利考入烟台伪警察局特务科，正式开始了秘密窃取敌人内部情报等活动。刚开始时，她不但要忍辱负重，经常会遇到上司的挑衅和辱骂，而且还不让她直接进入档案室接触机密档案，工作非常艰难。后来，经过不断努力，她不但很快就摆脱了上司的纠缠和刁难，顺利进入档案室查阅所有资料，同时还可以将相关资料带回家抄写，身边环境大为改变。这样，她就可以很方便地把一些机密资料和敌人活动情况顺利弄到手，其中就包括大部分上层伪职要员的家庭住址、电话号码、所担职务、活动范围和行动轨迹等。之后她就秘密抄写下来，再趁星期天和节假日等机会，装着去南郊农村走亲戚的名义，将这些情报藏在奶粉盒里或点心夹层中交给地下联络站的人。即使遇到敌人岗哨盘查，她也能冷静应对，顺利过关，一次次完成传送任务。一旦岗哨搜查得太厉害和不肯放行，她就干脆亮出杀手锏——特务证件，一切也就迎刃而解了。在此后的短短三个多月时间里，她就是利用这种特殊方式和大无畏革命精神，先后为我党我军提供了大量非常有价值的敌人内部情报，为对敌斗争的全面开展，发挥了极其重要的作用。此间，她还根据党组织的秘密安排，在地方党组织配合下，很快就巧妙地将一直潜伏于伪警察局里的一对叛徒夫妇成功抓获，彻底根除了一大隐患。

让人更为高兴的是，自女儿和妻子先后去往胶东抗日根据地后，一个人留在烟台的张巨焜很快就知道了其中的秘密，深感自己已经被落下，心里很不是滋味。于是他暗下决心，一定要紧跟她们的步伐，力争为抗战多做贡献，决不能被别人瞧不起，成累赘。很快，他一边在烟台商界秘密宣传抗战，鼓励大家坚决走抗日爱国道路。一边积极发动各商家采取各种手段，共同为抗日战场筹集紧缺物资，支援前方打仗。他的做法及时有效，影响很大，深受部队领导和地下党组织的支持和赞扬。为鼓励张巨焜的抗日爱国热情，1943 年 8 月初庆祝“八一”建军节期间，他应邀去到胶东抗日根据地参观部队军事表演和战利品展览。在之后部队进行篮球比赛时，他还兴致勃勃地担任了裁判员……从此，他处处就像换了个人似的，一心扑在抗日这件事情上，身上有使不完劲儿。不想，就在他的爱国热情被进一步点燃的时候，1945 年 5 月，大女儿突然身穿伪军服装回到家里，行动上也有些诡秘，与她当初的表现完全是两回事。这就不能不引起他的密切注意和高度重视，更怀有深深忧虑，就怕女儿因一时糊涂而走上了歪路、邪路……

三

1945年8月10日，日本当局被迫接受《波茨坦宣言》条款，宣布无条件投降，中国人民终于迎来全国抗战的全面胜利。但是，此时驻烟台日军则另有目的，继续负隅顽抗，不肯向当地八路军部队缴械投降。为尽快收复胶东重镇烟台，胜利完成胶东战场对日大反攻作战任务，8月22日，根据八路军胶东军区许世友司令员下达的紧急作战命令，八路军胶东东线作战部队很快就大举逼近烟台市区外围，伺机发起最后总攻，尽快收复烟台。

此时，由于伪警察局内部人心惶惶，一片混乱，各种破坏活动不断发生，情况极为严重。这就迫使张世禄一刻都不能离开特务科，严格保护机密档案安全，决不让敌人在逃跑前将重要档案窃走或是毁掉，以毁灭其罪证。8月22日晚7点多钟，张世禄凭其高度警觉和认真负责精神，在努力保护所有档案安全和继续搜集敌人活动情报的同时，无意间发现有大批日军在夜色掩护下，正悄悄向海边方向涌去，看样子是伺机登船，从海上逃跑。而市区伪军方面则因为突然失去日军支撑，惊慌失措，乱成一团，正在紧急调动各县的伪军队伍，重新开始布防，准备与城外的八路军大部队来个背水一战，以防被彻底消灭。

见此情况，张世禄立刻意识到，日军这是在趁机逃跑，以摆脱中国人民的惩罚；而伪军的重新布防，目的也很明确，就是在等待国民党军队来援，实现其日、伪、顽换防阴谋，以继续控制烟台，维持其反动统治。要是敌人的阴谋一旦得逞，势必会对烟台的收复带来更大阻力，后患无穷。因此，必须尽快把这一新情况报告给城外八路军部队作战指挥部和上级党组织，不然就会贻误战机，影响战局。想到此，张世禄顾不得自身安危，拔腿就往家里跑，进门后拉过刚刚从栖霞农村回来的二妹张世青就夺门而出，迅速消失在茫茫夜色中。见此情景，全家人立刻被惊呆了，一颗颗心全都提到了嗓子眼。

说来事情也有些巧。就在前天夜里，李德贞也接受胶东区党委统战部的派遣，被牟德海用自行车秘密带回烟台，主要任务是配合牟德海的行动，秘密向市外地下联络点传送重要情报。不过，由于她和张世禄都是单线联系，独立行动，即使母女关系，也要互相防范，严守纪律，绝不能让对方轻易发现自己的秘密。所以，此时母女二人虽然久别重逢，各有许多心里话要跟对方讲。可她们又无法正常沟通，更没有多余时间进行交流接触，即使偶尔相遇，说话也是吞吞吐吐，遮遮掩掩，行动上躲躲闪闪，互相防备，谁都不肯把内心的秘密和肩负的重任让对方知道。紧急关头，母女俩甚至斗智斗勇，互相“演戏”，却又心照不宣，各守底线，实在带有戏剧性色彩。有时一方看到另一方接到紧急任务即将出门扑向枪林弹雨的那一刻，她也只能看在眼里，急在心上，根本无法出手帮助，心里的忧虑程度简直无法用语言来表达。最终，她们唯一的做法，就是远远站在门口黑影下，默默地祈求老天保佑，祝愿对方能够一路平安，顺利归来……

不过，今晚的情况可有所不同。因为李德贞也是刚刚从牟德海手里接到一份重要情报，需要马上送到南山原四林区地下联络点。所以，刚才大女儿回家拉上二女儿冒着外面密集的枪炮声大步跑去以后，她心里万分忧虑，却又不能问及，更没有多余时间到门口目送她们一下。而是立刻稳住自己的情绪，转身就将刚接手的情报仔细藏匿好，随便嘱咐了丈夫几句，接着就紧随两个女儿的脚步，出门急急向城区西南方向跑去。在这条道路上，李德贞不但要冒着生命危险穿越敌人数道封锁线和检查哨，同时还要经过漆黑的林区、纵横的沟壑和令人头发梢都发麻的西南村前的“寄柩堂”、停尸场……即使大白天里男人们经过这里时，也总会毛骨悚然，满身冷汗，更何况……然而，这一切丝毫没有吓退李德贞这位可敬可爱的勇敢母亲，抗战胜利的渴望，已经让她变得英勇无畏，十分顽强，在前后连续几次的情报传送任务中，她能准时送到，毫无差错。

几乎就在同一时间里，正奔跑在通往南山方向崎岖山路上的张世禄姐妹俩，不但已经顺利通过敌人设在市区各主要路口的哨卡，而且也穿越南山下被炮火炸飞在草丛中的大量死人尸骨和衣服碎片，正在向前面的一片高粱地冲去。不想就在此时，由于天黑地滑，二人一脚踏空，同时滚落到一条数丈深的深沟里，完全没有了去路。她们很快发现，这条深沟到处枯草没身，藤萝缠绕，岸陡坡滑，而且没有任何的光亮，几次攀爬均没有成功，心里越发紧张和焦急。此时，她们二人身上的衣服、腿上的丝袜子，全都被挂破。手上、脸上和身上，多处被摔伤，正血流不止，水与汗水早就分不清了，浑身上下黏糊糊一片，疼痛感阵阵袭来。最后，被逼无奈的她们还是鼓起勇气，再次沿着沟心向上方艰难摸索了一段距离后，这才找到了一道沟口，而后就用力抓着垂下的藤条和树枝，慢慢向岸边爬去。

突然，前边传来了一阵严厉的呼喊声："干什么的？都不许动！口令？！"接着，就有几名端枪的年轻人纵身跃起，一起冲到张世禄与妹妹面前。见此情景，张世禄不但没有害怕，而且一阵兴奋，立刻判断这里已经是八路军部队的防区，不用说面前几个端枪的人，肯定就是八路军战士了。于是，她立刻鼓足勇气，情不自禁地扑上前去，赶紧自我介绍说："八路军同志，都是自己人，我们是专门来给队伍送重要情报的！不信你们看，就我们姐妹俩人！同志，快领我们去见部队首长，而且越快越好，有重要情报转告他们！"

果然，这几个端枪的人正是提前埋伏在这里的八路军前沿阵地战士。他们经过一番详细询问和检查，在完全确定了张世禄和妹妹的真实身份之后，立刻就将她们背扶上路，直接去到南山顶部的部队作战指挥部，很快就与这里的首长们见了面，并接受了她们冒死送来的重要情报。

作战指挥部首长对张世禄姐妹俩的勇敢行为和大无畏精神立即给予了充分肯定与高度赞扬，并根据她们提供的这一情报，于第二天清晨时分，兵分三路向市区发起了最后总攻。顿时，猛烈的炮火呼啸而起，铺天盖地，英勇的八路军部队战士更是铁流滚滚，勇往直前，在连破敌人外围数道防线后，直扑市区中心位置。最终，经过不到一天的激烈战斗，被日军占领长达 7 年半之久的这座中国北方地区重要海滨城市终于被彻底收复。张世禄姐妹俩冒死夜送情报的英勇壮举，也很快被人们传为佳话，更受到胶东区委和军区等有关部门的共同表扬。当然，还有她的妈妈李德贞、二女儿张世青，以及一直躲在暗中积极发挥个人作用的张巨烺。

四

随着国际反法西斯战争东方战场凯奏不断，烟台作为全国唯一一座被八路军部队直接收复的最大和最早北方重要港口城市，已迎来了她欢天喜地、彻夜不眠的重要时刻。一时间，全市人民抑制不住内心的喜悦，纷纷以不同形式来热烈庆祝这一伟大胜利，各种集会活动更是接连不断，一场连着一场，整个港城完全被陶醉了。然而，由于政治上和其他特殊原因，此时的张世禄和母亲李德贞在情绪上有点不同寻常，行动上也受到约束，总是躲躲闪闪，敞不开胸怀，难免会让人产生猜疑。

首先是张世禄。由于她对这次胜利先后做出过一系列重大贡献，本想在胜利到来时刻，立刻穿上那套久违了的新军装，然后再以一名八路军女战士的靓丽身份，好好显示一下一个胜利者的姿态，同时也真诚地袒露一下自己这位 17 岁少女对新生活的热爱与向往。可不想就在这时，党组织突然通知她立刻脱下军装，远远站在欢庆人群后面，不能被熟人认出。因为，虽然烟台被胜利收复，日军被彻底赶跑，但是她还是一名隐蔽战线上的情报人员，全省和全国的战事还没有结束，后面还有许多更重要的情报工作需要她去做，所以要继续隐瞒身份，准备转移战场，直至革命最后胜利。这对张世禄来说，实在有点过于残酷。盼望胜利，渴望新生活，是她长期以来的最大追求与梦想。不想这一天真的到来，可自己还要继续隐身埋名，远远站在人群后面，究竟心里有多大委屈就别说了。不过有一点应该肯定，那就是，她已是一名共产党员，更是一名八路军战士，她深知自己肩负的使命和责任，绝对服从是一名共产党员和革命军人的共同天职。于是，她马上挥去眼泪，脱下军装，远远站在人群后面，只能默默无闻地用心声和情感去表达对新生活的向往和祝愿。

果然，就在此后不久，她先是被党组织安排在市妇联工作，而后又被调到市公安局和统战部等部门继续做情报工作，并担任侦察组副组长，具体任务是肃清残敌和破获潜伏特务等工作，后来又被调离烟台，去往外地……

其次就是李德贞。因为在两年前为了减轻自身负担，轻轻松松去到抗日根据地开展工作，她立刻把心一横，索性把自己刚刚才两岁的儿子送去恤养院孤儿所寄养，本打算等抗战胜利后再去接回，真正实现全家团圆。谁知，母子连心，骨肉情深，李德贞夫妇俩一直心如刀绞，难以忘怀。即使在战火纷纷的情况下，他们也没忘记对儿子的思念，更担心会发生不测，儿子失散不归，要是那样的话……对此，首先是李德贞这个做母亲的人背后里可没少流眼泪、担心思，时刻等待着母子重逢那一刻早点到来。正是这样，8 月 24 日天还没亮，刚刚完成在战火中秘密传送情报任务的她一回到自己家里，二话没说，立刻拉着丈夫拼命往南山路南端的孤儿所跑去，一心想早点与两年多没见面的儿子相见，而后就一起抱回家去，以实现真正意义上的阖家欢聚。可是，让他们夫妇二人万万没想到的是，当她们上气不接下气地来到孤儿院一打听这才知道，由于战争等原因，他们那可爱的儿子已经不见了踪影，而且死活不知，更没有任何线索。一时间，夫妻二人像遭遇晴天霹雳，立刻被惊呆了。想不到自己日思夜想的儿子，突然间就离身而去，没了消息，所有希望立刻华为泡影。即刻，两个人怎么也坚持不住了，顿足捶胸，号啕大哭，而后就双双瘫倒在地……

经受这一沉重打击之后，首先是李德贞就像变了个人似的，一直不思茶饭，以泪洗面，身体渐渐消瘦了下来。即使那时候应邀去参加一些会议和庆祝活动，也总是躲在人群后面，很少说话，这也让许多人很是担心和纳闷。不过，她毕竟是一位英雄母亲，再加上身边还有几个女儿相伴，使她终于慢慢挺了过来……更让她倍感宽慰和自豪的是，当她和大女儿张世禄为烟台的收复而机智勇敢、冒着敌人的炮火传送革命情报的大无畏革命精神被逐渐披露出来以后，立刻得到全体烟台人民的高度赞扬和百般敬佩。大家深感身边有这样一对“英雄母女”而骄傲，而荣耀。张家抗日爱国一家的故事，更是被不断传颂开来，并成为烟台红色文化的经典之作。

作者简介：滕振贤，原烟台市党史委干部，地方党史研究学者，市艺术创作研究中心原副主任、作家。代表作有长篇人物传记《傲骨华商》《特殊使命》《血色黎明》《青春绝唱》，以及《美军梦断烟台》《杨禄奎事件》《人生彩虹》《威海卫收复一周年纪略》等，学术作品数十篇。

海边的眺望

王彦春

在接触田思烟之前，我总认为统战部门是一个摆设，可有可无。通过和田思烟的结识与交往，让我猛然认识到：统战部门不是一个可有可无的部门，而是一个非常重要，必不可少的部门。一个场合，统战工作做好了，就会有凝聚力，有了凝聚力，就会把一方土地建设得更完美。我见到的田思烟就是一个鲜活的例子。

多年前的一个黄昏我去海边漫步，见田思烟又站在海边向海的那边眺望。

我走近他，明知故问："怎么，又把生意做到那边去啦？"

田思烟说："希望能吧。"

希望能，也就是说现在还没有，只是他心里的希望。听了他的话，我便开始在心里理起我这些年知道的，田思烟的许多往事。

十几年前，田思烟从那个孤岛回到烟台故里，在烟台留了下来，在培育花木的领域勤勤恳恳，培育出几十种优良花木，建起一个庞大的花木基地。可奇怪的是，思烟的花木苗虽然很齐全，很健壮，很美丽，很受人爱戴，可是，卖的价格却是超乎寻常的低，低的几乎等于生产的成本价，于是，一些人常私下猜测：他是不是为了挤垮同行，将来独霸一方，而后得到更大的利益？而一些上了岁数的人则猜测：也许，他不是为了挤垮谁，而是在替他父亲赎罪哩。

渐渐地，我和一些喜欢观察别人的人都发现，十几年来，田思烟每天从苗圃基地干完了工作，总是喜欢站在海边，向海的那边眺望一阵，每次眺望，他的脸色都是那么得深沉。十几年来，烟台的许多公路和乡村，在田思烟花木的装扮下越来越美，田思烟在苗木领域的名声越来越大，客户越来越多，在花木领域完全可以独霸一方了 ，而他，却是一如初始。他喜欢到海边眺望的嗜好却从未改变，并且更频繁了。他到底是为什么？人们的猜想更是多了起来。终于有一天田思烟酒后说漏了嘴，不但向在座的人说出了他低价出售苗木的地，也牵出了一个发人深思的问题。下面这个故事，就是田思烟几十年来在苗木行业的因果。

一九四七年，国民党重点进攻胶东。一天，十八岁的田茂成正走在进城的路上，突然，从深草里跳出几个国民党兵将他围住，在一个匪兵连长的指挥下，田茂成很快被五花大绑地捆紧，田茂成马上明白，他是被抓壮丁了。他喊，他求，一切都无济于事。接下来，他被迫穿上了国民党军装，拿起了枪，参加了国民党军队在胶东对解放军的多次作战。在这一个月随国民党军队作战里，田茂成亲眼见到一座座房屋被大炮摧毁，一片农田被挖成战壕，一片片森林被砍光做成工事……一个多月后，解放军在胶东布下的口袋阵开始扎口，田茂成所在的那支国民党军队屡屡战败，田茂成随军队边打边撤，最后撤到了那座孤岛上。

到了孤岛之后，田茂成和连长很快从部队转到了地方，二人合伙开始了花木经营。几年后，连长突然患了重病，临终告诉田茂成：等有机会把几个胶东兵带回大陆吧，我真后悔当年没有分清是非，参加了那场国人相残的战争，害的这么多人骨肉分离，如果可以，也把我的骨灰一同带回去撒在烟台的土地上，在上边种花木，当年咱们毁了烟台那么多，我要用咱培育的花木种子，把美丽还给烟台……。”匪连长说完，将一包保存多年的花木种递给田茂成便咽气了。

匪连长死后，田茂成独撑在高雄的花木事业，一年之后，和一个有业务交往的高山族姑娘结了婚，生下一个儿子，为了给孩子起名，两口子费尽心思，最后贤惠的女人终于采纳了男人的意思，给孩子取名思烟。意思是思念烟台。以后很多年，田家的花木生意在高雄市越做越红火，可是，田茂成脸上的愁云却越来越多，常常从苗圃出来，站在海边向海的那边眺望很久，很久。

渐渐地，思烟长大了。有一次，思烟在街上玩，和小朋友打了一架，小朋友的爷爷训了思烟几句，思烟回到家，便追着父亲问；“爸爸，为什么别人都有爷爷奶奶我却没有，我的爷爷和奶奶在哪？”父亲以前笑容可掬的脸上，立时像落上了一层霜，这时，母亲便过来把他从父亲身边拉开。思烟又追着母亲问，母亲在思烟的一再追问下，便告诉思烟：“为人谁能没有爷爷奶奶，只不过你的爷爷奶奶在海的那边。”

“海的那边是什么地方，为什么爷爷奶奶会在那里？”思烟又追着问。

善良的母亲告诉思烟，那个地方叫烟台，他的父亲就出生在那，那里是一片海产品丰富、瓜果味儿特别美的土地……那天，思烟从母亲那里知道了很多烟台的事，和父亲为什么要到台湾的原因，从此，思烟恨透了那场国人相残的国内战争，期望着有一天能两岸统一。

七十年代末，思烟彻底长大了。一天，思烟突然从收音机里听到海峡两岸可以通商的消息，便顾不得去上班，半路飞快地转回家把这个消息告诉了生病的父亲，父亲顿时像服下了一味灵丹，忽然坐了起来，眼里含着泪花对母亲说：“终于盼到这一天了。”思烟说：“咱回去看看俺奶奶和爷爷吧。”父亲却说：“一个参与内战，亲手破坏家乡的人，有何脸面再回故乡，你把那包优质的花种带上吧，把它种在烟台，让烟台的土地更美丽些，也算是替父亲赎回了些罪，记着，无论以后国家发生了什么，都不能国人相残。”思烟又说：“听说大陆人是相当明事理的，这些年容纳了不少曾经……”

那天，思烟没有说动父亲和他一起回大陆。临行时，父亲把他送到海边，对着大陆老泪纵横。

思烟回到烟台发现，今日之烟台，已经不再是父亲描述的烟台，一座座高楼，一条条马路，在昔日烟台的旧址上像画一样展开，这让思烟充分看到了烟台人民的建设能力。在烟台的漫行中，许多当年思烟父亲的旧友，听说思烟是当年田茂成的儿子，主动约他去家里吃饭，这让思烟看到了故乡人民海纳百川的博大胸怀，他坚信，如果没有当年那场战争，今日之烟台会更美丽。

那天，思烟来到海边，就是站在现在他站的位置，不停地向海的那边眺望。他是多么想念海那边的父亲能回来住下呀。那天，他在海边拾到了海水漂来的许多海带，走时又抛进了大海，他在心里想，也许这些海带能漂到海的那边，让父亲拾到。他坚信，在两岸可以互相通航的基础上，两岸人民明天的日子会更好，他打心里祝愿两岸能互通往来。

一切，一切，让思烟坚定了留在大陆的决心，一方面能伺候年迈的爷爷，一方面可以为建设故乡出把力。村里人听说思烟要租地种植花木，家家都表示愿意出租，开始，思烟认为乡亲们都认为他是个外来人，想在租金上宰他一把，签租地合同那天，他已经做好了当冤大头的思想准备，未承想，一征求乡亲们的要求，大家都说按照当时当地的市场价办，居然没有一人提出多余要求，这让思烟看到了故乡人民的诚实。

在引水上坡的过程中，由于挖渠埋管大都是硬石茬，用工多、耗钱多，一时间高雄方面的资金还没有到账，所在地领导知道这情况后，主动为思烟联系了当地银行，银行二话不说，立马为思烟办理了短期小额贷款，这让思烟又一次体会到：大陆欢迎侨胞归来不是说空话，而是怀着真情实意的。

……

思烟在烟台建设花木基地足足用了五年时间。五年，思烟从签合同，开渠引水，到修路用电，大棚搭建，没有一天不被大陆人民的真诚实意所感动。多少次，他忍不住走在烟台的海边，想放开嗓子向着对岸高喊：回来吧亲人们，我们都是同宗同族，不要再为上辈人的恩仇在心里纠结了，家乡人民的胸怀有着海纳百川的容量。一件事，两件事……让思烟把对大陆的爱，情不自禁地生出行动，一天，两天……养成思烟在每一个感动时刻，都愿走向海边，向海的那边眺望，在心里默默向亲人诉说的习惯。

五年之后，思烟培植的第一批桂花，紫荆花，高山落叶松等几十亩种苗木开始出售。消息一传开，文登，海阳，平度，青岛……许多用苗木单位纷纷前来订购，这让思烟认识到：大陆比那个孤岛更有发展前景。田思烟发展苗木的劲头更大了。可是，就在田思烟一心想着为烟台苗木事业再次大显身手的关键时刻，一个令他悲愤的消息传来：这天，我正在田思烟的苗圃里打杂工，有一个回大陆探亲的人来找到田思烟，来人将一个盒子交给思烟，那是母亲托人带回的田茂成的骨灰，田思烟对着父亲的骨灰欲哭无泪，良久才说：“父亲，你怎么叶落才想到归根？”

从此，田思烟努力发展苗木，工作累了到海边向海那边眺望的次数更多了。

……

那天，我接着思烟的话说："当前世界形势这么复杂，你觉得能吗？"

思烟小声自语：从古到今，谁见过兄弟打架能记仇一辈子的，我坚信，无论外界力量怎么干扰，到头来兄弟终归是要和好的，血，始终浓于水。

那天之后，我把田思烟的事说给了一位做统战工作的朋友，这位朋友很快结识了田思烟，对田思烟的工作百般支持，正巧这一年刮大风，田思烟新建的二十几个苗木棚被风卷走，我的这位统战朋友，灾后很快组织了一些人帮着进行了重建，人心换人心，田思烟和我的这位朋友更好了。现在走进烟台，不管是公路旁还是公园，都生长着争奇斗妍的花和树，其中有很多是来自田思烟和他扶植起来的苗圃基地。

作者简介：王彦春，招远作协会员。源于对文学的热爱，数年来一直坚持写作，作品散见于报刊并多次获奖，《洒向人间都是爱》荣获"春润杯"孙文龙精神全国征文大赛三等奖；《在德惠集团的那段光阴里》荣获"德惠杯"第二届范仲淹散文奖全国征文大赛三等奖，《难忘金昌》获浙江金昌集团20周年庆征文二等奖。

爱盈山海间

姜远娜

有一座城，因山得名，有一座山，与城相伴。

这山就是烟台山，也是烟台的母亲山。

“不到烟台山，枉为烟台客”。说来惭愧，我身为胶东人，居住牟平城，与烟台近在咫尺，却也是在2018年夏末，才随友第一次饱览了大名鼎鼎的烟台山。

烟台山，位于烟台市芝罘区北海岸中部，她南连市区，东、西、北三面环海，是天然海湾，水深湾阔。山海相依，静中有动，动中有静，别具风情。

这里空气清新、风光旖旎、礁石奇异，是集海滨自然风光、开埠文化、文物遗址、人文自然景观和异国风情于一体的景区。战争年代，她是指明灯，指引前进方向，在和平时期，她依然闪亮，供人观赏。燕台石、惹浪亭、灯塔，无不让人流连。一个个绿树掩映的花园，一道道曲径通幽的甬路，是领略不尽的抒情诗。只要海波轻轻荡漾，烟台山上，“不摇香已乱，无风花自飞”，游人便沉醉其中，回味无穷。

据说，明洪武三十一年（1398年）间，为了加强海防军事建设，防止海上倭寇侵扰，在设立“奇山守御千户所”的同时，在北山顶建“狼烟墩台”，也就是烽火台。白天生烟，夜晚举火，用于报警之用。后来这座山被称为“烟台山”，而“烟台”也由此得名。

走进烟台山景区大门，“烟台山”三个苍劲有力的石刻大字映入人的眼帘。拾阶而上，一组组依山造势、造型奇特的西式别墅散落在绿树浓荫处。1861 年，烟台开埠，成为对外通商口岸。17 个国家迅速在烟台设立了领事馆，其中，英国、美国和丹麦等国将领事馆设在了烟台山上。尽管这些别墅已不再行使外交职能，但它们都保存了下来，现作为老茶馆或者是记录这段烟台历史的博物馆。

一座座近代建筑展馆，如“烟台开埠陈列馆”“胶东革命史陈列馆”“烟台京剧艺术馆”“丹麦领事馆复员陈列”“冰心纪念馆”等已经成型的陈列展览，继续保持着与近代建筑群氛围的协调，博物馆群和公益性展览，发挥着文物保护、党性教育和爱国主义教育阵地、具有拉动作用的重点旅游景区等方面的功能，从而让她成为全国独一无二的近代建筑群博物馆群。

我对“冰心纪念馆”情有独钟。冰心是一位有爱心有童心的“文学”泰斗，是一位有勇气有骨气的和平斗士。她曾任民进中央副主席、名誉主席，中国文联副主席，中国作家协会名誉主席、顾问等职。

坐落在烟台山东海关税务司官邸的“冰心纪念馆”，展列着冰心手稿、著作、书信、照片以及她穿过的短袖旗袍、毛背心、方凳等生活物品。与邓颖超、叶圣陶、夏衍的珍贵光盘等宝贵文物。纪念馆内以冰心隽永的文字作引导展示文物、讲述故事、回顾历史、品味真情。

冰心是大海的女儿。冰心与烟台，与烟台山，与烟台的海有割不断的历史渊源。冰心一生三度来烟台。分别是 1903、1917、1935 年。其中第一次来烟台，一住就是 8 年。“一提到烟台，我的回忆和感想就从四面八方涌来……”“童年，是梦中的真，是真中的梦，是回忆时含泪的微笑。”冰心老人的散文《忆烟台》是冰心老人对童年故乡的美好回忆，也是一代代烟台人的美好回忆。她笔下多次提到烟台，1903 年她的家就在这里。在烟台的 8 年时间，给她留下美丽的童年回忆，在烟台山下、东炮台、金沟寨等许多地方都留下她的足迹。同时，烟台也为冰心提供了许多创作的材料，她以烟台为背景，创作了许多优美的名篇。

因为喜欢山和海，冰心对认字没了兴趣。她在 1932 年写的《冰心全集》自序中有一段文字，就是以海军医院为背景：“……有一次母亲关我在屋子里，叫我认字，我却挣扎着要出去。父亲便在外面，用马鞭子重重的敲着堂屋的桌子，吓唬我，可是从未打到我的头上的马鞭子，也从未把我爱跑的癖气吓回去……”

冰心 1900 年出生，1999 年去世，是 20 世纪的同龄人。她之所以让人感念至今，源于她自己说过一句话：“有了爱就有了一切”。爱，是冰心留给世界的一份弥足珍贵的精神财富。

冰心的父亲是一位爱国人士，他目睹了外国势力在国内横行霸道，他曾激愤地说“威海是英国人的，大连是日本人的，青岛是德国人的，只有烟台是我们的，我们中国人自己的不冻港。”父亲的言传身教触动了冰心幼小的心灵，当望见遥远的崆峒岛灯塔时，她说，“我想看守灯塔去。”她觉得“看灯塔是一种最伟大、最高尚，而最有诗意的生活。”面对父亲的珍爱，她郑重地回答：“这一切，尤其是我深爱的。为着自己，为着众生，我都愿意学。”于是，父亲断定，“我知道你会登梯燃灯。”直到冰心 90 岁高龄，她依然写道，“我的一颗爱祖国、爱人民的心，永远的坚如金石的。”

冰心老人是这样说的，更是这样做的。

冰心老人先后拿出自己的稿费，向灾区和希望工程捐款，表达爱心。她把 1995 年出版的 8 卷本《冰心全集》稿费十万元全部捐给了北京农家女实用技能培训学校，以支持贫困地区妇女和辍学儿童。巴金抱病为《冰心全集》的出版写了贺词：“一代一代的青年读到冰心的书，懂得了爱；爱星星，爱大海，爱祖国，爱一切美好的事物。我希望年轻人多读一点冰心的书，都有一颗真诚的心。”

“世上没有不漂亮的花儿，没有不可爱的孩子。”冰心如是说。活泼可爱的孩子，每每鼓舞着她多次提笔，与孩子们对话。继 1923 年写下具有广泛影响的《寄小读者》29 篇通讯和 1944 年写下《再寄小读者》4 篇之后，她于 1958 年写下《再寄小读者》14 篇，1978 年开始写《三寄小读者》共计 10 篇。可见，她对可爱的小朋友和不同时代的孩子们有多少爱要表达？那是 90 年代一个“三八妇女节”的一天，冰心与央视主持人陈铎说起民主促进会的活动的事儿。冰心说，“我们是民进成员，大多是教育工作者，现在义务教育还不能普及，很多边远山区的孩子们还不能上学，中国教育赶不上印度的教育，我们国家要加大教育的投资，科教兴国，否则到了下个世纪，我们的祖国就会变成文化沙漠。”说着还难过地流泪了。冰心的一生，最为牵挂的三件事，即妇女、儿童、教育，她经常为这几件事呼吁，希望引起社会重视。

1989 年 11 月，中国民主促进会第六次全国代表大会在北京召开，89 岁的冰心被推举为民进中央荣誉主席。有记者问她有何感想。她说："我老了，做不了什么事儿了，但是有一个想法，非讲不可，这就是，民主党派要同共产党肝胆相照、荣辱与共。同时，还要敢于民主监督。民主党不要光是一号召就举手同意，要认真、负责地对中共和政府的某些腐败现象进行批评、监督，真正的发挥民主党派作用。”这些肺腑之言让人动容。

冰心对烟台充满无限深情。烟台的山海，也陶冶了冰心的性情，开阔了她的心胸，造就了她纯真、勇敢、刚毅、正直的性格。冰心的冰清玉洁的品格，博大精深的爱心，赢得了海内外亿万读者的赞扬，烟台人更为大海的女儿感到自豪。

作为一代文坛泰斗，作为胸怀大爱的女性，冰心是烟台珍贵的文化资源和一笔无形的财富。2008 年冰心纪念馆的成立，对于提升烟台文化建设、提升城市知名度意义重大。

在冰心纪念馆的门前，一尊冰心老人的坐姿铜像安放在花丛中。她慈祥的面容，和蔼的眼神，好像一直注视着烟台的山海。“我喜欢玫瑰花，因为它有坚硬的刺，浓艳淡香，都掩不住它独特的风骨。”老人生前非常喜欢花，尤爱玫瑰，所以烟台人就将老人的铜像置身于花海之中。并在室外东邻的一块小园子里栽种了玫瑰花，还将园子取名为“冰心玫瑰园”。凡是民进中央领导来烟台，必登烟台山，瞻仰冰心纪念馆，纪念这位伟大的女性。2018 年，民进烟台市委以冰心纪念馆为由，向民进中央申报“民进会员教育基地”，希望该项目进展顺利。

冰心的心一直就未曾离开过烟台。冰心的女儿吴青曾经对烟台客人说过："妈妈太爱烟台了，甚至胜过爱她的故乡。妈妈说大海在她的思想中占有很重要的位置。正是在烟台妈妈认识了大海，认识了大自然。我曾经问妈妈，为什么喜欢海，妈妈说，大海使人心胸开阔，包容一切，大海给别人的都是爱。”

“她是翩翩的乳燕，横海漂游，月明风紧，不敢停留——在她频频回顾的飞翔里，总带着乡愁。”魂兮归来！而今，这个拥有山与海的情怀的女儿，回到了她灵魂的故乡，跟她喜欢的忠恳的烟台人在一起，看潮起潮落，看现世繁华……

作者简介：姜远娜，中国散文学会会员、烟台作协会员、烟台散文学会理事、牟平作协理事。作品刊于《中国青年作家年鉴》《齐鲁晚报》《烟台日报》《烟台晚报》《胶东文学》《当代散文》《散文时代》等报刊。

父亲的老邮政局

王彦平

“这是我父亲的老邮政局。”——每次经过烟台山下那座古朴典雅的老建筑，我都会这样在心里自语。

它伫立于晨晖里，晚霞中，听闻着海浪声声，似静思，似回首；尽管斑驳着岁月所赋予的微尘，它仍在倔强地证明，往事逐渐模糊了，遗忘了，消逝了，然而并不如烟……

它，就是烟台山下海岸街 28 号，原大清邮政旧址，今烟台市邮政局山下支局。

这条小小的海岸街，紧紧依偎在烟台山的脚下，东西长不过几百米，却先后有大清邮局、俄国邮局、日本邮局、法国邮局、德国邮局等，加上街南的与海关邮政有关的东海关旧址，海岸街真可称得上是烟台的邮政局街了，据说这在国内是绝无仅有的。

从海岸街向西行，或者从朝阳街由南向北行，穿过二者交会的小路口再向西行数步，父亲的老邮政局，就这样赫然出现了。

它是一座棱角分明的西式建筑。砖石结构的二层青瓦四坡顶小楼，坐北向南五开间，建筑平面呈方形，对称式立面，拱门朗阔，居中主入口是圆柱式，上方为带花形的三角形山墙，立面六根砖砌方形柱子，线脚叠涩丰富。屋顶女墙采用宝瓶式栏杆。中间三间有木制栏杆。一层正中柱子上方悬放牌匾一方，依稀是“大清邮政局 IMPERIAL POST OFFICE”的字样，黑底金字。整个建筑构图庄重典雅，和谐匀称，带有 17 世纪法国古典主义风格。

“这座老邮政局曾耗资15万墨洋，当时占地皮2亩2分4厘9毫。”父亲这样告诉我，“是烟台市近代西洋建筑中的上品，1925年建成开业，成为烟台一等邮政局，是中国最早的五所邮政局之一，也是中国近代邮政的发祥地之一。”

——七十年代，我父亲的青春年华是在这里面度过的。此后半个世纪以来，对于这片烟台开埠文化的集中地，对于烟台山老邮政局，父亲怀有恒久的遗憾与眷恋。

我父亲十八岁那一年参军入伍，在福建的三年里他苦练技术，掌握了过硬的通信业务。退役回来后，适逢国家县级邮局招收人才，他顺利进入了国家邮电系统，不久得到上级安排，来到了烟台山脚下的邮政局学习电报业务。可以遥想当年二十三岁的父亲蓬勃的青春剪影：清晨，伴着东方碧海的朝阳升起，在脆响悦耳的嘀嘀声中，开始了一天的电报业务；傍晚，凉风微拂、海浪长涌的烟台山脚下，他愉快地散步和遐想……烟台山的云蒸霞蔚，暮露晨风，使年轻的一切显得倍加生动。父亲这人生的清晨，足够清新美丽。

父亲出生于新中国成立之前，吃过苦，挨过饿，自然热爱着、珍惜着新中国如火如荼的新生活。对于海岸街、朝阳街、烟台山……他怀着异样的心境，仿佛心头的一轮明月光。他一再提起过，朝阳街号称烟台的“第一条柏油路”，始建于1872年，两旁是灰砖青瓦式的多层建筑。德式、俄式、北欧式、民国式、胶东四合院式……这些建筑或是外国领事馆，或是外国人创办的洋行、饭店、商号……几十座中西合璧的建筑群落荟萃此地。父亲说，这里有中国最早的金城有声电影院、中兴楼饭庄、市立医院、万国理发店、最古老的钱庄、克利顿饭店，那是孙中山先生曾经下榻处……一座座有名的建筑诉说着昔日的喧哗热闹，见证着曾经的金钱财宝、名流绅士在这里汇集，堪比同时代的大上海。

因为父亲的热爱，引发了我的好奇，因此我曾多次前去朝阳街、海岸街。幽深，安静，悠闲。只疏疏朗朗的几个人，几家小店：理想书店、咖啡管、茶馆、酒吧。那个爬满蛛网的墨绿色邮筒，已经极少有人投递信件，它被人忽略了，孤零零立在那里。细看，只有彩色的马赛克玻璃，厚重的大石柱和无处不在的细节仿佛在提醒我，百年前这里曾经光影交错，芳华流转。

是的，喧嚣会退隐，风姿会消逝，一些星光终要渐渐暗淡。

昔日是何时？芳华又几何？父亲的真实生活，并没有想象中的那种浪漫。

我父亲来烟台山邮政局的时候，我已经出生六个月了。因家境贫困，妻孩在异地，远隔一百多里，交通又不便。这样一个孤单的青年，晨昏夜里，守着电话机却打不出去，那时家家哪有电话？旧日的烟台山，也绝无修缮，秋冬之际，格外萧瑟。那年除夕的夜里，母亲独自在冰冷的房中搂着我，听空中零星的爆竹声。在寥落的烟台山下，父亲一个人守着电报机过了年。烟台山，见证了父亲的勤奋，刻苦，欢乐，痛苦，孤独，对未来美好生活的信念。

十四岁那年夏天，父亲突然带一家老少来了烟台山，带我们看日出，看纪念馆，晚上兴致勃勃地住在老邮局招待所里，那时是木质的红色楼梯，我记得踩上去吱吱响。这一片红顶西式建筑群，对父亲而言，如同他的家，定会感觉分外亲切。

那时候，父亲怀着怎样怀恋的深情，我无从知道。

我确是因父亲的职业关系，不知不觉中关注了烟台的邮政事业。因为自有记忆始，我已然熟悉了邮政局的一切——高高的柜台，沉重的发报机，墨绿色的服装，墨绿色的邮筒，厚厚的邮袋……这些老物件，至今早已难得一见。如若偶然看到，瞬间倍感亲切，犹如偶遇多年亲友。尤其那嘀嘀嘀嘀的发报声，如同那永不消逝的电波，深深地嵌进了我的心里——毋庸怀疑，我的七十多岁的父亲，在光荣退休后的这些年里，在他的白天黑夜，在他的梦里，浮现的永远都是邮政局日常生活的光景。

只要和父亲一谈到邮政，父亲瞬间如同重新回到了自己当年战斗工作过的地方，他总是无一例外的，渐渐地红光满面，眉梢额头开始熠熠生辉。他不管不顾，絮絮叨叨地自豪着他的自豪：作为烟台邮政系统的职员，我自豪！就历史的起源，邮政系统的组织和发展，没有其他任何国家能够和中国相媲美。中国邮政系统的历史在世界上是最悠久的。

每说到这里，我就故意表示不信，害得父亲再一次引经据典了：虽然“邮政”概念的最早提出是在《圣经》中，但中国的邮政系统要早于《圣经》的记载，大约已有3000年的历史，在中国的周朝就出现了，当时被称为驿站。马可·波罗曾经描述，在他游历中国期间，当时中国的邮政系统已经非常完备和精密，远远超过了希腊或罗马文明巅峰时期的水平。

不得不说，这位老邮电人执着的热情，和对邮政渊源发展的广博，让我一遍遍目瞪口呆。父亲既然尤其喜欢数点烟台山老邮政局的历史，我就多次向他请教，也开始收集在烟台开埠之初近代邮政雏形的片段。

十八岁那年我来烟台读书，父亲亲自来送我，当晚特意来烟台山下老邮局招待所住了一宿。对爸爸而言，他这是再一次回到了自己的老家了，这里的一砖一石，一凳一椅，一树一木，都堪称他当年的老战友。

“大清邮政局始现烟台”这句话，父亲一出口，我就知道，这位邮政系统的职工又要开始他漫长而自豪的陈述。于是我借机再问父亲老邮局的事。其实有些历史故事距离他太远太远了，但他的话题总能扯到近代中国邮政的发展。

而我实在不知父亲是何时何地把“烟台邮政的前世今生”收入囊中的。他滔滔不绝：中国近代邮政是随洋务运动而产生的，洋务运动领袖李鸿章有个“左膀右臂”，名字叫盛宣怀，兴办“广仁堂”，官运亨通，当过邮传部尚书，烟台邮政的发祥与他有一定的关联。中国近代邮政的“始祖邮票”是“大龙票”，你知道是在何地首发？哈哈，1878年8月9日，烟台开始发售中国第一套大龙邮票。烟台山下邮政局，与“邮政”的渊源特别深，1896年（清光绪二十二年），光绪皇帝批准了总理衙门奏请开办国家邮政的奏折，烟台是最早一批对外通商口岸，因而设立邮局的时间也较早。烟台邮政局正式设立于1898年。1918年北京邮政总局邮政总办铁士兰代表中国邮政总局在烟台筹建，1919年4月29日正式接受投资，这便是烟台市邮政最早的房地产。烟台山下海岸街28号的原大清邮政，一直都是烟台邮政的代表性标志。

我后来亲自查证过，无比惊讶地发现，父亲叙述的每一个数字、每一个事件，每一个历史节点，每一个名字，都是有据可查，完全准确的。我该如何来理解一位父亲反反复复的讲述呢？我想，也只能理解为是他职业自豪感、职业情怀的体现。

可惜随着岁月流变，如今父亲的老邮政局已经光彩不在，安于一隅了，静悄悄掩匿于烟台山下的一片葱茏里，俨然成为了一座纪念馆，尽管它依旧典雅，散发阵阵古香，精致而别样。

多年之后我移居烟台，有一次，我们一家人又来烟台山游玩。刚走到朝阳街北路口，忽然见父亲大步流星，急匆匆地往西走去。我们会意，父亲是去寻找他的老邮局了。于是在原地等他，一会儿父亲兴冲冲回来了，很是兴奋和满足。

当时，面对一座曾经深爱的老建筑，父亲的激动，父亲的怀恋，父亲的心怀，我们局外人怎么可能解其一二呢？

父亲的梦里，该有多少次梦回烟台山邮政局？及我们渐渐长大，也不知父亲曾多少次回来看望他的老邮局，那一次次回顾式的旅行，该有过多少落寞与惆怅？

其实父亲更喜欢游览现在的烟台山：越来越清新美丽，也越来越热闹了。春天，山林苍翠，鸟语花香；夏日，树木苍翠，海天碧蓝；秋季，硕果丰收，五彩斑斓；冬天，银装素裹，冰天雪地，海边的栏杆如同巨大的冰雪雕像，烟台山上的烽火台、抗日烈士纪念塔、墩台灯塔、龙王庙、忠烈祠、石船、惹浪亭、观海楼都变成了守候大海的冰雕；情侣廊、一线天、古栾树都堆满冰凌，垂珠叠玉一般。

比以前美丽多了。七十年代的烟台山，还太冷清。父亲后来说。

无奈父亲年岁已老，近几年哪儿也不去了。他结伴上公园打打太极拳，在家里常年看中央四台的“海峡两岸”。他的耳朵出现了听力障碍，这正是几十年戴耳机收发电报留下的职业病，要想听清别人讲话，他就不得不用一只手半掩着耳朵，把头伸过来，凑近了听，一副迷茫又焦急的表情，他还往往听错，搭错了话茬，惹得人家不想说两遍。他的右手，手指骨节粗大，因多年摁发报机，手指几乎伸不直的。

父亲喜欢复述那些老旧不堪的邮政故事，那就是他生命长河里的碎金，他要一遍遍地捡拾，我也乐意陪着他一次次朝花夕拾，也借以窥见一位老邮电的热烈又孤独的情怀。

其实，父亲也有他的愤怒。只是小时候我并不懂。

——父亲说，烟台山下邮政局其实是一座德国殖民时期的邮政局，是殖民地时代的产物。

我惊呼，表示不信。父亲的额头，立刻笼上遗憾的神情。

他早已准备好了，等到我提问，一串串的历史故事就源源不断向我倾来：19世纪后半期，英、美、法、德、俄、日等帝国主义国家侵犯中国主权，非法在中国开办邮政机构。“客邮”的出现和存在是列强当年严重侵犯中国邮权的佐证。烟台是当时重要的商埠口岸，开埠后列强争相在此设立邮政机构。各国在华开办“客邮”时间依次为法国1862年，美国1865年，俄国1870年，日本1876年，德国1876年。各国客邮局在烟台山海岸街一带设立，他们接受各自本国邮政部门的领导，甚至使用自行设计发行的专在中国使用的邮票通信。直到1922年底，根据华盛顿太平洋会议通过的中国议案，所有设在烟台的“客邮”才全部撤销。1935年各私办民信局也都尽数撤掉，烟台邮局事业得到统一，各外国邮政局也成为历史了……

我惊愕，摇头，皱眉，坚决表示闻所未闻。

父亲一急，恨恨着说：咱们终究不应忘记国耻的！看，那座克利顿饭店旧址，原为俄国邮政局，你看，那是俄国的双头鹰国徽标志……

他又说，各国列强是用洋枪大炮打开中国大门的！你看看吧，这烟台山下，这海岸街上，朝阳街上，就是各国列强领事馆最密集的地方。国家不强大，谁都想来分一杯羹！有17个国家来设立了领事，英、美、日、法、德、丹麦6国在烟台山修建了领事馆、官邸楼、教堂！强盗们进家门了，能不气愤？

我打趣父亲：你只是一名普通的邮政职工，却有以天下为己任的忧愤！？

我是农民的穷孩子，我是国家培养的通信兵，我是国家培养的邮电人！

父亲的话，让我心底微微震动。从此，我岂能再满足于欣赏烟台山下、海岸街、朝阳街那些西式建筑的优雅之美和墙上华丽的外文字母带来的虚幻惊艳？尽管它们仍能使人浮想联翩，使人不自觉地沉迷于百年街巷繁复迷人的韵味。

绝不该止步于此的。

因为父亲职业性听力障碍的缘故，我与父亲无法交流已经很久。此外，因不同的生活环境、思维方式等诸多因素，我们早已不习惯过多、过深地触探彼此的世界，或许也根本走不进去了。无从言起的厚障壁不知不觉已经难以推倒，重建更无从谈起。

但我知道，热爱自己邮电职业的父亲，从不曾言苦，即使最贫困的年代，也从未流露丝毫的消极与悲叹。七十年代过年回家，他会买回一个鱼罐头，乐呵呵给孩子们开启，当时场面是极有仪式感的。父亲二十几岁在烟台学习工作，无形中也接受了一些新式的教育，因而极其重视孩子们的教育。他看到同事自学“许国璋英语”，他就让二年级的我也跟收音机收听英语，那个时代这真是极少见的。父亲少年丧父，老母羸弱，他自谋生路如同流浪儿，也得了乡人不少白眼。他咬破手指立了血书才当上了兵，学到技术并转正为邮局职工。中年之后，他不谙世故且不肯服输，却始终乐活。

父亲不善于表达，若不用心了解，他的精神世界几乎是封闭的。如果没有交流的习惯，那就注定是隔阂的。而实际上他一定有一个属于自己的记忆宝藏，无奈很多时候，只能自己一个人眼看着岁月悄悄将它们掩埋。但我知道，父亲一定是想念他的老邮局的。

每次去烟台山下，我心中都生出似曾相识的熟悉感，仿佛在久远的前世里就熟悉了它。同时还伴有一种莫名的仪式感。

只因这是我父亲的老邮政局。

父亲的老邮政局，一直营业，办理各项邮政业务。走进内部，里面已经是现代化的邮政办公场景，有明亮的大厅，水磨石地板砖和贴砖立柱。一排排供人休息的长椅背后印着中国邮政等字样，与普通的邮局已经别无二致。里面多是老者，他们因跟不上日新月异的新技术的发展，存取养老金等业务难以独自在手机上操作，又不会自助办理，只得接受大厅里服务人员的耐心指导……

父亲乐于学习新知识，乐观的天性也使他积极关注着新时代的新变化，他跟我们一样，喜欢看电脑网页，喜欢用智能手机看视频，还喜欢发微信，刷微博。父亲也欣喜地看到了邮政事业的快速发展，从最初的落后的手写电报，到大数据时代的数据交换，宽带交换，光纤通信，数字微波通信，5G 网络、卫星通信……日新月异的科学科技，以光速将消息瞬间传送到全世界的任一角落。

今天中国的邮政通信事业，早已从烟台山下的狭窄街巷走出了一片无限广阔的新天地。

六十七岁上，父亲来烟台，眩晕呕吐不止，仍坚持修完我家地板。半年后，父亲中风发作，才知眩晕已是大病前兆。那次来烟台，父亲体力不支，竟没去成烟台山看他的老邮局。

近些年，每次去烟台山，我都要往海岸街以西走去，特意去看看爸爸的老邮局。好在老邮局一直还在，楼体风蚀日剥，风华仍依旧可见。

我是替父亲去看他的老邮局。

我相信在父亲的岁月里，回旋着属于他的一支歌的旋律，对于烟台山下的老邮政局它似一段抹不去的乡愁，让他一想起来就会有隐隐的自豪与遗憾，我想，这大概也是每一个中国人回顾往昔时难以回避的怀恋和忧伤吧。

等下次父亲来，我要陪父亲一起去烟台山，再去看看他的老邮政局，再听听他讲烟台山下老邮政局的故事。

作者简介：王彦平，山东省作协会员，作品《跟燕子姐姐读大自然的日历》（上下）、《跟燕子姐姐读林中水滴》，获得过第十五届烟台文艺创作三等奖、芝罘区文艺创作二等奖、全国海洋文学大赛优秀奖、齐鲁文学作品优秀散文奖等。

记忆中的烟台苹果

田　霞

在黄海之滨的烟台踏浪听海不仅是惬意的，更是美好的。

傍晚时分，一切的喧嚣渐渐远去，城市的灯光间或撒在沙滩上，一个人沿海漫步，寂静的似乎能听到自己的心跳。那海浪悠然的声响，犹如母亲的摇篮曲，如梦如幻。不知何由，倏忽间，那飞溅的浪花的涟漪里竟都是你的记忆，我的战友。

那是一次到驻烟台方向部队的采访任务，接我们的司机是一名中士，路上，阵阵果香扑面而来。透过车窗望去，路旁是码放整齐的苹果，犹如一片红海，太壮观了。司机像是看出了我们的兴奋，刻意放慢车速，并用地道的胶东口音介绍说，现在正是本地苹果上市的时候，今年日照时间长，苹果特别甜脆。小伙子，你是哪里人，我们习惯地问，小伙子大声回答，俺就是烟台的。烟台苹果莱阳梨都是很出名的。初识烟台还要从我的新兵连说起，我到部队的第一任指导员是山东烟台人。那时我刚入伍，还是一名新兵。新兵战友来自不同地域不同城市、乡村，五湖四海聚在一起。刚刚离开家乡步入军营，一切都是全新的，军营对每一名新兵来讲，可谓是从里到外的整体重塑！这对每一个人来讲都是一个艰苦挑战。虽然新兵连带兵干部和骨干对新兵训练上严格要求，威严有加，但生活中却无微不至、爱如兄长。可是，新兵想家，是新兵战友最强烈最普遍最一致的感受和挑战，特别是周末。为此，指导员常组织策划一些适合我们的文体活动，比如球类比赛、击鼓传花、诗歌朗诵、家乡方言串烧，也会推荐我们一些励志的书目，俱乐部延长开放时间，等等，平时威严的指导员，每到周末和我们谈天说地，还和我们聊各自的家乡名胜、美食特色，周末是大家最开心的时候。每到周末，我们新兵会把训练后需调整的个人内务，诸如洗衣服等，早早收拾好，期待连里要组织的活动安排，对女兵来说，周末还有一个特殊的等待，那就是周末不仅可以悠闲地吃零食，还有可能分享到各地战友带的家乡特产。记得新兵连度过一小半的时候，也是我们最想家的时候。那个周末，我们集体观看了一场电影《闪闪的红星》，刚刚回到连队就闻到扑鼻的水果香味，女兵们面面相觑，几乎同时呼出，是苹果的味道。很快，就听说指导员从老家带来很多苹果。烟台苹果真是又红又大，名不虚传，还带着日照的余温的香甜味道，那个周末，我们美美地一饱口福。记得指导员带着胶东口音说："以后有机会到我的家乡去，我给你们留最好的苹果，还有最鲜美的海鲜。"那美美的果香还有对大海的遐想装点了那个美丽的周末。

"战友战友亲如兄弟，革命把我们召唤在一起，你来自边疆他来自内地，我们都是人民的子弟——"新兵连我们唱着《战友之歌》，从青年学生锤炼成为飒爽英姿的军人。每每细细品味，那苹果的味道，有思乡的味道，有战友的味道，都融进了军营这个大家庭里。后来，每每遇到胶东口音的战友，我就会想到烟台苹果，想起我的兵之初。是那样的令我感怀时光，亲切于心。

2011年，我奉命赴空军驻胶东某航空兵部队，参加电影《歼十出击》主创人员与飞行人员的交流活动。《歼十出击》描写的是新一代空军指挥员，"一切为打赢"和"从实战出发"，不断挑战高难度飞行作战训练任务，顺利完成演习和驱赶侵入我国海域国外战机的系列故事。不同岗位，同是军人，共同使命任务。座谈中，飞行员们围绕主题展开讨论，对战斗精神培养，对演员的银幕表达，直抒己见。您老家哪里的？河北，您呢？浙江。茶余饭后大家边走边聊。战友初次相识，总是习惯自然地这样问答。宁海强导演的普通话很标准，这时带着几分胶东口音说，俺家蓬莱的。原来，宁导是一位出生在军人家庭的烟台蓬莱人。那天，当我们一行参观驻地近现代纪念馆和军事设施时，我随大家一起边走边看。负责解说的是当地一位漂亮姑娘，走到一通道处，只见几个解说员向我们这个方向边看边商量着什么，忽然几个小姑娘向我走来，其中一个带着微笑怯怯地说，想要合影照相，我问，跟我合影吗？几个解说员半羞涩半微笑着齐刷刷点着头。我有些纳闷，忽然反应过来，可能是我们这一行参观的关注点特别抢眼，解说员是不是误认为我们同是八一电影制片厂拍电影的。我笑着悄悄指着前面一位，向姑娘们建议道，你们和前面中间那位演员合影吧，回去告诉你们的爸爸妈妈，他就是电影《闪闪的红星》里的潘冬子。家长一定会记得，这是当年很有影响的一部红色经典电影。我知道，我知道！潘冬子是我们的偶像，学习的榜样！几位姑娘抢着说。我没想到的是，在这些90后青年身上，对红色经典的片子表现出如此的熟悉和激情满怀。

几位姑娘满足了愿望，边照边说，我和潘冬子合影了，太好了！

记得在胶东革命纪念馆，我读到这样一组数字：抗美援朝战争中，中国人民志愿军空军6名一级战斗英雄、特等功臣中，胶东就有3名。抗日战争和解放战争期间，胶东烟台地区牺牲的烈士就达7.2万人。

这数字让我读懂了这座城市，读懂了胶东人民的质朴牺牲和博大胸怀。革命理想高于天，这不变的信仰和情怀，不正是这片红色土地上的人民的精神图腾和精神气质吗？而在姑娘们的合影里，映现出的不正是红色基因在胶东这片红色热土的赓续传承吗？

就要离开烟台时，细心的部队战友为我们准备了各种水果，带些路上吃吧，我忽然就在多个品种中看到那又红又大的烟台苹果。它让我又想起我的同窗战友，曾在这里工作、生活、战斗，每年春节前在北京都能吃到战友特别准备的烟台苹果。尽管水果种类品种越来越丰富，战友带的红红脆脆的烟台苹果依然是春节最美最香甜的。我选了一个漂亮的苹果随身带上，不是为了吃，只为一路芬芳。

作者简介：田霞，中国作家协会会员。先后担任中国人民解放军新闻奖评委、中国新闻奖报纸副刊奖评委、首届全国英烈讲解员大赛评委等专业评委，获中国人民解放军新闻奖一等奖、中国新闻奖报纸副刊编辑一等奖、中国新闻奖报纸副刊作品一等奖、第七届冰心散文奖、第七届长征文艺奖。主要作品有《信仰的高地——踏访红军长征走过的雪山草地》

《天山的守望》《致英雄记忆》《巴丹吉林生命礼赞》《荷韵里的时光》《红色胶东——纪念中国人民抗日战争暨世界反法西斯战争胜利75周年》《这条英雄大道连着金达莱盛开的地方——纪念中国人民志愿军抗美援朝出国作战70周年》等。

挽联中的丁佛言

孙慧铭

现设于龙口丁氏庄园内的丁佛言纪念馆的明柱上，悬挂有一副黄县金石书法篆刻家王衍槐先生题写的楹联，联语为：

槎牙出肝胆；
抵掌失生平。

此联实际是沈钧儒为丁佛言撰写的挽联。槎牙，亦作“槎岈”，错落不齐之状，多形容胸怀不平。如宋代苏轼《郭祥正家醉画竹石壁上郭作诗为谢且遗二古铜剑》诗：“空肠得酒芒角正，肝肺槎牙生竹石。”抵掌，击掌，表示高兴的意思。如“抵掌而谈”即拍击着手掌谈话，形容谈话十分兴奋和投机。

沈钧儒与丁佛言为挚友，两人先是东京政法学堂第四期同学，后又居京做同事十余年，交往甚密，可谓秉性相投、情同手足的知己。他们的友情，从 1930 年 1 月 6 日沈钧儒寄赠丁佛言相片上留言便可见一斑：“佛言吾兄，天南地北云山万里，愿得藉此长奉左右……”时，丁佛言执教于北京国民大学，沈钧儒任教于上海法科大学。没想到一年后的 1 月 19 日，丁便病逝于北京。

从他们的深厚的感情上来分析，笔者认为，这副联运用了倒装句式，原意当是“肝胆出槎牙，生平失抵掌”，该是沈钧儒惊悉丁佛言溘然去世的第一时间，一气呵成表达自已悲痛至极心情的。联语的意思可理解为：对痛失一位平生能够谈得来的知己，内心感叹不平。

当然，作为读者，我们只能各自从字面中去解读作者所表达的思想感情，正所谓“诗无达诂”，因人而异。如果换一个角度，这副联的上联也可以理解为，逝者“具有慷慨之气，因时事不平而心忧天下”，从而赞扬丁佛言平生为国为民豪迈的胆识和清正的气节。

丁佛言平生的学识、人品、操守及气节自不必多言，正如在他逝世后，《大公报》刊发的由主笔张季鸾撰写的《悼丁佛言先生》一文中说的：“方民国肇建，海内才智之士一时颇集于国会。虽其后多沉溺政潮，颓废以终，然其志行浩然，二十年如一日，学问气节足为次代青年范者不无其人焉——黄县丁佛言先生其一也。”也正因这种威望，五十三岁的丁佛言英年早逝，让许多人深感哀伤，海内外的名流贤达纷纷敬献挽联，寄托哀思，表达敬佩与惋惜之情。

当时，沈钧儒为丁佛言写了两副挽联，另外一副是：

大笔何淋漓，金石刻画为余事；

才人感摇落，风流儒雅怅千秋。

上联化用唐代李商隐的《韩碑》，原句为“愈拜稽首蹈且舞，金石刻画臣能为”“公退斋戒坐小阁，濡染大笔何淋漓”。此句，为沈钧儒赞颂丁佛言的写作和书法造诣水平之言。

金石刻画，指丁佛言对古文字、篆刻、绘画的研究。余事，指本职工作之外的事。此句意为金石刻画是丁佛言写作和书法而外的一些爱好，也借以强调他的文化水平之高。

1909 年当选山东省咨议局议员，丁佛言开始了他的从政生涯，后又参与山东独立、当选为北京临时参议院议员、被推举为第一届国会参议院议员、任黎元洪大总统府秘书长，力促恢复国会继续制宪，直到 1923 年抵制曹锟贿选，隐退归里。

其实，丁佛言不但是一名出色的革命家和社会活动家，更是清末民初著名书法家、古文字学家。他的书法造诣颇深，正、草、隶、篆四体皆工，尤以钟鼎文见长，并在篆刻、古文字研究、诗文等方面有很高的成就。折叠隐退回乡后，他埋首于断碑古籍中。所得龟甲、彝鼎、泉玺、陶玉之属、拓片不下七八千种，潜心研究，造诣极深。

李商隐《韩碑》的原意是借赞同唐代文学家韩愈的“平淮西碑”的观点，主张加强中央集权，对平叛统一予以高度的评价，认为国家的治乱主要归结于宰相的政绩，并赞扬了宰相裴度的丰功伟绩。不知沈钧儒用于此，是不是有某种用意。

下联化用唐代杜甫的《咏怀古迹五首》之二：“摇落深知宋玉悲，风流儒雅亦吾师。怅望千秋一洒泪，萧条异代不同时。江山故宅空文藻，云雨荒台岂梦思。最是楚宫俱泯灭，舟人指点到今疑。”

才人，有文化才能的人。摇落，凋残、零落，这里比喻时政的动荡。风流，指有文采且不拘礼法。儒雅，学识深湛，气度不凡。风流儒雅，文雅洒脱，学识渊博，本是南北朝时期文学家庾信在《枯树赋》中形容东晋名士殷仲文的，这里借喻丁佛言是一位有抱负的革命志士。

这副联的大意为：著作书法是何等得酣畅淋漓，对金石刻画也有研究；感于时局的动荡，有才之人只能怅望千秋。是同学，一起走向挽救民族危难的道路，又一起因反对曹锟贿选辞职……一个任上海法科大学教务长，一个任国民大学文字学教授——在此之前，沈钧儒与丁佛言的人生轨迹几乎相同，所以说，下联，其实也是沈钧儒与故友的共鸣，从而表明对丁佛言的了解和敬重。

据称，丁佛言逝世后，共收到各界名流敬赠的仪幛、挽联800余副，可见其在时人心中的威望。和沈钧儒的联语一样，这些挽联大多是赞扬丁佛言前半生在革命中的功绩和后半生在文化上的成就的。例如王云洲题写的挽联：

豪气迈千秋，发言惊破项城胆；
文章垂万世，落笔招还中国魂。

此联在丁氏庄园内也有悬挂，从楹联欣赏的角度看，虽语言过于直白，之中却提到了丁佛言“讨袁”的一段往事。在袁世凯宣布结束帝制后的1916年5月，北洋军阀冯国璋召集各省督军发起南京会议，商讨善后事宜。此间，丁佛言拍案而起，几度慷慨陈词，反对袁世凯继续任中华民国总统，引起强烈反响，再加上各省起义行动，袁世凯慌愤成疾，不久便惊忧而死。上联中的“项城”即袁世凯，因他是河南省项城人，又被称为“袁项城”。此“发言惊破项城胆”，确实是“豪气迈千秋”了。

自二次革命，丁佛言就一直在“讨袁”。他先是全程参与《天坛宪草》的起草工作，又主编《中华杂志》，撰文针砭时政，反对专制，被誉为“新闻界三杰”之一，为袁世凯所忌恨，再作为山东代表参加江宁会议，反对袁世凯称帝。

丁佛言的“豪气”何止于此。戊戌变法，他就自剪辫子趋向革新，并动员妻子放足；武昌起义，他作为“山东各界联合会”的秘书长，迫使孙宝琦宣布山东独立；张勋复辟，他赴上海拜访孙中山后，去南方游说，力促恢复国会，继续制宪……不愧为具有中华民族精神的“中国魂”。这就如他的同乡、曾任山东省政府主席的牟中珩在挽联中所说：

一生磊落光明，全无半点客气；
满腹经纶文章，岂仅数种遗书。

此外，奉系军阀头目张宗昌也作有挽联：

平生具王佐奇才，出世曾为天下事；
晚岁成著述大业，退闲聊作水云身。

王佐，君主或帝王的辅佐。《汉书·董仲舒传》中说：“刘向称董仲舒有王佐之材，虽伊、吕亡以回。”“王佐奇才”这里是赞颂丁佛言具有治国安邦的才能。

张宗昌一直对丁佛言很赞赏。1928年春，在国民革命军的北伐中，奉军节节溃败，已入主山东三年的张宗昌受到内外逼迫，有意邀请退闲归乡的丁佛言出山支持，丁佛言为避张宗昌裹挟，便由原籍抵京，暂住同乡、双合盛啤酒厂经理王禹川在西城的一处住宅，以卖字为生，整理研究断碑古籍。张宗昌的下联即指的此事。

水云身，原指行脚僧，因其身如行云流水，居无定处，故称。亦泛指来去自由、无所羁绊之身。也正是在这“退闲聊作水云身”之后，丁佛言著作了《说文古籀补补》《古玺初释》《还仓述林》《金石题跋》《字说》《续字说》《松游集古》《松游印存》《说文部首启明》《说文抉微》《松游庵印谱》等二十余种文稿，近百万言，可谓“成著述大业”。

丁佛言的“退闲”，是因曹锟贿选之事。1922年，直系军阀曹锟蓄谋欲取代复任总统黎元洪的职务，于是向外国银行借贷五百万元。曾任黎元洪总统府秘书长的丁佛言凛然拒贿，并愤然辞职，携家眷回归故里。那年的春节，他写了一副对联贴在大门上，讽刺此事：

四十岁已无闻，到此日况将半百；
五千元真可惜，从今后不值一文。

四十无闻，出自《论语》“四十、五十而无闻焉，斯亦不足畏也已”，东晋陶渊明曾在《荣木·采采荣木》一诗中借以明志：“四十无闻，斯不足畏。”意思为：我到了四十岁还没有成就，那就没有什么可惧怕的了。

上联表明自己刚正不阿的态度和气节，下联以“不值一文”讥讽曹锟五千元贿选的行为，遂被逮捕入狱，险遭不测。

作为民国初期著名的社会活动家，丁佛言与当时的社会名流多有交往，并结交挚友无数，清光绪二十九年（1903）进士，民国时先后任北京农务司司长、陕西实业厅厅长、山东政务厅厅长、北洋政府内阁实业部次长等职的田步蟾就是其中之一。在听闻丁佛言去世后，田步蟾痛心疾首，亲撰挽联以表哀思。其联为：

所居在谦让之间，鲁多君子；
作字溯商周以上，前无古人。

孔子曾评价子贱说：“君子哉若人！君子哉若人！鲁无君子也，斯焉取斯？”意思是：“此人真是君子啊！鲁国如果没有君子，这个人是从哪里学到的这种品德呢？”北宋学者邢昺所撰《论语注疏》中解释：“鲁多君子，故子贱得学为君子也。”正如上联中所说，丁佛言退隐所为，正是“在风尘以外，居谦让之间”的君子之风。而下联则是说丁佛言在精研古文字学特别是甲骨文、钟鼎文等方面的造诣是空前的。作为好友，田步蟾在挽联中对丁佛言、特别是他在学问上的评价，应该是客观公正的。也难怪在1916年10月，问讯丁佛言的父亲病逝，黎元洪在亲书挽联中写道：

乃父今化辽东鹤；
有子才如北海龙。

挽联，作为哀悼死者、治丧祭祀时专用的对联，在对联文化中独具特色。它既有艺术价值，但往往有一些在撰写过程中为了突出逝者的人生履历、社会影响及悼者的怀念哀思等，忽略了它的艺术欣赏性。而以下这副容庚挽丁佛言联，比起以上几副，更有文学意境和欣赏价值。

磨不磷，涅不缁，公志自能风浊世；
还乎仓，补乎籀，吾来相较愧精研。

容庚，原名容肇庚，字希白，号颂斋，广东东莞人，出身于清末书宦世家，历任燕京大学教授、《燕京学报》主编、岭南大学中文系主任、《岭南学报》主编、中山大学中文系教授等。和丁佛言一样，也是古文字学家，并学兼诗书画印的一代大师。

容庚此联是在去悼念丁佛言时所作，他在1931年2月1日的日记中写道：“早进城，往烂缦胡同访陈淮生，同往山左会馆吊丁佛言。”和丁佛言一样，容庚也是古文字学家，并学兼诗书画印的一代大师。或正是如此而惺惺相惜，才有了他的这副佳联。

“磨不磷，涅不缁”是一个成语，比喻意志坚定的人不会受环境的影响。出自《论语·阳货》：“然，有是言也。不曰坚乎，磨而不磷？不曰白乎，涅而不缁？吾岂匏瓜也哉？焉能系而不食？”“公志”，指丁佛言救国救民的志向。“风”在这里作“像风那样迅速传播”的意思。此句的意思可理解为：意志坚定的人是不会受环境的影响的，因此，丁公的志向才能在这黑暗的时代坚守。

传说古代有“六十还仓”的弃老陋俗，这种风习的大体情形是，老年人年岁花甲的时候，要垒入墙中，任其而亡。而丁佛言晚年自号“还仓室主”，实际上是退闲后，对生死看淡的一种豁达心态。“籀”是古代的一种字体，春秋战国时流行于秦国，今存石鼓文是其代表，亦称“大篆”。“补乎籀”指研究古文字。此句的意思可理解为：隐退于还仓室中，精心研习古文字，相比较这种心境和执着我自愧不如。

整体看此联，容庚对丁佛言无论是前半生从政上的志向，还是后半生学识上的造诣都是很敬服的。

丁佛言晚年虽称不介入政争、不谈革命，但无时不为国家前途、民族兴衰而担忧，再加上他的学识，对“鲁之灵光”“一代之范”的誉称，当之无愧。

作者简介：孙慧铭，中国散文学会会员、山东省作家协会会员、烟台市作家协会理事、烟台市芝罘区楹联家学会副主席兼秘书长。

大海的情怀

小　非

从蓬莱阁沿着海岸线迤逦西行，我们很快就来到了著名的栾家口港。1945 年 9 月，八路军山东部队主力就是从这个当时不太显眼的渔码头渡海北上的。六十多年过去后，这里矗立起一座“八路军挺进东北渡海出发地纪念碑”。

时令已是“处暑”，胶东一带渐渐凉爽，海风轻拂肌肤，温润而迷醉。蓝天白云之下，金色的沙滩闪烁着光芒，景色很美。游人不是很多，几位身着藏族服饰的青年显得有些出眼，这让我感到了意外。

烟台是一个少数民族散居区域，近 700 万人口中，少数民族同胞不足 1%，而且回族、满族居多，藏族同胞在这里难得一见。

看到大家有些好奇的目光，其中一位英俊的藏族小伙子主动与我攀谈起来，他叫才让东智，汉语说得流利，甚至有了一些蓬莱口音，家乡在甘南藏族自治州的夏河县。

才让告诉我，近期是藏族的“望果节”，他们习惯在这个时候穿着盛装，围着庄稼转圈欢唱，这是祭祀土地神的风俗。“望果节”没有固定的日子，一般在青稞成熟之际，因地而异。

“你不知道？这个节日可是国家级非物质文化遗产哦。”我笑着摇了摇头，这回轮到才让有些吃惊了。

我问：“你为什么不在家乡过节？”

才让回答：“这里也是我的家乡啊！”说罢，用手指了指不远处几面迎风招展的旗帜，自豪地说："我们是那里的工人，趁着今天休息，到海边欢度一下自己的节日。"

顺着他的指引，我看到了东南方向飘扬的旗帜上"圣豪家纺"几个大字。才让说："我们公司各族兄弟姐妹都有，除了我们藏族，还有锡伯族、布依族、蒙古族、朝鲜族、土家族、彝族、苗族、佤族、壮族、回族、满族等少数民族的同胞。"

才让的讲述引起了我对"圣豪家纺"的兴趣，在远离边陲的内地，一个企业里竟然聚集了如此之多的少数民族员工，让我很想一探究竟。

才让热情地说："我们董事长很随和，我带你去找他吧！"

北沟镇在蓬莱区位优势明显，栾家口码头如今已发展成万吨级港口。依托这种得天独厚的条件，这里的"西城临港工业园区"一片欣欣向荣的景象，"圣豪家纺"就坐落在这片热土之上。

公司的创始人姜乃刚出生于新中国成立之初，这位硬朗的胶东汉子，如同那个年代许多人一样，没有受过多少正规教育。然而，他却自己学会了英语，掌握了音律，属于无师自通的那类人。本来，他可以在乡村教师这个职业上干出一番成就的。然而，那颗跃跃欲试的心，驱使着他要闯出一片新的天地来。改革开放的春风吹绿大地的时候，他瞅准了机会。

1988 年，蓬莱第二染线厂在他的手上孕育诞生。开始由于资金短缺，技术不熟，只能从最简单的染线环节切入，将买来的半成品加工后卖给当时颇为兴盛的羊毛衫编织企业。

很快，老姜就看出了门道，不久就从单纯的买线染色，变成了买毛条—纺纱—染色，迅速延伸了产业链。1995 年，企业扩建为蓬莱市天山染业有限公司，之后又发展出山东圣豪家纺有限公司。

老姜笑着说："家纺搞起来后，最初的产品是'拉舍尔'毛毯，几年之后，就发展成为北方最大的毛毯生产企业，占据了毛毯的半壁江山。"

我记起来了，20 世纪 90 年代之初，时任纺织工业部办公厅副主任的李小白在烟台挂职市长助理，我是从他的口中第一次听说了"拉舍尔"这个概念。这种毛毯起源于 20 世纪 60 年代的德国，舒适透气，柔软保暖，很快就取代了传统的羊毛织毯，发明那种经编织机的人就叫"拉舍尔"。

老姜说："李小白到我们厂考察过，我就是听了他的建议，才决定上这种产品的，他是恢复高考后华东纺织工学院的首届毕业生。不过，那里现在叫东华大学。”

我补充道：“之前还叫过中国纺织工业大学，最早的历史可以追溯到张謇创办的南通纺织染传习所。”

老姜点了点头：“我们这个行业的人，和那个学校的许多院系都很熟，它们那里的蔡再生、陈南梁、张佩华等教授，是国内纺织界的顶级专家，赫赫有名。技术上有了疑难，我们会随时向他们讨教。”

我不禁对老姜刮目相看，这是一个颇具眼光之人，早年教书经历的启迪，使他十分敬重知识，这恐怕也是他能够脱颖而出的重要原因。

当初为了拓展市场，老姜天南地北到处跑。他发现，高寒地区，帐篷、蒙古包或是房屋内到处铺满了地毯，主要的功能是隔潮防寒。大多数藏民家庭，还喜欢在室内转圈摆放“卡垫”，就是夏天去“林卡”游玩，这种小型藏毯也是必备之物。至于马鞍座垫毯，更是游牧民族不可或缺的产品。就连不太起眼的壮族线毯，市场需求量也超出了一般人的想象。

这些少数民族特殊商品，传统工艺制作有很大限制，费时费力不说，羊毛毯子还容易招螨虫，而且十分笨重。如果用“拉舍尔”经编技术和涤纶原料替代，肯定能打开市场。老姜具有灵敏的嗅觉，立刻抓住了这个商机。

老姜介绍：“关键是它们大同小异，都是纺织品，很适合我们这种企业生产，不用太大的投入就可以转型。”他指着旁边摆放的“提花带穗地毯”得意地说：“你看，我们的这款产品，现在的市场占有率就稳居全国第一。”

老姜又伸出食指，眯缝着眼睛接着说：“我还有个秘诀，就是吸纳了很多少数民族青年就业，他们超过了员工总数的十分之一。”

我感到老姜这个人实在精明。少数民族员工，既了解同胞的需求，又熟悉家乡的环境，还具备特殊的语言优势。他们不仅可以为“圣豪家纺”的新产品开发决策提供依据，还能扩大产品的销售，并在这个过程中实现脱贫致富。

我对他说：“你这是个双赢的路子。”

老姜哈哈大笑，拍着我的肩膀说：“老弟看得真准。”

他推开窗户，指着不远处的大海，神色凝重地自言自语：“我们这里地处渤海东南的边缘，向东十几公里，蓬莱阁那里就有一条黄渤海分界线，再往东就是黄海水域了。不过，那是地理学家的概念，普通人眼里，都是湛蓝的海水罢了，融到了一起，谁能够区分？汉族和少数民族也是一样，大家同为中华民族大家庭的成员，分不出彼此。”

老姜这番感慨很有哲理，我不由得脱口赞叹：“您真是个有情怀的人，心胸像大海一样宽广！”

没想到老姜竟然有了一丝羞赧，连忙摇头表示：“愧不敢当！愧不敢当啊！包容和理解都是相互的，少数民族的员工里，确有不少人才，他们对企业的贡献很大。”

旁边的企管办主任老王终于插上了话：“的确如此啊！刚才陪您过来的那位才让东智，来公司不久，董事长就发现了他聪明肯干，于是重点培养。如今他一个人可以挡四台经编机，成了技术能手，还当上了车间主任。”

老姜接着说：“云南红河州还有位壮族姑娘黄璐，别看是个 90 后，却是我们的销售冠军，去年一个人就卖出了 26 万条壮族线毯，销售额超过了 6000 万元。”

在“圣豪家纺”的生活区，我还遇到了销售部经理张振华，他是临沂人，也在蓬莱安家了，媳妇儿胡雪是位锡伯族姑娘，与他比翼齐飞，现在是企管部的副主任。说话间，胡雪领着一个七八岁的男孩儿走了过来。我逗她，让她讲讲恋爱经过。她已经过了羞涩的年纪，很大方地告诉我：“非常简单，公司就是红娘。”接着又指着男孩儿说：“儿子现在一口蓬莱话，我都快被他教会了。”

“圣豪家纺”对员工的关爱有目共睹，在公司少数民族餐厅附近，一股诱人的肉香飘了过来，原来厨师正在为藏胞的“望果节”准备“手抓羊肉”。才让告诉过我，每逢少数民族节庆，公司都会为他们提供免费餐饮，用这种形式不断温暖远离家乡的兄弟姐妹。我心想，怪不得才让说这里也是他的家乡呢！

老王说过，公司非常热心少数民族地区的公益事业，汶川地震、玉树地震这些大的灾害自不用说，就是平日少数民族员工家乡有了意外，他们也要尽力施以援手。

前不久，他随山东省民族宗教委员会的考察团去了西藏日喀则地区。临行前，老姜嘱咐他，带上点钱，日喀则的聂拉木县是咱们烟台对口支援的县，公司得有所表示，不能给家乡丢人。

老王一到那里，立刻拿出了20万元，捐给了波戎乡的扎青村。那个村坐落在希夏邦玛峰山脚，是聂拉木贫困面积最广的行政村，村里近400人常年居住在海拔4700多米的山地。

“圣豪家纺”的荣誉室里，悬挂着中国毛纺织协会认定的“中国毛毯行业综合竞争力评价最具竞争力企业”、工信部认定的“重点跟踪培育的纺织服装自主品牌企业”以及“中国驰名商标”“山东省企业技术中心”等牌匾，这些都是企业品质的证明。

不过，在众多牌匾中，“山东省民族团结进步模范集体”这块崭新的牌匾格外引人注目，这是省政府今年刚刚颁发的。从这块牌匾中，我读出了一个企业的责任与担当……

走出“圣豪家纺”，晚霞映得海面泛起片片红晕，海浪哗啦啦不停地扑向沙滩，我的心情也如潮涌般起伏不平。远处，一条小船在大海的波涛中模模糊糊地飘摇。不知怎么，这个画面令我想起了黄道婆。

九百多年前，身为童养媳的那位羸弱女子，不堪虐待，从上海松江渡海流落到了海南岛最南面的崖州。那个时候，棉花刚刚传入华夏，而且从海路先于内地到达了海岛，黎族妇女最早摸索出了初步的手工纺纱工艺。

在椰风海韵的伴随下，勤劳聪慧的黄道婆，以黎族同胞的技艺为基础，很快就发明出了“错纱配色、综线挈花”的织造技术，迅速把我们这个古老国度发端不久的棉纺织业带入了一个全新的境界。

黄道婆的故事，也许早就点化了聪明的老姜。

作者简介：小非，本名张晓飞。中国散文学会会员，烟台市散文学会顾问。业余创作以散文、随笔为主，作品散见于《海鸥》《老照片》《青岛文学》《青岛日报》《胶东文学》《烟台日报》《烟台晚报》《烟台散文》《东方散文》《芝罘文艺》《齐声》等。

教堂钟声

张久深

> 进一步密切党同信教群众的关系，使信教群众和不信教群众联合起来，共同致力于中华民族伟大复兴的中国梦。
>
> ——习近平

教堂钟声响了。

闻声赶来的数百名基督教徒在虔诚地为“蒙召归天”的执事长范恕之祈祷祝福。

范恕之（1915—1994）生前是烟台市政协委员，胶东有名的宗教爱国人士，主内德高望重耆宿。在谋求“自治、自养、自传”活动中肩负着省“三自”爱国运动委员会委员、烟台市“三自”爱国运动委员会主任重任，老骥奋蹄，终日奔忙在宗教活动和为人义务治病中。他为许多人治愈了痼疾沉疴，却没能治好自己的中风偏瘫，在1994年12月25日——圣诞节这天溘然长逝，终年79岁。

有信仰的人必定是有使命感的人。

多年来，范先生认真贯彻独立自主办教方针，组织同工同道过好宗教生活，帮助同工同道提高爱国爱教、遵纪守法、荣神益人的觉悟，热情接待海外友人来访，团结同工同道在党和人民政府领导下为建设社会、统一祖国做了大量工作。

先生系龙口市名门望族之后。早在青年时代便以先祖“先天下之忧而忧，后天下之乐而乐”的信条为立身之本，以爱国爱教为己任，面对强权传教多次挺身而出，维护祖国尊严。

1938年夏天，黄城南关教堂陡然升起美国星条旗。范先生见了立即到牧师门上盘问。答复是：为防日寇空袭。

范先生驳斥道：“这是遁词借口！你们不是说宗教无国界吗？兴你们挂星条旗，我就挂中华民国旗！”

牧师理屈词穷，只好让西差会将星条旗降了下来。

美籍传教士海艾碧身宽体胖，出门要乘坐滑杆。范先生对这种养尊处优的作风看不惯，找到西养会的主事忿忿地说：“海艾碧为什么违背主的旨意，拿人当牛马？!”

海艾碧对范先生是怀有几分敬畏的，闻声后将滑杆改为人力车。谁知范先生仍不让步。牧师出面调停，说海艾碧花钱养活这两个人，这俩人理应为她服务，这是行善。

范先生一听火气更大了：“拿人当牛做马是行善？那海艾碧为什么不拉他俩？”

海艾碧连洋车也坐不安逸了，双眼一闭，祈祷道：“主啊，宽恕我吧！我实在是胖得走不动哟！”

《约翰福音》中说：“太初有道，道与上帝同在。”这个道，范先生是坚信不移的。他认为，时代在前进，社会在发展，宗教若落后于时代，违背民族利益，势必受到历史惩罚。在主内他是虔诚教徒，在社会上他能顺应时代潮流，与时俱进，对国家对民族竭尽忠诚。

1956年，范先生受统战部门委托，出面组织“三自”爱国活动，召集同工同道学习党的宗教政策，团结广大爱国教徒抵制了个别自由传教者的违法活动，使县内宗教活动纳入正常轨道。个别自由传教者一时对范先生的行为不理解，甚至仇视反感，污蔑他“不属灵”，是“社会福音派”，祈祷时痛哭流涕：“主啊！求上帝捆绑魔鬼，求主赐教会以真自由！”

面对这含沙射影的诅咒，范先生毫不示弱，义愤填膺地回敬道：谁说信教不自由？抚今追昔赞不休：“三自”教会权归己，不当洋奴与马牛！

短时间内，范先生的所作所为和强项直言为不理解的人所非议。个别同工同道甚至把他视为叛经离道的异教徒。这一切，对于忠诚于信仰的范先生来说又算得了什么！

在国家动乱中，范先生只向真理低头，不向邪恶弯腰。他对共产党的忠诚与对耶稣的信仰经受了炼狱的检验。拨乱反正后，他摒弃前嫌，毅然投身到“三自”爱国活动中，为撰写蒐集《怀麟医院》《华北浸信会神学院》《烟台基督教查经处》等价值极高的文史资料，不顾年迈体衰，多次奔赴济南、烟台、青岛等地的有关部门查访核实。

在蓬莱圣会堂遗址，他发现美籍女传教士慕拉第纪念碑被人埋进了墙里已年深日久，赶忙向有关部门申明这块碑石的价值，建议妥善保管。待1985年美国宗教人士来访见到这块保存完好的石碑，激动得连连祈祷：“中国政府伟大！慕拉第女士的纪念碑仍完好无损地保存着……”

在这次接待工作中，外国友人提及有关蓬莱一带教会历史，陪同人员所知寥寥，难以应对。范先生立即出面解答，圆满地完成了接待任务。事后，陪同接待人员感激地说：“没有范先生在座，我们要难堪了！”

1984年，原黄县怀麟医院创办人艾体伟传教士的孙子艾尔思夫妇来访。接待时，范先生开诚布公，很快解除了他们对我国“三自”的猜疑。临别，艾尔思真诚地说：“我们同有一个家乡，乃是天堂。你们的‘三自’教会办得好，美国农村的教会比不上”。

世事沧桑，春秋代序。范先生毕生恪守“施比受更为有福”的教义，爱国爱教不重钱。他有相当精湛的祖传医术。六十年代曾挂牌行医，旨在施福于人，对患者不论社会地位高低，一视同仁。文化大革命中尽管自身蒙受摧残磨难，每当有人求医，来者不拒，分文不取。几十年来家中的病老伴和智障儿子全靠他种花养活，生活相当艰辛。但他廉洁自持，从没向有关部门提出什么要求。家中积下的，只有各界人士赠送的“见义勇为”“济世活人”等锦旗和匾额。宗教活动恢复后，他既要忙于接收教产，修葺教会的数百间房屋，走访同工同道，参加政协、统战会议，向有关部门请示汇报工作，还要主持礼拜仪式，再挤出时间行医出诊。可谓行色匆匆，疲于奔命，直至因劳中风，住院卧床。

“雅各的天梯，踏一步是不能升入天国的。”范先生皈依宗教，借助主的独特恩光积极从事“三自”爱国活动，按主的旨意办，跟共产党走，数十年如一日，无怨无悔。这种精神和信念足使世俗观念深重的人仰止有愧。

教堂的钟声响了。钟声中我仿佛看到身躯伟岸，年逾古稀的范恕之先生正率领一班同工同道吟诵着“圣战，圣哉”，虔诚地为祖国统一、民族振兴祈祷礼拜……

作者简介：张久深，曾用笔名亦斌、长水、南郕等，原龙口市史志办公室副主任，《龙口市志》副主编、副编审（文学创作2级）。先后出版文史类专著《鲁之灵光》《义炳千秋》《青山不老》等11部作品。

妈祖情缘

石爱云

前几天，市散文学会一位老师，转发给我一篇市委统战部的征文启事，建议我参与一下。我一看截稿日期，仅有几天时间了，一时半会儿想不出来写什么好，决定放弃了。

就在昨天，我碰见来烟台办事的长岛博物馆原馆长郭贤坤，和他在朋友的茶舍里喝茶聊天，竟然找到了灵感。郭馆长一直致力于两岸妈祖文化的交流工作，交谈中总离不开这个话题。我突然想到，两岸妈祖文化交流，不是个很好的题材吗？

我想起来2004年，长岛县妈祖文化研究会赴台湾传授祭祀礼仪和乐舞，在台湾引起了很大的轰动。当时，《中国时报》《自由时报》等各大报纸、中视、华视、台视、TVBS等电视台竞相报道了祭祀表演的盛况。有记者在文章中写道：来自礼仪之乡的一缕古雅之风吹进台湾，促进了台湾宫庙文化的雅化。

郭馆长是当年去台湾的长岛参访团成员之一，也是此项工作的主要联络、协调者，我就请他给我讲一讲当时的情况。

在氤氲着淡淡茶香的古朴茶舍里，听着外面不疾不徐的落雨声，郭馆长的思绪飞回到了十几年以前。

在说这次妈祖文化交流活动之前，先要简单介绍一下长岛的妈祖文化。

长岛妈祖文化底蕴深厚、影响久远。始建于北宋宣和四年（1122年）

的妈祖庙显应宫，距今已有898年，是我国北方最有影响的妈祖宫庙。庙内供奉着世界上最早且仅存的妈祖铜身塑像，并有崇祯皇帝钦赐的庙额“显应宫”、咸丰皇帝钦赐的匾额“神功济运”。显应宫与福建湄洲妈祖庙并称为“南北祖庭”，被誉为世界四大妈祖庙之一，享“天妃北庭”之誉。

长岛妈祖文化研究会以民间妈祖信仰为载体，根据历代古礼中的北方古代官祭，编排了一套妈祖祭祀仪式及乐舞，形成了独具特色的长岛“北方妈祖文化节庆体系”，受到了海内外妈祖宫庙和信众的推崇。

2004年10月12日，应台湾北港朝天宫的邀请，长岛县组成了由时任县委副书记张延廷为团长、人大副主任冷树根为副团长的16人的参访团，赴台湾传授祭祀礼仪和八佾舞，进行妈祖文化交流。

放下手里的茶杯，郭馆长开始从香港赤鱲角机场讲起。长岛参访团是从赤鱲角机场乘机，飞往台湾高雄小港机场的。当时，大陆人赴台湾还需要国台办审批，每年赴台的大陆人仅有2万左右，所以在香港机场看到的赴台大陆乘客并不是很多。

在中华航空香港办事处，工作人员发给参访团成员每人一个黄色的椭圆形小标志牌，要求戴在胸前。郭馆长发现，这个标志牌只要求大陆乘客佩戴。

郭馆长说，他当时就有点不高兴，暗自思忖，不知道这个标志牌是做什么用的，该不是他们对大陆人的一种歧视吧？于是，他没有把标志牌戴在胸前，而是很不情愿地把它挂在了上衣的下摆上。

飞机在天空中平稳地飞行，参访团成员们的心情却随着飞机下面的白云起伏着。他们在想，小时候就向往的宝岛台湾会是什么样子？台湾人会对我们什么样的态度？领导们想得更多的是，这次妈祖文化交流活动，长岛是代表中国大陆，与有妈祖庙500多家，妈祖信众一千多万人的台湾进行文化交流，影响非常大，行程当中坚决不能出现任何纰漏，文化交流工作一定要圆满地完成。

经过一个小时的飞行，飞机降落在了高雄小港国际机场。一下飞机，就有个年轻的警察迎着他们走过来，到了近前，警察很有礼貌地说：“大陆同胞，你们好，请跟我来——”

大家面面相觑，不知道警察是怎么知道他们是来自中国大陆的。这时有人指了指身上佩戴的黄色标志牌，大家才恍然大悟。

警察带着大家走过好几个通道，每到一个通道，都会让台湾的乘客退到后边，让他们先行，台湾的乘客们也都非常友善地进行配合。

直到走到一处办理各种手续的地方，警察才让他们停下来。负责办理手续的警察，也是很有礼貌，他站起身来，微笑着说："各位辛苦了，欢迎来台湾"，他的台湾普通话很好听，听起来很温暖很亲切，郭馆长说感觉像是见到了自家的兄弟。

警察例行公事，问他们来台湾干什么？当他听说是进行妈祖文化交流的时候，诧异地问："大陆允许搞宗教吗？"一个领导回答："大陆实行的是宗教信仰自由的政策。"警察可能是头一次接收这样的信息，脸上表情有些愕然，但很快就恢复了微笑。

接着是要进行安检，检查他们带来的十几个大箱子。可是当警察听说，箱子里面装的是大陆来台进行妈祖文化交流用的祭祀服装和道具，他们竟然没去打开箱子，而是停止了检查，摆摆手放行了。

本来出关需要一两个小时，在警察开得一路绿灯之下，他们只用了二十分钟，就出了关。

朝天宫的副董事长蔡辅雄、董事苏健荣、总干事吴祥、文化组长纪仁智等人，早就在外边等着了。显眼处，有几个小伙子高举着写有"欢迎山东长岛显应宫参访团"的牌子，旁边停着一辆接参访团人员的车，还有两辆大车，是接表演道具的。

面容和善、温文尔雅的蔡辅雄先生，之前到过长岛，见到风尘仆仆的长岛朋友们，很是激动，快步走上前来，与大家握手拥抱。

寒暄过后，大家坐到车上，一路谈笑风生，驶往北港。车窗外边，掠过一排排南国风情的棕榈树，像娴静美丽的绿衣姑娘，列着队，欢迎他们。

参访团分住在行政大楼和北港朝天宫香客大楼。郭馆长住在香客大楼，住那里的还有负责教授祭祀礼仪和八佾舞的其他四个人，分别是负责舞蹈编导的王慧洁、负责音乐的孙世杰、负责场地的冷宁和负责道具的刘汝全。

第二天开始，张书记和冷主任他们就到各宫庙进行交流，主要是在台湾妈祖信仰表现很集中的云林、嘉义、台南、高雄、屏东等南部地区。负责传授祭祀礼仪和八佾舞的五个人，开始到学校挑选培训的学生。

十月的台湾，天气还是很炎热。大家顶着热浪，在朝天宫工作人员的陪同下，走了几家中学，可是因为学生的身高问题，都没有找到合适的。于是，朝天宫又联系了台湾中国医药大学。大学生们听说是大陆来台教授妈祖祭祀礼仪的，非常感兴趣，纷纷争相报名参加。最后经过身高、气质各方面的严格挑选，初选了700多名学生。很多落选的学生，神情沮丧，表示非常的遗憾。

由于学生白天要上课，况且白天天气也太热了，培训活动定在每天晚上六点到九点，三个小时。

郭馆长说，白天不培训，朝天宫就安排专人陪同他们到彰化、阿里山、台南和高雄等地到处走一走，看看台湾的风景，了解一下台湾的风俗民情。

每到一处，当地人得知他们是从大陆过来的，都很热情地和他们攀谈，给他们介绍当地的情况，哪里好玩，有什么特产，同时也好奇地打听一些大陆的事情。

他们陶醉在台湾的青山秀水中，也温暖在台湾同胞兄弟姐妹般的情意里。其间，朝天宫正直大气的蔡辅雄、干练沉稳的吴祥、像东北人一样豪爽的苏台湾、像山东人一样纯朴善良的阿平，还有许多不知名字的台湾朋友，几乎每天都要过来道声辛苦，嘘寒问暖。台湾朋友们对他们的关爱有加，让他们非常感动，留下了至今也忘不了的美好记忆。

当他们表示感谢时，蔡辅雄董事长总是笑着说："别客气呀，别忘了，大陆、台湾本来就是一家人嘛，现在要感谢妈祖，是她给了我们走动的机会"。

学生们对于培训很重视，家长们也非常支持。每天很多家长都是亲自开车从很远的地方送子女过来培训，临走，都要对着孩子说一句"加油！"。还有的小姑娘在排练的时候，男朋友天天陪在一旁帮着拿衣服，一等就是两三个小时。

每天排练结束后，学生们都不急着离开，团团围住郭馆长，问一些祭祀礼仪中的知识。有的问，为什么我的角色叫"荐生"，他的角色叫

"礼生"？有的问，为什么我和他们穿的礼服不一样？为什么拿的道具不一样？为什么走路姿势不一样？郭馆长都是一一耐心地给他们解答。

学生们更是对祖国大陆充满了向往。郭馆长就给他们讲中华民族悠久的历史，灿烂的文化，各地风景名胜和各民族的民俗风情。学生们听得入了迷，有的说，将来要到大陆读研究生；有的说，想到大陆工作；甚至还有女生说，想在大陆找婆家，将来嫁到大陆。

本来郭馆长还以为，年轻人来学习祭祀礼仪和八佾舞都是为了玩儿的。直到有一天，他亲眼看到一个女生在给几个男生讲"八佾舞"的知识，他才相信，这些孩子是真的喜欢我们祖国的传统文化。

那个女孩儿完全是用郭馆长的口吻语气在讲：八佾舞，也叫作"皇舞""羽舞"或"文舞"。舞者64人。左秉翟，右持籥，八行列，相和而歌，相舜而舞。以期符合"工升歌，下管象"的礼乐规制……

女孩儿在讲解的过程当中，表情严肃而认真，一脸对传统文化的敬畏之情。听讲的学生们，无不敬佩地看着她，满脸都是崇拜的神情。

一个男生很骄傲地说，参加了这次活动，是他人生当中非常重要的一环，他周边的同学纷纷点头赞同。

学生们也很尊重给他们做指导的老师，他们给老师们带来凤梨酥、牛轧糖等台湾特产和一些小纪念品。老师因为水土不服不舒服，同学们跑到很远的药店买来了药品。经过十天的艰苦培训，进行了合练，后来又彩排了两次，他们终于可以上场表演了。

农历九月初九这一天，朝天宫举办了盛大的妈祖羽化升天日祭典活动。

祭祀礼仪和八佾舞表演的场地设在朝天宫庙埕。那天，听说祭祀表演是大陆妈祖庙过来教授的，各地涌来观众三四万人，一百多家宫庙前来参加。一时间，朝天宫前面拥挤不堪，人山人海。

由台湾中国医药大学280名学生组成的表演队伍，穿着从长岛运过去的古代祭祀服装，拿着各种长岛妈祖研究会自己制作的祭祀道具，伴着优雅的古乐，庄严肃穆地出场。

一场相和而歌，相率而舞的表演，顿时让广大观众耳目一新，人们深深沉浸在了古老的祭祀礼仪中。祭典活动引起了台湾民众广泛而积极的反应，获得了空前的成功！

这次长岛参访团在台湾传授妈祖祭祀礼仪和乐舞，用时二十二天。其间，参访团走访了 21 家宫庙，进行妈祖文化交流。

国内许多媒体纷纷报道：海峡两岸同根同源，祭祀大典在台湾的成功表演，一定程度上促进了台湾地区妈祖文化的雅化，也丰富了两岸文化交流的内涵。

郭馆长讲完了 2004 年赴台妈祖文化交流活动，茶舍外面的雨还在下。我们一时半会儿不能离开，关于妈祖的话题就在袅袅升腾的茶香里继续着。

自从长岛去台湾进行祭祀礼仪传授，之后，两地的妈祖文化交流活动更是频繁起来。先后有台湾黑脸妈祖安座庙岛显应宫、长岛显应宫金身妈祖分灵台湾、相互参加各种纪念妈祖的庆典活动，两地像兄弟一样地走动起来……

同座的朋友说，以前对妈祖文化不大了解，这种同根同源的文化，还真是能够拉近海峡两岸人民的心。

郭馆长说，是呀，习近平总书记就对妈祖文化有着重要的评价。

习总书记说：既是乡土文化也是重要旅游资源的妈祖文化，是凝聚两岸同胞的一条纽带，要充分发挥其在促进两岸交流合作中的重要作用。

作者简介：石爱云，山东省散文学会会员，烟台市散文学会理事；山东省散文学会 2018 年度优秀会员；曾任长岛北庄史前遗址博物馆馆长、副研究馆员；烟台市作协第四届理事。

乡村匠人

姜利晓

铁匠

那时的烟台乡村，一个村子里，至少要有一家铁匠，他们的存在，不只是为了自家的营生，更是方便了一村人的生活。

在烟台乡下，他们打造的铁器，任何一件都不是可有可无的存在，而是日常生活中的必需品，比如那铁锨锄头镰刀犁铧……离开了它们，乡下人家的日子，就无法正常继续了，说这话儿，一点儿也不夸张。

别小看了这些铁质的坚硬的冰冷的家伙，现实生活中，它们可都有着别样的柔软，关于它们和这乡村和这土地的故事，是讲也讲不完啊！

不管是任何一个铁匠，身体都是格外地好，常年的打铁，常年的敲敲打打，成就了一身的肌肉，他们一般都是皮肤黝黑，胳膊和腹部凸起的肌肉块，很有画面感，就像是那些健美的健身运动员一样，看着都是结结实实的。

那时，我的老家隔壁邻居家就是一户打铁的，记忆中，每天的清晨，早早地就会被他们家的敲打声给喊醒，叮叮当当，时而节奏感十分强烈，时而又是杂乱无章，不会让人觉得厌烦，但是十分动听，那些日子里，若有一天听不到这叮叮当当的声音，心里就会觉得空落落的。

儿时的记忆里，那时的我们一放学，就会爬上我们家的屋顶，他们家的铁匠铺，就搭建在他们家的院子里，所以，不用去他们家，就是在我们家的屋顶上，就能清清楚楚地看到他们家打铁了，打铁的是邻家二叔和大哥，他们父子，都是打铁的高手，起初自己对于这些还不太懂，就是单纯地觉得好玩而已，后来随着年龄的增长与知识的增加，我才知道，这看似简单的敲敲打打，其实也是一门技术活儿，是一门手艺活，没有一定的经验积累，是干不成的。

那时，只见他们不停地拉动着风箱，被拉动的风箱，发出呱嗒呱嗒的声音，此时炉子上的火，被烧得旺旺的，通红通红的，这是打铁的第一步，没有火，打铁的工作，就无法开展和继续。将要打制的铁器放在炉火上，等烧到一定程度的时候，就要开始自己敲打了，至于这个“一定程度”，就是个经验之谈了，根据手中要打制的东西，和这铁器的厚薄，再根据自己的经验而定。

光是敲打铁器的锤子，就有好几种，大号的小号的，还有不同造型的，不同的锤子，有着不同的用处，刚开始时，一般都是用大号的锤子敲打，敲打到一定程度时，就要开始使用小号的敲打造型了，在这个敲打的过程中，往往会是火星四溅，一块铁器会由最初的火红，渐渐变成铁原来的本色，在敲打一段时间之后，就会被放进冷水里，这时你会清晰地听见，那一声清脆的“刺啦”声，这叫“淬火”，是铁匠打铁的过程中，必不可少的一个步骤。

看似坚硬无比的铁，在铁匠的手中，被灵活地敲打着，在这敲敲打打声里，一个个的铁块，就慢慢地变成了锄头、镰刀、铁锹、犁铧……而这时在铁匠满脸汗水的脸上，也会笑出花儿来，劳动是辛苦的，但同时也是幸福的，就像他们这样，看着自己的一件件的劳动成果，内心的快乐，也是无与伦比的。

在这简简单单的重复中，烟台乡下的铁匠，继续着自己的日子，一年四季，他们都有着自己的活计，而有了这些活计，他们就可以在敲敲打打中，经营自己的生活了。那时的我们，就是喜欢看这铁匠打铁，那缭绕的烟火，那飞溅的火星儿，那叮叮当当的声响，那铁匠的肌肉，和几乎不间断的有节奏的敲敲打打，都让我们痴迷，更加让我们痴迷的是，当那一件件成品出现在我们眼前时，心里会替他们高兴，也感叹于他们精巧的技艺。

其实，我知道每一件铁器的身上，都装着一个个铁匠灵巧而柔软的心。

油漆匠

他们是当之无愧的烟台乡村匠人，一把刷子，一些油漆，就能被他们看似厚重宽大的手掌，给予最精彩的演绎，就能被他们描绘出乡下人家最美的生活画面。

儿时的记忆里，自己也有着一次粉刷油漆的经历，为了节省钱，当然活儿也简单，所以父亲就没有请油漆匠做活儿，而是选择了由我和父亲两个人一起完成，其实，这看似简单的活计，不是专门干这件工作的人做起来，就没有这么容易了，结果是，由于各种工具的不全，导致我们两个人的刷漆活儿半途而废。最后，不得不请了油漆匠。

专业的就是专业。别说别的，就是那些专门的工具，就会让人眼花缭乱，看似简单的刷漆，其实也有着自己严格的步骤，哪一步该干啥，哪一步该干啥，都是有规定的，不然，刷出的漆，不但不美观，也不耐用，时间不长，就会崩皮脱落，这是大忌，是对油漆匠手艺的一种侮辱，是对他们声誉的一种玷污，对于以此为生的油漆匠来说，这是绝对不能允许的，是绝对不能发生的。

一个工具箱里，放着他们使用的铲子、钢丝球、泥粉、砂纸，当然还会有不同型号不同形状的刷子，这些都是他们干活时必不可少的工具，缺少了哪一样，都会影响到工作的进度与工作的质量。

最先的工作，就是打磨。不管是木质的还是铁质的，粉刷之前，都要不停地打磨，这是基础性的工作，如同盖大楼时的打地基一样，离开了它，后面的工作就无法继续，只见他们根据材质的不同，会选用钢丝球或者砂纸，不厌其烦地打磨，一遍遍，一遍遍，再来一遍遍，如果木板上有小眼儿或者小窟窿什么的，他们还会用自己调制的泥粉，进行修补，修补好之好，再继续打磨，直至将它们彻底打磨平整，这第一步的工作，就算是完成了。

紧接着就是上漆了，和打磨一样，上漆也不是一蹴而就的，一遍，两遍，三遍……根据自己的经验，再加上自己的目测，决定着上漆的遍数，总之就是两个目的：美观，耐用。门子家具，都是他们工作的“主要战场”，往往是一阵忙碌下来，你看吧，在你的目光里，就会呈现出无尽的惊艳了，原本看似平淡无奇的铁质或者木质物件，此时被他们粉刷完之后，就呈现出一种崭新的色彩，就是那些旧物件被他们一粉刷也会变得崭新。在粉刷好的油漆底上，他们会用自己的画笔，在上面画上喜鹊啊，花草虫鱼啊，梅兰竹菊啊……于是，给生活增添一丝新鲜和喜气儿。在乡下，尤其是谁家要娶媳妇了，这做家具和粉刷家庭，就是必不可少的事情了，这时油漆匠的活儿就多了起来，他们虽然忙忙碌碌，但是心中也是异常得高兴，对于一个手艺人来说，不怕干活忙碌，就怕没活干啊！

在烟台乡下，不只是喜事儿，就是丧事，也会有这油漆匠的身影，在棺材上，油漆匠也会聚精会神认认真真地画着和粉刷着，这是送人最后一程的事情，马虎不得，敷衍不得，否则在他们心中，会自认为是对逝者的大不敬，虽说即使你画得再好刷得再好，最后也是被埋进泥土里，但就算是这样，也还是要认认真真地对待，这是职业道德，更是对自己声誉的看重。

其实，当我写到这些文字，写到他们时，我仿佛就能闻到那股子浓浓的油漆味儿，和他们一个个认认真真干活时的样子，他们用自己的一下一下，刷出了乡下人家真实的日子，和最最真切的悲喜。

烟台乡村油漆匠啊，用油漆和画笔，把乡下人家的日子，粉刷和描绘出了不一样的情韵与情趣儿，粉刷和描绘出了不一样的美与魅力，让我每想起一次，心中的记忆，就会被他们刷新一次，带着浓浓的油漆的味道……

木匠

和铁匠一样，木匠也同样不可或缺。在烟台乡下，木匠是门子，木匠是床，木匠是窗户，木匠是柜子，木匠是沙发，木匠是桌椅，木匠是长条儿……

对于木匠来说，这木头就是他们心中的宝贝儿，靠着木头过活，对于他们来说，这一生中最最亲切最最熟悉的味道，就是这木头的味道了。

由最初的一棵大树，在他们的手中，在他们手里工具的砍削锯刨之下，渐渐地变成了一块块的木板，一根根的木方，一个个的木条，不同的造型，有着不同的用途，谁也无法代替谁。

他们干活儿的时候，少不了一根墨线，一个墨斗，一支铅笔，还有一些尺子，不管是制作什么物件，这些东西，在他们的心中早已是胸有成竹，在我们看来，他们看似随随便便的动作，其实都是按部就班来的，每一步都是不能更换的动作，每一件成品的背后，有他们挥洒的汗水，更是他们的智慧凝聚。

凿子、斧子、锤子、锯子、锛子、刨子、角尺、墨斗、铅笔……是木匠最有力的助手，也是他们最得力的工具。

在我的记忆中，我们家打家具时，父亲同时让那木匠，也为我专门打制了一个书柜，几乎是整个制作过程，我都是见证者，只见他先是做木板的刨平工作，将手中的刨子放在木板上，一下一下，刺啦刺啦，刨花溢出，不一会儿，就会是一地刨花，在越来越多的刨花出现后，这木板就平整了。之后，就是用墨斗标线了，根据书柜的形状，他一下下地标出线条之后，就是不间断地敲敲打打了，看着一块块的木板，一根根的木条，在他们的手中不停地翻飞着，铁钉与木头的撞击声中，简简单单的单一的木板木条，就成了一个柜子的形状，在我的心目中，他们就是当之无愧的魔术师，他们演变的不是神奇，而是我们真实的生活啊！

记忆里的老家，家里所有的家具，甚至包括自家的门窗，全都是那乡下木匠的杰作啊，他们日复一日年复一年地忙碌着，在这不停的忙忙碌碌和无尽的敲敲打打里，一家家的家里，增添着崭新的家具，而他们也增添着属于自己的这份手艺人的收入。

其实，说句实话吧，那时在我的幼小的心中，也产生过长大后要当木匠的想法，要知道，这也是一门手艺活儿啊，学会之后，也能养家糊口过日子，虽然后来由于种种原因我没能当成这木匠，但是我心中对他们的敬仰，却一直未曾改变。

他们是值得尊敬的，不只是因为他们高超的手艺，更主要的是，他们为了生活不停地忙忙碌碌，和在不停的忙忙碌碌中的那颗对待生活的火热的心……

烟台的乡村木匠啊，一直是我心中那带着浓浓的木质味道的乡愁。

剃头匠

听说过“剃头挑子一头热”的这句话吗？这就是对乡下剃头匠最简单的描写啊！

就是一副剃头挑子，一头是一个燃烧着的火炉，一头是给人剃头时要用的工具，儿时的乡村，剃头匠是最常见的乡下手艺人之一。

他们一进村，你就会听见那熟悉的吆喝声了，他们修理着我们的头发，也修理着我们的生活。儿时的记忆里，总会有被剃头匠剃头时的影子，他们不只是剃头，还会给长着胡子的男人们刮脸。

不用铺子，大街上、大树下、空场里，只要是这剃头挑子往哪里一放，哪里就是他们干活儿的场所了，在他们的吆喝声中，想要剃头的人，就会自动走出家门来，来到他们跟前，之后就是各取所需了，剃头匠靠着剃头挣着一些散碎钱贴补家用，被剃头的人，则在剃头匠灵巧的操作下，得到一份清凉与舒适。

手动的推子、一把剪刀和一把锋利的看着都是寒光闪闪的剃刀，就是他干活时的主要工具了，推子当然是理发用的，剪刀也是剪头发时使用的，而剃刀就是刮脸时用的，那时的乡下老人，多喜欢剃成光头，所以这一把剃刀，就成了剃头匠为他们剃光头的主要工具了，他们将手中的剃刀，灵活地在被剃者的头上，不停地移动着，于是不一会儿，被剃者头上的黑发或者白发，就不见了踪影，露出的就会是一个圆圆的白白的肉质的大脑袋，这剃头的工作啊，就算是完成了。这剃头看似简单，其实也是一门手艺活儿，没有经历过长时间的练习实践，恐怕，你的剃刀一挨到头皮，就会有鲜红的血液溢出吧！如果是给别人剃头剃出了血，别说挣到钱了，恐怕还要赔偿人家吧！

曾清清楚楚地记得那细微的刺啦刺啦的声音，这就是剃头匠给自己剃头时的声音，仿佛是一种乡音和乡愁里的记忆，和那些熟悉而亲切的鸡鸣犬吠声一样，都是最甜美最深刻的一部分，至今想起这剃头匠，还能隐隐约约地听见那刺啦刺啦的声音。

其实，烟台乡下的剃头匠，就是一幅带着浓浓乡愁和时代气息的乡村图，图画里，一个剃头挑子，一股缓缓上升的热气儿，一个剃头匠，一个剃头人，一截缓慢而舒适的时光……

而现在随着社会的飞速发展，和人们生活水平的不断提高，即使是在乡下，这剃头匠的影子，也看不见了，什么美发屋、造型室，像是雨后春笋一般，出现在城镇和乡村里，再也没人找那些剃头匠剃头刮脸了，没有了活计的他们，也渐渐地改了行，被生活所迫，不得不换了工作，所以这剃头匠，就成为了一个时代一群人心目中的那集体的记忆，供我们回想，供我们繁衍乡愁了。

但是多少年过去了，当我每次想起那些乡村剃头匠，和那个在乡村的大树下空场上，被剃头匠剃头时的情景，心中还是会甜甜的暖暖的，那种温暖的感觉啊，就一如那剃头挑子热的那头的冒着热气儿的火炉与水盆一样……

作者简介：姜利晓，先后在《星星诗刊》《中国诗人》《散文诗世界》《奎屯文学》《葡萄园诗刊》《牡丹》《中国文化报》《安徽日报》《佛山文艺》《解放军报》《宁夏日报》《内蒙古日报》《羊城晚报》等上发表各类作品 1000 余篇，获全国性征文奖 100 余次。

我给“杨朔”写封信

陈文念

弹指一挥间，一晃，我在著名散文家杨朔先生《海市》文中的“我的故乡蓬莱……”居住四十多年了。杨先生这篇脍炙人口、空前绝后的美文历久弥香，实至名归成为海滨旅游城市蓬莱的代言人。

杨朔先生出生于 1910 年 5 月，今年恰遇先生诞辰 110 周年。他是现当代诗意散文家，毛主席称他为“新中国青春歌手”。在纪念他的时候，我欲写一篇杨先生笔下蓬莱新变化的短文寄给他，我知道乡贤十分想知道如今蓬莱的新面貌、新气象的。

因为，他的《海市》那意味深长的结尾写得很清楚：海市原本是虚幻的，正像清朝一个无名诗人的诗句所说的：“欲从海上觅仙迹，令人可望不可攀。你怎么倒能走进海市里去？岂不是笑话！原谅我，朋友，我现在记的并不是那渺渺茫茫的海市，而是一种真实的海市。如果你到我的故乡蓬莱去看海市蜃楼，时令不巧，看不见也不必失望，我倒劝你去看看这真实的海市，比起那缥缈的幻景还要新奇，还要有意思得多呢。”

今天，新时代现实生活中的蓬莱风景如画，美轮美奂，风光旖旎，生态宜居，是一座全国优秀的海滨旅游城市。比杨朔先生当初的倾情描述有过之而无不及！

说到蓬莱的变化，那就从我来蓬莱说起吧。

20 世纪 80 年代初，也就是 1980 年我像一棵漂萍落在这里，我初识杨先生笔下的古城蓬莱，是我的大学梦求学开始的地方，那年考进县城一所中等师范学校。

上学报到那天，我喜悦的心情就像九月澄碧的蓝天那样灿烂。从未出远门的我，想象去上学的城市，会高楼大厦，鳞次栉比，柏油马路比比皆是，宽阔笔直。然而看景没有想景美。到了蓬莱城，我从车窗外瞧去，沙土路尘土纷纷，眼前的景象并非想象那样美好，融入眼帘的景象和我所在的农村差不多，几乎没有高楼，民房居多，道路狭窄。车站大门朝东，一排小平房，院子是偌大的用沙土铺垫的停车场，一位中年妇女拿着一个喇叭喊着：蓬莱汽车站到了！

我睁大懵懂惺忪的眼睛，朝我要求学的这个陌生小城四下望望，心里似乎有点失望。“这就是我读书的县城吗？”

随后学校安排一辆绿色解放牌汽车把我们拉到学校，一路上，窄窄的路面尘土飞扬，有点像沙尘暴，路的两边只有零星的几棵大柳树。学校，在城郊结合部，是一排挨一排的红瓦白墙平房，门前是村里的菜地。这里陪伴我走过改变命运的那些美好求学的日日夜夜，督促我加倍珍惜年轻读书的那些快乐时光。

闻名遐迩的蓬莱阁就在学校北面，离学校一里多路，从学校北门去蓬莱阁更近。星期天我们最愿意去蓬莱阁游玩，拍拍照片，浏览一下石碑上的诗文，在毕业的时候也去蓬莱阁拍了张纪念照。

那时全国刚兴旅游，去阁不要钱，后来门票是五分钱。阁上只有一位白胡子道士，没有像现在有正规的管理团队，维护阁上的美丽。阁上面的建筑多年失修，破烂不堪，殿里面供奉的一些神仙像，有的缺胳膊短腿，有的面目全非。院子里杂草横生，那一片颓废的景象。

刚来蓬莱的时候，蓬莱城街道很窄，土路占有很大成分，只有四五条柏油马路，城中人口三四万，如今达到十二三万。中心街道只有一百货商店和二百货商店，路面两旁只有些小饭店，依稀看到古城墙的旧址。

两年学习后毕业留校工作，我与这座城市结缘，借此我生命的血脉流淌在这里，记忆的时光融入了山海风情，可以说从此与小城蓬莱朝夕相依，形影不离，同忧同乐。

屈指算来，如今安家落户四十多年，小城就像自己一手带大的孩子，我见证她的成长发展，见证她的冷暖，见证她的悲欢离合，见证她的日新月异的变化。

最初的直观印象是靠海的县城，那时城中有石板路、沙土路，我对小城最初的感悟也仅为两个词汇：古美和空灵。说她古，因为她已经有两千一百余年的浑厚历史了；说她美，因她那阁、海、山、水，如诗如画的秀美，山也秀丽海也灵动。蓬莱的灵秀，空灵、典雅，永不褪色，它像穿着一双木屐，穿越岁月，一步一步从唐朝走到现在。宁静与美丽是蓬莱永不变更的情怀，小城也是永不寂寞，响当当的，有着独一无二迷人的故事，变幻莫测的海市蜃楼、优美动听的八仙神话故事是她的基因，扎根深耕在这片蔚蓝的海域，绵延不绝，她的山水地貌就是她故事的映照和惊艳的魅力。她把一身的澎湃激情都抖落在仙水与厚土上，于是，便生长出了一行行翠绿古典而时尚的诗句。那就是人间蓬莱，宜居生态之城，诗意园林，葡萄酒城。每次我从外地出差回到蓬莱边界，就感觉空灵飘逸，无怪乎，古人称这里为人间仙境。

在这里生活久了，我不但是眼观这座城市的外形，她的容颜，而且更注重学习、欣赏这座城市的内涵。天长日久，我读蓬莱，研究蓬莱，相知蓬莱，喜欢蓬莱，她就像伴随我终生的亲密伴侣。

我的一往情深和好奇，让小城尘封的记忆仿佛在深情的呼唤中刹那间苏醒，浸透了仙风海韵的文化气息浓郁扑面：这里有金盔铁甲威武雄壮的戚家军，水城练兵指点大海的豪迈气概，这里有一个源自秦皇汉武梦境的蓬莱阁，在几千年的岁月长河里，仙踪缥缈，亦真亦幻；这里有蓬莱水城，一个传承登州古港的不老传说，……仿佛让人置身于历史与现实交错的时空里，心灵也被灵动的历史所震撼。日积月累，赏小城的美景，品小城的名人，我对蓬莱深厚的文化积淀了解得越来越多，也让我不但爱上小城蓬莱，更喜欢她骨子里的独特仙文化。

蓬莱近代史上出了好多名人，著名散文家杨朔是蓬莱人，是他写出了海市文化的扛鼎之作，影响了几代人。1959 年 6 月，初夏明媚，石榴花开，杨朔从开罗回国休假，卸去案牍忙累，终于可以回到阔别 20 多年的家乡蓬莱了。

他闻见一股极熟悉的海腥气，听见路两边飞进车来的那种极亲切的乡音，心激荡得好像要融化似的，又软又热。

他感觉处处都十分熟悉，却又不熟悉，这一切来源于家乡发生的新变化他万万没有想到，他离开蓬莱20多年，家乡的一切发生了这么大的变化，让他大开眼界，目不暇接……他通过写老姐姐家的新变化映射出时代的新风貌，他回到北京写了《仙境蓬莱》。正如他所表述的那样“重新看看家乡一切可爱的山水人物，一时间，我是那样地想念家乡，想念得心都有点发痛……”乡愁是杨朔难以割舍的情愫。

沧海桑田，华彩乐章。在我写这篇文章的时候，离杨朔首次回家又一个甲子年。

悠悠六十年了。现在蓬莱又是啥面目？蓬莱的新变化在哪里？我引用登州知府朱处约《蓬莱阁记》中的一句话“听览之间，恍不知神仙之蓬莱也，乃人世之蓬莱也”更恰当，更逼真。

东方风来满眼春，萧瑟秋风今又是，换了人间。沐浴着改革开放的春风，勤劳淳朴的蓬莱人民，成为繁荣生活的活神仙。满眼生机转化钧，天工人巧日争新。汉武帝把神山的名字送给了这方土地，这方土地的人民用勤劳智慧的双手把这里建设成为人间仙境。

难怪张爱萍将军写下这样的诗句：

仙阁求仙已过时，而今来游莫为迟。
喜看丹崖换异彩，蓬莱儿女赋新诗。

“春到蓬莱，淡墨双钩描水韵，梦连家园，初心一片靓登州。”杨朔的出生地石岛村，如今是乡村振兴的一面旗帜，是新时代的美丽乡村。

如果石岛村是发展变化中的一朵浪花，那么人间蓬莱的发展就是脱胎换骨，如汹涌澎湃的大海，一往无前。

2020年的蓬莱城，比二十世纪五六十年代规模扩大了好几倍，现在城区建设延伸到东面的蓬莱的经济开发区，南面扩展到庙山脚下，西面扩展到小泰山，城中南北距离长达20公里。城中楼房林立，街道宽阔，柏油路四通八达。地标建筑层出不穷。四十年的光阴荏苒，我见证了小城前进的步伐，看到了刻画民生幸福的印记，感受了砥砺前行的力量。

“仙境蓬莱”，持续不断地打开思维格局、空间格局和发展格局，从

“固守时代”迈进“奋进时代”，进而迈向“全域旅游山海时代”。

莫为浮云遮望眼，风物长宜放眼量。我觉得，蓬莱城市扩张找准了发展位置，逐渐形成了自己的个性，有仙文化特色个性化的建筑，从城南进城，疾驰钟楼南路，道路两边楼房，不高不矮，一律三层，古香古色，古城风情浓厚，使蓬莱名片越来越亮丽。

令人不可想象，发生了日新月异、翻天覆地变化的是，除了古老景点蓬莱阁建筑群能展现仙境蓬莱的神韵风姿，城市的风景建筑是最直接体现城市内涵的外观方式。

改革开放以来，蓬莱以八仙过海旅游集团为代表的旅游企业的崛起，励精图治，砥砺前行，集思广益把蓬莱厚重文化演绎到了极致，昔日的黄沙滩涂妙手成绿影婆娑，翘檐如钩，浮碧大海的观光大道，在蓬莱城北面海滨路沿岸以智慧精彩之笔描绘着杨朔笔下的人间仙境的大美。在杨朔先生曾经写过的果园里，一个“山上皆金玉，禽兽皆纸缟，珠轩之树皆丛生，华实皆有滋味，食之皆长生不老”的“三仙山”，恍然间从神话典籍中飘然而至人间仙境的蓬莱。

“仙山里只见浩大的湖面上烟波迷离，苍茫无垠。湖边上古木参天，松柏苍翠，杨柳依依，桃李盛开。湖中殿阁高耸，连绵不绝。水中天鹅闲游，海鸥翩跹。耳边又有风声水声鸟鸣声次第入耳……迷蒙中有真实，真实又存于迷蒙，恍兮惚兮中，已觉进入梦中仙境矣。”烟台散文学会会长綦国瑞写道：“旅游的人，往往厚古薄今，其实蓬莱士女创造的三仙山并不比丹崖山上的蓬莱阁逊色，它同蓬莱阁一样有着无穷魅力，随着时代的推进，它将取得同蓬莱阁一样的历史地位，并共同演绎蓬莱仙境的辉煌。”

在蓬莱三仙山对面，是一片烟波浩渺的大海，在这片大海中，有一处神韵独具的胜迹八仙过海口。我在散文《八仙渡：美轮美奂的海市画》写道：“她坐落在蓬莱城北黄海之滨，呈葫芦形海岛状横亘在大海上，诠释的是八仙之一铁拐李凭手中宝器漂洋过海的佳话。她与蓬莱阁毗邻，同长山列岛隔海相望。这里既蕴涵着神灵仙界的玄妙与缥缈，又弥漫着现实人间的美景与温馨。越南友人黄文欢题词所云：‘八仙过海，传闻如此多奇，万事由人，风景这边独好。’”

空中鸟瞰八仙过海口，宛若镶嵌在碧波荡漾的大海中的群雕，古香古色的亭台楼阁，青松翠竹，掩映在一个浅白和暗红相间的建筑群中，犹如一幅呼之欲出的“海市画”，给人一种特有的视觉效果，造成虚与实，轻盈与凝重的对称。尤其是薄雾弥漫其间时，整个拔海而起的建筑群闪烁颤动，若隐若现，飘忽变幻，又给人一种百态千姿的风韵。

每到此地，我的目光就不停地捕捉着，欣赏着，不由自主地联想到了伟大诗人李白《梦游天姥吟留别》诗中的句子：“海客谈瀛洲，烟涛微茫信难求……脚著谢公屐，身登青云梯，半壁见海日，空中闻天鸡……洞天石扉，訇然中开，清冥浩荡不见底，日月照耀金银台，霓为衣兮风为马，云之君兮纷纷而来下……”我想用这些脍炙人口意境深远的诗句，描绘八仙过海口的美景，不更是栩栩如生，惟妙惟肖吗？

八仙渡、三仙山在表达着神仙文化的符号，一座地标海市公园在传达着海市文化。通过典型的建筑，将小城文化赋予蓬莱各种外在物质载体以内在的生命力。

星星之火，可以燎原。那熙熙攘攘，络绎不绝到蓬莱观光的游客大潮，源于历久弥香《海市》的文韵，这也许就是杨朔的《海市》点燃的燎原大火，一篇飘逸空灵的散文佳作迸发的力量难以估量，这就是文学的魅力，文学的力量。他的《海市》至今魅力不减，长久不衰，一代代传诵着。如今他的《海市》散文节选，家乡人用显眼的宏大的绿色启功字体，铭刻矗立在家乡新落成的海市公园的巨大石碑上，成为海市公园最出彩的亮点，最有海市文化的基因，成为海市公园的魂魄。

让远道而来的各地游客吟诵他给家乡蓬莱留下的空前绝后的优美散文。

我已看到，不管是蓬莱人还是游客，不论是老年人还是小学生，只要走进海市公园，只要走到石碑眼前，都是神情专注，瞪大眼睛，以仰视敬畏的目光，浏览着那方有杨朔体温的黄褐色巨型刻石上的文字。此时我仿佛已经听到他们兴奋地朗诵杨朔《海市》那饱含激情，洋洋盈耳，余音绕梁的声音，回荡在天海之间。

在三仙山东面，欧乐堡梦幻世界、欧乐堡国际大酒店横空出世，拔地而起，已经成为蓬莱仰视的地标新建筑，抒情地盖着新贵或者新宠的熠熠闪光的文化印章。

我想，走进一座城市可以有多种路径。旅游、阅读、口传……我个人觉得从建筑中来加深对一个城市的认识和理解，是比较有效、便捷的一种。尤其像蓬莱这样一座城市，她有故事，有来历，有风物，有个性，有积淀，有创新。

一城文化半城神仙，是海滨小城蓬莱独有的内涵。我看见蓬莱在全国各地做的广告宣传语：到蓬莱过神仙日子。我如果以字作比喻，水灵灵的蓬莱就好像那毛笔字，空灵飘逸，细心把她雕刻在檀木板上，黑底绿字，文采飞扬。雕好，嘘，轻轻一吹木屑，挂上端详，一派古雅生香，招人喜爱。

作者简介：陈文念，《蓬莱岛》杂志主编，著有长篇小说《大忠祠》《蓬莱阁那些故事》，散文集《走进蓬莱》《品读蓬莱阁》《题诗作画游蓬莱》《八仙过海在蓬莱》《文念散文精选》，公安纪实文学集《仙境神剑》《与女囚有约》。作品散见于《人民文学》《山东文学》《人民公安》《蓝盾》《法制日报》等全国各类报刊，于2016年“普陀山杯”全国征文比赛中获得一等奖；于广东·云浮禅茶文化节征文比赛中获特等奖；几十次在全国征文比赛中获得其他奖项。

月是故乡明

蔡玉臻

1995 年初冬，我以文史委的名义向海外侨胞发了一封文史资料征集信。12 月 5 日，台湾政要孙运璇的胞妹孙慕娟女士便给我写了回信。从此，我们便鸿雁迭飞，尺素频传，成了好朋友。从事文史工作后，我与不少古稀老人结成了忘年之交，而像孙慕娟这样一位来自海峡彼岸的女性，却是第一位。

孙慕娟是蓬莱市堡后孙家村人，1924 年出生于内蒙古海拉尔（其父时在海拉尔法院供职）。七岁时回到老家，就读于其父开办的育英小学。毕业后，父亲让她学医，以救死扶伤于民。但她自幼害怕死人，学医不合心愿，便改学教育。1941 年，她考入烟台毓璜顶真光女中（教会学校）。毕业后于 1946 年去青岛，随后到了台湾，在台湾肥料公司第一厂子弟学校教书。1950 年与刘雍时先生结婚。刘先生是江西人，毕业于重庆大学机械系，担任过台湾造船公司机械厂厂长，后自营歆欣工程股份有限公司。1953 年，她离开教育，操劳家务，教育子女，扶持丈夫的事业。1980 年，刘先生不幸辞世，她毅然接替了歆欣公司的担子，风风雨雨走过了十几年。回顾这些年来的历程，她不无感慨地说，我的每一步脚印都洒满了心血与汗水，实在太艰难了。

她永远不会忘记那些痛苦心酸与拼搏奋斗交相煎熬的岁月。刘先生刚去世时，她极度悲哀，痛不欲生，徬徨终日，万分凄凉。一天，当公司的同事们都下了班，她独自一人坐在客厅的椅子上发呆。屋里没有开灯，她在一片黑暗中默默地淌着眼泪，茫然凄楚地悼念着冥冥之中的亡魂，“惟将终夜常开眼，报答平生未展眉”，逝者已矣，不胜伤感。当她的儿子回家后打开电灯，发现坐在那里泪流满面的母亲，急忙上前抱着她说：“妈妈，你不要太伤心太难过。爸爸走了，你还有儿子、女儿。你有我呀，我一定会好好照顾你的！”他边安慰，边把母亲扶进房内。那天晚上，她彻夜未眠，“不思量，自难忘”“唯有泪千行”。不过，她深深知道，这已是不可改变的事实，不能这样悲悲切切地继续下去。死是寻常事，人在坠地之时，死案已立，只是修短的缓刑期间人各不同而已。要坚强地生活下去，免得让孩子们再为自己担心。

走出痛苦与悲伤之后的孙慕娟，毅然继承起丈夫的事业，担任了歆欣工程公司的董事长兼总经理。她的举动，使旁观者无不为之一惊。一个知命之年的女性，而且是一个失去了丈夫呵护撑持的女性，要独立去操办工程建筑方面的事业，谈何容易？但是她丝毫没有怯懦，显得那样从容，那样自信。她恪守的一条就是，“要不被别人打倒，首先不能被自己打倒，战胜自我，奋发向上，努力进取，就没有办不好的事。”

在竞争异常激烈的环境中，一个女流之辈，要经营好一个工程公司，难处的确太多。舆论的压力，同行的挤兑，人心的险恶，都使孙慕娟饱尝过苦头。在她刚刚管理公司不久，由于一位部下的奸诈诡计，使公司亏损了 500 多万元。这对她的打击很大，但是她并没有气馁，而是抖起精神，重整旗鼓，努力争取主动，摆脱困境。当她的大哥孙运璇得知消息后，不无埋怨地说：“这么大的事怎么不告诉我呢？”她说：“你的工作够忙的了，我怎么好再让你扰心呢？”她在台湾做事，从来不用做“行政院长”的哥哥孙运璇的名字来支撑门面。她认为，人而为之，支撑血肉之躯的，当是铮铮骨气，只有自励自强，才能够堂堂正正地站在人们面前。一些居心叵测的人曾经使她上过当、陷过坑，她气愤得流过泪，深深体会到世态的炎凉、做人的艰难。但是抹去眼泪之后，她依然从容不迫地站立在人们面前。

为了把歆欣公司管理好，她的确显示了一些不同于一般女性的地方。夏季，由于白天太热，物体膨胀，人也难挨，一些作业总是在晚上进行。她常常深夜亲自来到工地，登上高高的脚手架，除了检查掌握每个环节和部位的情况外，还给工人们送去点心和冷饮。对于出现的种种问题，她总是及时进行处理。对于公司的工人，她则处处关心体贴。

一位工人在既未戴安全帽也未穿胶皮靴的情况下，靠近电源进行作业，结果被电死。按理主要责任不在公司，孙慕娟却并不计较，向其家属提供了30万元的抚恤金。一次，一位工人由于操作不慎，受伤住院，因为伤势过重，需要很高的医疗费。当医院征求孙慕娟的意见时，孙慕娟说："只要能把人治好，花多少钱我都认了。"结果，为了治好这位工人，她付出了80多万元的医疗费。她的行动，深深感动了公司的职工，一致说："孙大姐待我们这样好，我们很安心在她的公司做事。"孙慕娟在实践中体会到，要把公司管理好，必须认认真真对待每一件事，扎扎实实做好每一件事。事业的发达靠大家，大家的积极性靠向心力和凝聚力。歆欣公司之所以能够得以巩固和发展，正是孙慕娟苦心经营、广大职工同心同德共同奋斗的结果。

1988年，当改革的春风在中国大地上兴起，海峡两岸的航路刚刚开通，孙慕娟便怀着急切与激动的心情，回到了阔别了40多年的故乡。她于5月4日先到了北京，5月6日以给父亲扫墓的名义来到青岛，后转程到蓬莱。1989年，她通过堂兄孙运显的协调办理，在蓬莱投资办起了第一家合资企业——宏大五金股份有限公司。后来，她又积极联络海外朋友，在蓬莱办起了"山海食品公司""宏昌包装有限公司"。

孙慕娟十分眷恋自己的家乡，"走遍了天下的路，最亲的是故乡；喝遍了天下的水，最甜的是故乡！"她的言谈和行动，无一不体现出一个游子对家乡故土的热爱。她在给我的信中写道："能为家乡尽上一份绵薄之力，是我的衷心愿望，在海外漂泊了近半个世纪，很想为家乡做点什么。我们山东人被某些人视为低等国民，这使我感到十分痛心。多么希望家乡的子弟们能够自重自强，力争上游，不再让别人瞧不起！这也是我回家乡投资办企业的主因之一。虽然我的年龄已不小了，属于'老'字辈的人，而且又是一个弱女子，但是我还是愿意在这剩余不多的日子里能够多做一点对家乡有益的事。"

"月是故乡明"，在孙慕娟的记忆中，她的故乡堡后孙家是一个美丽的村庄。粉墙黛瓦的农家屋舍肃朴淡雅，弯弯的小河绕村流淌，翠绿的岸柳吐着烟霞。这一切，给她留下了极深的印象。而尤其使她不能忘怀的，是她的父亲向她们姊妹说过的话。她的父亲曾对她们说："你们长大离家后不管走得多远，在我80岁的时候都要回来，每人都要为家乡办一件好事。"然而，"一别音容两渺茫"，居然四十多年漂流他乡，望穿双眼难圆归乡梦。

而当她年逾花甲终于踏上家乡故土之时，却不禁一下子惊呆了。村边的那条小河已经干涸，岸边的绿荫也踪影全无，村民的日子并不富裕。她禁不住流下了眼泪，一颗游子眷恋家乡故土之心疼痛不已。她本想为村里引进一点项目，改变一下村子的现状，并且已经做了一些前期工作，但是却遇到了一些挫折，有许多的难言之隐。于是，一腔热血变成了失望的叹息。尽管如此，她仍旧念念不忘范围大出了堡后孙家的故乡——蓬莱，经过多方努力，在家乡办起了企业，致使台湾的朋友们感慨地说："孙慕娟居然能在大陆乡下投资办企业，我们也跟进。"一次，孙慕娟的堂兄孙运显在车子里指着路边一家纸箱厂对孙慕娟说："这个厂子马上就要倒闭了，你能不能引进点资金来救救它呢？"她说："我搞了几个企业，感到很疲劳，年龄大了，力不从心了。"堂兄说："总不能眼睁睁地看着工人们没有饭碗呀！"她听到堂兄说到这个份上，把心一横说："这件事我办定了！"她把自己的想法对家乡的一位朋友讲了，这位朋友告诉她搞纸箱厂不赚钱，无利可图，劝她别干。她却说："我不为赚钱，只想让这些工人有一份工作。"回台湾后，她四处奔走，找朋友交谈，终于说服了庄凯臣先生，来蓬莱投资办起了宏昌包装有限公司。

1997年6月，在蓬莱市政府举办的回乡台港澳同胞联谊会上，孙慕娟女士积极呼吁，鼓动海外同胞在家乡投资办企业，为振兴家乡的经济出一把力。她的精神很令人感动。在烟台市举行的第二届APEC博览会期间，她作为烟台海外联谊会邀请的贵宾来到烟台。6月4日，烟台市委副书记栾秉良和烟台海外联谊会会长曲元显在毓璜顶宾馆会见并宴请了她。市领导对她的爱乡行动进行了赞扬，她表示，一定为家乡的建设做更多的贡献。

1997年7月，欣逢香港回归祖国，普天同庆，万众欢腾。6月30日晚上，孙慕娟正在烟台一家医院里养病，她从电视中观看了香港回归交接仪式的现场直播。当她看到英国的米字旗从香港总督府门前的旗杆上慢慢降落，中国的五星红旗徐徐升起时，激动得流下了眼泪。她对我说：“因为我是一个中国人，是一个地地道道的华夏儿女，香港回到了祖国的怀抱，我们中华民族一百多年的耻辱终于得到了洗雪，实在太令人高兴，太令人激动了！”她还说，只要我们能够团结起来，同心同德，努力奋斗，我们的国家就一定能够更加繁荣昌盛。

我很敬佩孙慕娟女士，敬佩她有一颗不老的心，有一颗时时热爱祖国念念不忘家乡的心。我相信，家乡人民的心，将一定会和孙慕娟女士的心紧紧联结在一起，息息相通，心心相印。

五年前，年逾九旬的孙慕娟女士因病谢世，然而，她的一颗爱国爱乡之心，却使家乡人民念念不忘，她的家乡情结和眷恋故土的精神，会永远被家乡人民所敬仰。

作者简介：蔡玉臻，多年从事蓬莱地方文化研究工作，主编了《蓬莱历史文化研究》六十多期，另有《蓬莱历史文化丛书》《蓬莱文库》《蓬莱文化丛书》《蓬莱地方文化概要》《蓬莱文化通览》《蓬莱史话》《水城史话》《东方文化·蓬莱特刊》等多种文史书刊面世，获得烟台市“老有所为楷模”和蓬莱市“道德模范”等各种荣誉称号。

第八座墓碑

綦国瑞

纵观中国革命史，那些带头起义又建立过根据地的人，大都赫然载入辉煌的党史和军史，但是，有一个人被相对的忽视了。那就是掖县玉皇顶起义的领导人，蓬黄掖抗日根据地重要创始人郑耀南。

离胶东抗日根据地创始人郑耀南逝世75周年的日子越来越近了。我的心又激动起来，为这个在中国革命史上，特别是在山东、胶东革命史上创建了丰功伟绩的民族英雄写点文章的冲动再次涌起。

我的家乡是山东莱州市，即掖县。1938年3月，30岁的中共党员、掖县县委书记郑耀南在这里发动了著名的玉皇顶起义，建立了山东第一个抗日民主政权。在他的影响下，龙口、蓬莱相继发动了武装起义。胶东特委在此基础上，迅速建立了胶东抗日根据地。

胶东的成功迅速引起中央重视，1939年5月13日中央书记处专门发出《中央关于胶东工作的指示》认为胶东“年余发展了数千党员，创造了六七千人的党领导的队伍，这是伟大的成绩”要求“建立坚固的抗日根据地”。在《关于山东及苏鲁战区工作的指示》中又进一步提出“在我们领导下的某处政权（如胶东三县）应该成为抗日民主政权模范区，极力扩大其影响于全省全国。”此时，我们党领导的八路军只有4万多人的主力，胶东党组织依靠自己的力量建立根据地，组成7000多人的抗日武装，对中央来说实在是一个振奋的消息，赞誉之情溢于言表。

如中央所指示，从那以后，胶东这片土地，无论是在残酷的抗日战争时期，还是在枪林弹雨的解放战争时期，基本上都是在中国共产党的领导和控制之下。1945 年 8 月 26 日，毛泽东在去重庆谈判前起草了一个党内通知："山东占领了整个胶东半岛……造成了极好的形势。"后来，我军进军东北，胶东在全国战略布局上，以其地理优势和海运能力显示出巨大的战略价值。

实际上，自 1938 年 3 月建立掖县抗日政权，这里一直是我党稳固的根据地，一直是我军强大的战略后勤基地。这里建立的北海银行是中国人民银行的前身。这里建设的兵工厂成为山东兵工的基础。这里建立的胶东游击队第三支队后合编为八路军山东纵队第五支队，随着中国革命力量的发展，抗战时成为山东兵团，抗战胜利后，以这个部队为基础先后组建四个野战纵队，几经变化，至今中国人民解放军仍有 3 个发源于胶东的集团军，这在我军的建军史上是绝无仅有的。

历史不能假设，如果不是郑耀南第一个高举义旗，在国难当头的时候成立山东第一个抗日民主政权，如果不是他忠心为党，相忍为党，掖县的革命史、胶东的革命史、山东的革命史，就完全会是另外一个样子，胶东也不会在中国革命史上这样具有举足轻重的位置。

也许是年代久远，也许是因为改编后他很快被调离，也许是因为其他原因，对于郑耀南在与党失去联系的情况下，自觉创建抗日根据地的辉煌历史和历史作用以及对他本人都没有得到相应地评价，郑耀南是有创建的地方革命的领袖，是中国共产党基层组织的创始人、武装起义的发起人、抗日根据地的奠基人，是我党杰出的政治、军事、经济人才，是优秀的革命家，他对胶东、山东乃至全国革命的贡献居功至伟。

在他去世 75 周年来临之际，作为他的老乡，我心中充满了对他的崇敬和怀念，那气壮山河的振臂一呼，那苍凉的默不作声的毅然西去，都让我潸然泪下，都让我肃然起敬。

英勇举义

莱州市在现代社会中名气不是很大，但它在历史上却有着举足轻重的地位。因其盐铁之利，汉代即在此设邑，唐代是征东军港，明代是抗倭重镇，清代是登莱青道道署所在地，管辖三分之一的山东。因为它地处黄渤海，面临日韩，使它成为一座英雄的城市，也是历经磨难的城市。

1938年的2月1日是古历正月初二，就在这天，已经占领了烟台的侵华日军开着18辆大卡车杀气腾腾地冲进了掖县县城。县政府门前站满了一片黄糊糊的日军。一片雪亮的刺刀在寒风中发出瘆人的白光。年前，国民党县长刘国斌就挟带着十万大洋逃回老家河南去了。消息传开，全县人心惶惶，时刻准备逃难，早已没有了过年的心情。商会会长刘子容打着太阳旗带着自己的女婿张延善一干人点头哈腰地来到县政府门前迎接，日本鬼子当众委任刘子容为掖县地方维持会会长，为其配备钢枪30支、匣枪10支、子弹18箱，刘子容迅速组建了伪警备大队，取缔一切抗日活动和抗日组织，毁坏一切抗日工事。一时间，跑得跑了，降得降了，掖县人民过着国破家亡、提心吊胆、朝不保夕、无所适从的日子。

就在这危难时刻，长期被国民党通缉的掖县中国共产党的创始人和领导人、掖县县委书记郑耀南回来了。他是北障乡郑家村人，生母姜云天，因其父去世早，被过继给养母马云占。因聪明过人，考入省立第九中学读书，他学业优异，多才多艺，能写能画，略通医道，谈吐不凡。在这里，他接受革命思想的教育，年轻的心中涌动着一腔为国为民的革命激情，成为学潮运动的领导人，后被开除学校。1928年正值革命的低潮期，就在这年6月他加入了中国共产党。那年，他只有20岁，身材高大、挺拔，如一棵擎天的白杨，方正俊郎的面孔，两道剑眉下是两只特别明亮有神的眼睛，真正是仪表堂堂，他戴一副黑框眼镜，穿一身长袍，儒雅中透着威严，俊秀中有着成熟，确有人中之杰的风范。他的平和的态度、正直的为人更是人人佩服。他深信“除社会主义革命外，无路可走”。是从济南回来的中共党员王鼎臣发展他入党。不久，根据山东省委指示在郑耀南家的南屋中成立掖县县委，郑耀南当选为县委书记，直接受山东省委领导。郑耀南博览群书，才识过人，是个有雄才大略的人，他的加入为党增添了栋梁之才。

在他的领导下全县农民运动迅速兴起，通过开展合法斗争，扩大党的影响；他带头变卖家产，购置枪支，秘密组织党的地下武装特务队，他积极发展党员，扩大党的力量。两次被国民党通缉和追捕，只好离开掖县。在被通缉的日子里，他寻找党、追随党、按照党的要求，革命足迹遍及山东、河北、平津、东北、西北各地。在抚顺下矿井，搞工运；在北京进学校，搞学运；在察哈尔参加吉鸿昌领导的察哈尔民众抗日同盟军，上阵杀敌，沽源战役中腿部受伤，造成残疾；在东北各地，他以特派员的身份执行党的任务，曾组织领导万余人的大罢工，并取得胜利；在烟台，参与胶东特委领导工作，担任宣传委员，主办党刊《战斗》。辗转各地，风餐露宿，虽千难万劫，不悔；历九死一生，不屈。最终成为经验丰富、卓尔不群的职业革命家。

在这国难当头的危急时刻，他又回到了掖县。他虽多次被通缉，在外为革命奔波，但他从没有放弃掖县的对敌斗争，他什么时候回到掖县，掖县县委委员都会聚集到他的身边，听从他的指挥。他回到掖县，县委就有了主心骨。现在，他家的小南屋的油灯又亮起来了，县委委员又自觉地围拢在他的身边。那个掖县县委的诞生地，又成了抗日斗争的指挥部。

那时，他还没有过30岁的生日，但他已是入党10年的老地下党员，深厚的学养，艰苦的磨炼，丰富的革命经历，已把他打造成成熟的革命家，他有着坚定的追求、火样的热情、卓越的见识、非凡的组织和领导能力，同时对政治、经济、军事、文化各方面都有所涉猎或实践，他已是有着远见卓识、运筹帷幄、指挥若定、高人一筹的党的地方领导人。

掖县县委同上级党委失去联系，已经一年多的时间，在这国难当头的危急时刻，何去何从，人们把目光聚焦到郑耀南的身上。

小南屋里摇曳的煤油灯的灯光把郑耀南的身影投射在墙壁上，沉稳又巨大，他的身边围坐着李佐长、李勋臣、郭欣农等同他出生入死10余年的战友，还有刚从外地回来的年轻党员张加洛，他们焦急地等待着他快拿主意。

面对县委委员的焦灼的目光，他感到了空前的压力：没有上级的指示，该做出什么样的决策？这关系到全县人的命运，关系到党组织的生死存亡。执行命令不用承担责任，可关系到生死存亡的决定不是说定就定的，这确乎需要一些超乎寻常的人来做决断，如刘邦决定举事，如斯巴达克决定起义。郑耀南就是临危不乱，胸有大志，胆识过人，超乎寻常的共产党人。国难当头，大敌当前，组织武装，杀敌保国，杀敌卫民是中国共产党的责任，等待观望就会失去武装起义的有利时机。他知道这要冒着杀头的危险，冒着党组织遭受破坏的风险。但大行不顾细谨，当断则断。他那双明亮锐利的眼睛直视着大家，大手一挥，果断地说“不能再等待上级指示，那会贻误战机，必须立即组织武装起义，建立抗日政权。”

他坚定地做出这个决定是形势所迫，也有胜券在握的气势。这些年掖县党组织已有了坚实的基础，也有自己的地下武装，现在是宏图一展的时刻了。当然他也做了最坏的打算。县委被分成了两部分，他亲自担任起义总指挥；张加洛不参与起义，一旦起义失败，由他继续负责党的工作。

1938 年的新正大月，郑家村家家锁门闭户，路上行人稀少，连串门拜年的老礼也不见了。民众在惶惶不安中度日。郑家的南屋成了这次武装起义的指挥部、中军帐。郑耀南稳坐帐中，白日人来人往，夜晚灯火通明，消息往这里传递，命令从这里发出，他夜以继日地周密地筹划起义。

当时，掖县已经有了一些抗日的武装，有郑耀南一手组建的人民抗日义勇队，有十几个联庄区队，这些区队的领导有几个是共产党员，有的是旧军人，也还有国民党员组织的抗日武装。郑耀南敏锐地认识到，要攻城成功，必须把所有愿意抗日的武装力量都组织起来，组成抗日的统一战线。郑耀南的抗日决心、宽广胸怀、恢宏气度和能文能武的才干，赢得了党内外的一致支持。各方共同协商成立了“民众抗敌委员会”，并组织了民动指挥部，负责起义攻城。郑耀南担任总指挥，县委掌握了起义的绝对领导权。

1938 年 3 月 8 日，古历二月初七的晚上，风萧萧，夜深深。郑耀南直接领导的队伍悄悄地向起义指挥部集结。拂晓，各路参加起义的队伍都按时到达了起义地点——离县城 5 华里的玉皇顶。冬日的晨曦，霜透寒，风刺骨。参加起义的近 500 名勇士，手持钢枪、长矛，神情激昂而又紧张地挺立在寒风中，让人想到春秋时田横岛上的 500 义士，这里离田横岛真的不远，义士的精神尚在，他们要为捍卫中华而战，要为保卫家园而战。

凌晨，迎着即将升起的红日，英姿勃发的郑耀南健步走上玉皇庙台阶，他威严的目光扫过全场，刚毅坚定地做了战前动员：“‘民动’战士们，现在国难当头、民族危亡，必须肃清卖国投降派，我们今天在这里起义就要铲除汉奸卖国贼，武装夺取政权，建立抗日政府。大家要遵守纪律，听从指挥，奋勇向前。”说着，他掏出驳壳枪有力地向空中一挥，威严又洪亮地下达了出发的命令。他的话音刚落，等待已久的战士们风驰电掣般冲向莱州城。

莱州古有“铁打的莱州”之称，明末孔有德叛变，围攻7月而不下。而今，在郑耀南智勇并举的指挥下，刘子容只好开城投降。没费一弹，没伤一卒，玉皇顶起义取得全面胜利，起义的红旗插上了高大的城楼。

正是：九死一生紧跟党，虎胆雄风举义旗。

首建政权

草寇起事，打家劫舍。英雄举义，志在救国。

郑耀南明白掖县在全国抗战中的战略地位和作用，他没有接受少数人拉起队伍上山打游击的主张，他要在此建立共产党领导的真正意义上的革命政权，让这里成为打败日寇的坚强堡垒和巩固的根据地。

县政府西花厅，不知有多少知州和知县在此坐过，而今刚刚起义胜利的攻城指挥部成员坐在了这里，多数是共产党人，也有国民党的左派，还有无党派人士，人人脸上都洋溢着胜利的喜悦。郑耀南稳坐在中间的椅子上，刚到30岁的他，英气勃发，棱角分明的年轻的脸庞，挺拔的笔直的身材，浓眉下雪亮的眼睛，腰间扎着宽宽的皮带，胸前斜挎驳壳枪，英俊中透着威武，谈吐中尽显儒雅。近百年来，在这个议事厅里坐过的主政人，恐无人望其项背。此刻，让人想到了三国周郎“羽扇纶巾，谈笑间樯橹灰飞烟灭”的风采。当年曾与他搭档，后来成为海军上将的李耀文曾这样评价：“耀南博学多才，博古通今，气度恢宏，有周总理的胸怀，总理的风度和魅力。”

早在起义前夕，郑耀南就酝酿形成夺取政权后的设想，这次胜利后的第一次会议，根据他的提议，大家一致同意：为防敌顽反扑，首先组建军队、建立抗日政府。当时，掖县党组织已经失去了与上级党组织的联系，组建军队没有上级党组织的指导，郑耀南根据在东北抗日的经验，决定把组建的部队定名为“胶东抗日游击队第三支队”，成立抗日军政委员会。在建军的同时，宣告掖县抗日民主政府成立，隶属于三支队军政委员会。

西华厅会议之后，布告安民，郑重宣布掖县抗日民主政府的成立。这是山东大地上的第一个抗日民主政权。它是山东冲破黑暗的第一缕曙光，它是山东敌占区的第一面高高飘扬的红旗。

大敌当前，郑耀南深知，革命需要党内党外的人密切配合，抗日需要千百万人的共同奋斗，在建军建政中都力排众议，坚持了统一战线的思想。他把经过考验和锻炼的党员，分别安排在政治、机要、侦察、通讯、警卫等重要岗位上，以确保党对三支队的绝对领导。对于国民党左派人士，以及有能力的进步人士都委以重任，非党人士担任了县长。在他提议安排周亚泉担任副支队长时，许多人不放心。郑耀南开导大家说：“他坚决抗日，又拥护我们党的领导，我们要团结他。要团结就要信任和使用。我们支队中旧军人多，对他安排好，可以团结一大片。”郑耀南没有看错人，周亚泉在三支队中发挥了重要作用，后来加入中国共产党，担任了八路军团长，对党忠诚、作战勇敢，成为我军优秀的指挥员。

郑耀南以宽广的胸襟，正确把握抗日统一战线政策，知人善任，形成了全民拥护抗日政府，人人为其用命的团结和谐、同心抗日的局面。

在兵荒马乱的岁月，这位既有抗日救国之志，更有经邦治国之能的奇才，为新政权、为这些同他一起奋斗的人们，规划出党政军民学各业并进，政治、经济、社会、文化全面发展的宏大蓝图。这片新解放的热土，给了他施展抱负的历史机遇，让他的雄才大略、开拓精神和驾驭全局的能力得到充分施展。他像一个技艺高超的钢琴家，娴熟地点击着每个琴键，调动着各个音符的表达力，把自己的睿智才情挥洒到极致，弹奏出气壮山河的乐章。在不长的时间里，重整掖县的大好河山，创造出惠及当代，泽及后世的业绩。

为巩固起义的胜利成果，防备日伪军卷土重来，立即做出扩军整训的部署。他亲自选派有能力的骨干分子，组成数十个扩军小组，动员青年踊跃参军，千方百计搜集武器武装部队。郑耀南带头把刚刚 14 岁的大儿子送到了部队。全县出现了参军和献枪的热潮。有不少母送子、妻送郎和兄弟几个一起参军的动人场面。许多妇女走出家门，参加了抗日队伍。短短月余的时间，三支队就从起义时的四五百人枪，迅速发展到十七八个大队三千七八百人枪，成为当时胶东最大的一支抗日武装。

发展根据地经济，成立了财经委员会，谁来当主任？这天，郑耀南轻轻敲开了他的老师孙康厚的门，这是位懂经济的贤达，他本年事已高，但有郑耀南礼贤下士，他深受感动，欣然应诺。郑耀南握着先生的手，爽朗地说："你放手大胆地干，有什么困难可以直接找我。"这位老先生不负重托，在郑耀南的支持下，采取了一系列重大举措：成立粮价平抑委员会，平抑市场物价整顿市场秩序，鼓励粮食生产，在粮食紧缺的情况下禁止用粮食制作烧酒；成立盐务处，管理海盐的生产、运输和销售，征收盐税，充实财政；成立商会，管理各类商业和各个商家，征收商业税，严禁走私贩毒、打击不法奸商；整顿田赋，改革农业税收，向地主、富农和大商号征收爱国捐，减轻一般农民的纳税数额，贫困农户予以免税，做到合理负担；清仓查库，对旧政府遗留的物资和财产，进行清理登记，按照政策保障军民供应。

这一系列举措如暗夜中的惊雷，照亮大地；如自天而降的狂风吹走了一切枯枝败叶。这些深得民心的政策，迅速结束了经济混乱局面，提振了根据地的新兴经济，增强了支前抗敌的实力。在一次军政委员会议上，郑耀南特别说：掖县抗日根据地的振兴和发展，孙康厚老先生功不可没。

了解到河套村"马氏六兄弟"有相当好的技术和装备，能搞水车和翻砂。郑耀南亲自登门相请。马氏兄弟见郑耀南来到门上，十分紧张。郑耀南热情地对他们说："我知道你们都是制造能手，今天专程到这里来，就是请你们到胶东抗日游击第三支队帮助建立兵工厂修理和制造枪械。"知道了来意，看着年轻、英武又和蔼的郑耀南，他们的紧张感消除了，连忙表态：三支队是抗日的队伍，我们马家兄弟愿意效力。当天，他们就带着一台四尺的皮带车床，来到了城里。后来，他们又请到兵工厂的一名技术工人。兵工厂的工作就热火朝天地干起来了。他们一边修理旧枪械，一边研究制造新的武器弹药。很短的时间，他们不仅能制造步枪、土造"手提式"机枪，还能造子弹、手榴弹、烟幕弹等武器。他们生产的武器，使三支队从枪少弹缺，一跃而成为装备好、战斗力强的抗日武装。

被服厂是郑耀南从政治处调了两个女同志领着干起来的。她们采用就地取材、分散加工的办法，突击制作军装。在三支队仅成立一个月后，干部战士便脱去了农民的衣裤，换上了草绿色的新军装，肩上背上崭新的子弹袋，队伍面前飘扬着红色的大旗，指战员个个精神抖擞，军威大振。

刚刚夺取政权，百废待兴，郑耀南心中就是要建立一个与旧政府完全不同的真正为老百姓服务的全面发展的新型红色政权。他觉得人民的文化素质对于国家民族的生存发展具有决定性的作用，大敌当前，更应注重文化教育事业。三支队成立不久，就作出了“实行抗日民主教育，兴办农村小学”的决定。根据这个决定，农村小学得到恢复和发展，民众夜校、冬学和妇女识字班应运而生。还专门为学校编印了“国防课本”并颇具前瞻性地开展了拉丁化新文字运动。三支队连续举办的国防教育训练班，培养了大批抗日干部和小学教师，为持久抗战积蓄了后备力量。

老省立九中的高才生，自然懂得文化宣传的重要。郑耀南从事地下工作时，就创办了《民声》，现在他把它发展成为三日刊的《抗战日报》。为了使军事斗争与文化斗争结合，他又提议创办了综合刊物《海涛》并亲自兼任社长。参加编辑的有罗竹凤、马少波。新中国成立后罗竹风成为中国最有权威、体量最大的《汉语大词典》的主编；马少波则成为中国戏剧大师。不久，在他的提议下又成立了抗战剧团，而团长就是后来到了延安，成了著名剧作家的虞棘。

当时，新政权下的市面货币十分混乱，国民党县长携款逃跑，富商巨贾滥发票券，就连小商小贩都抢着印乡票，老百姓捏着纸票，买不到东西，金融市场混乱不堪，物价飞涨。郑耀南找到孙康厚、孙会生，对他们说：“我们不能看着货币这样乱下去，整顿金融和改善群众生活是抗日政府的责任。”他给他俩提出了创办银行的任务。有人觉得风险太大，力不从心。他做工作说：“我们现在是人民政府，人民政府就要勇敢承担责任，凡是群众的难事，就是我们要办的大事。”也是机缘巧合，就在这时，青岛中鲁银行经理张玉田，为避战乱，逃回老家掖县，路过平度时，国民党顽军张金铭抢劫了他携带的几部汽车和钱款。郑耀南听说了这件事，觉得这是创办银行难得的人才。他带着孙康厚、孙会生几个人就去登门了。张玉田刚遭劫持，惊魂未定，又有一班身穿草绿军服的人找上门，他显得有些紧张。郑耀南连称张老伯，同去的人也都齐称张老伯，其实，那时张玉田也不过四十多岁，受此尊称，心情放松下来，郑耀南亲手递上200元大洋的慰问金。张玉田看着端坐在自己面前的这个共产党的头面人物，一身崭新的戎装，腰扎皮带，紧缠裹腿，透着威严和英气，不免心有忐忑。但看他戴一副黑框眼镜，面带微笑，态度谦和，关怀体贴，谈吐儒雅，便不再紧张。当郑耀南简明地说明要办银行，并请他出山主持时，他激动地表示："这件事我懂行，只要信得过我，我一定把他办好。"郑耀南紧紧地握住张玉田的双手，真诚又坚定地给他说："张老伯，从今天起你就是县政府财经委员会副主任，专职开办我们自己的银行，需要什么人什么物资，你只管提出来，我们全力支持，你放心大胆地干。"

张玉田果然是办银行的好手，在郑耀南和三支队的全力支持下，解决了重重难题，建立了北海银行。新币首发式在掖县县政府大院举行，从此成为胶东根据地的规定货币。

郑耀南在短时间里，密集地推行的新政，取得了明显成效，全县工农商渔各业得到发展，人民精神面貌焕然一新，展现出一派欣欣向荣的景象。当时，三支队每月经济收入达30多万元，不仅解决了三支队和政府的需要，还支援友邻部队。1938年4月，鲁东抗日武装七八支队东去黄县，四月天气，东去部队仍穿着破烂的棉袄，郑耀南见状，立即赠送崭新的军装2000套，款项5000元及部分粮秣。在物资匮乏的当年，三支队还向胶东特委、山东分局及北方局送去钱款、金条。

郑耀南凭着自己的文韬武略，出色地把掖县建成了可以推广到全国的"模范区"。

那些具有远见卓识的举措，为后来我党我军发展留下了宝贵财富，有的至今还在发挥着作用。

兵工厂发展壮大为胶东兵工厂；《抗战日报》发展为胶东《大众报》再到现在的山东党报《大众日报》；抗战剧团后来发展成为济南军区"前线"歌舞团；北海银行无论是在抗日战争时期，还是在解放战争时期，都为发展经济、保障供给和开展对敌斗争发挥了巨大作用，并成为中国人民银行的三大源头之一。

所有这些事情都是在部队合编前进行的，而且是在铲除内部反叛分子的激烈斗争和在同顽固派反动武装的激烈战斗中完成的。

从起义成功到三支队被合编，只有158天，虽然只有短短的158天，而且是战争环境的158天，但他带领掖县军民做出的事情，却在掖县、在胶东、在山东、在全国都留下了深刻的印记。那印记在今天共和国的事业上还清晰可见。

正是：文韬武略似周郎，治国理政总理风

接受合编

英雄让人崇敬，受到了不公正待遇的英雄更会让人敬中有爱。那些遭受了不公正待遇，依然忠心为国、相忍为党的人更是值得崇拜的大英雄。

5月反顽和“七·四平叛”对外击败投降派四路进攻，对内平息国民党右派阴谋叛乱，三支队内部更加团结，根据地更具规模，青年、妇女、职工、自卫团等群众组织相继发展起来，区乡政权普遍建立，这时的三支队已经有3700多人枪，有较丰厚的资产和财政收入，有良好的武器装备，正是蒸蒸日上、军心大振的时刻。

在山东大地上，突起的这支抗日队伍和抗日政权在胶东、山东产生了巨大影响，引起了党中央的高度重视，胶东特委做出了移驻掖县，合编三支队的决策。当时特委在胶东东部活动，有一支天福山起义拉起的队伍，号称三军，但人枪较少，没有根据地，处境困难。胶东特委西进的决定是正确的，合兵一处，壮大力量，有利于根据地的建设。但是，他们有许多顾虑和考虑：三军人少枪少，到掖县人生地不熟，合编是否会顺利，会否出现意外。

三军迅疾地出现在掖县大地，郑耀南知道了这一情况，十分高兴，他觉得胶东特委的到来，有了上级党组织的坚强领导，有了更多的武装力量，可以在特委的领导下建立起蓬黄掖抗日根据地，这是天大的好事。

在特委到达的第二天晚上，郑耀南在东关有名的饭馆里，摆下了一桌丰盛的酒席为特委领导接风。说好的时间到了，不见特委领导的踪影。热气腾腾的饭菜渐渐变凉。郑耀南、李佐长等人焦急地等待着。派人再请，饭菜再热，还是没有音讯。天已大晚，餐桌上的油灯忽忽闪闪，随着饭菜的变凉，郑耀南的心头也有了一丝丝寒意，以他的才智，他明白：特委的领导担心这是鸿门宴了。他定定地坐在那里，面带沉思，表情严峻。他不能说破，也不便说破，他觉得自己对党是忠诚的，绝无二心，他要用自己的行动来证明自己坦荡无私的心。他对李佐长说，要严令各部坚决执行特委的所有指示，不能有半点差错。从郑耀南的忧虑的目光中，在座的人也隐隐地感觉到一丝不安。

清晨，郑耀南和三支队的领导突然接到了到特委开会的通知。会上，宣布了合编的命令：经特委决定三支队与三军合编，任命郑耀南为 62 团团长。同时宣布：北海银行、兵工厂、被服厂、《抗战日报》、抗战剧团全部移交，并任命了负责人。这是一个重大的决定，又是一个猝然而至的决定。在这巨变前，郑耀南处变不惊，表现平静，镜片后的两只明亮的眼睛不惊不慌，也许他料到了这种结果。他习惯性地正了正军帽，站起来，像是立起了一棵树，像是耸起了一座山。他郑重表态：坚决服从特委命令，全力做好合编工作。

为了党的团结，为大局的稳定，他对改任团长毫无怨言，虽然没有在三军里给他安排职务，依然满腔热情地工作和战斗着。他对三军派到团里的政委李耀文真诚欢迎，亲密共事，不存私念，不搞山头主义。后来，当了海军上将的李耀文回忆这段经历时说："郑耀南同志善于团结同志，尊重信任别人，我来三支队从未感到隔阂，我们相互关心，关系密切。对统一整编，他作为主官，顾全大局，坚决执行特委指示，我和他相处，感觉到他起的关键作用。"

面对三支队中怀疑不安的情绪，郑耀南完全把自己的安危和升降置于度外了。他对那些找他倾吐心迹的人，推心置腹地说："掖县的党、掖县的部队所以有今天，都是党领导的结果。过去，我们时刻盼望着党的领导，到处找党的关系。今天，我们把部队交给上级党来领导，这不是我们长期以来的愿望吗？"他还反复叮嘱大家："当前，形势严峻，我们四面都是敌人，如果内部出现分裂，敌人就会乘机而入，根据地顷刻就会瓦解，覆巢之下，岂有完卵。"

由于郑耀南顾全大局，支援了山东工委领导的 7、8 支队，接受特委合编，在掖县组建了山东抗日纵队第三支队，形成了山东最大的抗日力量，为山东抗日奠定了基础。后来许世友来到胶东，扫清国民党的小股势力，建立平招掖根据地、大泽山根据地，胶东成了我党的一统天下。许世友先是在三支队的基础上组建13团，又成立14、15、16、17团，后来逐步组建成解放军的四个军。郑耀南担任团长的62团后来改编为胶东军区13团，成为一支特别能战斗的钢铁部队。在济南战役中，首先攻上城头，被毛泽东和中央军委授予“济南第一团”光荣称号。

1938年3月，胶东特委接到了去鲁南向山东分局汇报工作再去延安汇报的指示，特委当即内定郑耀南、李佐长、张加洛参加，他们都曾是三支队的主要领导。但在开会布置这项任务时，却要求所有干部积极报名参加。当最后公布名单的时候却只有他们三个人。富有革命经验的郑耀南立即明白了特委的用意。原来三支队的不少人也看出了其中的道道，又引起了不少议论。李长佐是郑耀南的亲密战友，他去找郑耀南商议：“怎么办？”“这次汇报特委是应该去人的，派我们去也是对我们的信任和重视。我们走了，原三支队的干部战士更可以全心全意地接受三军的领导，有利于党和部队的团结，这也是一件好事。”李佐长听从了他的意见。其实，郑耀南的心里正翻腾着层层的巨浪，从建立掖县县委，十几年的事都在眼前，他觉得特委的这个安排有失公道，但为了胶东党的团结，为了胶东根据地的巩固和发展，他不能把自己的想法告诉别人，他毅然决定服从决定，西去汇报。不知此行什么时候才能再回故土，他怀着留恋的心情约上李长佐去照相馆里照了一张相片。他是个有强大气场的人，他稳坐在一把椅子上，一身戎装，裹腿紧扎，一条腿架在另一条腿上，显得英武、帅气、洒脱，只是两只眼睛呈沉思之状，似在遥望未来。李长佐也是一身戎装，站立在他的身旁，身体微微倾向郑耀南，尽显了战友的情谊。这是他们留给家乡的最后一张照片。

没有时间回家同妻子和两个母亲告别了，临行那天的晚上，他把在部队的大儿子找来，让他和自己睡在一铺炕上，他有好多的话要嘱咐儿子。那天，虽然是在山村的一个土屋里，郑耀南坚持不告别、不送行，尽量不让人知道他走的消息，但还是不断有那些一起战斗过的战友前来话别。儿子毕竟年龄还小，他太困了，睡了过去。天还不亮，就要出发了，儿子还在沉睡。郑耀南是有话要同他说的，但他不忍叫醒儿子。他满含深情地看着这个长得酷似自己的儿子，为他拉了拉被角，毅然地迈出门去，他们父子都没有想到，这竟是一次永诀。

他走后，三支队的战士们，随着部队的不断变化，被分散到了各个部队里，但他们不论在哪里都是好样的，没给郑耀南丢过脸。新中国成立后山东的烈士名录上，掖县人是最多的，历史要记住这些英雄。

郑耀南光明磊落的胸怀和公而忘私的品格，最终让特委领导从心里感动，他说：老郑真是个好同志，可见天下的共产党员都是好样的。

是的，正是因为郑耀南以抗日大业为重，相忍为党，委曲求全，才维护了胶东党的团结，维护了部队的统一，保全了蓬黄掖抗日根据地，进而让这片土地在抗日战争和解放战争中发挥了巨大的战略作用，为全国解放做出历史性贡献。

正是：相忍为党非寻常，甘受委屈保大局。

西去延安

有道是“不识庐山真面目，只缘身在此山中”，自然界如此，政治上的事也需要跳出局部看局部，也才能发现它存在的意义。郑耀南在胶东遭到不公正的待遇，但党中央却从宏观上早已肯定了郑耀南的历史性贡献。

1938 年 3 月，郑耀南到达山东分局所在地沂水，这时距玉皇顶起义刚好一年的时间。4 月，郑耀南奉命加入山东工作报告团，赴延安向党中央汇报工作。郑耀南任副团长，负责报告团的军事行动。有个当年担任护送任务的战士在回忆录中说：“在沂水开大会，听郑旅长讲话。旅长年轻、精干、帅气。身材魁梧，戴着眼镜，仪表堂堂，威毅中透着风雅，话讲得干脆、生动、有力。”

在去延安的路上，郑耀南凭着他丰富的战斗经验，一次次成功摆脱敌人的围追堵截，历经 6 个月胜利到达延安。

中央有关领导看到这个领导了武装起义又建立了政权的人年轻英武，气度超群，文武兼备，十分高兴。立即送往中央马列学院学习。徐海东、程照轩等人与他同期学习。

刚刚学习了一年，就被军委一局提前要去，组长是许光达。后又进入中央情报部，直接在李克农的领导下进行工作，与新中国成立后担任中央联络部部长的罗青长对桌办公。郑耀南到情报部工作不久，他的政治水平、思想水平、工作能力得到全面认可和充分的信任。一段时间，他分管远东情报工作。他夜以继日地系统地疏理公开的报刊资料，仔细地分析每份获得的情报，为领导决策提供了很好的参考，立下赫赫功劳。

这天，他突然接到了中组部的一封来信，信中写道："郑耀南同志：请写关于胶东党整编二路的实况，特别写明关于干部方面的问题（当时有些什么问题，今天检讨起来有什么经验教训，以及郑同志对整编二路有何意见，等等）。另外，请写点对于胶东党、政、军领导机关干部的了解和意见。因为我们正在研究胶东干部问题，须要你的意见参考。盼能快点据实写来！致、敬礼。中组部。"

当天晚上，延安的一座僻静的窑洞里，郑耀南在一盏煤油灯下，打开了从不离身的自来水笔。如烟的往事涌向笔端。胶东三军下属的二路是统一战线组成的队伍，部队成分比较复杂。三军领导采取了武力整编的方式，以武力开火解决。郑耀南在给组织的汇报中指出："由于武力解决，使接近我们的部队，因武力改编，也不敢接近了；使顽固分子更加走向顽固，以致反过来和我们摩擦；使中间人士默然不语或消极走开；使干部不能很好地团结，有的趾高气昂，有的垂头丧气，有的提拔脱节，有的打击或者不为配给以适当的工作，影响工作情绪。"他进而分析：整编二路的方式我以为并不是当时解决问题的唯一方式。他更进一步指出：整编问题之在胶东是一个大问题，因为不只整编了二路，如三军与三支队合编，五支队改编二十五旅，以及收编崂山支队。每次整编解决最不好的是干部问题。干部问题解决不好的主要原因是：不能清楚了解原来的干部，因而，了解清楚的干部便用任之重，不清楚的便信任之轻，甚至不信任，怀疑之、忽视之，不给以能干的工作，因此，有意无意地就形成狭隘的宗派性，见树不见木，气量狭小的左派幼稚病。"

从这个汇报中，不难看出，以郑耀南的政治水平，在当时就看出了三军合编三支队中的问题，但他憋在心里，宁让自己心灵遭受折磨，也不告诉任何人，相反，他积极做好下属的工作，促进合编的顺利进行。今天，当党的组织正式向他征求意见时，他才说出了自己的心里话。这是多么坚定的党性、宽阔的胸怀，相忍为党的崇高品格，倘若当年他就把自己的想法告知战友，就不会有胶东后来的局面了。

郑耀南还按照中组部的要求，摒弃一切个人的恩怨，出以公心，坦诚直率地对胶东干部做出了如实的分析，得到了中组部和有关领导高度赞扬和重视。

从 20 岁做地下党，二遭通缉，历遇艰险，四处奔波，戎马倥偬，终致大病。正在他忘我地为党和军队拼命工作的时候，在去延安路上就出现的脊背酸痛愈加严重，但他坚持工作，在组织和医生的劝告下住进高级干部疗养院。他觉得自己年轻正是为党工作的时候，不久就要求出院，重新参加工作，还带病参加了大生产运动。

住院期间，有一位病友要把自己的胞妹介绍给他做妻子。他眼含热泪说出了心中的思念："我已经结婚了，妻子是小脚女子，但她善良淳朴，在家侍奉着我的两个母亲，抚养着五个未成年的孩子，现在天各一方，不知是死是活。"他直接地拒绝了对方的好意。

后来，病情不断加重，诊断为腰部脊椎结核。虽组织给他安排名医会诊，但当时药物缺乏，得不到有效治疗。他被选为了"七大"代表，却因病不能参加。郑耀南始终保持乐观的态度。天气晴朗时，就让警卫员背他到院子里晒太阳，希望让太阳的紫外线帮助杀除病菌，然而，人晒得黑黑的，病却在加重。情报部的领导李克农等经常去看望他，在延安的掖县同志对他关怀备至。

1946 年 2 月 23 日，刚刚 38 岁，正值英年的一代英豪，有着远见卓识和雄才大略的郑耀南在延安的那孔窑洞里悄然去世了。他的警卫员强忍悲痛为他穿上了衬衣、袜子和棉袄。他的遗物仅有一个小皮箱、一支派克笔、一套毛衣、一条毛毯。

第二天，当时的中共中央办公厅主任杨尚昆亲自为他主持了隆重的追悼会。没有亲人，没有掖县的战友（都已分赴各地），延安军民怀着无尽的哀思和眷恋为他挥泪送别。

郑耀南去世的消息传到掖县和胶东，震惊了军民和战友、乡亲，掖县的党政军民 2 万多人，在他的家乡举行了追悼大会。

正是：人民不忘真英雄，革命圣地埋忠骨。

1966 年冬天，我们一行三人从掖县步行 50 天到了革命圣地延安，冒着凛冽的高原寒风，去瞻仰著名的“四八烈士陵园”。在这里，我意外地发现了郑耀南的墓和墓碑。这座陵园里安葬着 13 位“四八”烈士和 14 位党的高级干部。第一排并排安放着王若飞、秦邦宪、叶挺、邓发、张浩、关向应、靳道松、郑耀南八位烈士的陵墓。这前面的几位都是党和军队的高级领导人，是对中国革命有着巨大贡献的人物，郑耀南的陵墓与他们并排放在一起，从左数下来，应该是第八座墓碑了。把他的墓碑同这些人并列而立，是党中央对他的功绩和地位的充分肯定。

我站在郑耀南的墓碑前默悼着、沉思着。党中央从来就没有忘记过郑耀南对中国革命的历史贡献，生前给以极大的信任，死后给以规格极高的安葬。作为他的同乡和晚辈，我的心中无比激动和感动。有些事情，站在局部看局部，往往不能看明白它的意义，只有站在高处，从全局的角度，才能明白它的作用和意义。党中央正是从当时全国抗日的大局来认识和评价郑耀南的，所以才给了他这样的殊荣。

当胜利到来的时候，党依然记着郑耀南，新中国成立后李克农把郑耀南的妻子接去北京居住。

我心中一直为他感动 ，为郑耀南写几句话一直是我的一个夙愿，也是自觉加给自己的一种责任，当我终于写完这篇文章的时候，我多年的情愫总算有了一个文字的交代，也算是对这样一位民族英雄的纪念和追悼。

作者简介：綦国瑞，中国作协会员，中国散文学会理事，山东省散文学会名誉副会长，烟台市散文学会名誉会长，胶东历史文化研究会副会长，《烟台散文》主编，先后出版专著 10 余部。诸多作品和著作获得全国、省奖项。2014 年获得第六届冰心散文奖。

一片无法归根的落叶

孙铁生

年前，同学崔君忽从台湾高雄打来电话：“周硕舫先生去世了！”

我的心情十分沉重，眼前又出现前年离台时和周先生告别的情景：老人流着眼泪对我说：“请转告你的太太、孩子和家乡亲友们，就说海峡那边有一个老头子问候他们，我不能回去看望他们了……”说罢泣不成声，我宽慰他说：“您多多保重，日后身体好了，争取回家乡看看。”他揉揉眼睛说：“回去是不可能了，你以后也许再看不到我了！”

这不祥的预言真成了事实。

回忆把我拽回到48年前。那时我不满二十岁，他年纪在三十七八岁，任学校校长，他是我的老师又是我的同事，他事事认真，严格得近乎苛刻，不大容易被人接受，教师们都不大敢和他接近。他对我却很关心，经常对我说：“你很有艺术才能，日后最好能到美术学校深造一下，现在应该抓紧把文化课复习好，做好准备。”我曾不大耐烦地回了他一句：“我只要学好画，复习那些功课有什么用？”他第一次对我沉下脸（也是唯一的一次）：“没有渊博的文化知识，你的画也不会画好！”这句话使我很受震动，至今仍然深深地印在脑海里。后来我离开了家乡，和周老师分开了，1949年后才听说他去了台湾。

1988年，我接待了几位南京籍的台湾画家，并在省台办的帮助下为他们在南京的家属解决了一些实际问题。他们一再问我需要什么帮助，我突然萌生了一个念头，请他们在台湾报纸上替我刊登一个寻人启事，并将周先生和几位赴台同学的名字交给了他们。

两个月后，竟然同时收到周先生和崔、王二同学的来信，周先生信中说，崔君看到报上的启事赶忙告诉他，他非常高兴。信中还告诉我，他于1949年由青岛带了大儿子来台湾，但父母、妻子、三个女儿、一个小儿子都留在了青岛，最近两年才联系上。然而，父母、妻子都已先后去世，几个孩子则都在青岛工厂工作。他到台湾找了个教师的工作，一干20多年，16年前退了休，现靠退休金生活。大儿子在外轮上工作，有一子一女。他已年逾八十，体弱多病，无法回大陆探望，孩子们也限于经济条件，不能来台，每想到这些，内心便痛苦万分……

欣喜之余，我给他写了回信，并提笔赠他一条幅："海上生明月，天涯共此时"。不久，先生回信并附五言诗："海上来鸿文，天涯怀故人，遥领盈手赠，还寝梦良辰。"诗后写道："收到来信和书赠，兴奋万分，夜不能寐，书张九龄句以赠，梦良辰即梦往昔在家乡欢乐情景也……"

先生每次来信都流露出对家乡亲人的思念，他说，两岸开放探亲往来后，他极想回乡探望，但自己无经济权，儿子长年在外，台籍儿媳开始虽表示可考虑安排他回大陆探望，但后来不知何故不再提起，他也不便再问。"近年来身体已日渐衰弱，看来，探亲梦难圆，只有埋骨他乡了！"言语凄凉，令人心酸。

为了宽慰老人的思乡之情，我给他寄去一些家乡的照片及画报上有关蓬莱阁的新貌，孰料这更勾起他思乡之情，他来信说："蓬莱阁、戚公祠、戚家牌坊保存良好，令人欣慰，城内街道大变，已难辨认，恨不能亲自回乡目睹这些变化……"

在通信中，先生和过去一样不断对我进行鼓励，但也不客气地指出我的疏忽之处。一次老人来信严肃批评说："你现在是领导干部了，工作是忙了，但也不可疏忽大意，你把我的地址号码69号写成了690号，扩大10倍，累得投信人一番好找，切望注意！"

为了使先生了解欣赏祖国邮票艺术水平，我选择了几十枚纪念邮票附在信中给他寄去，不想又引来他一番中肯批评："看来你根本不会集邮，哪能把这么多邮票混装到一起？拆开信散落满地，有的都弄脏了……"他告诉我，他"到台后生活单调，教书之余收集了一些邮票……我现已八十多了，大限之期不远，准备把它寄给你留作纪念。”又嘱咐我马上准备一本邮册、一把镊子、一些透明纸，等等。之后，先生寄来了一组组珍贵名画邮票：“清明上河图”“春市图”“溪山渔隐图”“百子图”“后赤壁图”等，且每组邮票都用透明纸袋装好，注明张数，发行日期，可以看出老人认真仔细、一丝不苟的精神。

我感谢他的馈赠，更佩服他这种严谨的作风。为感谢先生的盛情，我画了“祝寿图”“迎福图”等寄去，先生却回信说：“画得很好，字也写得好，但不要再寄了，我的日子不多了，徒然使这些作品流失……”我理解他的处境和心情，只能在信中劝慰一番。

1993 年春，我应台湾省书画教育协会邀请赴台讲学并举办画展，到了台中即和周先生通了电话，话筒中的他竟激动得好长时间说不出话来，最后只说出一句：“想不到你真的来了……”

第二天，我乘火年由台中去高雄，老同学崔、王二兄来车站接我，我们在饭店简单用餐之后，立即驱车去周先生家。车刚刚在大门外停下，忽啦啦铁门被拉开了，一位中年妇女迎上来喊道：“是大陆的孙先生吧？老夫子吃过中饭就不肯午睡，硬坐在这里等候了。”

我跨进大门，一位高高个子、十分消瘦、老态龙钟的老人，艰难地移动脚步迎了过来。天呀，这哪里是我记忆中那位身体魁梧、气宇轩昂的周先生？只是在眉目间依稀可以认出他当年的形象。他伸出一双干瘦的手紧紧握住我，从上到下打量了一遍，两行热泪滚滚而下，我哽咽着说了一句：“先生，您好！”他凄然一笑说：“好！好！能活到今天，能看到你，就是最大的福啊。”他拉我坐在身边，断断续续地叙述了他 40 多年历尽艰辛的经历。他说他好容易熬到海峡两岸被允许探亲往来，却又因种种原因无法与大陆的亲人团聚。“我已经八十二岁了，又落得满身是病，看来这把老骨头只好埋在异乡了。”讲到伤心处，他已泣不成声，我也无法抑止泪水，只有劝解老人放宽心怀，慢慢想办法，让大陆子女来台探望。

在两个多小时的谈话中，老人的儿媳始终坐在旁边一言不发。

天色晚下来，我站起身来和先生告别，他挣扎着站起来拉住我。一定要陪我到饭店里去吃饭，我和崔君好歹把老人劝住。两天后，我再次来周先生家向他告别，又看到了他的老泪纵横。我不敢久留，紧紧握住老人的双手请他多多保重，然后掉头疾步离开先生的家门。

回南京后，老人来信说："我家里约定，我的客人由我来接待，我穿衣服困难些，特别是穿裤子比较费时，所以那天我早就把衣服穿好，把钱也带好了，一定要请你吃顿饭，不想话讲得太多误了事，我心里一直不安……"我心里一阵阵刺痛，难道这就是老人家抛父母，弃妻子，40多年含辛茹苦培育大儿子成家立业所获得的回报吗？

此后，周先生来信渐渐少了，他信中告诉我几次生病住院，体力一天不如一天，他越来越怀念故乡的亲友，提了几个名字让我代他打听一下。在看到我信中提到蓬莱文史资料发表了不少史志方面材料后，他来信说："我这里有一些蓬莱县志和有关材料，要编写这方面的材料何不找我？"接着又写道："我只是说说而已，其实两岸隔绝40多年，我这些东西未必有用！"

我经过联系去信告诉他，他找寻的那些老朋友都已去世了，县政协文史委员会则很欢迎他将有关材料提供给家乡。可是信寄出三个多月后却如石沉大海，这可是几年来从未有过的事。一种不祥的预感开始在我心中出现。果然，不久同学崔君从高雄来电话："周先生已去世了。他是身体不适住院检查的，去世那天，他的孙子、孙女都陪伴在病床前和他聊天，突然他转过头去不作声了，孙子以为他睡着了，在替他盖被子时，才发现他已停止了呼吸……"

周先生走了，走得很从容，也很安详，但却是带着叶落难以归根、亲人难以团圆的遗憾走了的，最后只留下两行字："生前无甚成就，死后烦恼全消。"

丧事处理完毕后，崔君寄来一个包裹，是周先生托他转交给我的一部《蓬莱县志》（台湾印制，第四次修订本）。信中还谈到周先生去世后，他儿媳妇去银行提取他的退休金，银行回答说："周先生曾在银行留下遗嘱，退休金全部由大陆的亲人继承。"

作者简介：孙铁生，中国美协四届理事、国家一级美术师，曾任江苏省美协驻会秘书长、中国体育美术促进会理事、台湾书法教育协会顾问等职。

闹市中的大宅门

孙启华

在所城里大街的东侧，一个曾经挂着“烟台市盲人按摩诊所、国营推拿足疗”招牌的大宅院——所城里大街 57 号，十分引人注目：透过灰蓝色的木质街门望进去，过道里斑驳的老墙上，曾经书写的毛主席语录还赫然在目，院子里粗大的红色立柱撑起了雕花的外廊，高大的厅堂，蓝色的精致的木制门窗，花池里遮天蔽日的笔直树木……这座老宅在老旧的所城里大街上，颇有点鹤立鸡群的味道。印象中的所城里，能与这所院落相媲美的建筑还是不多见的。

2014 年春天，梧桐树开花的季节，一个周四的下午，笔者在向阳房管处魏师傅的引领下，来到了这个位于闹市中的大宅门。大门进去，青石铺地，三进院落，坐北朝南。主体建筑三进正房，每进 5 间，第一进院落有西厢三间，第二和第三进院落有东西厢房各三间，全部为砖石结构。第一进院过道居东，第二进院过道居中，依次排列。第一进房的正厅有外廊，正堂三根红色的立柱撑起一个走廊，廊檐和房架上精致的木刻雕花和挂落至今保持完整，挂落下面精美的雀替已缺损，只剩下了残留的边边角角。宽敞的正厅里，木凳、木屑、木工用具、工作服赫然在目，貌似房管处的木工场，东墙上贴着大红的喜字，挂着喜庆的拉花，好像做过哪位新人的婚房。院子里硕大的花池里，蓬蓬勃勃的生长着一棵高大的水杉和一棵丁香，还有烟台随处可见的无花果树也正枝繁叶茂。在正厅东侧，穿过一个长长的过道，进入二道院。令人惊喜的是中院和后院大门过道的挂落和雀替，雕饰精美且保存完好，与大院春日里摇曳的嫩叶交相辉映。过道两侧和所有房子窗户以下的墙体均是用打磨平整的大青石砌成，严丝合缝。这里的每一块青色的基石都雕有图案，典雅古朴，别有特色。青石中间是垂直线条组成的长方形，长方形的左右两边和上方再凿出斜线组成边框，粗看像一个没有底边封口的回字，哪怕是再小的一块基石也都雕成这样的图案。据专家讲，在清代，房基石的花纹是由国家统一规定的，这种花纹的文化含意是，地方拱卫中央，表明清廷一览天下的意思，这也是考证房屋是否为清代建筑的最好依据。二道院子里两边的厢房挂着锁，墙头上西南角的一树梧桐花盖着青砖小瓦的墙头。最北面三进院的正房和东西厢房也都锁着门。院子里落了一地的绿色的“毛毛虫”，从二进门的过道望过去，颇有点庭院深深的感觉。三道院子里东西厢房的前面各有一块巨大的元宝状的青石头，好像是从哪里拆下的底座或者支架，披着一身绿色的毛毛虫，静静地躺在院子里，看着寒暑几度，花落花开。院子东南角的一棵杨树，在暖暖的夕阳里，伸展着嫩绿的叶子。“庭院深深深几许，杨柳堆烟，帘幕无重数。”这座处于烟台市中心的大宅门，不知见证了多少历史沉浮。

这是一栋什么人建于什么年代的建筑？魏师傅也说不清楚，只知道过去是一大户人家的宅院。他说：前几年，风靡一时的《还珠格格》剧组曾在这所大宅的客厅里拍过容嬷嬷的戏。遍查资料，关于这栋建筑的建设年代，在烟台的史学界也是众说纷纭：同济大学和鲁东大学的一些专家、学者研究后认为是明朝的建筑；也有人认为是清朝的建筑，莫衷一是。笔者最近经过较长时间的探究和对部分知情人的调查了解，终于找到了原先居住在这座大宅门的所城里刘氏千户的后裔——现年 70 多岁的刘荣辉 (音译) 老先生，部分地揭开了这所大宅院的冰山一角。

据这位原先居住在所城里 58 号的刘荣辉老先生介绍说：所城里 57—59 号一溜三处老宅是所城里刘氏他们家族的一组建筑，其中 57 号是他二爹刘润福的房子，59 号是他三婆的房子，他家的房子居中是 58 号。57 号占地约 750 平方米，院内连过道算上共有三十几间房屋。

刘荣辉老先生说：“过去所城里传说有钱的人家有句顺口溜——烟台的刘润福；福山的赖芳圃”。

赖芳圃何许人也？据 1990 年 2 月出版的《福山区志》) 记载：赖芳圃 (1894—1942)，名声扬，字芳圃，福山东北关村人，18 岁入商界，1934 年任福山县政府财政局长。1938 年后，日寇侵占时期，先后任伪金库主任、烟台市宪兵副大队长、财政组长等职。

赖芳圃家从其父亲开始，即丰年囤粮，歉年卖粮，兼并土地。解放前，其家共有土地 2000 余亩。另外在烟台、青岛、济南、大连、天津、上海、哈尔滨等城市，开办作坊、工厂、钱庄、商号达 170 多处，时为福山县首富。1942 年 8 月，赖芳圃乘人力车行至市区三马路，被陈昱的手枪队绑票，当宪兵大队追赶解救时，被手枪队“撕票”，起因也是为了钱。

从“烟台的刘润福；福山的赖芳圃”这句顺口溜来看，刘润福当时在烟台应该是鼎鼎大名的。据传当时刘润福经营染坊、房地产等大买卖，可谓富甲一方。但刘荣辉老先生在这方面并没有多谈，老先生介绍说：解放前夕，他二爹刘润福全家去了青岛，50 年代时，80 多岁的老人病重，不愿意客死他乡，跟刘荣辉的父亲商量回烟台。刘润福后来就病逝在他家里。二妈和他的孩子们则一直在青岛居住。

刘荣辉老先生说：刘润福的房子三进院，约三十几间，一进院是一个花池，一般栽个丁香什么的花花草草，现在的杉树肯定不是二爹他们栽的。一进院的正房是三间大客厅，东边一个通向二进院的内过道，二进院正房是主人房，三进院一般是下人房。三进院北屋的门有二道，第一道是风门，镂空贴纸，第二道是木制的房门。所城里大街 57 号解放后就公管了，50 年代初曾作为派出所使用，后来又先后交给了社会福利院、麻绳厂、缝纫机厂等使用，属于向阳房管处的公管房。

2016 年起，烟台所以文化交流有限公司承租了 57 号大院，经过修缮改建，使其成为了集餐饮、文旅、珠宝、活动于一体的文化集合空间。

刘润福家的祖上据说是闯关东的二兄弟回到烟台后发展起来的。兄弟二人一人住在上夼，一人住在所城里。住在所城里的那支在北门里开磨坊为生。发迹据说是在烟台开埠后，祖上开起“大成栈”货栈以后的事了。当时的货栈主要是采购、仓储、买进卖出，发财以后弟兄几个分家，分别盖了现在的所城里 57—59 号三座大宅，刘荣辉说 57 号盖得比他家的 58 号还要晚。

关于“大成栈”的翔实史料目前已无从查找，从现存的一鳞半爪资料中管中窥豹可略见一斑：毓璜顶公园玉皇庙前的碑廊里有两幢石碑《毓璜顶记》和《重修毓璜顶记》，他们的背面详细记载了咸丰十一年(1861年)、同治五年(1866年)和光绪十九年(1893年)，烟台工商界500余家商家和个人，为重修毓璜顶工程捐款。名列第一名的是“大成栈”，捐款60千。其余的各号捐款20千至3—5千不等，甚至更少。

“大成栈”是当时烟台商界的八大家之一。所谓的“八大家”是指当时左右了烟台商界的八家大买卖。他们是“义昌”“大成栈”“顺盛”“双盛泰”“恒茂”“洪泰”“协茂”“福泰”。除“福泰”来自广东外，其余都是借助当地人的优势办行栈起家的。

行栈是烟台开埠以后一个特定历史时期的产物。1862年开埠通商后，随着土洋货进出口贸易的扩大，经营范围广，收益稳定的商行成为各大商人竞相涉足的领域。当时烟台商埠内，“商家则以行栈为最巨”。19世纪80年代后，除店铺摊贩零售业外，凡是大宗交易都要经过行栈之手来进行。当时烟台当地最有势力的商人是各种行栈。当时“凡欲买进或卖出货物的客商悉寄寓于外庄家，并通过外庄家进行交易。客商运来货物后，外庄家为其寻找中外商人，觅揽买客。对意欲购买货物的客商，外庄家便为其寻找合适的货物”。烟台资本实力最雄厚的行栈多集中在粮食、水产、棉纱、砂糖、木材、茧绸、杂货、豆油等行业。

“大成栈”估计也是顺应了当时的潮流而发展起来的。

刘荣辉一家住所城里大街58号，兄弟分家后，刘荣辉的祖上主要是开绕坊缫丝，堂号“裕安堂”，后来做房地产生意。现在的所城里大街58号共三进院31间房，门口有敬门神的香窝和拴马桩。门神香窝过年的时候都要插一炷香。一进院正房是3间客厅，东侧是一间通向二进院的内过道，高大的过道大门上方有长条状的走马板和精美的雕花挂落。高大的梁柱和木制的吊顶隔板，将过道的顶部隔成了一个单独的空间，平时可用来堆放一些住家过日子的杂物。二进院5间正房是主人家住的，刘荣辉家的老太太住东院二间。他清楚地记得当时的门是玻璃的花门，有好大的院子，老太太栽了各种各样的花和丁香什么的。刘荣辉的母亲也住在二进院正房。三进院5间北屋是下人住的，东间住的是看孩子的杨妈，西间住的是佣人。东厢是磨坊，西厢是杂物间，西厢的地下是防空洞，战争年代，刘荣辉还清晰地记得跑进防空洞躲避战火的情景。院子里西厢的防空洞也被住在所城里的张昭璞等老人证实：在孩童的时候，调皮的男孩子们经常在刘荣辉家的院子里玩耍，对他家的防空洞记忆犹新。刘荣辉老先生弟兄三人，姐姐刘荣芳已去世，二哥过继给了自己的亲姑姑。刘荣辉的姑姑一生没孩子，一直住在刘荣辉父亲家，给他父亲管家。刘荣辉的大哥现在已经 80 多岁了，管理着家族事务。在所城里大街 58 号他们一家还有 6 间房：其中 4 间是客厅，还有三进院的 2 间东厢房。

刘荣辉父亲刘厚传一辈子好读书。当时刘荣辉的父母经常告诫孩子们：好小子要出去挣，不能总指望花老家的钱，要勤俭持家，不能浪费东西，吃饭掉渣了要捡起来吃掉。刘荣辉结婚时，家里只给了他一个箱子，2 把钢管椅子。双人床、大衣柜都是他自己动手做的。

现年 70 多岁的刘荣辉老先生还清楚地记得文化大革命时的一些事情：当时社会上到处“破四旧、立四新”，对当时所谓“封资修的”旧物一概抄没，刘荣辉家也未能幸免。一天下班回家，看到红卫兵将他家里的藏书铺了满满一院子，书的厚度比门槛还高，当年那些老宅的门槛足有四五十厘米高。红卫兵们拉了整整 8 大板车才把那些书全部拉走。刘荣辉的父亲奉命书写毛主席语录改造思想。当时他整天提着个装着红色油漆的小桶，所城里所有人家照壁上和大街小巷的毛主席语录全是他父亲写的。所城里大街 58 号老宅一进院里的照壁上，福字也被父亲涂抹遮盖，写上了毛主席语录。2014 年时，所城里大街 57 号的过道里犹存刘荣辉的父亲书写的毛主席语录：“领导我们事业的核心力量是中国共产党，指导我们思想的理论基础是马克思列宁主义”。

所城里大街 59 号是刘荣辉三婆的房子，解放后他三婆被镇压了，房子被政府接管了。这也是一个三进院的四合院，只是二进院的正房后来改建成了二层楼。

当初二进院的正房处是一个磨坊，改建的年代较晚。刘荣辉的婆婆 (即奶奶) 当时已经来到刘家，因二层楼比 58 号刘荣辉家的正房高了一截，婆婆当时还不太愿意，嫌二层楼高过了自己家的房子影响风水，后三婆家在二层楼的西山头上挂了一个福星高照的牌子才了结了此事。

如今，所城里57号再次以另一种形式出现在众人面前，四合院内有咖啡、西餐、禅茶、珠宝、文化活动空间，更有随游人“任意游览随意拍照”的热门老建筑。尘封的往事如同那冬日的雪花，更增添了这座老屋的神秘色彩和故事性，其实，在所城这个地方，每个角落，每幢屋子，每条胡同都适合我们静下心来，停下脚步，倾听它过去的故事。

作者简介：孙启华，原山东省体育局烟台航海运动学校副校长，高级教练，现任烟台市老年体协摄影工委副主任。作品曾多次在省市摄影比赛中获奖，并先后在《走向世界周刊》《海报新闻》《齐鲁晚报》《山东体育报》《烟台晚报》等报刊发表。

我们都有烟台钟

温丽娟

生产队结算时，已进了腊月，北风凛冽，天寒地冻的。父亲起个大早，披星戴月。他和人坐生产队大马车出去。尽管农闲，大马车也有活，往地里送粪肥，拉个农用物资什么的，所以用车的社员必须早点启程，早点把车赶回来，回来晚耽误事，队长会训斥。

中午，父亲抱个东西进屋。打开系着两层，成十字的布疙瘩，一个约正方形的布单，四角散开。这是父亲早上带去的。再用剪子剪开牛皮纸包装袋，全家人期盼的物件露了出来——挂钟。

父亲和两个老哥们去镇上买挂钟了。那时我年纪太小，不记着这钟来之前，家里是怎么计时的。只记得母亲曾说，过去农村还没有钟表也不懂沙漏的时候，老百姓看天看日影过活。东方一冒亮，就相当于后来钟表盘上的六点一刻，当第一道光线射来，就相当七点钟了。夏天天最长时三点半就大亮了。当人影长度为零或在脚下，这是正晌午。春秋，当西房檐的影子投在炕梢的第一个窗格边上时，就相当于下午四点。嗬，在没有时间计量器的漫长年月里，亘古的太阳及大地、人影、窗格共同制造出一个人间大钟。日移是钟摆，影像是“钟”上数字。“钟摆”就一个大太阳，“数字”显现可能每座房屋各有自己的“标准”了吧。

钟买来了，父亲母亲在屋的西山墙上一阵比量，选定挂钟位置。挂钟定在大镜子左边，离被垛不远，和炕沿儿垂直交线上方。钉钉子，摸索钟外壳后面自带的悬挂凹槽，钟靠墙让凹槽寻找钉子，然后扣在钉子上，扶正。钟上墙了，屋子立现一道宜人的风景。嘀嗒，嘀嗒，沉寂的时光开始有了生息。

在钟挂墙之前，我们已经围观好一会儿了。圆圆的钟盘，亮亮的阿拉伯数字，两黑一红，三个长短不一的指针，像手执的扩大镜样的摆。“别用手摸哦，刮出印子了。”父亲禁止着。

咔——咔，父亲给发条绞上几圈劲。父亲说发条劲差不多满的，说百货商店卖钟的人告诉，钟要挂竖直，斜了停走，上劲儿往里边旋。父亲俨然是这座挂钟的权威操纵者。

半点了，噹——，整点了，按钟点数，噹……，平时，嘀嗒嘀嗒。母亲给钟顶罩上一块旧布，用来搪灰，仓促间临时用。过后买了块大红布头，一对折，替下了旧布。这块红布又起到美化作用，钟显得漂亮了。几年后，我大了些，学会了钩活，用白线钩了有图案的钟罩，那块红布做了衬，把它搭在钟上，白边探出，两边垂着流苏，对挂钟做了进一步装饰。

有了钟，有了准确的时间提示，大人们早上睡醒，第一个动作是抬头看点，再决定是眯瞪一会儿，还是马上起来。哥哥们上学，都是依据看了挂钟上时针分针当下位置，掌控动作速度。

那时我还没有上学，常常一个人。有一段时间，看钟成了我的乐趣。几个针，脚步不一，红针（秒针）匆匆转着圈，黑长针（分针）不紧不慢走着，短针（时针）老也看不见移动。不理它了。什么时候再看，咦，时针已经移位了。钟盘上1—12，距离相等，这十二个数字，也站成近似的圆圈，它们标志时间的节点。下边的摆不停地悠来荡去，那摆仿佛时刻要滑出，却自由自在，又时刻被束缚，被向心力拉着，又滑不出去。它就这样没完没了地画着弧线。钟面上，在中心点，在三针交汇处往下，左右两边，有两个黑点，是给发条上劲的孔，一个给针走路做发动，一个给摆敲响做发动。

两孔之间，有几个不大不小的字“烟台·北极星”。“烟台”和“北极星”可能是我最先认的字词。是母亲教会的。

在村里，我家不是最早买烟台挂钟那拨的，之前的两年三年甚至更早，已有人家挂上了烟台钟，当然我家也不是最晚的，之后的几年间，人们陆陆续续，在年终结算后买钟。在有的人家有钟，有的人家没钟的时日里，有钟的，引以为乐，引以为荣；没钟的，羡慕人家，还觉得没买得起，没颜面，暗使着劲，秋后（年终结算）一定买，于是憧憬着“秋后”，憧憬着快点进县城。

挂上“烟台·北极星”的人家，一家人作息按部就班；没挂上“烟台·北极星”的，由于掌握不准时间，张弛盲目，错过良辰或浪费功夫的事常有。毕竟到了钟表计时的时代，还遵循“日出而作，日落而息”，不好使了。

我家东院老蔡家，买“北极星”比我们家晚。我家有了钟以后，他家人时不时就趴墙头喊，几点了，这边的我们谁望下西墙，把“几点”传过去。冬天，蔡大娘娘家弟弟从黑龙江来，那时交通较从前已经便利了。大娘弟弟走时，怕误了点，赶不上早车，有人睡了一觉醒了，一骨碌起来，其他人都跟着起来了。做饭的做饭，装东西的装东西。吃完饭天还黢黑黢黑的，蔡大娘来敲窗户打听几点了，朦胧里我家人说出时间，大娘一听拍下大腿，扯呢，再睡一个钟头起来也不迟啊。

我们这条街四五十户人家，差不多都有“烟台·北极星”牌子的机械挂钟了。各家的钟形相似，颜色有异，褐黑、栗色、棕红。我们一群孩子也总是东家出来西家串地看。四十几块钱的烟台挂钟，不贵也不贱，那是猪肉七八毛钱的年代。买钟属于中档消费，再不济的人家，买不起大件缝纫机，努努力买个烟台钟还是能办得到的。

那时，墙上挂个钟，是时尚，是脸面，是攀比，是“正经过日子人家”的证明。进一家屋，往山墙一望，有钟挂着，屋子就像有了内容，一个家仿佛有了实体支撑。

当家家都有了钟后，钟好像不独为时间而来，有了镇宅意义，也成了威势的象征。

因为钟，我家曾出现过矛盾。我大哥结婚不久分家另过，我嫂子怂恿大哥要钟，父亲知道后大发雷霆：自己买去，这钟不在你们结婚财产里，这一大家子没个钟点哪行！父亲说哥嫂不懂事熊老子，嫂子说老公公太抠。后来有钱了嫂子买了个造型洋气、体积很大的“北极星”。我们都知道，嫂子是跟父亲赌气，跟自己置气。

钟到底还是为计时来的。那时乡村人家挨得密集，户户秃墙矮院，大门小门敞开。烟台钟，声音响彻，铿锵有力。钟声从窗门蹦出，直奔邻里和大门外走着的人的耳膜，半点或一点，敲一下“噹”；整点，是几点就几下“噹”。你家钟在敲，他家钟在响。每台“北极星”以自己的方式，却是整齐划一地追寻着、应和着宇宙唯一的光阴的脚步。即使有老死不相往来，还有钟声共振呢。钟锤齐鸣，时间携着大家一起向前。

这不，钟走久了，出现了加速或滞后，和北京时间不吻合了，这个着急啊，快送修理部擦油腻去。也有给发条绞完劲忘了过的天数，不知啥时停摆了。忙把钟门打开，咔咔……一气儿拧完十五圈。但不知道此刻时针分针该走哪里，如果此时恰巧广播报时，好了，俩针立刻拨正了，推一下钟摆，嘀嗒嘀嗒，启动工作；如果听不到广播报时，就得跑到隔壁问，再赶紧跑回来拨，还得刨去路上用的时间。

“烟台”，是除了家居县乡名字外，我最早记住的几个地名之一。“烟台”虽然在我家山墙上，在街坊邻居，在整条街，在全村人家里，其实很长一段时间，烟台于我只是个概念。大一点时，我和同学望文生义，“烟台”是天天冒烟的台子？烟台是生产叶子烟（那时家家在房前屋后栽几垄叶子烟，供自家人抽）的地方？至于它是一座“港口城市”，那是到了高年级，学了《自然常识》后才知道的。

从地域、经济地位和生活品位角度讲，东北的普通村落与一座名城扯不上什么关系；但”烟台·北极星”，走进了村庄，走进了千家万户，它给了我们分分秒秒时间的计量，给了我们一段岁月。又怎能说烟台与我们没有非同寻常的交汇呢？

到了我上学时，“北极星”开始为我服务了。在我还不认识钟点时，是听它打的次数，上学时，整点半点已会看，但像许多同学那样不会看“多少分”。有的同学不懂装懂，记得在某个人家玩时，有个同学偷偷问了大人几点钟，然后大声说，我知道是几点，接着得意扬扬地说出来。一会儿，又有另一个同学说，我也知道几点钟，其实也是偷偷问的大人。

我们小学校那个“烟台·北极星”，在我进校门时已显旧，不知道挂了几年，“教训”和“指挥”了多少学生。早上上课一阵子了，有的同学才进教室，老师就会说，你家钟停了？去办公室看看迟到了多少？每天早上八点上课，噹——，钟打第一下时，工友就拿着铁锤敲钟了。铛，铛，销……，大门内外的同学立刻飞跑起来，书包在屁股后边狂乱颠着。

真正看钟面能说清楚时、分、秒，大概二年级时吧。那时数学书里有没有“钟表的认识”记不得了。或许是心智到了，自然就“会”看了？

后来知道，关于钟的知识真不少呢。圆周、圆面、扇形、速度问题，镜中和实际钟点对照，24 小时钟摆共敲了多少下……这是父辈不曾研究的东西。

我有三个哥，二哥三哥成家单过时，都是自己买的“烟台·北极星”。

现在，村里最先买“烟台·北极星”的家长，大多已经作古，包括我的父母。“北极星”上的摆早已不再画弧，时针、分针和秒针早已歇步。“北极星”已停在了旧时光里。

我的人生也走过中年。童贞年月的往事大多淡忘，只有“烟台·北极星”铭记。

作者简介：温丽娟，辽海散文学会会员。作品在《沈阳日报》《沈阳晚报》《辽海散文》《绿野》杂志上有发表。作品在各类征文大赛中多次获奖。

芝罘记忆

刘玉涛

20 世纪 80 年代初期，金秋时节，从龙口海边小镇的汽车站，我坐车来到了陌生的城市——烟台。

从农村步入城市的第一站，是我人生第一次离开家，从一个艺考生成为了一名艺术学校美术专业的学生，并开启了三年的求学之路。

在我似水年华的青春里，有一个儿时画家梦想轻轻流过；在我承载永恒的记忆里，有一条汹涌澎湃的河流奔腾而去；在我美好学生的时代里，有一种刻骨铭心的启航风帆扬起。

一

一座城市，就如同一本书。徜徉街头，如同翻阅一页页泛黄或清新的书页，那些历久弥新的故事，便也从这些书页中隐隐透出一瞥惊鸿。

那些有着异国情调的红瓦石墙的小楼，经过一个半世纪的洗礼，至今仍散落在烟台山下各个角落，凝固在大海的岸边，昔日的红颜与繁华、热闹与霸气，在岁月的风尘中，已经悄然褪去，只有掩不住考究的用料和异国风情，还在向世人昭示着这些建筑过去犹存的风韵和一些特殊的历史。

第一次拾步烟台山上，迎着窄而陡的台阶走上去，上面有一个方形的平台，就是传说中烟台得名的地方“烽火台”。古代的时候，为防倭寇，示警御敌的军事设施，也叫“狼烟墩”台。站在遗存的一段台基上面眺望，往西边看不远处，有一座古堡式通体白色的灯塔，也叫烟台山灯塔，它已成为了烟台市标建筑。

秋阳杲杲，我站在“烽火台”上，拿起画笔，举目远眺，无边无际的大海上波光粼粼，碧绿的海面上白帆点点，海天一线，海鸥自由自在翩翩起舞，惊艳了秋天的大海。我陶醉在这美景中，完成了第一幅水粉画《海边》，首次获得省级大奖。

回望烟台山，一片片落黄的树叶飘飞。忽然，又看到了海边的“惹浪亭”，这个亭子临海而立，渐次跃于海面。于远处观看，恰似飞峙千万顷波涛之上，立身于千层浪涌之中。在此观海听涛，招波惹浪，别具情趣。

烟台山上，几乎全部为领事馆区。如英国、美国、日本、德国、俄国都在烟台山上设有领事馆。外国洋行多设在海岸街、朝阳街、大马路等处；学校、医院设在毓璜顶及海岸路附近。外国侨民住宅别墅多建于大马路、二马路东端及东山一带。教堂分布较广，烟台山、东山、西山、大马路、毓璜顶等处都有。外国的邮电建筑建在海岸路，国际商会组织的芝罘俱乐部建在烟台山下。

这些绚丽多彩的西式建筑，无疑为当时那个东郊一角的渔村注入了新鲜的欧式建筑元素，更是近代建筑研究的璀璨明珠，冉冉的一颗新星。这些早期的领事馆建筑造型朴实大方，后期所建的建筑便更多带有或者直接套用英国本土的建筑法式。

从烟台山下来，我背着画夹，漫步朝阳街头，踩在大理石板路上，穿过曾经喧哗热闹的洋行、商号、舞厅改造成的一家家酒吧、咖啡馆，混合中西奇特的气息扑面而来。海边的风、烟雾与咖啡的混合香气，穿过西式建筑旧石墙上斑驳雕刻的华丽，进入你的身体，宛如与迟暮的美人相视而坐，让你沉迷于对她青春过往的美好畅想。墙面上影影绰绰的中英文招牌，时刻提醒着你曾经繁华如过眼云烟。

一群群穿着大喇叭裤、牛仔上衣的帅哥靓女，成了朝阳街一道道亮丽风景线。不宽不长的朝阳街，有着诉说不完的往事，一座座异域风情格调十足的西式建筑，一排排庄严肃穆的买办企业大门，在这朝阳街的路面上留下无数洋人践踏的足迹和民族企业家自强不息的脚步……

在每座西式建筑的侧面都镶着一块牌子，牌子上记载着这些建筑的相关简介。金城有声电影院旧址、中兴楼饭庄旧址、市立医院旧址、万国理发店旧址……一座座有名的建筑似乎在诉说着这里曾经的繁华。烟台最早的邮政和西式医院都源自这里，同时这里也是当时烟台最兴盛的商业区。

从海岸街一直向东，就是大名鼎鼎的芝罘俱乐部旧址，从此向南就是当时烟台著名的娱乐一条街。德式建筑、俄式建筑、北欧式建筑、民国时期建筑、典型的胶东四合院……这里的每一栋建筑都有着自己独特的特点。

朝阳街始建于 1872 年，是烟台开埠文化的集中地。早在 100 多年前，这里就是繁华的商业地段，遍布着商号、洋行和外国邮局，荟萃了几十座中西合璧的建筑群落。

在朝阳街与海岸街路口的西南角矗立着一座两层砖木结构的建筑，门前的牌子上写着“克利顿饭店”的字样。饭店一层转角大门上方外出拱券支托二层凉台，墙角、门窗、山花均为弧形，这是典型的俄式建筑风格。

说起克利顿饭店的来历，1912 年 8 月 21 日，孙中山先生应袁世凯之邀迎风北上，由上海走水路时，曾在烟台做了短暂停留。虽然孙中山先生只是路过烟台，但烟台在辛亥革命中也起到了举足轻重的作用。1905 年 8 月，孙中山先生在东京创立同盟会。当时，孙中山先生在国内设有东、西、南、北、中五个支部。其中，北部支部设在烟台，辖山东、河北、内蒙古、天津、北京及东北等省市地，由龙口徐镜心任北部支部负责人。从这个角度来看，如果说孙中山先生的革命之火在烟台燎原也不为过。

二

春的太阳，高高的，照在身上却是暖暖的，那种穿透衣服给人们带来因凉而热的温暖，无风、无云的日子，这种感觉完全不同于夏日的焦灼炽热，却让人很容易喜欢上春天的暖阳来了。

一个取景框，定格奇山所城，布满青石的古街小巷，行行重行行，路过了一家家青砖黑瓦的老庭院，在手指划过布满斑驳光影的残墙时，留下了一幅幅美好的画面，似乎感觉到每一处都有一个关于所城里的故事。那路旁屹立的一棵棵沧桑老树，扭曲粗壮的树干，被凿开了大洞却依然生长繁茂。破旧的木门斑斑驳驳，古老的门铃门锁锈迹斑斑。墙底的元宝青石有着不同于现代的厚重，用碎石铺成的道路走在上面有一种别样的风情韵味。

一幅水彩画，午后的阳光温暖而至，窝在树下的狗，慵懒地晒着太阳的猫，在自家门口戴着花镜看报纸的老大爷，还有三五个坐在马扎上聊家常的老太太们，这些便构成了一幅悠悠然的生活画卷。

暗黑的高耸的门楼，青砖灰瓦白墙，还有那些“雀替”和“斗拱”雕花的屋檐，破旧的窗棂，大红的灯笼，门前挂着的笼中鸟，鹦鹉学舌，无不在向过往的行人娓娓道来所城里的往昔，黄鹂激情诉说着那些年的那些人的那些生活。这些在跌宕的历史下残存的古城痕迹，藏匿在闹市中央，坚守着数以百年的所城里曾经的过往。

所城建于明代，洪武年间为海防设奇山所，驻防军东通宁海卫，西由福中前所，以达登州卫，所建城池，后俗称“所城里”。所城里，具有典型的古代军事防御城市特点，方形，有城无郭。

我查阅到清光绪《山东通志》记载：“砖城，周二里有奇，高二丈二尺，厚二丈，池阔三丈五尺，深一丈，楼铺十六座。”四边城墙中部均开设城门，门楼上建有庙宇。下层为指挥所，上层为远望所。城墙内侧建环形马道，城内街道布局呈方格网状。

匡裕祥《烟台笔记》记载：“有东西南北四门，门上俱有望楼。城内有十字街，街道俱以石铺，平平坦坦，颇适步行。”十字形的城内主干道形成了全城的主轴线，在这条中心大道上布置有重要的公共性建筑，如官府衙门、祠堂等。城西北设千户所衙及随职官眷住房，东北设兵营及马棚、兵械库，东南设练兵场，西南设兵营伙房及粮草仓库。

奇山所，从设置到废除，有城无市，仅为居民点。商业性开放型的

“市”，则从芝罘海湾向南逐渐形成。自明代开始，港口活动中心，从芝罘湾移向南部的西南河口一带。渔民和商户为求吉祥，在西南河口东侧建海神庙。1810 年重修扩建为“天后宫”，民众称之为“大庙”，逢出海和收泊，在此，祭祀天后，祈福保佑平安。

“大庙”所处的西南河口成为新的港口活动的中心场所，居民与运军粮的船只进行交易，庙前大街成为商贸活动场所，并逐渐形成东西一里有余的、为地内商民开设行栈之所的商业街市，因此，这条商业街就是北大街的原始雏形。

所城里，古老幽静的小巷，在城市的一角，远离喧哗，不念天地之悠悠，也会生发怀古忆旧之情。日复一日，城市疯狂长高，空间越发逼仄，所城里，依然静静依偎城市中心，青砖黑瓦的四合院，依然悠闲地掩映在高楼大厦中，虽已破旧，但砖雕影壁、五脊六兽依然守望着历史。

守望历史，就是守住了城市的根。

三

“在上世纪 80 年代，催生烟台个体经济的海防营市场极为红火，诞生了改革开放后的第一批‘老板’，创造了海防营市场的神话。”烟台市博物馆已故馆长、民俗专家、文化学者王焕理先生如是说。

追忆“海防营”当年的拱形大棚，逛“海防营”时那熙熙攘攘、人头攒动的买卖场景，永远留在我的记忆中。

“海防营”离学校比较远，星期天早晨吃完饭，从半山坡的福山路走下去到虹口路站点，坐大通道公交车，经过五六站路，需要很长时间才能到“海防营”。

夏天来了，主要是去买换季穿的衣服，那里比“西南河”百货大楼的东西便宜得多。

在“海防营”买的红格衬衣、花衬衫、米色风衣、水磨军绿色休闲风衣、牛仔裤、喇叭裤、棕色皮鞋，以至于毕业后上班穿过好长时间，款式都不落后，仍然很时尚。

当年“海防营”市场，上面是角铁和螺纹钢作骨架，镶嵌绿色玻璃钢做屋面，以遮太阳透光，中间用钢管和铁丝网，下面是一米高的水泥台面，里面有格便于存放货物。

从东头进入大棚，货架上鞋帽衣服，摆满了柜台间隙，让人看得眼花缭乱，脚步也停不下来，此起彼伏的吆喝声，响彻在四面敞开的大棚子里。那些盛满了货物的箱子和蓝红白相间的条状蛇皮袋，那些汇聚在一起的日用百货密密麻麻地摆满水泥台面。铁丝网格上挂满了各种包，一排排的，各种眼镜、电子手表，什么样的小百货都有，价格还便宜。

两长排水泥柜台上，有卖服装的、卖皮鞋的，还有平铺台面上一卷卷布料的，它们被卷成长条或叠成方块，向人们展示着迷人的色彩以及好看的条纹图案。给那个时代，衣服单一的色调，增加了一抹亮色。

大棚内，人头攒动。录音机循环播放着苏芮演唱的《酒干倘卖无》、梅艳芳演唱的《似水流年》、甄妮演唱的《再度孤独》等流行歌曲。磁带包装五颜六色，多种多样。柯达胶卷堆积如山，一次性成像冲洗照片，向过往行人不遗余力展示着清晰度。还有各种小家电，电子计算机、吹风机、小霸王游戏机。不管什么时候，总会刺激你的神经，让你的脚步停下来，在每一个摊位前流连忘返。

每一次星期天去“海防营”，看着新货与旧货的交替，看着买卖双方的讨价论价的争吵，就对海防营市场的记忆又深刻了一次……

再往外围，“海防营”辐射到了西起烟台印染厂和大海阳路口，东至现在振华商厦门前的路口，贯通了整个西大街。新华书店、大光明电影院，还有各类的旅馆、饭店、土产杂品店都在“海防营”的周围。只要有买东西的想法，本地和外地的人，大多数都会到“海防营”去逛逛看看。

“海防营”发展的初始阶段，里面的经营者大多是南方人，整面的柜台被他们从温州、义乌等地方运来的商品占据。也有挑着担子的经营者，一篮纽扣、两筐眼镜、几盒电子手表。在柜台夹缝里，大棚内外间，甩着听不懂的家乡土话吆喝贩卖，经营者鲜有本地人加入商贩的行列。

这座农贸大集一样的地方，为人们提供了一个开放空间，一个商品集散地，架起了从计划经济向市场经济转型的桥梁，成就了一个时代大型商业圈的雏形。这种商业模式扩散膨胀，也快速地用琳琅的商品，刺激着芝罘人的神经，让一部分觉醒者，走进了经营者的队伍。

那个年代，芝罘人的生活或多或少都与“海防营”发生着关联。一个月中，逛几次“海防营”，买几件日用品，或小家电产品。星期天家人、朋友、同学三三两两去“海防营”周边下个馆子，吃上“烟台焖子”“鸡蛋金丝馄饨”“兰州牛肉拉面”“狗不理”包子。再吃上个蛤蜊、烤肉串，用罐头瓶喝个啤酒，竟然成为一种习惯，甚至是一种仪式感。

这座清廷为加强海防设立的“海防营”，近代因经济发展而开发的“海防营”，如今在芝罘人的记忆里越走越远，但它留给这座城市的历史、为这座城市发展的担当却刻入了史册。

“海防营”创造着那段时光里的贸易神话。

如烟往事，历历在目。三年的学校生活，青涩而美好。恰同学年少时，意气风发，挥斥方遒，背着画夹、军用水壶，带着水粉盒、画凳。用脚步丈量了芝罘的每一寸土地；用双手触摸了芝罘的大街和小巷；用色彩渲染了芝罘的鲜为人知或不为人知的风土人情。

曾经的清泉、初家已成为了莱山新地标。黄海明珠栈桥，潮起潮落，依然挺立迎接东方升起的太阳。

当年二马路、三马路、四马路、解放路、北马路，南大街、西南河、世回尧、白石村、南山公园、葡萄山、烟台山交际处、东风电影院、体育场、青年路、凤凰台、发电厂、烟台港、火车站广场……见证了难忘的足迹。

我用激情的画笔，一次次描绘了学校周边的海军航院、烟台山、朝阳街、海水浴场、奇山所、毓璜顶、北大庙、东炮台、福建会馆……留下了一幅幅美丽的画卷。

三十多年前，经典的写生画作，让我触景生情。如今，拥有记忆，人生才得以丰润，岁月才满溢诗情。耽于回忆，青春却难免苍白，木人石心亦伤怀，岁月沉淀了故事。

三十多年后，青春流逝，转眼，已到天命之年。谁还会记起那些年的青春、曾经以为自己苦苦追寻不舍放弃的人和事、最初的那一段美好的心情故事？

静美的时光，纤柔的手指抚摸着脸庞，那里，曾有眼泪的味道，也有笑容的绽放。时光里成长，青春终究会被岁月代替，岁月又始终难免掺杂寂寞。

迷茫的红尘，如烟的往事，一瓣瓣记忆，一片片凋零，像萧瑟的秋风，擎着记忆的叶子。经历了多少岁月的等待，有片片花魂遗落尘世，寂寞如香，华年若梦。

清静的时候，安静地听着歌，倾诉支离破碎的人生荒凉，漫阅无尽无止的岁月沧桑。当再次听到梅艳芳演唱的《似水流年》，那流动熟悉的旋律，如此恬静的时光，芝罘记忆，值得感触，让人感觉回味。

作者简介：刘玉涛，现为龙口市博物馆副馆长，为中国散文学会会员、山东省散文学会理事、山东省散文学会烟台创作之家副秘书长、龙口创作之家秘书长、烟台市作家协会会员等。《丁氏故宅》一书由中国文史出版社出版。先后参与编写《记忆山东》《烟台区域文化通览（龙口卷）》等著作，学术论文、散记作品迭有发表于《中国文物报》《春秋》《联合日报》《齐鲁晚报》《烟台日报》《烟台晚报》等报刊。散文《家的味道》《生产队打土坯小墅的日子》等作品发表于《人民日报》数字网。散文《老宅花季的故事》入选《当代散文》《海外文摘》《川鲁散文名家精品选》《胶东散文年选（2020）》等刊物。散文《家的味道》入选《胶东作家亲情散文选》。

孙佑杰，告诉我

木　茜

偶然的机会，我读到了孙佑杰的力作《鸭绿江告诉你》。

阅读之后，战争的残酷令我感触颇深，感慨万千。

得知此书作者正是一名出生入死的志愿军，感动的心生出由衷的敬佩。通过相关朋友了解作者——孙佑杰的生活现况，他是山东文登人，出生于1926年，自1979年部队转业后，分到烟台日报社工作。离休后，也没有放弃对社会的奉献，不是写书，就是奔走在革命报告讲座的路上，是一位非常积极向上的人。

科学家说："人是唯一能接受暗示的动物。"

自认为结交对生活积极努力的人，心就会受到积极努力的感染，才有热爱生活的力量！为此特找时间让朋友引荐，前往登门拜访。

清晨，当孙老穿着左边印着国旗的白体恤，将我迎进屋子时，恰好与他窗外第一缕阳光相遇。望着和善的他一脸友好的微笑，我觉得这不是大自然的巧合，而是上天的美好暗示，老人与光明同在。

走进客厅，不由一怔，因为真的是非常震撼。

这并不宽敞的客厅，屋子正中有一个长沙发，枣红色的沙发颜色陈旧，并且多处漆皮已经脱落。似乎在向我无声告白，陈述自己已经陪伴房子主人很多年。简单的玻璃小茶几，木漆的茶几腿泛着黝亮的光泽，那是擦拭干净的光泽，更是岁月长久浸润的光泽。整个屋子的门都是初始建楼时的小木门，住进就没有更换过，这不是简单，完全属于简陋。

在当今盛世，国人生活水平提高了，住宅大多追崇宽敞豪华，富丽堂皇。广厦千万居然有这样的陋室，并且与主人身份和收入，格格不入，这怎么能让我不惊讶？

房间墙上挂的字画非常醒目，迎面窗户两旁，右边是迟浩田将军送他的亲笔题字“晚霞喷彩虹，榜样力无穷”。左边则是书法家李岱彬赠送的“人民功臣”四个大字。两边单人沙发的墙上，一边悬挂着本人自创的美术字对联，一边则是他两个大奖状和被授予绶带的个人相片。从中可以感受简陋的房间摆放着昂贵的无价之宝——这也是世间绝无仅有的精神财富。

老人似乎察觉我诧异的神情，又热情地带我参观他的卧室。里面只有一张八十年代流行的单人床。单人床紧靠着墙，案头堆积着书，墙上挂着他手书的一幅幅漂亮美术字，挨着床是一张在八十年代时尚，现在是古董的老书桌，书桌也是如山的书籍，据老人家说，正是伏案此处，才写出了一本又一本的书。书桌前挂着曾任烟台市委书记孙永春赠送的一幅字。

参观孙老的卧室，我倒是觉得更像是书房，里面是一室正气，催人奋进！

回到客厅，听孙老谈起了沧桑往事，他昔日在威文荣联中读书一年，当时学校师生为了躲避敌人，完全是背着行李读书。

后来在天福山起义军感召下，报名参军。又在地下工作者的带领下，绕过敌人封锁，前往栖霞牙山北部的一个小山沟，成为抗大的学员。当时为了保护学员安全，学校更是打游击一样，学生们不断在山沟穿梭，坚持读书。

抗大学习期间，他看大家除了打球唱歌，没有别的娱乐项目，就想为大家制作土电影。于是用凹凸镜、放大镜、纸背等材料，经历了数十几次失败，甚至因为在放映中突然又失败了，被领导责骂批评，但是还是坚持专研，最终成为抗大“土电影”的创始人。因为发明了土电影，在当时仅仅两个优秀名额的情况下，他被评为“抗大模范工作者”。也是因为土电影，让想扛枪打鬼子的孙佑杰，被分到了宣传队，这让他萌生了要把笔当成枪，成为一名记者的想法。

1948 年济南战役，国民党抢了百姓的月饼，共产党将他们打退后，又把月饼送还给了老百姓。孙佑杰听说此事，他觉得这个故事很有特点，他知道作为一名真正的记者，就应该挖掘最真实的材料。因此不顾个人生命安危，冒着纷飞的炮火，绕过敌人封锁线，找到了那个老百姓的家里。

当时房子外面不时能听到炮弹声，两个人为防弹火，只好躲在了一张八仙桌下面，进行交谈。他通过详细采访，得到了这个故事后，将《七斤月饼》以新闻的形式发走了，一抢一送，处理月饼的不同方式，反映出两个部队不同的纪律作风。此文被新华社、《大众日报》和《前卫报》发表后，引起了强烈的良好的反响。

《七斤月饼》先后被改编成了小剧、歌曲和快板等，还上了小学的语文课本。部队为他授予二等功，也是因为此文，实现了他梦寐以求的记者梦，正式调到 27 军报社。

他的堂哥孙佑国，曾是一地下党员，打入敌人内部后，为共产党送情报，营救党员等，在文革时期，这位无名英雄却被打成反革命，孙佑杰闻知，主动为堂哥写了鸣冤的申诉材料，上交杨得志。

特殊情况特殊的年代，孙佑杰邮寄的材料如石沉大海。后来事情不但没有得以公正解决，反累及孙佑杰在副团级的位置，一待待了十五年。

孙佑杰相信邪不压正，相信党是公平的，他始终没有妥协更没有气馁，而是拿着手中的笔，将堂哥的事迹写成小说《策反者》，被报纸刊发了出来。小说一经报纸连载，引起广大读者的关注和厚爱，大家争相阅读。后来又被出版社整合出版，发行量特别好。为此，孙佑国冤案得到胡耀邦亲自批示，中纪委下达文件，为他平冤昭雪。

小说处女作问世后，孙老又想起抗美援朝那场战争，每每回忆牺牲的战友，总是泪流满面。这不是因为他多愁善感，更不是因为个人的情绪化，而是残酷的战争触目惊心，战友生离死别刻骨铭心。

朝鲜战场，那是他心灵深处永远的疼痛。他觉得作为亲历者，自己有责任把那段经历变成文字，告诉世人，幸福来之不易；他觉得作为报社记者，自己有义务将战争遭遇的苦难，告知后人，热爱生活，珍惜当下。

最初文章写得很顺利，后来单位评高级职称，论资排辈无法超越他的人，被评上了高级职称，涨了工资，孙佑杰却没有被评上。这件事情别说他生气，就连报社王永富等这些正直的人，都为此愤愤不平。孙佑杰一向要强，凡事不甘人后，此事让他陷入纠结，不仅仅为没有名利生气，更重要的是觉得很丢人，很没面子。

为此，这件事影响了他，让他无法投入写作。他吃饭想这件事，睡觉也想这件事，甚至即使是写作，脑海也会盘旋这件事情，他知道如果深陷此事，这本书就无法写下去。于是不停劝慰告诫自己，别想这些事了，多想想自己一次次与死神擦肩而过的苦难经历，多想想战场上牺牲的战友，多想想还有写书出书这个梦想。

1995 年，他正式完稿，题目经过多次权衡，反复斟酌，定名为《鸭绿江告诉你》，交付人民文学出版社出版。这件事让孙老得到了教育，他说，每一个人真正的敌人，就在自己内心，人只要心明了，所有的纠结都会迎刃而解，路也就宽了。

他没想到，此书一经发行，立刻引起文学界关注，成为社会催人奋进的书籍。此书为他带来了很多荣誉，圆了他梦寐以求的作家梦。

孙老已近暮年，现在对一些事情看得越来越透彻。他说，人生很短暂，才华、名气、荣誉和面子，等等都会过去。只要找到正确的方向，不断自我完善，人就不会陷入绝望！

现在，他已没有了名利等虚妄的想法，只想通过自己的讲述给后代子孙正确导向，发挥余热奉献社会。我知道这是孙老的肺腑之言。因为自 2013 年，孙老已经到学校、部队和党政机关等部门，做了七十多场报告。

孙老告诉我，他又写了一本书，书名为《一生缘何有三幸》一是战争年代九死一生的幸存者，二是新中国成立后大风大浪中的幸运者，三是晚年享受美好盛世的幸福者。据说市面不见的小说《策反者》，也将附录于此书中。孙老说，如果我前几天来就能看到此书手稿，不过现在被主动帮孙老打印的张建新先生带走了，明年就会正式出版。听了这个消息，我为老人家高兴，也甚是非常期待。

我们交谈过程中，孙老接了数个电话，听电话不是采访者，就是拜访者，但被一一婉拒了，因为下午，明后两天都被约定出去了，再约需等三天后。这让我知道，我能约到孙佑杰老人，并与他肺腑畅谈的时间是多么宝贵，多么幸运。

太阳在我愉快的倾听中越升越高，孙老给我讲写作，讲他认准的事，就会坚持到底，讲习主席提倡中国梦，山南海北聊了很多……谈兴依旧甚浓，丝毫无疲惫之感。

孙老笑呵呵地告诉我，自2011年后，不问名利，不管财富，身体比往年更结实了。特别是被各个地方请去做讲座，得到社会各界的认可好评，他觉得自己收获了很多。为此赋诗："生活自理一肩挑，远离医院不吃药。写作高产似井喷，满面红光缓衰老。"

生活充实，正气盎然，身心怎么会不开心？开心是人最好的健康药，我相信这才是孙老九十多岁长寿健康的秘诀。

临行时，孙老将历年之作一一找了出来，送给我。作为文学爱好者，我深知写作的辛苦，掏出钱想表达一下内心谢意。孙老却拒绝了，他说："虽然我藏书不多了，但是送给热爱写作的你，我觉得对你会有帮助，也就更有价值，更有意义。"这一番话可见孙老对我这小字辈，不仅只是关爱，还有满满的期许。

手捧着厚厚的一本本书，我觉得这哪里是书？这分明是一朵朵美丽的向阳花，阳光、明亮，美好向上。

作者简介：木茜，女，生于二十世纪七十年代，原籍栖霞，现居住烟台开发区。发表了散文、小说和报告文学等诸多作品。

台胞刘姨

郑承清

台胞刘姨，烟台市牟平区蛤堆后老乡刘秉莲女士也，她是台湾著名企业大成集团创始人韩浩然先生的夫人，刘姨因其在大成企业发展的几十年里一路帮扶丈夫殚精竭虑共同拼打，堪称贤内助，被公司员工同视为大成事业的创始人，备受大成员工的尊崇和爱戴。在台湾屏东大成集团的家族企业纪念馆——桐德馆西侧，专门开辟了一处以刘秉莲女士名字命名的“爱莲池”，就是大成集团对刘秉莲女士生平最高的褒奖和永久的追念。

20 世纪 90 年代初我有幸与刘姨相识，弹指间近三十年了。其时刘姨年届八秩，客居宝岛台湾已半个世纪之多，乡音未改，眷恋故土，思乡情切。1993 年的初秋，刘姨寻根故土，我供职的民革烟台市委安排公车并由我引路接待陪同。在牟平蛤堆后故园辽阔的旷野里，刘姨掬一抔泥土，仰天长叹：“亲人啊，我回来了！”连呼数遍，声震天际，动气回肠，潸然泪下。其情其景，恍如昨日。是这一幕，使我更深刻地感受到海外赤子对祖国对故土家园那深深的泣血之感眷恋之情。此后十多年里，我与刘姨多有函电书信往来，2001 年刘姨还惠赠我她新出版的个人文集《莲语》。作为晚辈的我从刘姨那得到的教益良多自不待说。

2003 年秋的一天，时任中共烟台市委统战部副部长的秦英同志率团造访台湾招商归来，高兴地告诉我台湾的一位雍容华贵的老太太托他带一张照片赠我，这“老太太”正是刘姨。一帧照片由朋友带着跨越了台湾海峡，辗转数千里来到我的手中，正堪称千里送鹅毛，情深意重，弥足珍贵。照片的背面是刘姨隽永手书："二〇〇二年三月二日，在大连公路上照的，树梢的窝是鹊雀的家，请留着纪念。送郑承清先生。大姨：刘秉莲"。照片上刘姨和她的丈夫、台湾著名企业大成集团董事长韩浩然先生偎依相拥，若同连理；两位耄耋老人笑容可掬，雍容平和，俨然身居自家后花园的仪态。身后是数棵尚未返青吐绿的国槐。"树梢上的窝是鹊雀的家"，一巢硕大的雀窝很是醒目。这让我想起刘姨曾和我说起："我和你韩伯最初的家安在大连，大连是我们金婚生活的起点，这一晃就是半个多世纪了，岁月无情啊"！凝视这帧取景细腻精到、寓意耐人寻味的彩色照片良久，不觉眼为之湿。倦鸟怀故窠，叶落总归根，不正是这帧照片的最好诠释吗?

刘姨生逢乱世，南北迁徙，颠沛流离，却笃志"人生不能留白"。(刘姨自撰的座右铭)，她虽平生未曾在社会供职过，其生活岁月的大部分俨然是全职太太，但她却能几十年如一日，好学不倦，孜孜以求。平时，于相夫教子之余，凡有所思、所见、所闻，皆取笔之于书、展牍著之于文，一如夫君浩公写日记然。夫唱妇随，常年不辍。其间，偶或出示子女，则子女为之动容；时或投之报章，则友朋为之喝彩。《童年往事》《我的母亲》《大陆探亲回来——给美国孩子们的信》《救救我们的子孙——提倡母语的一点感想》等篇章皆是上乘之作，娓娓道来，情感细腻，感人至深。小品文《悟》《酒》《爱犬赫鲁》等由小见大，富有哲理，脍炙人口。刘姨其为文，顺如流水；其述事，坦若行云。展读《莲语》凡几十万颇具艺术感染力的文字，倍感文如其人、其人德厚。《莲语》篇篇亲情，质朴而美；事事入理，蕴涵张力。"一位山东典型性情中人，跃然纸上"，我心为之震撼，却碍于自己文笔的笨拙竟无以用语言来表达。

从 1957 年算起，大成发展已整整超越一甲子之多。在这漫长的创业时间里，大成开疆辟土，精耕台湾，布局海外，通过农畜食品的垂直整合，拥有多元的产品领域及品牌，建立起了庞大的国际化食品王国。"积善之家，必有余庆"，大成集团之所以能够冲破"富不过三代"的魔咒，实现基业常青并回馈社会，当与几十年里相夫教子的贤内助刘秉莲女士的殚精竭虑一路帮衬密不可分。刘姨的《莲语》一书，已然成为大成集团家族企业文化的重要组成部分，《莲语》中蕴含的大爱厚德有力地提升了大成企业及家族内部的亲和力和凝聚力。大成集团开办的“桐德馆”家族企业纪念馆，收藏有家族及企业历史中各个发展阶段那些有意义的东西，尤其是像《莲语》等有关家风、家训、家谱等藏品弥足珍贵，既展现了一个家族的家风光辉，提升了大成企业形象，还可以启迪激励和教育后代，具有重要的传承意义。

大成韩氏家族创始一代韩浩然刘秉莲夫妇，已不在人世近十年了，大成集团目前已处于二代掌舵、三代接力的成长阶段，韩家四弟对家族企业迅速成长归因于“家和万事兴”，颇有道理，而这“家和”的头功非刘姨莫属。当年，韩浩然夫妇从大陆来台湾创业，开疆辟土，一路走来，到第二代一共是6个人，到目前家族第三代成员已有40多人，第四代也在成长之中，繁衍几代后，家族成员众多，集团企业也是“枝繁叶茂”、四处生根。刘姨的文集《莲语》中处处彰显着刘姨的大爱厚德等智慧品性和人格魅力，这正是韩氏家族企业基业常青代代出彩的重要基因和源头所在吧，这些也都极大地丰富了大成集团家族企业文化的精神宝库。

2019年7月23日上午，台资企业大成食品（天津）有限公司董事长韩家宸（刘秉莲女士的二公子）一行专程回到故乡牟平区蛤堆后村参加捐款仪式，为村小学捐资20万元。捐款仪式上，韩家宸董事长说，“蛤堆后村是我的母亲刘秉莲女士的家乡，小时候经常听到母亲谈起家乡的一草一木，乡情历久弥深。作为牟平子女，愿尽我们一份绵薄之力，捐资助教，发展家乡的教育事业，愿故乡的发展越来越好。”韩家宸的善举了却了母亲的一份心愿，传承了《莲语》的文脉和家风，刘姨若九泉有知定会感到欣慰。

台胞刘姨眷恋故土的乡愁浓浓情结几乎荡漾于《莲语》的所有篇章，思乡爱乡是萦绕盘桓刘姨心头永恒的结。台湾名作家王玉成先生在为《莲语》一书作序中云：“她（刘秉莲）邀我家中便餐，三人对酌，情比烟台白干。我听她一室乡音，如见故人”。“每当我辞归，她总是说：‘话老像讲不完’。讲不完的蛤堆后，讲不完的烟台山……走过来时路，我们都尝过万苦千酸，我比不上她的，是她的一颗赤子之心。”

“人生不能留白”“一颗赤子之心”，这就是《莲语》告诉我的，这就是台胞刘姨。

作者简介：郑承清，山东日照人。民革烟台市委退休干部，先后担任山东省民革直属烟台支部委员，民革烟台市委委员，民革烟台市委副秘书长兼办公室主任、秘书长。

装满阳光与梦想的地方

邱舒清

会不会有一首歌，是让你永远都能牢牢记得，随时都可以轻声哼唱的；会不会有一个地方，装满了阳光与梦想，是让你魂牵梦绕的，就像我热爱并奋斗着的这片热土——莱阳。

——题记

从西北大漠到繁华古都，再到秀美梨乡，我生活的足迹踏过了雄鸡的首和尾。曾经的外来妹，现在却是地道的莱阳媳妇。我当仁不让地把这片热土当作了自己的家乡。“一枝一叶总关情”，寒来暑往，斗转星移，我用十八年的时间感受着莱阳——这座宁静小城的古朴清新和日新月异。

2002年的毕业季，我赶上第一波大学生自主择业潮，就业形势严峻，我顺利签到莱阳的一家制造企业做人事干事，是我们系第一个签就业协议的人，那份骄傲恨不得分享给每一个我认识的人。我告诉宿管阿姨，我工作签到山东莱阳了！阿姨说：“莱阳啊，我知道，我家吃的鲁花花生油就是那里产的！”我告诉校门口水果摊的大爷，我工作签到山东莱阳了！大爷说：“莱阳啊，我知道，那里的大梨很好吃！”我更自豪了，回去向舍友炫耀，看我以后工作的地方多牛，连宿管阿姨和卖水果大爷都知道！

真的到莱阳的那一天，站在出站口的台阶上，我心里却失望极了，火车站门外的广场破破烂烂，放眼望去也没有鳞次栉比的摩天大楼，公交车等了很久也没有来……带着失落我去了单位报到，真正的绝望才开始了，周围所有的人都说标准的莱阳话，有些句子我费劲地只能听懂几个字，有些语速快又口音重的，我居然连一个字都听不懂。永远忘不了 2002 年 7 月 25 日下午，我参加工作的第三天，站在办公楼下的 IC 电话机旁，给妈妈打了十二分钟的电话，号啕大哭了八分钟，当时就下定决心，等到挣够回家的路费我马上卷上铺盖走人！

现在回想起来，那个迫切离开的想法具体什么时间改变，为什么而改变，我记不清了，只是有几件小事深深地印在了我的脑海里……

有一次，领导让我去莱绢礼堂参加社保处的业务培训，财务部的大姐听说我计划走着去，把她特意从南方买回来的，当时还很稀有的电动车借给我用，我打听好路线画了一张自认完美的地图勇敢出发了。谁知刚过一个路口就转了向，从中心汽车站一路骑到了安居小区，越骑越不对，急了我一头汗。屋漏偏逢连夜雨，电动车和我八字不合，停停卡卡闹罢工，我只得推着走。害怕语言不通，不敢问路，急中生智就把我画的地图举着四处问路。无比幸运的是我问到的两个人都把我往前带了一程。第一位大妈把我带到了农行大楼前；第二位大姐说："一看恁就是个外地人，在俺们这地方还用得着画地图？领你去吧！"大姐一直把我带到了莱绢礼堂前。我不太相信这两个人都恰好是无事可做的闲人，我更相信是这座小城的大多数人有一颗热情善良的心。这朴实无华的真心和善意，如涓涓溪流般，最能深入人心。

到了礼堂前，我想把车推到人行道上停好，费了九牛二虎之力把前轮推了上去，然后电动车电瓶卡在了台阶上，进退两难。一位遛弯的大爷经过，摆摆手让我让开，也不知我的什么行为传达了错误信号，他提着车前把，用力一退，把车退下了台阶。看着稳稳又回到大路上的电动车，我哭笑不得。望着大爷微驼的背，青筋凸起的手，略略得意的表情我怎么也开不了口，让他把车再推上去。只能开心地说着谢谢，再假装在车筐里翻着东西等待大爷离去。看着大爷走远了，我急忙又把车往台阶上推，惊喜总是成双来到——车又被卡在台阶上了，正当我嘀嘀咕咕怨天怨地怨台阶时，那位热心大爷犹如天兵神将，重新出现在我身旁，又霸气地摆摆手，把我撵到一边，边推车，边埋怨我："你说你这个姑娘，你直接说你想把车推上去不就行了啊，有啥不好意思的？"神奇的是，大爷说的每一个字我都清楚地听懂了，只能尴尬地傻笑着。此时，我心中涌动的是对这个早晨遇到的所有好心人的感谢，是对莱阳这座小城美好印象的慢慢扎根。

元旦前准备 QS 审核材料，加班错过了食堂的午餐时间，只能出去吃，天上飘着大片的雪花，我的心脏像被一双手拧着，烦躁不已。路上行人很少，车很多，路过一个路口，发现信号灯坏了，一位年轻的交警在指挥交通，肩上已落满了雪花，我感叹：同是天涯沦落人啊，他要比我更凄惨！斑马线前只有我一个行人，当时想的是那就等一会儿吧，我一个打着伞的总比只戴顶帽子的交警要舒适熨帖吧！低着头发呆，突然听见交警喊了一声，抬起头，看见交警用帅帅的姿势挡住了长长的车流，潇洒地示意我快点过马路。我携着雪花奔跑时，有种全世界都在为我让路的感觉，那般美好，仿佛阳光照进了心里，登时涨得满满的。那年年底，我要坚决离开莱阳的想法已经动摇了很多。

终于盼到了春节假期，我收拾好行囊回家乡，此时早已攒够回家的路费，心里却犹豫不决，人生之路不知作何选择。我独自踏上火车，看着站台上依依惜别的人们，心里更是一片迷茫。火车即将开动时，我突然神经发作一般，冲着车窗外一道道铁轨挥手告别，原以为没有人会看见，也没有人会理会我，没想到，一位路段检修工大叔发现了莫名其妙的我，居然把右手的工具换到了左手，微笑着挥手同我告别。火车缓缓启动了，那位穿着深蓝色大衣，提着工具的大叔，露出洁白牙齿的真挚笑容，是那一年莱阳留给我的最后感动。在陌生的城市，却一次次收到来自陌生人的善意，那种感觉，就像三月的微风，轻轻吹在脸颊上，不着痕迹，但温暖人心。

春节假期结束，我又回到莱阳，这座小城空气里流淌的都是脉脉的温情，那份淳朴与真诚是无与伦比的，也让我感觉最难挨的日子没有那么糟糕，生活也曾如此温柔。

现在走在莱阳的大街小巷，那质朴的乡音，从曾经让我似懂非懂，到现在令我着迷。为什么？就为了她的博大精深，有多少词语精准得不可替代。过去在我的意识里，只会用“很”来修饰“酸甜苦辣咸”的程度。这里却为每种味道找到了最佳的匹配。“jiao 酸、xi 甜儿、bo 苦、seng 辣、hong 咸”，虽然连正确的写法我都不敢确定，但这些字所传达的那种妙不可言的感觉，却是任何词语都无法企及的。

说到味道，不得不说莱阳梨带给人们味觉上的极致享受。莱阳梨对于生活在这一片土地上的人来说，意义更是非凡。它不只是一种水果，更像是我们的一位至亲，一位密友。

而我更爱梨花开遍时的盛景。大地回春之际，草长莺飞，龙曲蛇盘的梨枝上，缀满似雪非雪、如雾如烟的梨花，将乡间、山丘、田园点染得恍若天池仙境。和煦的春风吹来，落英缤纷，那一场纷纷扬扬的花瓣雨为大地盖上了绒毯。一片晶莹的花瓣飘落在脸颊，轻柔得让人不忍拂去。漫步梨树下，人在画中游，没有谁能不为这美景而心驰神往。

每年的春日，赏完梨花，我还定要去打卡旌旗山，虽没有名山大川的雄浑壮观，可他却以质朴清秀脱颖而出，毫无娇柔之气更为真实亲切。春来新绿遍野，那可人的绿色呼之欲出，像要流淌一般，盛开的小花如跳动的火焰，掩映在绿树之间，蜂来蝶舞，往来翩跹。我与家人一鼓作气，登上山顶，放眼望去良田沃野，阡陌纵横，这一望，让人心旷神怡。现在，如果有谁说莱阳不美，我一定会第一个跳出来，用理论联系实际说服他。

当年，我也向往过大城市的繁华，单位有位从长春一汽聘来的六十多岁的老工程师，凝神看着窗外，说："真好啊！"我扭头看看，厂区外面是蔚蓝的天空，远处是几个伸着长胳膊的大塔吊，问："好什么？"他说："那么多塔吊就是希望啊，是这个城市的希望，塔吊多了就说明这个城市发展快了！"那段话给了我莫名的信心和力量，至今难忘。

今时今日，选个云淡风轻的日子，走在莱阳的街头。你瞧，通衢大道上，车水马龙，熙来攘往，街两旁，市列珠玑，户盈罗绮，好一派繁华景象。

这座小城，占尽交通便利的优势，又有政府宽松的政策，工业飞速发展。自东向西，顺着龙门路向下，一座座现代化工厂拔地而起，隆隆的机器声，飞转的车轮，一件件运往大江南北的产品，奏响了莱阳经济腾飞的凯歌。今天的我，已是一名耕耘在讲坛上的老师，我用知识点亮孩子们的童年，他们又将带着我的一份期盼创造更美好的明日莱阳。此生入莱阳，我不后悔。

莱阳如一位沧桑又富内涵的诗人的诗文，平素不炫耀也不张扬，没有华丽的辞藻，却让人为之倾倒！谁不夸俺家乡好！！

作者简介：邱舒清，莱阳市西关小学校报《向阳花》主编。先后编写过校本课程《悦读与写话》《我们一起过暑假》《山月集》。辅导的多篇学生习作发表在《今日莱阳》《当代小学生》等报刊杂志。

竹林寺远参

杨成菊

烟台地处胶东半岛，有着仙境般的海岸，有着悠久的历史。这是一座我期待了解的城市，无论是地理风光还是人文资源，但却时常在我的计划里被忽略。包括下个月初，我本来也是要去烟台的竹林寺走一趟的，可由于这边的工作预案没有做好，下一步的前行恐怕要往后耽误些日子了。其实这几年，我们总在谈论这些问题，有关于竹林寺的，也有关于其他佛教寺院的，我们这边有一个居士委员会，有几位居士的家乡就在烟台。

这些居士常年服务于各个寺院，做义工的也有，搞彩绘的也有，研究版画碑石木拓的也有，有时候跟他们在一起，也学习了一些关于禅寺的相关知识，其中还属烟台竹林寺了解得更多一些。我也让一些居士拍些照片，以弥补暂时不能前往的遗憾，遇到想迫切知道的就联系当地的居士，他们也总是能传回最新的画面，包括寺院里的佛事活动和建筑设施。

其实我对寺院里的历史痕迹更感兴趣，苦于没有时间前往，就只能大致了解一下。这几年手里也积攒了不少居士们传回的照片，都是有关寺院日常景象的。其中有位居士也是参与了寺院壁画的描绘工作，他所绘制的佛像制品，我是从开始就一直关注的，他善于工笔，能把菩萨的千般手势绘制得惟肖惟妙。正是有他的绘画指引，我才知道千面观音造像的不同意义，尤其是遇到古代观音像，我就是随喜赞叹其大爱圆融。

这些都是缘起于我的工作，我几年前开始在佛协参与佛刊的编辑工作，也参与当地佛教志的收集整理工作，这些都需要与各个寺院交流学习。一些大德高僧自然会指导我们的工作，法师们的博学多才，无不是我们学习的榜样，其中讲经说法时候的开示，更是令我们深感佛教文化的博大精深。一次遇到一位竹林寺的法师前来讲学，我就很自然地起了护法之心，询问着是否可以前去挂单做义工服务，法师说，心中有佛即可，不必拘泥于在与不在。

于是我便深深记得，烟台的竹林寺就在那里，法师在那里佛在那里，禅心回向在那里就是了。有时间就抽空听听网课，顺便了解一些寺院的静与净。得知寺院里的一切程序跟我们这边是一致的，比如各个寺院的佛事活动，以及寺院的仪轨，等等。每当有机会参与大殿的开光仪式的时候，都会遇到一些各地的高僧大德，虽然不曾攀谈，但也是记得一些。等有幸遇到大师升座，那能见到的大德高僧就更多了。

一次偶然的机会，一位烟台寺院的大师来属地寺院讲学，我还求得一纸墨宝，至今还裱糊在我的书架里，很期待能有机缘再见，再求开示。法师说他回去就要先到竹林寺挂单些日子，这是我第一次知道那里有他的师兄在。我现在留存的有关寺院的图片，大多是这位法师佛堂里悬挂的，一些经书和经法也是这位法师传递的。

我因此了解了一些竹林寺的概况。竹林寺是胶东半岛香火最旺盛的名胜古刹，史上多次复修扩建，明清两代更是大规模重修，得以盛具规模，更有乾隆帝的碑文记载至今保留，因此也是豪华气派。尽管曾遭历史重创，但在国家宗教政策扶持下，竹林寺也与大多数寺院一样，原址高规格恢复重建。整体建筑按照帝制特色，赫墙褐窗，蔚为壮观。

整个寺院山门两侧分座钟鼓楼，进门为天王殿、大雄宝殿，藏经阁为大经堂。山门和大雄宝殿上的门匾都为赵朴初所题，这些与一些寺院的制式是一致的。门楼为悬山式结构、天王殿为歇山式结构、大殿则为重檐歇山式，大经堂更是典型的四层土木结构建筑的重檐庑殿，飞檐斗拱，檐上雕有跑兽，可见工匠们的精湛技艺。历代参与修缮的工匠们都是建筑业的顶级高手，修禅如禅定，没有禅心是体现不出来这种净土庄严的。

在我们寺院修行的一位法师，他本是烟台人，也曾在竹林寺修行，后来有机缘遇到师父指引，便在离家千里之外了。前年佛协组织收听收看政协报告时，听法师讲需要回去一趟。我问法师何时来的，他说春节前佛协组织扶贫送温暖活动的时候来的，腊八舍粥时又过来一回，后来又参加了一次讲经交流会，就耽搁了下来。

这次要回去补充一些手续，皆因要根据新颁布实施的《宗教事务条例》，各个寺院的法师需要重新办理宗教教职人员证，完善资料。他原来的戒牒、户籍等都要备全，否则资料不全会耽误重新认证的。我说表格我们可以帮忙填写，他问了我最后截止的时间，我说来得及，因为佛协规定单月都可以办理，错过了九月十一月还可以办理。法师很高兴可以有时间回去一趟，说还可以顺便去拜访一下烟台寺院里的师兄们。

临行前，法师问了我电话，说如果需要什么咨询的方便些，我说随时联系都可以，遇到有什么问题的话，我可以帮忙咨询省佛协，争取一趟都办明白。很多时候就是这样，以前都不注重身份信息的确认，这些正好都一起确认一下，这些都需要录入佛协档案里面备份的。表格里的项目也是事无巨细的，就是为了保障这些法师们的信仰权利。

联系上这位法师是前年的一次情况落实，也是来自宗教局的工作检查，要求国庆节前检查各个寺院悬挂国旗情况，我收集了一下各个寺院升国旗的资料，配图刊登在当期的杂志里，一些图片就是这位法师拍摄的。为此寺院还专门定制了旗杆等必要设施，包括讲经说法交流会之前奏国歌等仪式，使得各个寺院都自觉提高爱国爱教的意识。

我也负责把新条例打印出来，每个寺院下发到位，还有一些指示精神，使寺院里的法师们都有一种爱国爱教的使命感。特别是有的寺院还为符合条件的法师们办理了养老保险，使得国家的养老政策得以延伸覆盖到宗教领域。平日里也总有一些法师咨询一些政策法规落实情况，我也都是一一耐心地解答，遇到不明白的地方都告知佛协电话，让他们都能及时了解国家的政策法规。法师说他回去要带些我们的佛刊回去，我说我都邮寄给山东省佛协单位了，如果再有需求可以统计一下以便日后补全。

寺院里还有一位长期的护法居士，每次从烟台来都会招来一些义工，等做完佛事再一同返回。我问他们为什么这么远来护法，他们说是冲着寺院的高僧大德来的，一生追寻着一位大德护法。寺院里的佛像和堂舍，大部分都是这些虔心的护法居士捐赠修建的，所以我总是能看到他们的身影，仿佛就是本地居士一般。有了他们的存在，佛协的工作就越发显得重要了，可以不计任何辛苦，只为法师们六时吉祥。

工作中也常能得到宗教局领导的指导，为此也有了工作动力，只要遵循国家的宗教政策，工作起来就不会偏离方向。听宗教干部介绍，我们这寺院里的大德，也有从烟台请来的，为的是一份敬重。我也见过那位大法师，他以前是一个佛教协会的，受当地寺院的邀请，前来寺院挂单，现在这座寺院管理得井井有条，成为了当地讲经说法的金莲花得主。这位法师还被推荐到多地讲经说法，每次开会，都积极倡导佛教奉献社会。

法师说，他家就离岱王山不远，他开始修行的时候就在那里，后来常遇到熟人影响修行，就来到了这里。有时候还会回去看看师兄弟，现在不那么挂念了，因为有了微信，想起谁一喊就可以了。打开手机给我看了看，是他们师兄弟的微信群，也跟我们普通群一样，除了满屏的问候语，就是语音和双手合十道吉祥。跟我们的佛刊杂志群一样，我也是添加了一些寺院的法师以便联络事宜，直到最近辞职才退了出来。

其实一迈进气势恢宏的寺院广场，就感觉到佛事的曼妙，身临其境那种魂魄飘荡不知不觉中就被感染至内心深处了。那四处香烟缭绕的院落里处处都能听到诵经的声音，一个凡人身陷其中尤为觉得自己的渺小，仿佛没有佛祖的庇护就缺少了很多安全感觉，个人力量一下子就显得那么微不足道。

如果说脚没迈进大殿的时候，人还有一丝凡心的话，那么在跨进门槛那一刻确实是真的不敢一点造次，尤其是我偶被门槛轻绊一下，仿佛是佛界里有忠实守护着玉佛的门童提醒我要收起凡心一样。

当走进大雄宝殿，周身的每一根神经都会被感化，看见灵光四射辉煌无比的金冠裟衣的释迦牟尼玉佛祖，巍然矗立在高高的殿内，面部慈祥而宽容地凝视着每一位到访者，轻垂的左手蕴涵着无穷的福运，扬起的右手心对着人间抛撒着吉祥和希望。

虽然佛祖的通体坐在莲蓬座上似乎伸手可及，但我却没敢轻易用凡人之手去触摸，唯恐佛法的神圣察觉到我对佛学的无知，只好以崇拜的心情仰视着玉佛的通体。聆听法师的讲解才懵懂着听个一二，因此博大精深高深莫测的佛学还是让我感觉到受益匪浅。

有时我会紧跟在有导游的队伍的后面竖耳倾听，才了解一点点关于殿与佛的故事以及佛与玉的巧妙结合。还有渡海观音的精巧造型被巧夺天工般地跃然其上，再就是龙凤呈祥的出现更被称为神来之笔，宛如都应验了佛教真谛一个莫大的“真”字。本来想再慢步绕佛祖重走一周，细细品位犹言在耳的敬佛奇缘，可比我虔诚得多的游客纷至沓来，挤走了讲解员也驱赶了我沉寂的思绪。我想再加入陌生的队伍都难，所以才稳定了一下心态，又被另一处难得的讲解声音吸引，陶冶在另一队人群里。

转过头来看见的是宽敞恢宏的大型壁画，细细听来才知道故事传说的是佛陀成佛修行的全过程，整个壁画铺墙而就，与诸佛遥相呼应成为浑然天成的一体，也让初踏佛门的凡人经受了一次非同寻常的洗礼。

每当从大殿里被拥堵的人流夹带出来后，还意犹未尽地沉浸在佛化的感觉里，听到外面人群的嘈杂才猛然回到现实。顿足望了一下感觉也真怪，凡人的脚迈进佛堂前都在讨论现实，等凡人进到佛阁内整个队伍都变得虔诚起来，仿佛佛法无边宽容，不去计较凡人的思想是否浅显，只要步入佛门或多或少都会领悟到佛法的睿智。

重新出来阳光一照，心透亮一样感觉，身上也轻松了不少，暂时蒙糊在身体四周的佛气散发一样，完全没有了佛寺里的凝重，却感觉懂佛只在于心诚。我也常被佛堂里摆放的大小玉器物件所吸引，看说明好像是这里的玉器物件，都是顶级雕刻师用珍贵的下料精雕细琢而成，其造型不但因材而异，而且独一无二绝无仅有，堪称一绝。我突然感到我也该拥有不虚此行的东西，于是便专注留心那楼台玉雕，期望能有令我心动的东西拿来收藏。

可巧，脚下一白色球状石子映入眼帘，于是狂喜不已，匆忙拾起藏入囊中，似乎觉得就是佛缘的延续。要不怎么他处并没有类似的卵石可捡，单一个小似鸽蛋的被我发现，况且那么钟情窃喜，远比买来的千百件雷同的东西要有意义得多，真体现了一个“求”字。

因此一路上拿捏在手，倍感质地柔软细腻，丝毫不亚于玉的物件。不知道它来自哪里，或许是本地所生，羡慕玉石的漂亮于是从土里走来，或许是修炼半途前来向玉取经，或许是与玉同来一处随玉高就于此。

人被佛这么净化一次，心胸也宽广起来，对小石子就这般怜爱起来，连我自己也莫名其妙，本来常见的那种多得数以万计的石子也许比它更圆润，但唯独没有像拾它的那种愿望，大概佛居此处石子不可多得。

回到家中，我马上想到应该给它安个家，思来想去唯有鱼缸里挺合适，那翠绿的小草好像早就向它招手一样。小心翼翼放下去立即引来鱼儿的亲吻，等它稳稳地落在缸底的小口杯中，牙齿大小的白石子再也不那么亲切，反而稍逊不太白的鸽卵石显得异常可人。别人也许看不出它别致的所在，只有带它回来的我为了一点佛心的归宿安置了它。也许跟玉佛住玉佛苑比起来，小石子居住在鱼缸里是一样道理，正如我们凡人就只能被繁琐小事困扰住一样，没有机会领略到一心向佛的境界。

我知道有的寺院还奉行日中一食、过午不食。两序大众都在虔诚地弘扬佛法、度化众生。这些都离不开护法居士的护持，寺院里也多有画师小住，为寺院描摹菩萨。一个周六上午，拜高僧所赐，得以有机会观摩国家级著名书法家现场临字，并获墨宝“千祥云集”一幅。这位书法家来自山东，每年也会来寺院拜见大和尚，前年大和尚升座的时候，他也现场题字献上墨宝。大和尚禅堂里的字画大多出自这位书画家之手，回头一算，去这座寺院也是两年前的时候了。

近年，我虽然没在佛教系统工作了，但是佛教文化一直离我的记录主题不远，就在今年我还去拜谒过几座寺院，为的是用文学的方式记下我敬仰的大师，寺院也是我途径旅游景点需要了解的。期待有机会能去竹林寺一探究竟，再拜谒一下当家师。寺院里的居士们说，他们都认识那里的法师，常去做义工的都知道，有的挂单数月。

作者简介：杨成菊，中国散文学会会员、中国诗歌学会会员，辽宁省作家协会会员、省散文学会副秘书长，鞍山市散文学会副会长、诗人协会副主席、作协理事等。作品散见《鸭绿江》《海燕》《北方文学》《诗潮》《辽河》《中国文化报》《中国纪检监察报》《中国经济报》《中国应急管理报》等，作品曾入选多个选本。曾获“中国人口文化奖”铜奖、西散原创二等奖、“漂母杯”优秀奖、地区征文一等奖、鞍山市委市政府“人口文化突出贡献奖”“五个一工程奖”等。

人在大洋彼岸

姜壮志

照例凌晨五点起床，推开廊门走到小院子里，先是溜达一圈；四周是静谧的，仿佛一幅淡淡的水墨画，水墨画里，弥漫着青草的香，院外的马路上几无过路的车辆，更无行人走过，此时刻的大多数美国人还沉浸在属于他们自己躁动的梦里。

站在院落中央，王厚堂屏息运气，然后一套自己独创的健身拳打的如行云流水，其握拳如卷饼，出掌如瓦楞，动作轻如飞燕，重如霹雷；几分钟下来，他面色红润，气定神闲。收功后，望向天空，东边的地平线泛起的一丝丝亮光，小心翼翼地浸润着浅蓝色的天幕，他知道，太阳即将要从东方喷薄而出，是的，新的一天从东方渐渐地移了过来。

回到书房，他挥毫行书：去年花里逢君别，今日花开已一年。世事茫茫难自料，春愁黯黯独成眠。恐染瘟疫闭门居，望断归途难成返。闻道欲来相问讯，西楼望月几回圆。每天的一幅小楷习作也是成了他的第二门功课，今儿个写的是（唐）韦应物的《寄李儋元锡》，而诗中的“恐染瘟疫闭门居，望断归途不成返”却是他即兴的有感删改。是的，按理说，今年的四月份他就应该回国的，怎奈美国疫情控制不力，归乡计划中断，留居他乡，却又不能随意外出，这对于一个武术家、书法家、活动家而言无异于形格势禁，卧雪吞毡。

对了，昨天美国山东同乡会的老张来电话索求一幅武术书法，据说是送给一位慕其大名的美国朋友；当下疫情泛滥，局势动荡，闻言王厚堂武术书法正气凛然、辟邪纳福，中国的疫情控制得那么好，想必有奇招怪章使然，欲得宝墨一张，悬于家中，求得个平安。王厚堂听之，哭笑不得，却也应承了下来，遂换了一支二号巨笔，另附案上一张六尺的宣纸（家中备用的宣纸已所剩不多，姑娘回来告诉中国城的文化用品店面久不开张，从国内到美国的物流也尤为紧张），然后运气松肩，松腰、松垮，使内气贯通周身，只是落笔小倾，便见一幅“和”字跃然纸上。“和”是社会学和美学特别是中国哲学的重要范畴。王厚堂先生的这幅“和”字具有典型的意象美和具象美的巧妙组合。着笔神来，无意而为，一个“禾”部将自然的生命图案形象地表达出来，一派生机，一派祥和，有动态的美，有静态的稳，笔笔藏锋内敛求实，顿挫从容；右侧的“口”字，上宽下窄，欲张还收，逆入平出，圆润透逸；“口”贴木而生，紧致却不依赖。纵观这幅“和”字却有春蚓秋蛇之墨妙，用一只口含橄榄枝的和平鸽的形象为“和”字的思想内涵立标，道出了他此刻的心声。在美国也罢，在西方他国做文化友谊使者也好，厚堂的大多作品都无不透露着东方智慧，给观赏者留有久远的触动和思考。

在中国，“和”有很多解释，家和、人和，和睦、和顺、和煦，调和、祥和。和”是天、地、人之间的协调与统一。从字形上看，和者，千人一口，同声相应，同气相求，和谐也。任美国人打破脑袋也不会领悟到，仅是一个“和”字就可以阻碍疫情的发展，因为我们上下齐心；《国语·周语》有云：“乐和则谐，政和则平。”人生的诸多苦难归根结底是缘于不和。“和”是天地的法则，也是做人处世的道理。“不和”让社会动荡，让人心混乱，让人伦纷杂，让道德沦丧。中国五十六个民族，没有民族歧视，和谐相处；十四亿人民，万众一心，齐心协力，用四十年的时间创造了人类发展史上最辉煌的成就，一言以蔽之，讲的就是一个“和”。因为一个“和”字，我们等待了台湾那座孤岛整整七十余载，即使“台独”猖獗的当下，我们依然祈盼“和为贵”，期待台湾当局能认清形势，迷途知返。因为一个“和”字，纵然美国航母耀武扬威南海，船甲横行海峡、飞机抵近沿海，我们严阵以待，却绝不先放一枪，为的就是求得世界一个和平，是谓“宇内和”；而反观美国，把我们的“温和”当作软弱，把我们的“不争”看成可欺。他们也讲“和”，但是他们的“和”充其量就是

“截和（hú）”。“和”字作为中华民族独有的处世观念，经过五千多年的心心相传，已演变为一种精神，升华为一种境界。

本就是为朋友创作了一幅作品，却硬是联想了这么多，也不知自己这份苦心能否让收藏者领悟，想来叹息良多。二十余年的大洋奔走，世界周游，一路弘扬国粹，今来想想倒像是一次漫长的文化苦旅。

陪着家人吃过了早饭，女儿告诉他一个不太好的消息，他手机上整天聊以打发光阴的“tik tok”(海外版的抖音)即将在三个月之内被迫要卖给美国公司。问清了缘由，厚堂爆了一句粗口“TM的——”一个人到阳台上点了支烟，猛吸了一口，然后凝神远处——纽约这座曾让自己和许多国人向往的世界级城市，突然间在他眼里变得灰暗起来……

回到房间，他还是打开了手机的“tik tok”软件，翻阅着自己发过的一帧帧武术书法的图片，浏览着粉丝们的留言；一个时代广场的视频再一次引起了他的注意，那是去年（2019年5月17日）他和他的武术书法作品荣登纽约时代广场巨幅照片，那一天，是他来美国20年最为辉煌的写真。被称为“世界的十字路口”和“世界的中心点”的纽约曼哈顿时代广场是璀璨夺目的，它是全世界其中一个最繁忙的行人过路处以及世界娱乐产业的中心点。而那一天，来自东方中国的当代艺术家王厚堂的光辉形象和他的武术书法作品在纳斯达克大屏幕上整整滚动播出了一天；这道来自东方的艺术之光，吸引着来自世界各地成千上万的行人的注目。在屏幕的下方，但见王厚堂着一身墨绒红饰的唐装，胸前的中国龙跃动一颗滚烫的中国心，典型的山东大汉的国字脸透着正直和淳朴，刚毅的目光望向熙熙攘攘的人群，傲视着这繁华的都市；照片的右侧用中英文分别写着：世界武术书法第一人王厚堂、中国核心艺术家；屏幕的中段是一幅丈二的横联：“福寿康宁”，其墨饱笔瀚，端庄沉稳；在屏幕的上方则是由他书写的行草“道”字和岭南画派创始人蔡楚夫先生的“老子骑牛出关图”以及楷书泰斗张瑞岭题跋的三大家合璧作品，意境深远，气势宏大。此次纽约时代广场的亮相，开启了中国当代艺术家在西方世界新的展览形式，也是中国传统文化在美国的一次别开生面的唱响。虽然过去了一年多，还是有不少华人和中国文化的异域爱好者纷纷点赞；视频的下方有几处留言尤为特别：中国的“道”讲的是道法自然，是宇宙物质形态运行的法则，是总规律，M国人永远不懂，而他们的道是导弹的运行轨迹和射程，是船舰恣意游荡的海域港湾。另一跟帖却写的是：福寿康宁在这里只能是愿望罢了，在疫情肆虐下的M国，在暴乱动荡下的M国，这些都是奢侈的祝福；去M国的老人院看看吧，寿其何奈？去黑人区看看吧，康之多难？去狂欢的派对看看吧，病毒趴在阴暗的角落，防不胜防；去各州的游行示威的街道看看吧，宁无天日。看到这里，王厚堂沉默了，房间里充满着寂静，除了寂静，只剩下自己的呼吸了。

“孤单时，仍要守护心中的信念。有阴影的地方，必定有光”，王厚堂是相信这句话的。来到美国二十余年，他参加的各类大型活动不计其数，获得的荣誉奖项不胜枚举；仅在美国大大小小的艺术中心或博物馆，他的武术书法作品都被永久收藏，作为旅居海外的一个艺术家，他是成功的；他觉得能将中华传统文化让更多的外国人了解是一种荣耀，也是一种责任。

记得2016年9月做客纽约会客室的时候，美国中文电视台著名主持人谭琳问他最大的愿望是什么的时候，王厚堂沉吟片刻答道：“武术和书法是中国的两大艺术国粹，是中华文明的历史见证，它们是中国的，也是世界的。武术和书法的有机融合，是刚柔之美的大成，是内外兼修的法门，是身心塑造的并举；中华武术虽说具有防身健体的现实意义，但是练习和运用武术的过程却有着修身养性的哲学意义；无论哪门哪派它要求合乎规律、讲究规矩；一个修炼武术的人应该是个宽容、忍耐、坚强、仁义的人，正义和侠义也是一个武者的品格标签。而书法跟武术的异曲同工之妙也在于可以静心养气、强健身体，书法艺术同时能提高一个人的审美能力和文化素养；常年练习书法的人可以养成细心、耐心、毅力的优秀品质；需要强调的是，对于中国书法而言，几乎每一个汉字都有其特殊的思想内涵，书法固然有其艺术表现之美，重要的是通过每一个文字的表达，来传播一种文化信息，正所谓一花一世界，一字一乾坤；通过几十年的训练，我觉得武术书法的最大不同，在于它可以表现出一种人生态度、一种处世哲学。中国人思考问题的角度和解决问题的方式都与这种态度密不可分。当下世界纷争不断、民族矛盾日益加深，如果我们都能从武术和书法艺术当中领悟到循规律运行、按规矩办事，那么许多问题根本就不是问题。由此，我觉得让世界上更多的人来了解中国武术、书法还远远不够，更应该走进来学习武术、书法。所以，我最大的愿望就是在不久的将来在美国乃至世界都能成立我的武术书法学校。”一席话下来，让谭琳主持惊讶不已，继而茅塞顿开。四年过去了，由于各种审批的原因，王厚堂的武术书法学校一直未能如愿；但这并不妨碍他有许多的武术、书法的崇拜者甚至慕名拜师的追随者。他的纽约羲皇武墨艺术中心在疫情之前，每天都有大量的华人华侨或外国朋友到那里参观学习甚至求教；几年前，在林肯中心举办第三届中国电影节的开幕式上，他的武术书法创作表演让其中一个叫弗朗德的美国小男孩痴迷不已，当场即要跟王厚堂拜师学艺；后来，他和他的父亲成了纽约羲皇武墨艺术中心的常客。

都是疫情闹得，现在的他每天只能赋闲在家，虽然外面的各类邀约不断，可家人仍是不让他外出。前两天，小弗朗德还跟他通视频电话问候，说：他在网课之余仍然坚持练书法，学打拳；等疫情过后，他特别想跟老师一起到中国走走看看，看看像龙一样的长城，看看厚重历史的故宫，看看功夫傲天下的少林寺，如果可能他还要带他的同学一起来。有弟子如此，夫复何求？

是啊，真的想家了。那片故土和故土上的人们眼下正如火如荼地投入在蓬勃的现代化建设之中。他多希望跟熟悉的老朋友们一起畅饮，他多想到昆嵛山跟道长畅谈，他多想到合卢寺向方丈问禅，他多想到天安门前观红旗招展……

念及此，王厚堂已是泪眼婆娑。从沙发起身再一次来到二楼的书房，挥毫写下了他自己的那首龙达义弘园七言——

福来山下潜龙泉
灵壁传情书叠山
桃李落尽月季笑
秋菊不知腊梅寒
凭栏闻听竹林风
隔窗更喜牡丹艳
银杏飞黄舞婆娑

怎比石榴红烂漫

他是真的想家了!

作者简介：姜壮志，烟台开发区作协会员，曾在多家刊物发表诗词。2020 年 2 月个人创作并诵读的《这个春节》视频在中央电视台央视频播放发表。

民族英雄马本斋的烟台往事

王小丫

让我们沿着时间的河流逆流而上，回到1932年9月4日的那个清晨，我们就会看到在山东烟台芝罘岛的海边，有一位高大英俊的青年军官，正在满天金红的霞光中，一边踱着步，一边陷入沉思。只见他不时向身边的海滨美景投以眷恋的目光。没错，他是来向这朝霞，向这美丽无边的海岛告别的。因为他已下定决心：他要离开烟台，离开令他早已无法忍受的军阀部队，弃官回乡。

这位年仅30岁的上校团长就是后来名满华夏的回族抗日英雄、被中华人民共和国评选为“100位为新中国成立作出突出贡献的英雄模范人物”之一的优秀共产党员马本斋同志。

不过，在1932年的烟台，没有任何人知道马本斋是回民。他从入伍的第一天起就没敢告诉任何人自己是回民，否则，他可能连个班长都当不上。虽然中华民国的国旗是代表汉、满、蒙、回、藏五族共和的五色旗；虽然国父孙中山先生曾在他的《中华民国临时大总统宣言书》中深情地说过：“国家之本，在于人民。合汉、满、蒙、回、藏诸地方为一国，即合汉、满、蒙、回、藏诸族为一人，各民众与汉族平等，共享人类之自由幸福，是曰民族之统一。”可惜，后来国民党手握实权的蒋介石一向大汉族主义，他并不认为汉族以外的那些民族也算什么“民族”。

他，马本斋，一个从河北献县东辛庄走出来的穷孩子，从一出生就跟他的父辈们一样，在贫苦的生活中艰难地生存。因为家穷，他到10岁时才勉强进了私塾，总算读了几年书。记得私塾张先生教他们念《增广贤文》里的一段：君子固穷，小人穷斯文滥矣。富贵多忧，贫穷自在。小本斋总是本能地把这句话改成："富贵自在，贫穷多忧"。因为他小小年纪就饱尝了人间的疾苦，他知道穷乡亲们总是受苦，而那些骑在穷人头上作威作福的地主老爷们才会整天富贵无忧。张先生大怒，打了小本斋的手心，本斋不服，又责令他跪在孔圣人面前忏悔，本斋仍不服，于是他被开除回家了。

"穷回民两把刀，一把宰牛羊，一把卖切糕"。由于特殊的民族习惯所限，在那个黑暗的旧中国，回族人民比汉族人民生活得更加不易。马本斋跟随自己的父亲去张家口炸过馃子、打过烧饼，在内蒙古草原帮人放过马。父子俩起早贪黑，本本分分地埋头苦干，但仍然被人欺负得无法生存下去，衣食无着的马本斋只好在沈阳参加了张作霖的奉军，被分在了"狗肉将军"张宗昌的部下，当了一名大头兵。

这狗肉将军可不是一般人，他是民国军阀里的著名诗人，留下了许多传世名作，比如《大明湖》：大明湖 / 明湖大 / 大明湖里有荷花 / 荷花上面有蛤蟆 / 一戳一蹦跶。再比如《游泰山》：远看泰山黑糊糊 / 上头细来下头粗 / 如把泰山倒过来 / 下头细来上头粗。张宗昌不仅诗作得好，他还是出了名的"三不知将军"，不知道自己有多少兵，不知自己有多少钱，不知自己有多少姨太太。不知有多少兵，那是因为常有大批土匪加入他的队伍，有时匪化成兵，有时兵化成匪，数量不稳定；不知自己有多少钱，是因为他每到一个地方都会用自己的印钞机滥印滥发钞票，以武力强迫民间使用，他的军队一离开，钞票就成了废纸；不知道自己有多少姨太太，是因为他的姨太太们哪个国家的都有，中国的、俄罗斯的、日本的、乌克兰的、朝鲜的、蒙古的……简直可以编成一支国际纵队。

马本斋自从进了奉系军队，天天跟着张宗昌东打西杀。一会儿跟吴佩孚打，一会儿跟冯玉祥打，一会儿又跟孙传芳打，一会儿联合张三打李四，一会儿又联合李四打张三，真是一锅狗肉账，撕扯不清。正如张宗昌自己写的那首《混蛋》诗里说的：你叫我这样干 / 他叫我那样干 / 真是一群大混蛋 / 全都混你妈的蛋。

1925 年，马本斋跟着张长腿（张宗昌的绰号之一，意为：逃跑时跑得特别快）的部队入驻张宗昌的老家山东，他是亲眼见证了张三多（张宗昌的绰号之一，意为：官比兵多，兵比枪多，枪比子弹多）是如何对自己的母地毫不手软，用五百多种苛捐杂税把自己的家乡刮地三尺，把自己的父老乡亲逼得纷纷背井离乡闯关东去的。他的军队刚到济南没几天，济南人民就给他们编出了这样的顺口溜：司令满街走，参谋多似狗。在“混世魔王”（张宗昌的绰号之一）没主政山东之前，山东闯关东的百姓只有四十多万，在“五毒大将军”（张宗昌的绰号之一）统治山东三年之后，闯关东的老百姓达到了一百多万人——是他们的父母官张宗昌把他们逼得活不下去啊！

一天下午，这个臭名昭著的残暴军阀，这位昔日的“山东王”被他的把兄弟、新一任的“山东王”韩复榘谋杀，脑袋被打得像一坨烂狗肉一样死在了济南火车站的铁轨上。顿时全国沸腾，刺客郑继承成了人人称赞的为民除害的大英雄。张宗昌的尸体在济南火车站暴尸三天，他的秘书出50块现大洋请人收尸，愣是没人肯干，也没有哪个棺材铺的老板肯把棺材卖给他们使用。最后还是杀人的韩复榘出面，找人弄了一扇小破门板把他抬走了。一米九多的狗肉将军躺在破旧的小门板上，他那两条著名的大长腿拖着地，鞋子也掉了，赤着脚，样子相当寒酸。山东人民奔走相告，欢喜得像过年。

马本斋知道，“山东王”韩复榘收拾完张宗昌，接下来就要收拾“胶东王”刘珍年了，而他马本斋是刘珍年的河北老乡，是被刘珍年所倚重的人。

1928年春天，张宗昌在蒋介石领导的第二次北伐战争中败北之后，马本斋所在的部队就归了河北老乡刘珍年掌控。这位毕业于保定陆军军官学校步兵科第八期的刘珍年，年轻气盛，素怀大志，一心要在这乱世之中干出一番不朽功业。他的部队官兵每人胳膊上都佩戴有“救国家，救人民，不爱钱，不怕死”的醒目臂章。刘珍年在打跑他的老上司张宗昌、刘志陆、褚玉璞、方永昌后，自立门户，并改旗易帜，投靠了蒋介石，被蒋介石改编为国民革命军暂编第一军第21师，刘珍年任师长。他马本斋就是在抓捕褚玉璞的战斗中立了大功而被刘珍年当场提拔为四团团长的。那年马本斋28岁，是刘珍年手下最年轻的一位团长，看起来前途无量。

令马本斋唯一觉得欣慰的是，他那次干净利落地消灭了褚玉璞这个残暴不仁的土匪老混蛋。褚贼杀人成性，多次血腥镇压工人和学生运动，这还不算，他仅仅是怀疑他的五姨太与艺人有染，就不问青红皂白地枪杀了抢来的五姨太，逮捕并秘密杀害了一代名伶刘汉臣和高三奎两位京剧表演艺术家。即使伶界泰斗梅兰芳、杨小楼、余叔岩，甚至褚玉璞的顶头上司张宗昌出面说情都无济于事，此事激起全民公愤。这一段千古奇冤后来被剧作家秦瘦鸥写成了经典剧本《秋海棠》。那天，马本斋命手下人把捆得跟粽子似的褚玉璞像埋萝卜一样活埋进了牟平的荒土地，心中甚是痛快。

可当了团长，并被任命为军官训练队队长的马本斋却怎么也高兴不起来。他经常默默地思考一个问题：当兵这些年，自己跟着张宗昌和刘珍年究竟都干了些什么？当年张宗昌独霸山东，山东的天生生被他给刮得高了三尺，可自从刘珍年独霸胶东以来，胶东的天明明是更加得高了。为了在军阀环伺的乱世中立足，刘珍年不得不招兵买马，不断壮大自己。他养的三万大军，他在芝罘岛开办的陆军军官学校，他在德国、日本购买的大批先进武器，他正在创建中的空军，无不需要庞大开支来支撑，这一切都给他辖区的烟台、掖县、莱阳、栖霞、牟平、龙口、蓬莱、招远、黄县、海阳、文登、荣成、平度 13 县人民带来了深重的灾难。张宗昌是刮地三尺，刘珍年是刮地五尺啊！

虽然，为了巩固他的三万大军，刘珍年曾在他的胞弟共产党员刘锡九的帮助下，得到了中共中央的大力支持，先后从沪、汉、平、津等地派来了彭雪枫、李楚离、曾希圣等几十位党员干部到刘部任职和开展政治思想工作，对刘珍年治军整武、提高部队战斗力起到了重要作用。可这为蒋介石所不容，共产党人很快就被清除出去了。

在马本斋眼里，蒋介石就是个孬种。九一八事变后，刘珍年高调请战抗日，可蒋介石就是不准。1928 年的“济南惨案”，日本人血腥屠杀了我一万七千多军民，他蒋介石却连一个屁都不敢放。倒是那位狗肉将军张宗昌义愤填膺，忍不住赋诗一首，名曰《俺也写首大风歌》：大炮开兮轰他娘 / 威加海内兮回家乡 / 数英雄兮张宗昌 / 安得巨鲸兮吞扶桑。不过，他写完诗不久就跑到日本避难去了（当年他在青岛帮助日本人镇压手无寸铁的纱厂工人，一手制造了震惊中外的“青岛惨案”，而且他的钱也都统统存进了日本人开办的银行）。

还有那个张作霖，那么好的一个回族共产党员马骏，又有学问，又有胸怀，又那么风度翩翩，是回民的骄傲，却被他杀害了。马骏和周恩来、邓颖超一起组织成立“觉悟社”唤醒民众，他领导着几千名爱国学生在天安门前示威游行，抗议腐败政府丧权辱国，成为五四运动的著名青年领袖。因为他们的努力，北洋政府愣是没敢在不平等的《巴黎和约》上签字，保住了中国人民的利益。可就是这样一位如此优秀的大好青年，却被反动政府所不容，一直想除之而后快。到张作霖在北京执政时终于把他逮捕并无情虐杀了。那一幕，马本斋永远都忘不了。那是 1928 年 2 月的一天，大雪纷飞，冻死人不偿命的天气，中共北京市委书记马骏被扒光了上衣，只穿着一条单薄的裤子，被五花大绑押在囚车上，风吹着冰冷的雪花打在他赤裸的伤痕遍布的身上，像直接打在马本斋的心上。囚车穿过整条冻得裂了缝的长街，沿途不断地有地痞流氓嬉笑着朝马骏扔着烂白菜帮子和石块儿。可英雄的马骏，依旧美髯飘飘，一路高呼着口号……那天，马本斋偷偷地掉了眼泪。

他虽然跟共产党人接触不多，但对他们的行为做派却感到很亲切，他感觉到他们是一群正直的人，是愿意为天下百姓做点好事的人，他对他们有着一种莫名其妙的好感。

马本斋对他所在的军队越来越失望，他觉得自己如同被关在一个深不见底的黑洞里，黑洞里的腐败气息令他喘不过气来，痛苦不堪。他曾经幻想着当了兵，拿了枪，就能打出个天下太平，五族共和，人人都能过上吃饱穿暖的好日子。可他越来越发现，这一切正如他在蓬莱岛上亲眼见过的海市蜃楼一样，只是个美梦而已。他亲眼看着原本美丽富裕的胶东半岛被一波儿又一波儿的军阀给弄得一片凋敝，民不聊生，百姓们天天活得战战兢兢。前几天他不过是履行军人的职责，去掖县剿灭了几伙儿号称打土匪的土匪，掖县的父老乡亲就诚惶诚恐、感激涕零地给他送了一把万民伞——老百姓真是太可怜了！烟台苹果莱阳梨它们越好吃，海参鲍鱼梭子蟹它们越美味，他马本斋觉得他亏欠胶东人民的就越多。

不能再干下去了，干得越久罪孽越深重，他要自己拔腿走出这个大黑洞！

1932年9月5日，马本斋离开了烟台，结束了他在旧军队十几年的军旅生涯，回到了他阔别多年的故乡献县。

1937年，卢沟桥的枪声吹响了热血男儿的集结号，面对日本侵略者的全面侵华，马本斋挺身而出，率领村里六十多名伊斯兰健儿组成了“回民义勇队”，保家卫国，杀敌雪耻。他们用简陋的武器在马本斋的指挥下打了几个漂亮的伏击战，但也一直深感势单力孤。所以，当他听说毛主席派了河北籍的老红军孟庆山回到河北老家建立抗日的河北游击军时，他非常高兴，主动派自己的三弟马进坡前去联系，当回族共产党员刘文正把党的民族团结统一抗战方针思想跟他讲清楚后，马本斋果断带领他的回民义勇军开到河北游击军的驻地河间县城，投入了党的怀抱。他握住孟司令员的手激动地说：“可找到你们了！”他跟孟司令说自己一直想拉起一支强大的回族自己的抗日武装。他的想法得到了河北游击军孟庆山司令员和冀中人民自卫军吕正操司令员的大力支持。在他们的帮助下，回民义勇队与河北游击军和冀中人民自卫军中的回民战士进行了合编，组成了一支全新的回民干部教导队，马本斋被任命为总队长。

后来，党又给这支年轻的民族武装派来了抗日军政大学毕业的回族党员丁铁石同志和经过两万五千里长征的老红军郭陆顺同志，分别担任这支队伍的政治部主任和政委，在队伍里公开建党，使这支队伍逐渐成长为党的一支“攻无不克，战无不胜，打不垮，拖不烂的铁军”，成长为名满天下的八路军第三纵队回民支队，被毛主席称为“百战百胜的回民支队”。

1938年10月的一天，马本斋站在鲜红的党旗下庄严宣誓，幸福的成为了一名光荣的共产党员。他在入党申请书中这样写道：我心甘情愿把我的一切献给伟大的中国共产党，献给为回族解放和整个中华民族解放而奋斗的伟大事业。

那时，鲜红的党旗有如当年芝罘岛上的万丈霞光一样，照亮了他来时的路。

作者简介：王小丫，中国散文学会会员、河北省作家协会会员、河北省民俗文化学会理事。沧州市三八红旗手、2018“沧州骄傲”十大新闻人物。第八届冰心散文奖得主，香港“我与金庸”全球华文散文奖得主。散文作品先后入选《2014中国散文年选》《2015中国散文排行榜》《2016中国散文排行榜》《2016中国年度精短散文》《2017中国散文排行榜》《2018中国经典美文选粹》《散文选刊》等。

一盏灯照亮一个家庭

朱相如

一

一盏灯的光芒忽闪忽闪，在那漆黑的长夜里，播种着寒凝大地时的温暖。

一盏灯的光芒越来越近，在照临她的心灵时，也把她的一家都领进了光明里边。

二

这是十四年抗战最终取得胜利的1945年。

8月10日，日本政府发出了乞降照会，但盘踞在烟台的日军仍然负隅顽抗。他们纠集了烟台周围县城的日伪军5000多人，收缩于烟台市区周围，企图与八路军做最后的挣扎。8月17日，遵照八路军胶东军区司令员许世友的命令，八路军东海独立团、文西独立营、牟平独立营、牟海独立营、福山独立营、烟台大队等抗日武装组成的攻烟部队，在东海军分区司令员刘涌、副司令员于得水，东海地委书记梁辑卿，东海军分区政委仲曦东、政治部主任张少虹，烟台工委书记滕景禄等人组成的前线指挥部的指挥，和昆嵛、牟平、福山等县民兵的配合下，已经从东、西、南三线向烟台发起了压缩性围攻，并一路迅速攻克了烟台市郊的迟家、黄务、宫家岛和上夼南山等日伪重要据点，形成了对烟台市区的铁围。

8月23日晚，隐身伪警局的我地工人员张世禄，敏锐地发现日军正在悄悄涌向海边，而伪军则有前往毓璜顶接防的动作，她马上意识到敌人这是想要逃跑了，情况十分紧急，十分严重。想到这儿她赶紧跑回家，顾不上吃已经做好了的晚饭，拉上年仅12岁的妹妹张世清，摸着黑就火急火燎地往南山奔去，她要赶紧把情报送给八路军指挥部。借着夜色的掩护，姐妹俩灵敏地绕过了敌人设下的岗哨、铁丝网和木栅栏……顾不得高一脚低一脚的崎岖山路，只管一门心思地要把情报送上山去，及至跑到南山脚下，八路军跟伪军正在激烈交火，子弹流星般在她们头顶飞来飞去，为了躲避枪弹，张世禄拉着妹妹钻进了秋高粱地里，虽然没跑多远就被敌人发现了，子弹嗖嗖地朝她们追来，她们有点害怕，但没有被吓倒。姐妹互相壮着胆，绕过战区炸塌的炮楼，黢黑的残壁，燎焦的灌木，弥漫的硝烟……更加快了奔跑的速度。当枪声开始平息下来的时候，东海独立团前沿阵地上的战士，发现了这两位穿过危险向他们奔来的姑娘，只见灰头土脸，裙子、丝袜也都被挂的稀烂的张世禄，老远便气喘吁吁地向他们喊道："喂，我是烟台工委的地下党员，有重要情报我要见首长——"，听到喊声前来的战士，看到她焦急的样子，马上把她送到了工委书记滕景禄那里。经询问，知道她就是我党潜伏在伪警察局里的张世禄同志，便将她带到了前线指挥部。刘涌司令员、于得水副司令员，东海地委书记梁辑卿，东海军分区政委仲曦东和政治部主任张少虹，大家一起听取了她的汇报。原来，自8月16日起，福山、牟平的守敌纷纷溃逃烟台，至23日，龟缩烟台的守敌已增至8000余众。张世禄从敌伪机关得知，市区各处日军正向码头集中，伪军则全副日军装扮，打着太阳旗迷惑我们。她报告了地下党组织后，领导要她马上将这情报送出去。于是，她和妹妹就冒着生命危险穿过敌人的封锁线，把情报及时送了过来。张世禄提供的情报，正是前指在确定总攻的时间和目标时急需的依据。此时的攻城部队，总共只有2000人左右，威海增援部队独立团二营尚未到达。为扩大战果，减少伤亡，全歼守敌，指挥部迅速根据张世禄提供的情报，调整了兵力部署，独立团一营以及昆嵛独立营，经四马路不恋战抢占烟台山，占领码头，切断敌伪军海上的退路。其余的攻城部队分头控制住各处的关卡以待总攻。8月24日上午9时，主攻部队的冲锋号发出了嘹亮的号令，猛烈的炮火呼啸而起，突击队连续用炸药炸毁了敌人的碉堡，铁流滚滚连破敌人数道防线，迅速插向了敌人的核心阵地毓璜顶。与此同时，市内地下党组织也发起了1000多工人的武装暴动，占领和控制了发电厂、汽车站等要害部门，还在敌人阵地上埋设了地雷，切断了敌人的电话线……八路军主力部队在烟台地下党和工人武装的配合下，于24日晚10时占领了整个市区。日伪军除一部分从海上乘船逃窜外，其余皆被歼被俘。被日军占领长达7年半之久的这座北方重要海滨城市，终于被彻底解放，重新回到人民手中。张世禄姐妹俩冒死夜送情报的革命壮举，也很快被人们传为佳话，受到胶东区委和军区等部门的共同表扬。

三

在这场胜利解放烟台的重大行动中，年仅18岁的姑娘张世禄表现极为出色，做出了不可磨灭的贡献，成为一个让人们敬重的女英雄。

她是怎样成长起来的呢？

这和一个人的擎灯引路有关，与党的统战政策的感召有关，当然，更与党组织的关心、爱护和培养有关。那个引路人就是胶东区党委统战部的工作人员牟德海。1942年冬天，他受胶东区党委统战部的派遣，进入烟台市区进行秘密的统战工作。牟德海先后以岳父在烟台开设的茶馆作为掩护，建起了党的地下联络站；利用和烟台伪新民会部长助理牟焕伦是同乡的关系，做通了他的思想工作，他自愿地接受了我地下党的单线领导，承担起了搜集日伪情报的任务；他还通过姨母了解和亲自考察了烟台工商界颇有影响的张裕葡萄酿酒公司经理张巨焜一家的遭遇，并把他们带上了抗日救国的革命之路。

张世禄原来是张裕葡萄酒的创始人张弼士的孙女，父亲张巨焜是张弼士的第六个儿子，时任烟台张裕公司经理。这位南洋出生的大小姐，12岁那年随父母回烟台探亲时，遭遇了卢沟桥事变。烟台沦陷后日军不但烧杀抢掠，无恶不作，还强行霸占了张裕公司，异想天开的命令张巨烺生产军用酒精。爱国华侨出身的张巨烺本来就痛恨汉奸，他对日军的严词拒绝，遭到了残酷的报复。先是把他们的家赶到了公司外面的破房子里，又掐住了他家收入的脖子，让他家的日子过得非常艰难困苦。到1942年，他们一家九口人的生活几乎只能靠妻子李德贞日夜给人打毛衣来维持。豆饼、花生饼和橡子面成了一家人的主食。为生活所迫，刚考上初中不到半年的张世禄也被迫辍学，去芝罘电话电报局做一个电话生。山河破碎、国土沦丧、家境败落，一系列屈辱在她小小的心里便埋下了复仇种子。因从事的电话工作是为日伪敌人服务，她心里总不是个滋味，就在一次她管的机子出了毛病时，当官的便以她年龄小为借口，把她解雇了。没有办法，15岁的张世禄便背着竹筐带着妹妹到海边捡煤渣，她们心里恨透了日本侵略者。在张世禄听说胶东许多地方出现了抗日的八路军的时候，幼小的心灵萌发出了要去从军救国的念头。

她的母亲李德贞总觉得让个大姑娘去捡煤核终究不是个事儿，于是，便到处托人帮闺女找工作。这个事传到牟德海耳朵里的时候，引起了他的一番沉思，他心想张家是名扬四海的大资本家，在工商界中很有声望，这不正是我们统战工作的对象吗？如能把他们争取过来，肯定会对我军的抗日工作产生很大的政治影响。于是他就决定约李德贞和张世禄见面。见面那天，牟德海对张世禄和她的母亲讲了抗日根据地和解放区的情况，还讲了很多抗日的道理，见母女俩的眼睛里有了亮光，牟德海趁机就说，他知道妈妈为闺女找工作心切，就试探着问道："现在城里人心惶惶，恐怕一时难找碗饭吃，乡下兴许还有点把握，你们是城里人，不知愿意不……"没等讲完，李德贞立马就说："只要能谋生，解决燃眉之急，去哪儿都行！"张世禄在旁边也连连点头表示愿意下乡。张世禄决定跟随牟德海去解放区，参加共产党，走上抗日救国的道路。

事后，牟德海向上级党组织作了汇报，党组织立刻同意他把张世禄带到根据地来。当牟德海再次与张世禄见面时，就对她公开了自己的身份，传达了上级党组织的安排，张世禄高兴的泪流满面，激动地拉着牟德海的手，连声称其为"舅舅"。

很快，张世禄去抗日根据地工作的事情被胶东区党委批准了，她兴奋极了，带着抗日救国的抱负，告别了父母，踏上了一条阳光大道。1942年初冬的一天，经过化装的牟德海带着年仅16岁的张世禄，走出了烟台市区，迈上了通往根据地的山路。

胶东区党委统战部长于谷莺等领导同志热情地接见了张世禄，并鼓励她积极参加各种抗日爱国活动。开始组织上把他留在区党委统战部工作。不久，因敌人扫荡频繁，组织又将她送到栖霞县铁口附近的一所山村小学教书。后来为了培养她，又送她到胶东公学学习深造。当时的胶东公学学生不仅学习科学文化知识，还参加许多革命的社会实践活动。大家团结协作着圆满地完成了各种任务，抗日救国的热情特别高涨。那期间，张世禄每逢回烟台看望父母，总是要把党组织的关怀和在解放区的所见所闻，讲给亲人们听，使全家人都深受教育和启发。

共产党的关怀和统一战线的政策，让陷入了绝境的张巨烺一家，在山穷水尽疑无路的窘困时，送来了柳暗花明的希望。每当收到女儿的来信，老两口捧在手上，心里都会燃起一团火，他们对共产党的感情与日俱增。那天，李德贞在与丈夫商议后又去找了牟德海，向他提出自己也要到根据地去，做些力所能及的抗日工作。当她的要求组织批准后，她果断地把自己最小的孩子送去了孤儿院寄养，自己带着两个较大的孩子奔向了根据地。胶东区党委有关部门的领导，对她的爱国行为非常支持，把她安排到栖霞铁口区峨山庄抗日小学去当教员，还给予了她家抗属的各种优待，这就越发加深了她对党的感情。所以，每当她听说根据地缺什么物资的时候，他都会写信或者回烟台让丈夫给帮忙解决。张巨烺也在妻子、女儿抗日爱国热情的影响下，千方百计完成后方支援的任务。1943年8月，张巨烺自己也应邀到了解放区，参加隆重的“八一”建军节庆祝联欢活动。他参观了军事表演和战利品展室，在根据地军民进行篮球赛时，他还兴致勃勃地担任了裁判员。在这儿他深刻地认识到只有共产党才能救中国，抗日才能走向光明的道理。回来后，他更积极地为前线采购食油、药品等紧缺物资，为支援抗日战争出工出力了。

1945年5月，张世禄光荣地加入了中国共产党。被上级党委安排在胶东区党委统战部工作。随后，为掌握烟台日伪军的内部情报，党组织派遣她回烟台以公开报考的形式打入了烟台伪警察局特务科，秘密从事地下情报工作。接到任务后，张世禄经过烫发、化妆、办理假手续后，就以张家人在外地上学归来的名义，顺利考入烟台伪警察局特务科，正式开始了秘密窃取敌人内部重要情报的工作。聪明伶俐的张世禄很快就取得了进入档案室查阅所有机密资料的资格，甚至还能够将相关资料秘密带回家抄写。这样，她就可以很方便地把有关机密资料和敌人重要活动的情况搞到手，同时还将大部分上层伪职人员的个人情况摸得一清二楚，其中包括他们的家庭住址，以及他们的职务、活动范围和相关行动计划等。一旦获取有关情报，张世禄就会争分夺秒地利用星期天和节假日，以去南郊一带走亲戚的名义，将提前写好的情报藏在奶粉盒里交给八路军地下联络站的人。如果遇到敌人岗哨盘查，她就干脆亮出杀手锏——个人特务证件。她机智勇敢，总能化险为夷，在极其复杂和危险的环境中，忍辱负重，出生入死，与身边敌人周旋，还按照地下党的要求，将隐藏在伪警察局里的一对叛徒夫妇的身份查明后，交由了地下党组织处理，彻底清除了一大隐患。

1945 年 8 月中旬，党组织又派牟德海潜入烟台，为解放烟台做情报搜集和宣传发动工作。这次，胶东区情工部还特别安排李德贞携三女儿同行。他们都化了装，扮成了一家人的样子。牟德海骑着自行车，车上放了 50 斤小麦，一副粮食小贩的模样。从根据地进市区要经四道岗卡，他们默契配合，顺利地通过了敌人严格盘查的关口。1945 年 8 月，八路军胶东东线部队和地方抗日武装已将盘踞在烟台市区的守敌严密包围。为配合八路军解放烟台，李德贞与地下工作者一起潜入市区，负责传送情报工作。烟台解放前夕，在极其危险的情况下，李德贞不惧困难和危险，多次独自一人摸黑往返于市区与南山四林区的山间小路，越过敌人的封锁线，多次将重要情报送往秘密联络站。此时，张世禄已经打入烟台伪警察局，机智勇敢地做着地下工作。李德贞母女都在传递情报过程中机智勇敢，不畏艰险，将个人安危置之度外，多次使其他同志化险为夷，完成任务，一起为烟台解放做出了重大贡献。

张巨烺一家从屈辱中萌发出了强烈的爱国热情，在牟德海的引领下，一起走上了抗日救国的道路。

烟台解放了，牟德海、张世禄、李德贞的脸上终于露出了胜利者的微笑，英雄的付出和努力，终于换来了巨大的胜利；张巨烺置张裕酒业百年老店于不顾，毅然举家投身到抗日洪流之中的壮举，擦亮了他只有民族利益而无商人欲求的大义。

烟台解放了，张巨烺一家重新获得了新生。张巨烺积极响应政府的号召，面对千疮百孔的酿酒公司，千方百计着手组织恢复和发展葡萄酒业的生产；李德贞被推选为市妇救会名誉会长、全身心地投入保卫烟台，建设烟台的工作中；张世禄由于革命工作的需要，被任命为市公安局侦查组副组长，又投入侦破敌特的斗争；张世清在父母和姐姐的启发影响下，很快也参加了革命工作。

烟台解放了，牟德海与张巨烺一家互相用对党的忠诚和感恩，以及动人的传奇情节，将一盏灯照亮一个家庭的故事，画上了圆满的句号。

四

今天，当年的英雄已经逝去，他们的伟岸与英容，走进了纪念碑和雕像群，走进了教材和课堂，也将走进烟台精神的概括、走进英雄文化的表述里。

烟台，“血色的刚强，大义的担当，海般的胸量”，忠诚之士的红色故乡！

作者简介：朱相如，系山东作协会员，在诗刊、星星诗刊、诗神、诗选刊、中国诗人、青春诗歌、黄河诗报、读者、意林、儿童文学、山东文学以及人民日报、人民日报海外版、工人日报、中国文化报、中国体育报、中国妇女报、中国老年报、人民法院报、山东画报等报刊发表诗歌、散文作品千余件。出版诗歌集《月与梦》《穿越苍莽》、《节日》3部；散文集《行走的文字》1部，与他人合编的作品集《涛声云影》《瞬间的永恒》《坐在花骨朵上的村里集镇》《芝罘历史文化丛书》4部。曾获得山东省第一届文学奖等多个省级以上奖项。

根

魏　松

他是听这个故事长大的：道光年间的安龙城，有一举人张瑛，特别重视教育。每到午夜交更时分，他就会派两个差役挑着桐油篓巡城。见哪家有亮光，并有读书声，差役就会从油篓里舀出清凉的桐油，倒进这个读书人的灯盏里，添油增光。这就是加油的来历。

“你呀，也要加油，加油才有光，有光才能出息。”父亲摸着他的脑瓜说。

光，光，他在心里对自己说。

他奋发学习。他想成为一个为别人加油、为生活增光的人。

但他一直不知道如何实现自己的梦想。

直到1992年，香港遭遇浓雾，他的人生轨迹发生改变。

全港平均能见度不足500米。他开着车，龟速般在路上爬。即使打开远光灯，在大雾的裹挟下，前路依旧茫茫。

电台说，香港来往内地的航线全部停航。他的心情掉入谷底。

父亲还在一个叫烟台的地方。那个地方装载了父亲全部的童年记忆。那个地方，父亲每隔一段时间都要“常回家看看”。每次回来，父亲说的最多的一句话就是“变化真大呀！”在父亲遥远的记忆里，那时的乡亲们除了种田，都以捕鱼贴补家用。每个月黑风高的晚上，老人、妇女和孩子就提着煤油灯，齐刷刷站在海边，为正在和海浪搏命的汉子们指引回家的方向。

他知道，父亲一直惦记着那个叫烟台的地方，惦记那里的人们生活得怎么样了，惦记屋前的水井村头的竹林。

得益于通便的两岸往来，父亲回烟台的次数越来越多，频率越来越高。父亲给他讲过，内地政策一天比一天好，可以考虑去内地发展。咱的根在内地在烟台呀！

终于挪到家了。他不放心，就马上和父亲通了电话。他问，烟台有雾吗？父亲被问得丈二和尚摸不着头脑。他解释说，香港起了大雾，出门很不方便，有些路段都发生了连环车祸。哦，那你注意安全。父亲沉思片刻，又说，你把车灯调到最亮，有光才行哩。

他觉得父亲的语气有点意味深长，但又捉摸不透。他望着窗外，雾更浓了。

光，光。他在心里对自己说。

香港回归，整个香港都沉浸在喜庆的气氛中。他的公司注册创立——一家专注新一代激光及LED光源产品研发的科技集团。

香港寸土寸金，把研发总部放在香港，生产线要外设。

父亲给他打来电话："来这边看看吧，就当旅游了。"这种时候，他哪有心思旅游？父亲又说："还有人想见你。"

谁？！他在脑海里一遍遍回忆，那片从未登陆的土地，对他来说完全是陌生的。

父亲说："你来了就知道了。"

他终于开始了前往大陆的行程，踏上了烟台这块热土。

那是一个四十开外的中年男子。父亲没有刻意替双方做介绍。刚一见面，中年男子就热情地向他伸出手："欢迎欢迎！欢迎我们的企业家到烟台考察！"此言一出，他也就基本上猜到了对方的身份。

中年男子很健谈，介绍烟台招商引资的规划，谈及政策层面给予企业的种种优惠和便利，聊到从市里到省里对发展经济的重视和部署。"我们常说一句话，'政府搭台，经济唱戏'，这出戏的台柱子就是各位投资建厂的企业家。我们烟台可谓是求贤若渴，这也是企业家们大展宏图的好机会呀。"临别之际，中年男子再次诚邀他这只"金凤凰"在烟台落脚。他嘴上连连称是，心里却盘算着该如何开展这场考察之旅。

当他真正开始认真审视脚下的这片土地时，烟台热火朝天的开发建设超乎他的想象。

到处都在破土动工，每隔几天就能看到在原本的一块荒地上，一栋高楼大厦拔地而起；大大小小的的工业园星罗棋布，烟台正在盘活土地资源，政府正在下一盘关乎经济民生的大棋——工业园就像镶缀在大地上的一枚枚棋子；推土机、挖掘机、压路机穿梭在大街小巷，原本“晴天土雨天泥”的崎岖小路都被平整过后，变成了四通八达的交通网……处处都是一派繁忙的建设场景，随处可见令人惊叹的“烟台速度”。完全可以想象地到，在不久的将来，烟台将成为投资者的乐土，一幅宏伟的规划蓝图在眼前徐徐展开，一座新型的现代化工业小城正如一颗璀璨的新星，冉冉升起。

他对脚下的这片土地产生了浓厚的兴趣，一见如故。他兴致勃勃地畅游了烟台山公园，感受到这座千年古城在新时代的召唤下，焕发出的勃勃生机；他徜徉于蓬莱阁的美景中，犹如置身仙境，大口呼吸着新鲜的空气，那一刻能真实感觉到什么叫“脱胎换骨”；他啃着烟台苹果、品着烟台大樱桃，唇齿留香，沁人心脾。他想多走一走，看一看，迫切地想和烟台拉近距离，增进感情，和她建立一种神秘而美好的关系。

他的公司就在烟台开枝散叶。

一场突如其来的金融风暴席卷全球。对一家新公司来讲，这样的灾难是致命的。

他整夜整夜地失眠，感觉自己就像在惊涛骇浪中随时有可能被吞没的一叶扁舟。

香港的持续繁荣稳定是中央的庄重承诺，也给疲软的市场打了一针兴奋剂，激活了每一粒细胞。政府扶持力度不断加大，规模和力度空前，就像源源不断的新鲜血液不断注入资本市场，为企业保驾护航。

政府重拳出击，力挽狂澜，竭力保护正在经受暴风雨洗礼的民族企业，一系列促生产、稳市场、扩需求的利好政策纷纷出台。

那段时间，从省里到市里，从市里到区里，都在为帮企业疏解困难而出谋划策。省里和市里接连下发多个政策性红头文件，街道和社区各职能部门分片划区，责任包干。他频频在各个会场和厂区之间来回奔波。会议上，每家企业都可以畅所欲言，每个人都可以献言献策，每一条建议都能获得及时的答复和反馈，每一个难点都有人负责跟踪调查和解决，每一项工作都落到实处细处，每一家企业都得到妥善的安置和保护。

那天晚上，他驾船出海。漆黑的夜，呜咽的风。巨浪就是这时候从远处袭来的，后来就变成了一只排山倒海的魔兽。他的小船被魔兽盯上。魔兽发出瘆人的怪叫，不断用小山般大的利爪拍打、撕扯、捶击着小船。小船发出吱吱咯咯的呻吟声，眼看就要葬身鱼腹了。

整个世界好像只剩下他。他只剩下这条小船。

远处，突然出现一束光！

光！不是一束，是一片，一团。微弱，随风摇摆，星星点点。

他看清了。是一群人举着煤油灯站立在海滩上为他指引回家的路。那一盏盏不灭的灯照亮了一张张脸，那是一张张熟悉的脸：股东、员工、同学、邻居、朋友、亲戚，还有父亲和中年男子。狂风呼啸，撕拽着他们的衣服，扯乱了他们的头发。

他们纷纷向他伸出手。他登岸了。

他大汗淋漓地从睡梦中醒来。窗外，天色破晓。

等暴风雨平息，他的企业已在业界声名鹊起。

灯只能指引道路，光却能温暖人心。

这就是他在那场弥天大雾中的思索和所得，也是经历生死决战后的领悟。那以后，他就明白了父亲讲那个古老故事的寓意，也理解了父亲为何对记忆中海边那些光亮微弱的煤油灯念念不忘。

我们卖的不是灯，是光！

在公司成立那天起，他就提出这个响亮的口号。

他对产品质量的高要求是出了名的。他对新产品研发的痴迷是出了名的。他对品牌理念的执着是出了名的。

他最引以为豪的产品就是立体光源 360° LED 汽车灯珠，这是公司的首倡和首发，也是公司的拳头产品和形象品牌。润滑的完美光斑、便捷的组装工艺、稳定的产品性能、快捷的启动速度——这几乎就是艺术品。他曾经把那些精美、小巧的灯珠捧在手里，用恋人般温柔的眼神细细打量。那些可爱的小东西折射出迷人的光芒，堪比珍珠、白玉，像一个个通身晶亮的精灵在他手中跃动，跳着轻灵的舞蹈。

这小小的灯珠就成了他生命中十分重要的东西，成了他给父亲的答案，成了他对自己的交代。

作为光电科技业界的翘楚，公司受到越来越多论坛、展会、讲座、发布会的邀请。身为掌舵人，他频频出席那些流光溢彩的重要场合，不只一次深情地讲述起他和灯珠的故事——科技创造未来，品质铸就品牌。

掌声响起的时候，如烟往事又在眼前清晰浮现。

如今，他再也不迁怒大雾，再也不依赖油灯，只因为他的灯珠，可以发出最耀眼的光芒，足以刺穿迷雾，照亮前行的道路；足以告慰油灯，让它告老还乡颐养天年。

只为追求品质生活的人群，提供最优质的光的享受。

这是公司的宣传语，也是他梦飞翔的方向。

如今，他也像父亲一样，经常往返于香港和烟台两地，两点一线，一头是家，一头是国。

情系于亲，心系于根。

作者简介：魏松，深圳市作家协会会员。已在《南方日报》《羊城晚报》《深圳晚报》《驻马店日报》《天中晚报》《宝安日报》等发表小说、散文作品近百篇，先后荣获第三届全国打工文学征文大赛优秀奖、知乎故事创作大赛三等奖、第二届“绿宝杯”全国征文大赛一等奖等奖项，有作品选用于各类选本和中学联考试卷。

许世友在胶东　统战立大功

汪进东

客舍烟台已十余霜，作为一个外地人，若是能在他乡遇故知，那是最好不过的事情……

从 2007 年来烟台读大学到定居，至今已有 13 载，每每读到思乡的诗文，总想起那个令我魂牵梦绕的远方——豫南信阳新县。实话实说，这多年来，一个故乡人都未曾见过，然而，我却不凄然，因为很多年前我有个大名鼎鼎的老乡曾在这里战斗过，奉献过，他就是开国上将许世友，而且也是位善于统战的著名军事家。

记得刚入大学时，辅导员让同学们挨个介绍自己，当提到了我是来自许世友将军故里时，辅导员立刻就说出了一大段许世友将军在胶东抗战的传奇故事，当时，我很兴奋，想不到在这里，竟然还有老乡，而且还是一位为解放胶东做出巨大贡献的将军，顿时觉得底气足了不少。于是，我就处处留心，多方搜集许世友将军的相关资料。

1905 年，许世友出生于河南省信阳市新县田铺乡河铺村许家洼一个贫苦的农民家庭里，他少年习武，练得一身好功夫。参军后，屡建奇功。1941 年春，他指挥胶东地区八路军和地方武装，横扫敌伪军。1942 年 10 月起，他任胶东军区司令员，在胶东书写了一段传奇故事。

当时胶东的斗争形势极其严峻，一是国民党反动派公然破坏抗日民族统一战线，掀起了第二次反共高潮；二是敌我力量悬殊，任总指挥的赵保原纠结了二十几个国民党投降派司令，组成了联军，实力雄厚，并且公然与日军勾结，多次配合日伪军大举进犯我军根据地；三是敌人手段残忍，无恶不作，到处散播投降言论，根据地弥漫着一股恐怖的、低迷的气息。

面对如此严峻的形势，许世友充分发挥了“统一战线，武装斗争，党的建设”这三大革命法宝的作用，尤其是统一战线。他先是根据上级命令，带清河独立团挺进胶东，于1941年3月14日，成立了胶东反投降指挥部。胶东反投降指挥部的成立，使得胶东抗战从此有了主心骨，人民武装逐渐发展壮大起来。

对于指挥部的选址，许世友将军有着自己的战术考量。他决定把指挥部设在烟台黄县西古现村的家庙里，因为西古现村是个大村，人多，利于发展军事力量，也利于推进统一战线工作。为了壮大声势，给老百姓以信心，许世友将军发挥了习武之人力能扛鼎的优势，当众把寺庙前两把大石锁稳稳地举过头顶，并且从观众面前绕一圈，乡亲们震惊了，多少年来，这是他们第一次看见有人能双手举起两把重达数百斤的大石锁，一时间，许世友的大名以及举石锁的神功传遍胶东，这极大地增强了老百姓的斗争信心，提高了我党在人民群众心中的地位，越来越多的人报名参军，统一战线的力量也随之壮大起来。同时，这也极大地打击了敌人的士气，那些顽固分子，一听有如此神力之人，心里顿时打起了退堂鼓，与我军作战时，在气势上已经输了大半，被消灭只是时间问题。

民心足了，就要鼓舞士气，这样抗日民族统一战线才会越发强大。如何打开胶东严峻的局面呢？许世友曾对政委林浩说过：“第一就得整理好咱们自己的队伍，杀猪先得把刀磨快了。”意思就是打一个好仗，振奋下士气。果不其然，指挥部成立的第二天，他就率部奇袭栖霞牙山，重创蔡晋康部，这极大地鼓舞了士气。除了善于鼓舞我军士气外，许世友将军还善于运用统战中的心理战，瓦解敌方心理防线，打击敌军士气。强敌赵保原，依仗日军，在胶东地区修建了不少的碉堡，给我军带来了很大的麻烦，为此，许世友将军以其人之道还治其人之身，采取了“碉堡对碉堡”的奇特战术，逐渐把伪军碉堡围起来后，开始对碉堡内的敌军展开强大的政治与心理攻势：大喇叭宣传我军优待俘虏的政策，宣扬中国人不打中国人的主张，以胶东乡亲们间血浓于水的亲情关系来感动他们，把“誓死不当卖国贼”的传单散发到敌人碉堡内，将“保家卫国，抗击侵略者”等大标语用席子挂在碉堡前……最终，赵保原部军心动摇，士气低落，不少士兵悄悄跑到八路军这边来投诚，最终我军攻破了敌军碉堡，扩大了抗日根据地，壮大了抗日民族统一战线的力量。

兄弟齐心，其利断金。许世友将军深知“团结”二字对于统战工作的重要性，他注重团结一切可以团结的力量，因此还成立了我军历史上第一支海军部队。事情是这样的：抗战时期，属于胶东的威海刘公岛被日军占领，这里成为了伪军的训练基地，学员们遭到日本法西斯的虐待，他们忍无可忍，最终发动了起义，杀死了日本军官及其走狗，许世友一听到这个信息，立即派人前去接应，按照统一战线的策略，深入地做学员们的思想工作，强调团结抗日的重要性和迫切性，使这支原本想投奔国民党的起义部队，变成了八路军的一支。不仅如此，许将军还为他们举行了一场隆重的欢迎仪式，让他们有荣耀感，并当场命名为“八路军胶东军区海军支队”，这可以算作我军第一支海军部队，它在今后的解放战争中发挥了重要作用，也为我国海军现代化输送了许多人才。这就是团结的力量，这就是统战的作用，许世友功不可没！

心在一起叫团队，许世友将军还注重党的建设，在根据地大量发展党员，对党政干部进行大规模培训，以发挥党员干部在统一战线内的先锋模范引领作用，普遍建立了各级各类党组织和政权机构。他尽一切可能团结各抗日阶级中的先进分子，争取各种中间力量，孤立和打击顽固势力。始终把宣传群众、发动群众、依靠群众，作为一切工作的出发点，使得胶东人民成为我军的坚强后盾，进一步巩固和发展了抗日民族统一战线，也为解放战争的胜利奠定了基础。他还注重团结下属和士兵，例如和政委林浩，以及后来的副司令于得水等人搞好关系。习武之人，往往重情重义，于得水也是从小习武，因此二人惺惺相惜，一次，于得水作战受伤，许世友听说后，亲自陪他三天三夜，因此行踪暴露，于得水顾不得伤势，亲自带路，利用熟悉地形的优势，最终让许世友死里逃生。当然，像这样团结下属，体量士兵的例子还有很多，所以他的士兵和部下，在战斗的时候无不勇猛无比，不畏牺牲。我想，善于运用统战策略，团结官兵，打造心在一起的团队，这些也是他经常取得胜仗的原因之一吧。

忆往昔峥嵘岁月，在炮火连天的日子里，许世友将军建立了统一战线，发展壮大了人民武装，打败了日军、伪军、国民党顽固势力等敌人，并成功解放了烟台，使得烟台成为八路军在全国解放的最早、最大的城市之一，为我党我军在占领、管理、建设大城市方面提供了丰富的经验。毛泽东曾评价道：“许世友是员战将，打红了胶东半边天，了不起，了不起！”

看今日壮美河山秀，站在这片许世友将军曾经战斗过的热土上，我不禁感概万千。在这个港城，能有这样一个足以彪炳史册的老乡，也算是一种莫大的荣耀。再者，我能够千里迢迢地来到这个海滨城市，能够在这样一个已经六连冠的全国文明城市里工作、定居，还找到了烟台本地的媳妇，这也许是冥冥之中的注定，当然也更是我的幸运。爱在烟台，难以离开。

时至今日，一想起老乡许世友，我就惊叹他的英勇，睿智，忠诚，更钦佩于他对统一战线的重视。是的，在实现中华民族的伟大复兴征程中，统一战线依旧在整个国家的政治生活中占有重要的地位，也正在继续发挥着重要的作用。近年来，烟台统战部在烟台市委、市政府及上级部门的正确领导下，认真贯彻习近平总书记关于统战工作的重要论述精神，不断开拓进取，求真务实。多次召开党外人士民主协商会，支持、帮助市级各民主党派开展工作，加强自身建设，引导宗教界坚持中国化方向，举办港澳台海外青年代表人士国情研修班，开展以经济建设为中心，祖国统一为重点的海外统战工作，凝聚扶贫攻坚的强大合力，加强疫情防控工作，团结一切力量，为脱贫攻坚、防控疫情贡献力量……不忘合作初心，继续携手前进，统一战线在烟台焕发着新的生命力，正谱写着新时代烟台发展的新篇章！烟台统战部定不辜负许世友将军等革命前辈的艰辛付出，定会坚守许世友等重视统战工作的优良传统，让烟台更加美好迷人。

奇哉，老乡许世友将军，你就是名副其实的“胶东之王”；伟哉，统一战线，是你让许将军立下大功！

作者简介：汪进东，山东省散文学会会员、烟台散文学会会员、烟台市作家协会会员、芝罘区作家协会会员、芝罘区楹联协会会员。曾在省市区各级各类教科研比赛中分获一、二、三等奖，于报刊杂志上发表数十篇作品。

深情的回眸

姜少杰

1979年冬天一个阳光灿烂的下午，居委会阿姨敲开了烟台民主东巷一户普通人家的门。她送来口信：你家有从日本大阪寄来的家信，寄在老家毓璜顶西路，需要带单位证明去取。

璇刚过不惑之年，她捋了一把因为补夜班觉而翻起的短发，立即穿过几条胡同来到二姐家商量。二姐琬很犹豫：让学校知道这事，会不会出啥问题？她怕连累一向要求进步的丈夫，更怕连累当海军干部的三妹夫。

姊妹俩决定，让寄信人的女儿萍去把信取回来。

信竟然有六页，落款有三个不同日期，一家人边看信边落泪，一段尘封的往事被打开。

1948年9月，当倔强的琚终于挤上最后一班去韩国的拥挤客船时，不到三岁的小女儿萍在恤养院里哭喊着找妈妈的小脸再次浮现在她面前。唉，也不知她此刻会怎样。四岁多的大女儿玉过来无声地抹着妈妈的泪，她将女儿揽在怀里，无声啜泣。

接船的是她朝思暮想的丈夫。但一路上，他明言她走路的姿势不好看，不肯与她并排走。她跟着他走进公爹早前在汉城买的旧房时，发现这里俨然已有完整的家：一位比她年轻的女子与一个虎头虎脑的男孩儿和谐地生活在这里。

她强忍泪水，说起自己此行的目的，却得知他已将大陆弟兄们联合筹资买的货品卖了，钱挥霍一空。怎么回去面对翘首以盼的众妯娌？一向很要脸面的她没法想象。

她一向看不得别人冷脸，再没有踏进那个家半步。她选择了成全与默默退出。她也回不到故乡了，中韩之间停止了通航。

她变卖了随身佩戴的首饰，在汉城找到一个华人居住区，与他人合租了小房子。那里有人以编织毛衣为生，她凭借婚前常给弟弟妹妹们做时兴衣服的功底，很快掌握了编织技巧，毛衣织得不错，收入却不高。有时她去餐馆帮工，她很奇怪：韩国人竟不会连刀快速切菜的方法。

有一天，女友无意中的一句话，使她萌生了当老师的想法。结婚前，她曾在大陆当过两年小学老师，既有教学经验，又有山东省教育厅颁发的小学教员证书。记得当年教育局的车股长在发给她证书时说："这张饭票走遍全国都有用。"她偷偷找到那所华语学校，想自告奋勇应聘汉语教师。

应聘者的队伍很长，她差点就打了退堂鼓。她回忆起那年入职考试，治学严谨的老校长出题《我见》，她提笔现场作文《童年》《读书生活》《论女子才德》三则，他看后认真地写下很不错的批语。她暗示自己：为了小玉，你也要努力战胜自己。果然，她脱颖而出，成为一名收入更高的汉语教师。

转眼几年过去。有一天，女儿放学回家，哭着说同桌今天欺负她了，同桌说："我爸爸总给我买各种好吃的，他领我到处玩，你爸爸呢？"她不知道该怎么回答。刚好有同事为她牵线本校校长，他丧妻不久，渴望有新家。她与英俊的校长早相识，他欣赏她，不挑剔她。

转眼已来汉城十二年，她又添两女一男。这年韩国经济连续衰退，经济低迷使本来就不景气的汉文学校雪上加霜，教学之余她打零工。有一天走在街头，她与一位男士擦肩而过。他俩几乎同时回头，叫出了对方的名字！

他是她未出五服的堂哥昆，她清楚记得童年时与他及众伙伴在故乡的小溪畔捞小鱼虾、捉蝌蚪的景象。夏天，在大人午睡时，他们这群孩子毫无顾虑地玩到近郊，钓知了、抓蚂蚱、采野花果，在旷野中追逐嬉戏至日落西山才尽兴而归。她还记得昆会捉鸽子烧了吃，他分只鸽腿和鸽子肚里的黄豆给她吃，那味道的鲜美真是口齿余香，令她终生难忘。

他俩坐下来深聊，她得知他曾经带领抗战军人在抗日战场奋勇杀敌，歼敌无算；他曾经担任国民党高官；如今他全家已定居台湾，过着不错的生活。他建议她去经济状况更好些的台湾发展，他表示可以帮助他们一家人将户口迁到台湾。

卖掉学校股份，举家迁到台湾时，她已经41岁。她爱人很快在一所好中学找到教师职位，她负责家务，闲暇时也做小生意贴补家用。她对孩子学业要求严格，孩子们也都懂事、勤奋。大女儿玉体谅父母的不易，早早开始学做生意，其他孩子都大学毕业，其中三女儿燕毕业于台湾大学，小女儿春毕业于台湾最好的新闻大学。台湾的学费很贵，为了让孩子们能上得起好大学，年近六旬的她，又偷偷跑去日本打工，从最初的刷盘子做起，到后来的包饺子、帮厨，样样活计她都拿得起来放得下。

闲暇时分，她常常怀念远在大陆的老母亲与弟弟妹妹们，想念小萍，不知道他们的日子过得好不好。八岁前生活在故乡祖宅的画面也一幕幕浮现在眼前，记忆的潮水一次次打湿眼眶……

山东省莱阳县城东关堂号于福善的那座老宅，是她记忆里最美的故乡，1920年农历四月的一个美丽午时，她呱呱落地于此。老宅分三个庭院，最里面的庭院住着二伯父母，他们没有孩子。二伯父很喜欢她，时常抱她去他家，让她唱歌给他听，奖给她玩具和糖果之类的东西。三伯住在第二个庭院，三伯爱花木鸟虫，庭中生气盎然，植有杏、石榴、木瓜、紫荆等树木，花砌里有五彩缤纷盛开不断的花草，欣欣向荣。花砌台上摆列着诸多盆栽，清晨与黄昏之际，三伯父都会慢条斯理地往返在庭院中，饲鸟喂鱼，除草浇花。她常常围绕在他身边，指东问西，嘴里喋喋不休问花草的名字。三伯不厌其烦地一一告诉她。三伯母为人和善有耐性，那时无论她怎样刁蛮吵闹，她都不和她计较，还是轻声细语地对待她。因此她在她家总玩得兴致勃勃、快快乐乐，几乎每天都去。

她与父母住在最前面临街的那所房子里，庭中植有芍药和牡丹。庭前左首有棵大紫丁香树，高丈余，树干粗两抱多，花开时香风飘过了半个东城。那远近的人，来折剪花枝的往返不绝。妈妈总是不令来者失望，随他们折剪。但她却不然，往往会挡驾不给他们开门。这棵紫丁香，据说那时已是八十多岁树龄，是她大祖公幼年时亲手所植。

她还记得三祖公家里的大伯父伯母、大哥、大嫂和诸位妹妹。他们对她都很好，尤其是大伯母，她总觉得比亲妈妈还疼爱她，她在她家可以放心大胆任意地撒娇放赖。有一次，伯母见她不想吃黄饼子，就吩咐大嫂和面粉做个圆圈，只烧给她一人吃。有一年，她大冬天的吵着要吃韭菜，伯母自言自语道：韭菜枯了叶怎么吃？伯母看了她一眼，就转身打开后园门，到园里采来韭菜根，剥去皮给她吃……

自五岁那年起，她就学着爬树了，日复一日努力不懈，结果成了一流高手。妈妈不准她爬树，每当她爬在树上时，最怕被妈妈发现。通常她正在树上兴致勃勃之际，突然听见有人开她家大门声，马上惊恐万分，一个翻身滚溜下来，飞奔到邻居家，在门缝里窥视。如果是妈妈，她就走到人家的室内，东邻西舍大都是他们家族的人，随意进出是无所谓的事。她每次惊魂甫定后，就感到肚皮痛了，撩衣一看，肚皮已破皮，像倒竖起的鱼鳞般渗出淡淡的血水来。虽然为爬树她吃了不少苦头，但她一直乐此不疲。耄耋之年时看到树，她还有蠢蠢欲动之心意呢。

她出生前，父母曾痛失两位女儿，三岁大的儿子也夭折了，她的出生给父母亲带来了莫大的安慰。母亲说她生来身体康健，精神饱满，七个月就咿呀学语喊着妈妈，八个月便能举步往返室内庭前之间，看起来像个小妖精，气足声高，堂姐们总叫她满山响。

大弟比她小两岁，自从他降生，母亲就全心全意地照顾着他，之后其他弟、妹陆续出生，母亲自然无暇顾及她。但她生来就独立性强，很能自寻安乐之道，还会察言观色。去别人家串门，人家不对她打招呼，她就立刻止步回身走出，因此不论她到谁家，大家都招呼着她，或叫着她的名字，她才肯进去。就像大妈等长辈们，她们都喊：“乖乖来吧！”“我小羔羔！”她听了就倍觉亲切，一溜烟地跑进去……

故乡啊，离开你的几十年间，每有忧愁苦闷、困难挫折，为她疗伤赐与她力量的，唯有故乡！那里的一草一木都在她的记忆里生根、发芽、结果，成为她走出困境、战胜自我的幸运仙木；故乡的亲人们啊，你们的宽厚与温暖抚慰、照亮了她整个的人生！梦中，她常常回到故乡，与亲人们手拉手畅快交谈……

改革开放的春风吹起，她终于盼到了两岸可以辗转通信的那一天！

1979 年，她写信并托日本友人辗转发到自己婚前的故居——烟台市毓璜顶西路一座独门独院的老宅，向亲人们报告自己平安的消息。她想不到的是，亲人们内心欣喜之余，却不敢去接信，也不敢保存此信，他们将信偷偷烧掉了，更不敢对任何外人说起她现居台湾。

改革开放的滚滚车轮，以不可阻挡的势力带给中国崭新的变化。1988 年，在槐树花盛开之际，68 岁的琚在同样思乡情切的大女儿玉的全程护送下，如愿踏上了返乡的旅程。她们从台北转道香港，从韩国坐船到达威海，终于回到了阔别 40 年的故乡！遗憾的是，故乡的老宅与老母亲已不在，但她魂牵梦萦的祖国健在！她日夜牵挂的弟弟、妹妹与女儿小萍健在！

她带回一盒首饰，分到最后发现不够分了。儿子与女儿们穿小穿旧的衣物，在大陆的亲人们眼中都成了最美最时髦的好衣服，他们自豪地穿上街，自豪地提起她。

1988 年 10 月，琚得知有女友从台湾返青岛，就去商场精心挑选了三件漂亮毛衣、一件好外套。她将它们打包在一起，托朋友带到青岛亲戚处，让亲戚从青岛寄到烟台。琚随即给璇写信："……毛衣给三位妹妹，棉外套给三妹，因为她从小怕冷。如果你喜欢，可来信通知我，我有机会可托人由韩或港寄给你，因为此处不能直接寄信或东西。给大永与黎明的戒指、耳环，等熟人回去时再带上。现在可由红十字会直接把信邮到台北，盼信！……1988 年 10 月 6 日。"

1988 年 10 月底，琚再回信一封"……你们替我奉养了老母及代我喂养了小萍十几年，今日能见到萍，都是诸妹的赐予，尤其是近些年你代姐关照她，姐不善表达，内心能不感激？如有甚需要，在姐能力所及范围内一定尽力而为之，别见外。你是姊妹中我最喜欢的小妹了，像这种年龄的我，还有几多与亲人会面联系的机会？人生暂短，只不过是春梦一场，所不同者，我这场梦多了些许折磨痛苦和孤独罢了！最遗憾的是：背井离乡，不能和家人常相聚首，说来并无它求，愿有生之年多有书信往来叙叙吧！"

1989 年 3 月 8 日，思乡情切的她又提笔给妹妹写信："自春节前到现在，我自己都不知在忙些什么。下学期，三岁的双胞胎孙女将送幼稚园，我可能轻松些，目前照看着两个，真手忙脚乱，烦透了！我这一生的岁月，全活在身不由己之中，唉，无奈的人生。不管怎样，我仍有一个心愿，在有生之年，要和家人再度聚首，言欢一番。今年不成等来年，苍天总能给次机会，等待我吧，妹妹！”

1991年春末夏初，作为璇的儿媳妇，我有幸见到了第二次随玉姐返乡的大姨。满头银发的她身穿漂亮套装或浅色连衣裙，皮肤白皙，笑容可掬，眼神明亮，言词舒缓有礼，周身散发出暖暖的慈爱，非常有魅力。她送我一枚时髦的凸花戒指，一对花耳环，由婆母转手作为结婚礼物送给我。我非常喜欢，虽然我几乎不佩戴首饰，并且没有耳洞——那分明是她老人家的一片爱心啊，需要没有退休金的她积攒多长时间啊！

婆母家第一批安装了电话，婆母想这样与大姐沟通起来会更方便些。然而遗憾的是，一直到大姨仙逝，这电话并未发挥与大姨直接通话的功能。1993年9月，思乡心切的大姨邀请婆母与萍姐去台湾探亲，两岸亲人围聚在一起共同思念故乡：祖爷爷曾于1900年考中进士，无奈那年八国联军侵入北京烧杀抢掠，清王朝顷刻间摇摇欲坠，他没有能像亲哥哥一样做镇守边疆的大官，只能常年在北京城教官宦人家的子弟读书。然而，他依旧有莱阳六君子之一的美名……热情的春姐带领客人游遍了台湾的名胜古迹。

1996年夏天，燕姐带着丈夫，春姐带着儿女返回故乡。两位表姐比我大十几岁，燕姐是军校的国语老师，非常低调，她的着装很朴素。春姐辛勤担任报社编辑20多年，因为丈夫名校毕业精通五国语言，收入较高，所以她那年刚刚办理完退休，准备专职相夫教子，自由写点文章。她身穿灰色旗袍，美丽优雅，谈吐不凡。她的儿女教养良好。哥哥在餐桌上很少说话，听话却很认真，燕姐夸他学业优秀，常考全年级第一名。妹妹小禾子还未到学龄，却始终捧着一本厚厚的《三国演义》繁体字版入神地看。“你看得懂吗？”我忍不住问。她好奇地看了看我，就一本正经地诵读起来，一口气读了两页，引得大家掌声阵阵。春姐把禾子穿小的衣服留给我女儿，把自己穿着瘦些的衣服留给我，衣服是那么时尚漂亮，我竟然没好意思穿上街。

春姐说：等到禾子长大的那一天，很有可能会回大陆来发展，因为这里幅员辽阔，发展的空间巨大。类似的话，台湾的亲人们说过多次。玉姐曾常年在汉城、大阪、台北之间做首饰与服装生意。有一次，她在婆母家接完电话，微笑着告诉我们："新党"又来电话召集我们为两岸和平捐款捐物了……我是"新党"党员，新党支持两岸统一……那天她的笑容与眼神里，闪耀着异乎寻常的幸福神彩，那么美丽，那么动人……

2005年，大姨不顾自己已85岁的高龄，又随玉姐返回大陆追梦，她渴望能在故土一直住下去，为此她执着地做了很多准备。她们去我们刚买的银河怡海花园新居做客，啧啧称赞：这小区在台湾也属于好小区，她们甚至说很羡慕我们。

是啊，台湾的亲友们每次回来说的最多的是：大陆发展太快了！玉姐、春姐相继在大陆买了房子，她们也盼望能回大陆定居。然而，三个月的签证期到了，她们必须返台了。不幸的是：大姨已于2013年在台北仙逝，不久后玉姐也过早离世，终未实现自己梦寐以求的心愿。

"落叶他乡树，寒灯独夜人。"可怜背井离乡的大姨与玉姐啊，可怜她们跌宕人生中对故乡的一次次深情回眸！

作者简介：姜少杰，山东省作家协会会员，山东省散文学会会员，烟台散文学会理事、作家协会会员，《齐鲁晚报·青未了》专栏作者。曾在全国、省、市、区征文赛中获奖。

从大凉山到大海边

徐绍磊

翁姑，家族的符号，相当于汉族的姓氏。打则，名字，寓意美好，一代代彝族人家都喜欢用以命名家中的男孩。翁姑打则，直接从彝语音译而来，没有什么特别的含义，但却显得如此特别，它的拥有者，也是一位特别的彝族小伙子。

从未接触过彝族同胞，翁姑打则的故事引发了我的无限好奇。

这个年仅 32 岁的小伙子，从祖国西南的大凉山区，来到胶东半岛的东北部，在黄渤海交界处的仙境蓬莱，开启自己的职业生涯。他在近 10 年的时间里，搭起一座跨越千山万水的彩虹桥，近千人（次）的彝族同胞，经由这座彩虹桥，走出大山，走近大海，用自己的双手，勤奋劳动，脱贫致富。2020 年 6 年 29 月，翁姑打则迎来人生的高光时刻，在山东省民族团结进步表彰大会上，他荣获“山东省民族团结进步模范个人”荣誉称号。

是什么，推动翁姑打则千方百计走出大山？是什么，把翁姑打则留在黄渤海的南岸，年复一年，挥洒汗水，收获荣耀？

……

带着这一个个问号，我们来到打则工作的山东汇洋集团蓬莱汇洋食品有限公司（以下简称“汇洋食品”）寻找答案。

不巧的是，第一次去汇洋食品，我们没能见到打则，因为母亲不幸病逝，打则回了大凉山的老家，去送母亲最后一程。

虽然打则不在，但在汇洋食品，这家位于蓬莱开发区北部，离海只有五六公里的海产加工企业，打则的故事，就像空气中弥漫的海鲜味道，无处不在，引人追寻。

刘保基，汇洋食品人力资源部总监，一位土生土长的蓬莱70后，对打则了如指掌。正是这位人力资源总监，8年前，亲自带车把打则和他的彝族小伙伴们接到了汇洋食品。此后又多次亲赴打则的家乡调研走访，做出了由打则负责长期从当地招聘一线工人的决策。从此，打则这位彝族青年的大凉山基因，在数千里之外的大海边，找到了扎根的土壤，生发出另一番青春样貌。

刚结束了一天紧张忙碌的开片工作在厂区漫步的几位彝族小伙子，带我们去公司招待所的宿舍楼主任孙立群，偶遇的来厂区走走看看的汇洋集团董事长王轰……他们的讲述，解开了我们心中的一个个问号。

打则与汇洋食品结缘，源于他初出茅庐便遭遇的带工生涯滑铁卢。

带工，是劳动密集型行业常用的一种招工方式，顾名思义，带人外出做工。十六七岁的时候，打则曾跟随带工的老乡来过胶东半岛，在海产加工企业做过工。胶东半岛海洋资源丰富，鱼虾满仓的背后，是渔业人的艰辛付出，他们风里来浪里去，把汗水砸进大海，把收获写进岁月。多年来，越来越多的外乡人走进了渔业生产一线，肯吃苦就有收获的行业特点，吸引着怀揣梦想漂泊异乡的他们，来到大海边，为自己和家人挣一份未来。

因为有老乡带着，第一次走出大凉山的打则，一步就跨越了千山万水，来到了陌生的大海边。只读过一年半的小学，识字太少，普通话不好，交流困难，原本心怀忐忑的打则在海产加工流水线上找到了自己的位置。在这个位置，成堆的海产品，经工人们埋头开片、修片、剥刺、验刺……以件计酬，多劳多得，成为工资单上的一个个实实在在的数字。三四年之后，有了创业念头的打则，顺理成章地选择了为海产加工企业带工。

初生牛犊不怕虎，初出茅庐的打则，带着七八十名小伙伴从家乡辗转2000多公里来到了胶东半岛。没想到的是，用工的企业当年遭遇企业效益下滑而不幸倒闭。就在打则几乎绝望的时候，一位默默旁观着打则的陌生大姐，拨通了汇洋食品老同事的电话，推荐了这位踏实厚道的彝族小伙子，于是便有了流传至今的刘总监接回彝族打工团的佳话。

彝族是我国第六大少数民族，民族语言为彝语，主要分布在滇、川、黔、桂四省（区）的高原与沿海丘陵之间，聚集在楚雄、红河、凉山、毕节、六盘水和安顺等地。四川省凉山彝族自治州是全国最大的彝族聚居区。打则一家人生活的冕宁县便隶属这个自治州。冕宁地处川西南攀西大裂谷地带，安宁河和楠桠河发源于境内，雅砻江从西南蜿蜒而过。高山峡谷，洪涝频发，使得当地不少彝族同胞不得不把家安在了高山上。打则说，他们家住在山上时，从山上到山下要步行 20 多公里的盘山道，他读一年级时，从家里到学校得走两个多小时。那时候家里生活非常困难，一年只在彝族年和火把节的时候能吃上两顿肉，其余时间土豆、玉米是主食。有时，怕放学路上饿，上学时就带一个煮土豆，但又不敢带到学校，怕被同学抢走，就在半路上找地方埋起来藏好，放学路上再挖出来吃掉。小打则就这样每天往返步行四五个小时，晚上回到家常常天都黑透了……上学路行路之难，超出一般人的想象，这样坚持了一年半之后，小打则再也坚持不下去了。

因为读书之路困难重重，再加上祖祖辈辈待在大山里的彝族人家还没认识到读书学习的重要性，打则的同龄人，很多都像打则一样，只读了一两年或者三四年的书，读书最多的小伙伴，也不过读到初中。在西南地区，外出打工一般首选东南沿海。但是他们文化水平低，只能在劳动密集型的岗位上寻找机会。收入低，消费高，一年下来存不下什么钱，这样的外出打工又有什么意义呢?

8 年前，几经碰壁后，打则和小伙伴们将信将疑地跟着刘保基部长来到了汇洋食品。他们惊喜地发现，这里的工厂是他们见过的最大的海产品加工工厂，光车间就有 18 个。随着对公司的深入了解，他们深感幸运，连连感叹，似乎前面遇到的所有挫折，都是为了与汇洋食品相遇。因为，汇洋食品所属的山东汇洋集团实力雄厚，下辖五个分公司，分别为蓬莱京鲁渔业有限公司、蓬莱汇洋食品有限公司、蓬莱中柏京鲁船业有限公司、蓬莱京鲁食品有限公司、烟台市鲁京食品有限公司。汇洋集团不断引领海洋产业健康快速发展，在远洋捕捞、水产品精深加工、造船等方面取得了骄人成绩，是中国渔业协会副会长单位、中国水产流通与加工协会副会长单位、中国船舶工业行业协会副会长单位、国家级国民经济动员中心、中国船舶行业协会国际产能合作企业联盟常务理事单位。具体到渔业生产方面，面对近海渔业资源日益枯竭、捕捞产量与效益逐年下降的形势，汇洋集团大力发展现代远洋渔业，捕捞作业区域由印度尼西亚等东南亚海域，逐渐向北太平洋和西南大西洋海域扩展。目前，公司拥有秋刀鱼兼鱿鱼钓船等远洋渔船20余艘，装备水平在国内同行业中处于领先地位，其中集团自主建造的77米秋刀鱼兼鱿鱼钓船达到世界先进水平。公司常年在北太平洋海域作业，秋刀鱼捕捞量连续7年全国第一。远洋捕捞为水产品加工提供了充足的原料保障，在此基础上，集团实施产品深加工战略，实现跨越式发展。目前，集团拥有现代化食品加工车间18座，年加工成品能力6万多吨，冷库8座，冷藏能力6.8万吨。先后开发深加工调理水产品、海鲜鱼罐头、即食鱼制品、米面制品等8个系列2000多个品种。高标准打造的“京鲁远洋”品牌系列产品出口日韩、欧美、东南亚等十多个国家及国内30多个省市。“京鲁远洋”品牌先后荣获“中国驰名商标”“山东省著名商标”“2017最具影响力水产企业品牌”和“2017年度中国食品企业社会责任品牌”等称号。可以说，打则和他的小伙伴们，登上的是一艘不折不扣的大船！

在汇洋食品，打则带来的彝族团队，不仅获得了稳定的工作岗位，还享有一系列的福利：吃住全包，双职工可住夫妻房，彝族年报销往返家乡的路费，火把节每人发过节费……一项项福利如一簇簇火苗，温暖着游子的心，他们没有了后顾之忧，劳动的劲头更足了。工厂宣传栏里张贴的月度光荣榜上，彝族员工的名字不仅从未缺席，还时常名列前茅，最能干的彝族员工的年收入近10万，人均年收入也达到了4万多元。很多来到汇洋食品的彝族年轻人，改变了原本到处打短工的习惯；很多人带着兄弟姐妹一起来了，一干就是三四年，遇上家中有事不得不回，就请假回去处理，忙完再回到汇洋食品；有的彝族人家，父母、儿女包括儿媳，全家多达10口人一起忙碌在汇洋食品的生产一线，几年下来，妥妥的几十万的收入，脱贫致富不再是梦。原本娶不上媳妇的，已经回家娶上了媳妇，原本在山上住简陋的瓦板房的，已经在山下盖起了砖混结构的大房子，甚至是带落地窗和回廊的二层小别墅……彝族同胞们源源不断地跟着打则来到美丽的大海边，汇洋食品成为他们脱贫致富的劳动基地，成为他们在大海边的又一个家。

打则忙完母亲的身后事从冕宁返回后，我们再次赶往蓬莱，见到了这位传说中的了不起的彝族小伙子。许多从别人口中听来的关于他的评价，在他身上一一得到印证。朴实，沉稳，谦和，坦诚，担当，敬业，爱家乡，爱蓬莱，懂感恩，有想法……一个更加立体的打则出现在面前。我们明白了，为何翁姑家族里的年轻人乐意千里万里地跟着他出来谋一个未来；为何后来越来越多冕宁临县的彝族年轻人，不认识打则只是听说了打则的故事，便义无反顾地跟上了他的步伐；更明白了为何汇洋食品敢于敞开胸襟，为这个原本只是带工的彝族小伙子，搭建了一个更广阔的平台。

跟着打则和刘保基总监在厂区参观的路上，我们偶遇了汇洋集团的王轰董事长。说起公司对彝族员工的人性化关怀，说起打则从一位带工的初生牛犊，成长为荣获省政府表彰的明星员工，王轰董事长强调这并非企业的单方面付出，而是企业和员工共同努力达成的双赢。他说，在汇洋集团，有四条人事工作秘诀：第一，追求客户满意首先是员工满意；第二，绩效最大化，就是员工待遇福利最大化，免费吃住，员工专属生日蛋糕，汇洋已经坚持了20年；第三，学习型团队最听指挥，员工训练有素是汇洋发展的基石；第四，打造“平安汇洋”，“平”就是平等的生存权，企业没有所谓的外来妹、打工仔，每一个人都是企业员工，“安”就是安全的环境，打架斗殴坚决杜绝。这四条秘诀，揭晓了打则和他的彝族团队连续多年跨越千山万水，对汇洋食品不离不弃的缘由。

“投我以木桃，报之以琼瑶”，打则在带工受挫的人生低谷结缘汇洋食品，感念于汇洋食品的开放包容和温暖大爱，他脚踏实地，一步一个脚印，从一名普通员工，成长为公司人力资源部的招聘副经理，专职负责从家乡为公司挑选人品好、肯吃苦、守法纪的一线员工，同时负责他们的日常管理。近十年来，打则招聘并服务的彝族同胞来自四川凉山彝族自治州的冕宁县、昭觉县、喜德县等多地，多达近千人（次）。

在汇洋食品，不论是工作还是生活，彝族同胞遇到困难，打则都想方设法帮助解决。刚来汇洋食品的那几年，因为很多人汇款不方便，打则的工作细化到不可思议的程度：每到发工资的日子，打则先让大家留好一个月的必需花销，剩下的钱全部由打则通过银行汇入打则哥哥的银行卡，然后通知到每家每户，集中在一个赶集日，到打则哥哥那里一个一个领取。

为做好各方面的沟通协调，打则一直努力学习普通话。在汇洋食品，打则是彝族同胞的引路人、办事员、翻译官、外交官，遇到有人病了，语言不通，没办法去医院治疗，打则便身兼翻译官和陪护员，一路相伴，直至康复。为双职工申请夫妻房、为困难家庭员工垫付路费、帮助解决子女入学、就医甚至是回老家建房，等等，事无巨细，打则无不尽心尽力。为方便同胞们回家过彝族年，打则配合公司，订票、包车、送站、接站，提供一条龙服务。为及时舒缓同胞们的工作压力，保证他们身心健康，他坚持每天都在下班后到宿舍轮流走访谈心，不定期带同胞们到公司的心理咨询室、沙盘室、宣泄室等进行心理疏导。

“打则对我们很好，我 14 岁就跟着哥哥外出打工了，之前遇到的带工都从我们身上收钱，打则不收，还给了我们很多帮助。公司会每天公布我们劳动一天赚了多少钱，每月直接把工资打到每人的卡里，我的每一滴汗水都不会白流。我在汇洋食品两年了，我还会继续干下去。”20 岁的阿西木史是劳动能手，一天能开片 1.7 吨真鳕、收入三百五六十元，他的话说出了彝族员工的共同心声。听说我们要写打则的故事，汇洋食品的员工宿舍楼主任孙立群大姐对打则赞不绝口，“有打则在，我们的工作没难度”，她说，不论是卫生管理还是时间管理，打则总是带头响应，积极协调。

每年的火把节更是打则忙碌的时候，为了让身在异乡的彝族同胞感受到节日气氛，打则每年都会在公司的帮助下举办节日活动，并邀请其他民族的同事和他们欢聚一堂，尽情歌舞，分享美食，共叙友情，畅想未来。这异乡的“火把节”，营造出民族团结的浓浓氛围，冲淡了乡愁，传播了彝族传统文化，让彝族同胞们找到了被尊重被认可的温暖感受。

打则还积极要求上进，作为一名党外人士，他思想积极进步、政治觉悟较高，主动要求旁听公司党支部组织的民主生活会、党员代表大会、党员先进事迹及政策宣贯学习，并将学习内容及公司对少数民族员工的关爱政策传达给彝族同胞，不断提高他们的政治觉悟，增强他们热爱企业、热爱祖国、友爱同胞的热情。

热情善良、无私奉献、乐于助人、善于管理的打则赢得了彝族同胞和企业的双重信赖，汇洋食品的彝族团队虽然每年都有人员流动，但从未出现解决不了的问题。8 年来，同时在汇洋食品生产一线工作的彝族同胞最多的时候有 200 多人，少的时候也有 100 多人，成为企业一线生产岗位上的一支重要力量。

17 岁走出大凉山，今年 32 岁的翁姑打则，接近一半的人生岁月在黄渤海岸边度过。在这里，他收获了自己最美的青春样貌，也越来越感受到少年弃学的遗憾。如今家乡的政府下大力推动精准扶贫，推动彝族家庭搬到山下居住，推动 9 年义务教育的普及，打则他们的遗憾将不会在下一代人身上重演。打则很用心地给两个儿子选了汉语名字：大儿子翁姑伍华，中华的华，小儿子翁姑伍彬，文质彬彬的彬。打则说大儿子像他一样个子高，体格好，希望他将来参军，报效国家。不论将来干什么，打则都希望他们能上大学，做一个有文化有知识的人。

只上了一年半小学的打则，吃够了没有文化的苦，靠着一点汉语拼音的基础，现在自学到了小学四五年级的水平，复杂一点的汉字，能认能说，但写不出来。跟我们交流时遇到难以解释清楚的词，只能用手机输入给我们看。说到两个儿子的名字时，打则却自信地拿起笔，工工整整地写下了“伍华”“伍彬”四个字。

一笔一画，两个名字，四个字，这位年轻父亲写得很慢，写得很坚定，写得饱含期望。走出大山，走近大海，打则借力汇洋集团这艘大船，带着他的彝族同胞在改变命运的征途上越走越远。站在他们的肩头，伍华、伍彬和更多的大凉山彝族后生们，必将迎来更加美好的未来。

祝福打则，祝福大凉山的彝族同胞！

作者简介：徐绍磊，中国散文学会会员、山东省作协会员、烟台市散文学会副会长、烟台市作协理事、烟台市芝罘散文学会副主席，供职媒体 30 年，高级编辑，曾有作品入选《散文选刊》《2002 年中国精短美文 100 篇》《山东散文选》《烟台市作家作品选点·散文卷》等。

一名民营企业家的情怀

刘 雪

300万，这不是一个公司的盈利收入，这是一个民营企业家从自己腰包里掏出来给村里做建设的钱。

这300万，变成了现在村里四通八达上山下田的硬化水泥路，变成了通到地头的水利设施，变成了泥湾子美丽的村容村貌，更变成了泥湾子人发自内心的幸福感与获得感。

这是泥湾子村和民营企业家王学林的故事，普通却真挚，平凡却温暖。

勇担当，报乡梓，情系家乡肩重任

王学林出生于招远市夏甸镇泥湾子村，1984年参加工作，先后担任乡镇水利站工作人员、招远市第二五金厂技术员、招远市齿轮厂企管办主任、招远市安装公司计划预算科长等。担任村支部书记以前，主要从事工程技术研发和技术管理工作，带领下岗工人成立了招远市水处理工程有限公司。王书记勤勤恳恳，曾获得全省“工友创业”先进个人、烟台市“创业带头人”等荣誉称号。

作为一名民营企业家，正当他事业干得风风火火的时候，他却在2014年做出了一个让人惊讶的决定：回村参加两委换届选举。

决定源于一次对话。

“我2013年回家，那时候晚上天黑村里漆黑一片，我和我们村支书聊天，说到装路灯，书记说这是今年要做的2项实事，你看你回来捐款给这捐款给那，要不你回来带咱村民干事致富吧。”老书记的这番话，王学林听到了耳朵里，更听到了心里。

“你公司办这么好，回去接村里烂摊子干嘛？”“当了村干部，你不是当官，你是给自己添心事，有这功夫陪陪老婆孩子多逍遥自在”……面对朋友家人的反对，王学林自己也犹豫了，但他犹豫的是离村这么多年，不熟悉村子管理运作模式，我能干好吗？

虽然王学林在外多年，但这个养育了自己的村庄时时刻刻牵动着他的心。在当选之前，他就经常为村里捐钱做基建：2004年捐资5万元硬化进村路面4000m^2；2007年捐资5万元将村东小水库清淤扩容1倍以上；2009年捐资15万元硬化连村路和主街道2000m^2、加固桥梁1座……到2014年，他8次捐款累计达40多万元，为父老乡亲办了近20件实事。

念念不忘，必有回响，王学林高票当选村书记。如今，书记的肩上除了感情更多了一份责任，他带着初心回到了泥湾子村。从此，泥湾子村走上了持续、飞速发展的道路。

在其任职的几年时间里，他带领一村百姓，用学习改变落后思想，用行动改变贫困村貌，治水、修路、发展……一件件实事，他都办到了百姓的心坎上。

建班子，聚民心，全村下好一盘棋

求木之长者，必固其根本。

“党组织是战斗堡垒，只有把村两委班子团结起来，把党员干部队伍建设好，才能带领群众致富谋发展。”谈到村子的发展，王学林有自己的法宝。上任后，王学林做的第一件事就是抓党建、聚民心。

“我们规范党员管理，抓好党员发展工作，用了3个月时间，重新建起一套两委班子，把群众基础好、有能力、干实事的优秀人才选拔到班子中委以重任。”王学林说，在此基础上，村里每月召开1次党员会，每半年召开1次全体村民大会，他们不断推进党务公开、村务公开、财务公开，无论大事小事一律公开透明，让党员干部主动接受群众监督，让村民们全都参与到村里大小事儿中来，没有局外人，没有旁观者，只有发动村民，激发出大家建设村子的热情，致富奔小康才不会是句空话。

“争创市级党建示范村”是王学林定下的目标。他们着力建设服务型党组织、为民型干部和富民型党员，不断夯实基层基础，事事分责，层层问责，惩罚严明，条理分明。贯彻执行“三会一课”制度、党员活动日制度、村级组织活动场所规范化管理制度及村干部坐值班制度，实行“党务、财务、村务”全面公开，深入开展“两学一做”学习教育，不断提高党员干部整体素质，提高党支部的凝聚力和战斗力。

通道路，兴百业，街巷硬化全覆盖

王学林天天想着怎么能让大家过上好日子。通过走户交谈，他发现老百姓最关心的问题就是生产设施、生活条件。只有改善生产条件，才能提高老百姓的生活水平。

“想要富，先修路”，可村里没有集体收入，等上级拨款也不知道要到什么时候，于是王学林决定自己来掏钱硬化这主街600米，预计费用20万。

2015年春天，大街小巷的机械轰鸣声，唤醒了这个沉睡的村庄。泥湾子村开始修路了！这之前，泥湾子村真是名副其实的“泥湾子”，村里没有一条像样的路，下雪下雨一裤腿的泥。王学林挽着裤脚，踩着泥路，挨家挨户地听取意见。东家长西家短，他跟大家聊聊这路要怎么修，要修成什么样。一本厚厚的“修路日记”写满了村民的喜悦与期待。

村民们的喜悦与期待既是他的动力也是压力。在走村入户时，他看到村里胡同里，秸秆、废料堆得满满当当，不仅不好看，老人孩子出门回家都不方便，村民们热切地希望路修到家门口。看着村民们期盼的眼神，王学林许下承诺：“只要把自己房前屋后的乱圈乱占及三大堆清理了，村里就负责硬化”。就这样，最初硬化主街600米的打算变成了全村硬化13000m^2，总投资20万的计划也就变成了仅硬化道路一项就花费120万的大工程。

泥湾子再也不是“泥”湾子了，现在不仅主干道和家家户户门前硬化完成，连上山下地干活的路也全都变成了水泥路。村内环境卫生脏乱差和雨雪天出行不方便这些老大难问题得到彻底解决，变成了干净整洁的生态文明新农村。

看着村里变美了，村民高兴了，这位当家人也越来越有干头：捐资2万元为村安装监控设备，保障了全村平安无盗抢现象；捐资5万元新上纯净水设备让村民免费喝上放心水；捐资3万元新修村碑1座；筹资10多万元改造村内办公和红白喜事场所，让老百姓有了休闲娱乐场所……

如今泥湾子村的美随处可见：气派的东风大桥，拐角的垃圾堆变成了小花园，垃圾场建成了休闲小广场，就连老房的墙壁，也独具匠心地粉刷起来，一幅幅精美文化墙潜移默化地影响着村民。经过悉心装扮的泥湾子村风景如画，越发像个世外桃源。“想不到我这么大岁数了，还能过上这样的好日子，学林真是我们百姓的好书记！”这是全村百姓的心声。

筑堤坝，兴水利，生命水脉漾田间

“咱村的水利项目今年见成效了！今年全村产粮一百多万斤，比去年多了近一倍！”看着家家户户满仓的粮食，王学林骄傲地说。种粮大户李海凤满是喜悦：“今年我们家光玉米就装了36个粮仓，一个一千四五百斤，比去年多了10个，这都是我们村现代化水利工程的功劳。”

站在村头俯视，6个大小不一的水库将这个仅有100多户人家的小村庄包裹在蓝绿的怀抱中。7个扬水站、覆盖到田间的灌溉管道和遍布田间地垄的出水口，处处可见“生命水脉”。

说起2015年那场大旱，泥湾子村人还都清楚地记得。

泥湾子村是农业村，村民收入靠种苹果、甜瓜等果品，还有花生、小麦，可以说是靠天吃饭。持续干旱大家都急了。村里立即召开村“两委”成员会议，寻求解决办法，挖旱坑、清淤都不能从根本上解决问题。

就在王学林急得团团转却只能干瞪眼的时候，村里一位老干部支了一招说“可以从莱州氟石矿矿井引水，可是费用太大。”他一听，这是个好主意，找个相关的人论证了可行性。王学林一刻都不敢耽搁犹豫，立即与矿上进行协调后，购买管路、水泵，安排挖掘机和工人连夜赶工，成功为百姓灌溉引来了充足水源。

当时有人说，这引水的25万不是小数啊，书记从自己家拿钱给村里怎么眼眨都不眨。王学林说他当时也没多想，真的就是只要村里好，村民吃得上饭就行了。

引水虽解了村民们的燃眉之急，可要想解决这个矛盾，长久之计还是要兴修水利，增强农业后劲。

泥湾子村对上争取资金近300万元改善村内水利设施和低压线路，其中包括4座水库清淤扩容，新建7座扬水站，安装7000米供水管路，新建1个配电室，新上2台变压器，新建大桥1座，交通桥3座，硬化上山路1千米，新修上山路3千米，改造村内低压线路等。

而今，泥湾子的水利工程建到了田间地头。王学林发挥自己的专业特长，将村里水库清淤扩容、合理规划，现在泥湾子村大大小小水库共6个，全部配有电气设施，看着这蓄满了水的水库，村民们对好日子的向往也有了底气。

通沼气，助民生，基础设施不断完善

时值岁末隆冬，为了让村民能早点用上沼气，泥湾子的民心工程沼气项目还在加班加点地赶工期。

“以前需要自己购买木头或者收集庄家秸秆回来烧火做饭，等通上沼气后只要打开沼气灶开关，10多分钟就可以吃上香甜可口的饭菜。沼气池不仅节能环保，更让俺能过上城里人的生活，以后门口没有柴草乱堆乱放，就变得干净整洁了。”谈到村里正在建设的沼气项目，村民王家述高兴地说。

今年通过自筹资金的方式，村里建设4个150立方米的沼气池。沼气池利用村南养猪场的猪粪和玉米秸秆为主要原料，建成后能满足全村105户村民的用气需要。

现在的泥湾子基础设施越来越完善，但这位书记还有着新的规划，这个设想不是关于自己的荣誉、不是关于村庄的面子工程，而是关乎村民们的幸福生活，关乎家家户户的好日子。

念初心，期来日，以梦为马，步履不停

“要让乡亲们的腰包鼓起来、生活富起来。”从他决定回村担任党支部书记的那一刻起，一个朴素而磅礴的梦想就在这名年轻的民营企业家心底悄悄萌芽、蓬勃生长。

眼前的绿水青山，更隐藏着未来的金山银山，增加村集体收入，发展生态农业势在必行。

2019年年初，乘着党支部领办合作社的东风，王学林带领着村民建起了合作社，想擦亮泥湾子村小米这块金字招牌。但当他在党员和村民代表会议上提出发展小米种植项目、搞合作社经营时，却遭到了大家的质疑。

“现在种粮食不挣钱，这几年种果树收入还高点，怎么又让我们种粮食？”再加上村“两委”班子混乱多年，村民、党员心散了，一时间很难形成统一的思想。为此他挨家挨户进行走访，对多年来积下的宗族矛盾和存在的派系争斗进行逐一调处，昔日村民眼里的“大老板”成了走街串巷的“调解员”。2019年4月，夏甸镇召开党支部领办合作社推进会，泥湾子村成为会后全镇第一个报名的村。

合作社从无到有，村党支部打了一场翻身仗。

“合作社是大伙的，只有将村民们的内生动力激发出来，才能让合作社的发展可持续、有后劲。”让更多的群众入股，让他们共同致富，是南湾子村党支部最简单、最朴实的愿望。4月18日晚，村党支部领办合作社迎来了第一批社员，32户共入股19万元，大大超出了村“两委”的

预期。泥湾子村最终以集体占股 82.4%、群众占股 17.6%，办起了“米湾子”合作社。

村南 400 亩的小米基地建成后，需要向品牌要效益。王学林和村“两委”反复合计，最后敲定以“莲花山”为合作社品牌，既能突出历史，还能明确地域。2019 年，合作社为泥湾子村增收 20 余万元，品牌附加值达 20% 以上。秋收结束后，全村老百姓无一例外，全部加入了合作社，群众入社率达 100% 。村民们笑称，“以后合作社的社员大会就是村里的村民大会，可以两个会议合并召开。”

几年来，村里新建了办公场所，大家不用挤在夏漏雨、冬漏风的小屋里开会了；村里的大小道路硬化了，泥湾子人雨雪天出门，脚上不踩“泥”了；村里的引水灌溉设备建齐了，泥湾子村的农民们不愁干旱了；诸多大学生和行业精英的返乡创业，加上党支部领办合作社的助力加持，村民们的腰包鼓了，笑脸开了。

作为一名民营企业家，夏甸镇泥湾子村书记王学林以实际行动给出了坚定的答案：很多人不理解为什么我要这么干，其实看看我一直以来的经历和想法也就理解了，公司的钱是从社会上赚的，最后也就是要回馈给社会，人都有这样一种情怀。我要是不干我就不回来，既然回来了就得做点事情出来。为了父老乡亲的期待，我就得尽心尽力，倾我所有也在所不惜。

作者简介：刘雪，招远市夏甸镇统一战线干事。

山　行

滕　超

马山，于我，是一个不期而遇的缘。

越野汽车，盘旋曲折，绕着不算很陡的山路，跋涉。人，便坠入另一种风景中。眼前的大地渐渐陌生起来，山，远远望去，不是很高，但是连绵不绝。折返突兀中，偶露坚实的石块。那些岭，自然不是郁郁葱葱，但也绝不是濯濯童山。只是，自然用皴的手法，让一座山在大绿与浅黄中斑驳错杂。那种模糊的绿，陡然而起，浓浓淡淡，舒舒展展，青屏风一样迤逦而去。而我们则是那古典戏剧中屏风侧畔急趋而走的人。

一座山，有时是在等待一个人。正如，轩辕氏之于黄山，始皇之于泰山，李白之于天姥，苏轼之于峨眉。世间很多东西，常常在不经意间因人而名。而更多的芸芸小山，则是在芸芸攀登者无尽的奔走中，默默地将或平或淡、或奇或秀的风景展示于众生，不求盛名，只将自己映入人们的眼中、心中。

于是，马山我们来了。

村庄，极静，那么小。站在院侧，四下张望，山，便如起伏的围墙，将高高矮矮的院落挽入臂弯。依依墟里烟，几近素描，在此处也楚楚动人。碎石堆叠成错落的院墙，暗褐、赭石、灰黄，完全是依山势而建。简单、粗糙，一副不紧不慢的节奏。有几树杏树探墙而出，绿叶欲滴，层层叠叠，遮蔽了一半小路。于树荫下行走，踏石沙，清晰有声。绿树浓荫夏日长，橙黄的杏子，于麦熟季节愈加可爱，圆润，稍带微微的绒毛，视觉中便有淡淡的甜意。转过村角，便见沟壑，牛在山崖边安闲地摆尾，忽记起那种体形硕大的黄牛，现已不多见，然而性格极为温顺。有些记忆，总是会被不经意间翻起。于是，我们开始徒步而上。

河谷，极为雄壮，顺山势而开，蜿蜒如一条巨蟒。此处所谓登山，需先沿着长长的河谷逆流而上，至于山脚。可惜河道无水，往年大雨将山涧无数碎石冲刷而下，布满其间。方，圆，扁，长，均匀而杂乱地顺势而下。路极难走，一川碎石大如斗，白而圆者为多。小小的砾石多如繁星。河道中亦有细沙，但是若隐若现，常常散布石间罅隙。阳光照射，星星点点，熠熠生辉。人，于是就在繁星之间高低缓步而行。脚下时有石子磕碰，但是，两旁草木连绵不绝，感觉踏入了一条时光河流。纷乱的世事不再去想，只是走走停停，眼中悦纳青青的风景。从未走过这样干涸的河床，“溯洄从之，道阻且长。溯游从之，宛在水中央”。置身其中，似乎走进诗经那条河流。只是踽踽而行，我们在追寻什么？是风景，是心情，还是一种心对自然的憧憬？一行人，挥汗如雨，耳畔是踢踢踏踏登山鞋碰撞石子的回声。

河畔有田，弧形，土质极为粗犷。猛然看去，几近沙砾。有的巴掌大一块山地，也成陇成行，但偏偏田地中间，突兀出来一块巨大的岩石，沧桑古朴，棱角撼人。零零星星的作物就在周围顽强地生长。有的覆盖银亮的塑料薄膜，绿色蹿出，我们惊叹山间生命的力量。只是，对于它们，生长是一件十分自然的事情，或许并没有我们所感受的那种心情，就像那些山民，淳朴、自在、坚毅，自古以来他们就以自有的节奏生活，而我们或许永远不能真正明白他们的世界，即使你走过、看过。——风景有时是一件十分自我的事情。

山坳如圆环。四下张望，绿色，忽然就围拢而来。周围有开山巨石，方方斜斜。有的地方劈山成涧。涧畔石壁直立如刀削，色白而质地极为坚硬。石坑中，水绿极，深不可测，似乎大自然刻意切割而成。微风拂过，水纹潺潺，那种细纹婉转流畅，仿佛翠玉天然纹理。祖母绿？豆角青？树可以绿着，水亦可以。那种灵动的颜色，带着神秘的力量，使人怀疑水潭之下，究竟蕴藏多少山川精华？伸手，仿佛可以捊出，但终究是幻觉，临水照影，水映射的也是满目苍翠的草木吧？

危乎高哉！山，终于在眼前了。静静观看，如一层层接天莲叶。裸露处，淡淡黄如叶斑。山势，就那么劈面而来，铺天盖地，让你猝不及防。那种硬硬的曲线，在空中张扬强劲的力度，如大地充满张力的肌肉，使人微生怯意。恍惚中，山巅仿佛很远，又感觉近在咫尺。我见青山多妩媚，料青山见我亦如是。它是在等我而来吗？等待每一个在此处仰视它的人吗？静静伫立，它沉默着，浮动于天地之间。

行路难，草木繁茂异常。脚下似有隐隐细痕，于是猜想为昔日踏过之处。一人手持利刃，将缠绕阻隔前进的草木斩断。砍，是一件十分畅快，但是会越来越痛苦的事情。后来者则可以拂枝而进，不过常有白的刺眼的细细树枝猛然扫过面庞，微微疼痛。藤状植物常常缠住胳膊，脖颈。荆棘尤为讨厌，冷不防，直直地刺来，手便被扎出血丝。脚下砂石俱有，稍微陡峭处便会常常滑落。路漫漫，千回百折，攀峭壁，绕巨石，如探迷宫。走着走着，前面队友便隐入密林，只好大声呼喊，可是，但闻人语，空山不见人。明明应答之声就近在身旁，只是左顾右盼就是难以寻觅。

烈日暴晒，口渴难耐。寻一处阴凉，饮水。水清凉无比，做李白痛饮狂歌状，可惜四下皆为草木，独酌无相亲。树影影影绰绰，闷热异常。看路边小花，青绿叶片，薄如刀刃，微有花苞，隐于山间，自有一番不凡的姿色。其实，花开花谢，云卷云舒，世间很多风景常常在我们的世界之外，而偶遇——便是我们的造化。四下阒然无声，队友早已远去。当下心情极为慌张，胡乱喝几口，便一路追去。路，终于是走错了。来来回回，竟然从林木缝隙中远远看到人影一闪而过。于是兴奋异常，大呼。只是中间无路，只好披荆斩棘，攀援沟壑和一不高石壁，侥幸跟上。

登高壮观天地间，马山如一卷长长的国画，将绝美的风景展示给我们。曾经登临华山，此刻，忽然就有那么一种似曾相识的感觉——中国的山很多都有相通的精神，正如传统水墨卷轴所追求的意境。远望，群山起伏，绿色和山石有层次地罗列出来，天与地与山，蔚然成景。那些弯弯的曲线，勾勒出一弯青青的绿痕，绕过一侧，向东北陡然延伸。一片片山脊，宛若巨浪，奔腾涌动，整座山于是在风中飘浮起来。停脚处，绿色浸湿了全身。有扁扁石洞，洞口有动物痕迹。侧身进去，极黑，爬行数十步，不能继续。洞前，有巨石斜斜地展开，如一方巨大的扇面。于是倚靠其上，再看万千风景。大地如巨大无比的荷叶，湖泊明净似银亮水珠，细碎散布于叶脉之间。红色村居，一簇一簇，如红莲漂浮展放。公路以舒缓的旋律渐渐飘向远方。寄蜉蝣于天地，渺沧海之一粟。此刻，天高地迥，人生渺渺。面对群山，呼喊，声音穿透绿色，余音袅袅，极为清凉。

神清气爽，盘石而坐，享受一次饕餮盛宴。食物极为简单，数根香肠、一包咸菜、数块饼干。虽然乏酒助兴，但聊以清风为饵，青山为肴，天地为幕席，如何能不得意尽欢？遥想当年，草莽英雄，啸聚山林；文人才子，寄情山水，多少人远离尘世，而对山川深深膜拜？山水，是人类永恒的家园。好想挽住那个叫李白的诗人的长长衣袖，轻轻问一声：不能一生，但此刻高山流水，你知道谁是你的知音吗？

挥手自兹去。独自下山，恍惚之间却难寻来路。丛林密布，眼前一方断崖。天空就那么忽然阴云四起，惶恐之情，猛然而生。此刻，山野行路却如鸟兽乱走，惶惶然，惴惴然。心中默念：拼了拼了。于是只是一味向下。千折百回，竟然寻得一条小路。于是见到漏斗庙。庙极小，是一石室，但尺寸不足家居一屋。奇就奇在全是巨石筑成。大石雕凿整齐，井井有条。屋内地上有一方石质香炉，虽无人，然而天地皆神灵。石屋四下林木茂密，令人浮想联翩。

归去。午后，村庄愈加安静。不知为何，一只蜜蜂嘤嘤嗡嗡，绕身而舞。疾走，竟难以脱身。只是，这个生灵可曾把我当作一树夏花？还是冥冥之中欲我在此地驻足？敲门试问，老人邀我小憩。院中，一树石榴火红欲燃，数十白色蜂箱分行排开。千百蜜蜂狂舞，音色洪亮，蔚为奇观。“要是春天，那漫山遍野的黄花！”他大声地说。村子只有二十几户人家，绕村而行，水杏，毛桃，尖刺板栗，垂垂连珠樱桃，牵衣拦道。此刻，终于明白，桃花源真的不是陶公一梦。叶底黄鹂，叫声极为尖细，见我，迅速转身，展翅，极快飞走。鸟儿水花般地鸣叫，银质的回声。

村之下竟然有水。水，是山流动的诗行。山泉，袅袅娜娜，从石缝罅隙，潺潺而出。于是断崖之下形成一方缓缓的液面，如一扇巨大的玻璃屏幕。青苔悄然而生，生命可以在无数微不足道的空间生存，而绿色足以湿润你的眼睛。水绕过圆石，流过细沙，在山涧中蜿蜒前行。偶尔，聚成一方小湾，清澈见底。偶尔，细如丝缕，穿过石缝，缠缠绵绵。忽然惊喜，有鱼，多数细小如孑孓，倏尔远逝。于是，赤脚入水，尽情享受这份清凉。泉，沁凉入骨，把山间的寒意全带来了。就那么静坐石上，任凭它从脚趾间缓缓流过，不思也不想。看云来云去，溪水缓缓急急，任它安静地流过细沙，流过青草，流过自己当下的岁月。天地玄黄，逝者如斯，只是我们如何能挽留这美丽的时光？

山，最迷人的地方是什么？是征服者的豪壮，猎奇者的满足，还是钟情者的怡然？绿意纷然；我，思绪如飞。相向而望，一座山，始终在期待与你在无尽的时空中，相遇。

作者简介：滕超，莱州市金城中学语文教师，先后在《时代文学》《中学语文教学参考》《山东教育》《中国教师报》等报刊发表《张晓风散文简论》《沙鸥》《向北》《水在》《文本解读要找准球心》《溯源与建构》等一系列文学评论、诗歌、散文、教育论文。

登烟台山

李朝俊

烟台山上的雪白灯塔，照亮了游人的目光。

灯塔闪出的光芒，照亮了茫茫大海航道，照亮了山东半岛这座明珠城市，照亮了我们澄澈清明的国度。

登上烟台山，欢乐的人群，携家带口，前呼后喊，观赏海天，指点江山，万山磅礴看主峰。

站在白塔顶，看崆峒山岛海面红日喷薄，风平浪静，百舸竞帆；站在烽火台看中国海疆历史的变幻风云，心潮逐浪，激越冲天；站在惹浪亭看今日大海扬波，和声安澜，换了人间！

“舸舰弥津，青雀黄龙之舳。云销雨霁，彩彻区明。”游人缓缓出港，船上静静瞭望，翻浪的航迹，渐渐在时间的海洋平复，亮起无数闪光金星。海鸥在船与塔的水上，展翅轻飞盘旋，形成众鸟随航、鸥翔遮天的海上美景，引得游客一片叫好，一阵手机相机闪动。

《歌唱祖国》的轻音乐绕耳，孩童与母亲欢笑对视在对面，情侣凭栏相伴轻语喃喃，海天一色的眼前风光，阳光和平的旅途，平凡又普通的一天。海上看烟台山峰，山青郁郁葱葱，塔白闪闪烁烁。山、海、城、港一体，人间仙境海市美妙一处。这个中国古时先贤，登高求仙寻长寿草的地方，到了近代成了防敌寇的狼烟墩台，成了八国联军攻北京城时法军司令部。

“登山则情满于山，观海则意溢于海”。海里踏浪意满归山，山顶参观古迹热血一腔。我不由自主地，诵读出诗人献给共和国70周年华诞礼赞：“在你斜倚的塔楼，脱掉褴褛衣衫之后；在你被洋枪洋炮洞穿的伤口，飞出一群鸽哨之后；在你殷勤种植的向日葵，被割掉头颅之后；在你初露的容颜，成为新的识字课本之后……你的旷远就是船只安度的光明所在吗？我们的胸怀，因你的召唤而日益澎湃。”

我登烟台山巅，观沧海望云天，心在海天情在人间。民族的情感，历史的烟雨，翻江倒海浊浪滔天：东望刘公岛，北洋水师的惨败，悲愤的硝烟化作云天画卷，大写天地人间，教热血儿女永恒铭记苦难；西望蓬莱阁，祖先道法自然，天下太平，理想世外桃源，险些被列强的逆流溯风阻断；北望旅顺口，国耻的伤痕一处又一处，日俄战争在中国土地开打，善良勤俭的中国人被无故屠杀；南望泰山峰，名山岱宗夫如何？“造化钟神秀”“一览众山小”的气派，在封建王朝家天下里，军队归个人掌控，任私欲左右，横空出世草头王，国家战乱不断，黎民贫困潦倒，百姓愁苦不堪。中华大国雄风神威，被金钱奴役得一文不值，一盘散沙淹没了不屈民族精神，可耻的民族败类认贼作父摇尾乞怜，甘愿为虎作伥鱼肉同胞。

不甘被亡国灭种的中国人民，用抗争，用雪耻，用金钱，用土地，都没有换来和平阳光；用鲜血，用生命，用鬼神，用洋务，都没筑起世代期盼的铜墙铁壁！立在烟台山龙王庙前，法军强占庙宇为司令部，路边这行历史冰冷文字，刺痛我的双眼，刺痛了所有爱国者的双眼！绿叶佑护山崖巨岩上，一行鲜红勒石字体，又温暖湿润我的眼睛，温暖湿润了所有爱国者的眼睛：“为国而死，为民而死，事成有名，事败有名。”

烟台山抗日英烈塔前，一曲高歌随风传：“多少年多少代，今天终于盼到了你，盼到了你！千分情，万分爱，化作金星绣红旗，绣呀绣红旗！平日刀丛不眨眼，今日里心跳分外急，一针针一线线，绣出一片新天地，新天地！”

五星红旗的新天地，烟台山登临远望，看山水茫茫，江山美如画，当今世界殊。看稻菽千重浪，遍地英雄下夕烟。越过黄海重重浓雾，我清晰地看到，朝鲜五圣山上甘岭炮火中的战旗，听见了志愿军勇士：“为了祖国和平，请向我开炮”的声音，这战旗美如画，这声音泣鬼神，这英姿令敌胆战心惊，这生命描绘的历史，气壮山河光耀千秋！

一个伟人的历史回声，响彻山海长空，响彻人民心间："真正的铜墙铁壁是什么？是群众，是千百万真心实意地拥护革命的群众。这是真正的铜墙铁壁，什么力量也打不破的，完全打不破的。反革命打不破我们，我们却要打破反革命。"

当代散文大家梁衡在名篇《这思考的窑洞》中，用直抒笔法写道："一个伟人的思想是什么，是客观存在的规律，是事物间本来的联系，所以真理最朴素，伟人其实与我们最接近。"

惹浪亭中听涛声，黄海的巨浪咬礁岩，风雨不动烟台山。看尽千古人物的烟台山，知道逍遥神仙的梦幻，知道被奴役百姓的期盼，知道自称天子帝王"敬天爱民为本""清心寡欲为要"的粉饰，知道文人"佑一方潮平岸阔，护环海风正帆悬"的渴望，都没有赢得苍天"开眼"，换来"锦记和风宁碧海，甘霖时雨济苍生"。

一艘红船扬帆中华，一面红旗飘扬天下，一群人红心向党，像种子扎根土地，在工农大众中间开花结果，唤醒了人民，觉悟了群众，推动了人民创造历史向前发展，建立起了中华人民共和国。从此中国人民站立起来，中华民族焕然一新地屹立在世界民族之林。

烟台山听大海的潮汐，看高山的云起，数风流人物还看今朝的华夏大地，英雄的人民站立起来，英雄的人民富裕起来，英雄的人民强盛起来，人民当家做了国家的主人！国际社会都知道，今日中国人民不可战胜，今日中国人民创造了繁荣富强的奇迹。一切献身人民事业的英雄们，今日在祖国盛开的鲜花丛中笑！

烟台山上看海，烟台山上读史，烟台山上悼无名英烈，忽然记起《逍遥游》之句："至人无己，神人无功，圣人无名。"

作者简介：李朝俊，北京市西城区作家协会会员，北京老舍文学院作家班学员。历任海军航空兵政治部宣传处新闻干事、秘书处秘书，海军中校军衔。2004年转业到北京市工作。散文作品先后在《昆仑》《解放军报》《光明日报》《人民日报》（海外版）和中央人民广播电台等媒体刊播发表。